Albert Camus

カミュを読む

評伝と全作品

Mino Hiroshi 三野博司 著

大修館書店

はじめに

一九一三年十一月七日、当時フランス領であったアルジェリアに、アルベール・カミュは生まれた。二〇一三年は生誕一〇〇年の年となった。今日、日本では、カミュの名前は若い人たちにはなじみが薄い。しかし、フランスはもちろんのこと、世界各国において、その作品はいまだに広く受け入れられている。アメリカの大学に赴任した若いフランス人教師が、「二〇世紀でいちばん偉大なフランス人作家はだれか」とたずねたとき、学生たちが口をそろえて「カミュです」と答えたというエピソードが、フランスの雑誌に紹介されている。

わが国においては、新潮社の『カミュ全集』全十巻が刊行された一九七〇年代初めが、カミュ受容の最盛期だったのかもしれない。だが、フランスではカミュはつねに、それぞれの時代の課題との関わりにおいて読み続けられてきた。一九八九年ベルリンの壁の崩壊は、左翼全体主義を批判したカミュの立場の正しさを立証した。一九九〇年代から続いたアルジェリアのテロは、テロリズムについての考察を続けたカミュを再発見する機会を与えた。死後三四年を経て、一九九四年に刊行された遺作『最初の人間』は成功を収め、この作品の重要性はますます増大している。

死後五〇周年の二〇一〇年には、新聞、雑誌、ラジオ、テレビなど、フランスのマスコミはこぞってカミュをとりあげた。今日、フランスにおいては、あらゆる分野からカミュ「再評価」の声があがっている。小説家、哲学者、ジャーナリスト、演劇人、評論家としてのカミュ。社会民主主義者、無政府主義者、モラリスト、リアリストとしてのカミュ。そのため、逆に政治的戦略からカミュの威光を利用しようとする勢力もあとを絶たない。

本書は、こうしたフランス本国の状況からは少し距離をおいて、いまいちどカミュの作品を虚心に読み直そうとする試みである。折しも、二〇〇六年、二〇〇八年にガリマール社からプレイヤッド版『カミュ全集』全四巻が刊行された。この機会に、カミュ研究の最新の成果をもふまえて、一般読者を対象に、作家と作品の全体像をわかりやすく提示することを目指した。副題「評伝と全作品」が示すように、カミュの生涯を簡単に紹介しつつ、全作品を十七章にわけて解説した。

カミュの生涯を通じての文学的営為は、人間を襲う暴力的なるものとの闘いであったと言える。一九一三年、彼に生を授けた父親は、翌年第一次大戦によってあっけなく殺された。庇護者を失った少年は、戦争孤児として貧しい生活を送ることを余儀なくされた。十七歳のときには結核が発症し、彼は早くも死を覚悟した。「死を宣告された男」の主題は、以後繰り返し彼の筆のもとにあらわれることになる。第二次大戦が始まると、カミュは祖国から引き離され、愛する者たちとの別離に苦しんだ。レジスタンスに参加して全体主義と闘い、戦後を迎えるが、今度は対独協力派の粛正を巡って、殺人と正義の問題に直面することになる。犠牲者であることも死刑執行人であることも拒否する立場を貫こうとして、左翼全体主義と歴史主義を批判して、論争に巻き込まれた。さらに一九五四年から始まった祖国アルジェリアにおける独立戦争は、カミュの立場をいっそう困難なものとした。そうした苦境からの再生を願って、自伝的小説によってみずからの源泉を問い直そうとしていた矢先、一九六〇年、突然の自動車事故が四六歳のいのちを奪った。

カミュにとって人間を襲う暴力的なるものとは、病気、死、災禍、戦争、テロ、殺人、全体主義であった。それに対して、彼は一貫してキリスト教や左翼革命思想のような上位審級を拒否し、超越的価値に依存することなく、人間の地平にとどまって生の意味を探しもとめた。彼は「父」としての神も、その代理人としての歴史も拒否した。「不条理」の系列の作品の主題は、「父＝神」を否定し、生の意味の失われた時代にあって、死の定めのもとにある人間の姿を描くことだった。「反抗」の系列の作品の主題は、「父＝歴史」の名のもとになされる政治的殺人の拒否だった。「父」の名によって人間の不条理な死や殺人が正当化されるとすれば、その父を否定した上で、どのようにして幸福と潔白を維持できるのか、それが彼にとっての課題であったといえる。

こうしたカミュにとっては、世界の美の記憶がよりどころだった。若き日の彼は、『裏と表』において「ぼくの王国のすべてはこの世界にある」と書き、また『結婚』では「世界は美しい。そしてこの外には救いはない」と宣言した。地中海の自然は、彼に世界の美しさを、あらゆる経験と理論に先立つ不壊の原理として教えたのだ。この美に対して、彼は生涯を通じて忠実だった。カミュはまた、「ぼくは超人的な幸福はないし、一日一日が描く曲線の外に永遠はない、ということを学んだ」とも書いている。いまこの時、この一日、それが彼にとってすべてだった。「ここ」より他の場所、「いま」より他の時間を拒否し、超越性なき世界を生きる叡智と歓喜を追求するという姿勢が、カミュの作品のすべてを貫いている。

二〇一一年三月十一日、東日本を襲った天災とそれが引き起こした未曾有の大惨事は、私たちにとってカミュの『ペスト』を再発見する機会ともなった。幾人もの作家、ジャーナリスト、文化人たち、そしてインターネットの個人のブログでも多くの人びとが、カミュの小説について語った。だれもが『ペスト』を日本の現状と重ね合わせて読み、それがただ単に第二次大戦のレジスタンスを疫病との闘いに読み替えたアレゴリー小説であるだけでなく、より広く深く、人類を襲う不条理な暴力との闘いの物語であることに気がついたのだ。私がフランスの哲学雑誌『フィロゾフィ・マガジン』の求めに応じて書いた「カミュ『ペスト』とフクシマ」（日本語訳は『流域』第七二号に掲載）が二〇一三年三月に発表されると、大きな反響を呼んだ。この日本からのメッセージに対して、アニェス・スピケル氏（国際カミュ学会会長）は、フランス人たちも『ペスト』という作品のもつ力を再認識させられた、と伝えてきた。

第二次大戦という人類にとっての試練の渦中に、カミュは『ドイツ人の友への手紙』を書き、そこで「私は、いまでもこの世界には上位の意味はないと信じ続けている」と記し、さらにこう続けた。「しかし、世界には意味のある何かが存在すること、それが人間であることを知っている。なぜなら唯一人間だけが意味をもつことを要求するからだ」。「意味」を見失った時代にあって、カミュは人間のなかにこそ意味のある何かが存在すると信じた。こうしたヒューマニズムは、ポストモダンの時代や繁栄に浮かれた時代には失効したものと見えたかもしれないが、いまや混迷の時代にこそカミュが読み直されるべきだろう。

『カミュを読む——評伝と全作品』目次

帯写真：アルジェリア・ティパサの風景（著者撮影）

［凡例］

一、カミュの著作からの引用については、引用文のあとに、ガリマール社のプレイヤッド版『カミュ全集』全四巻（二〇〇六年、二〇〇八年）の巻数をローマ数字（Ⅰ、Ⅱ、Ⅲ、Ⅳ）で示し、頁数を記した。

Albert Camus, *Œuvres Complètes*, tome I–IV, Gallimard, « Bibliothèque de la Pléiade », 2006, 2008.

一、カミュの書簡からの引用については、引用文のあとにジャン・グルニエ宛てはGrenier、パスカル・ピア宛はPia、ルネ・シャール宛はCharと記し、次の往復書簡集の頁数を示した。

Albert Camus, Jean Grenier, *Correspondance*, Gallimard, 1981 ; Albert Camus, Pascal Pia, *Correspondance*, Fayard/Gallimard, 2000 ; Albert Camus, René Char, *Correspondance*, Gallimard, 2007.

一、執筆にあたって多くを先行研究に負っていることは言うまでもないが、学術専門書のスタイルを避けるために、注記および出典の明示を省略させていただいた。書誌情報については、巻末の主要参考文献をご覧いただきたい。

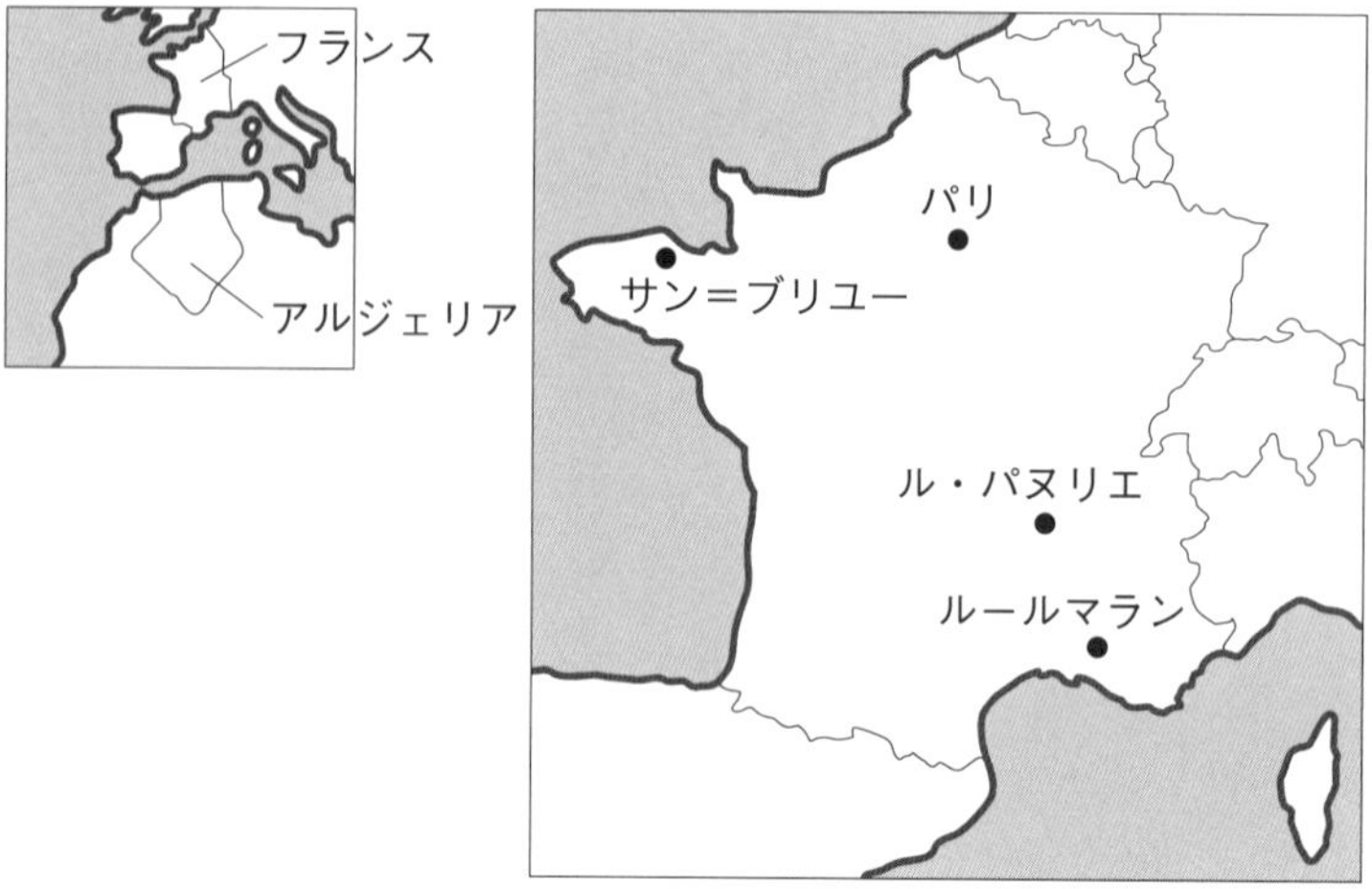

フランス国内のカミュの足跡

アルジェリア国内のカミュの足跡

カミュを読む——評伝と全作品

第一部

光の富と死の影

第一章

「ルイ・ランジャール」——作家になる

「ルイ・ランジャール」

若い頃から作家になることを目指していたカミュは、多くの未完成で未発表の草稿を書き残している。二一歳から二三歳頃には、ルイ・ランジャールという主人公の名前によってまとめることができる小説を試みた。そこからは、手探りで作家への道を歩むカミュの肉声が聞こえてくる。

お母さん、ほら、ぼくはとても平静です。新聞が死刑執行について報道するとき、死刑囚たちが平静であきらめきった様子なのが印象的だと報じることがときどきあります。それは、新聞記者が、夜には自分は寝床に就くことを知っているからです。死刑囚の方ではそんなことは無理だとわかっていたのです。不可能なのです。わかるでしょう。死刑囚はごまかしません。彼は自分が「社会に負債を返す」のではなく、首を断られるのだということがよくわかっている。それはなんでもないことのようですが、小さな違いがあるのです。それで、ぼくもまた平静なのです。(I, 95)

父の不在

アルベール・カミュは、一九一三年十一月七日、当時フランス領であったアルジェリアのモンドヴィに生まれた。父がアルジェからチュニジアとの国境に近いこの町に赴任し、そこへ身重の妻が三歳の息子とともにやってきて出産した。父の祖父はボルドーの出身、母はスペイン人の家系だった。

誕生の翌一九一四年八月三日、第一次大戦が勃発すると、父リュシアンは歩兵隊に動員される。その妻カトリーヌは、二人の息子を連れて、アルジェの母のもとに身を寄せた。父はマルヌの戦いで負傷し、ブルターニュ地方の町、サン゠ブリユーにある軍事病院で、同年十月十一日に死亡する。アルベールはまだ生後十一か月だった。

死亡通知とともに、夫の命を奪った砲弾の破片がカトリーヌ・カミュのもとに届いた。アルベールが父について知っていることは三つだけだった。一つは父の写真。もう一つは砲弾の破片。そして最後は母あるいは祖母から聴いたことだが、父がギロチンを見に行ったという話である。この「父とギロチン」の挿話は、その後繰り返しカミュの著作にあらわれることになる。

カミュの作品において父はつねに不在であり、一九三七年に刊行された処女エッセイ集『裏と表』の「諾《ウィ》と否《ノン》のあいだ」で、わずかに想起されるだけだ。そこで、息子と母親は次のような会話を交わす。

「ぼくが父さんに似ているってほんとうなの？」
「ああ、そっくりだよ。もちろんおまえは父さんを知らないけど。父さんが死んだとき、まだ六か月だったからね。でも、おまえに小さな口髭があれば！」

彼が父のことを持ち出したのは確信があったからではない。父についてはなんの思い出も、なんの感情もなかった。おそらく他の多くの男たちと変わらない男だったのだろう。

(I, 53)

ここで、息子は父とそっくりであるという外面的類似が語られる。しかし彼がこの早世した父から内面的には何を継承したのかについてはいっさい明らかにされない。彼はこの父について、なんの思い出もどんな感情も持っていない。このあと、第一次大戦が勃発すると、父が感激して出征したこと、マルヌの会戦で頭蓋骨を割られて、一週間断末魔の苦しみにあえいだあと死んだことが簡単に述べられる。

その後の作品において、メルソー、ムルソー、ジャン、リユー、タルーの母親については語られるが、タルーの場合を除いて父親はつねに不在である。短い生涯の終わりに、カミュは父の探求を主題とした『最初の人間』執筆を企てるが、そこにおいても父の姿が明確な焦点を結ぶにはいたらない。

貧民街の少年

一九一四年に夫が戦死して以後、カトリーヌ・カミュは、アルジェの貧民街ベルクール地区において、専制的な力を振るう自分の母のもとで二人の息子、リュシアンとアルベールを育てることになる。耳が遠く読み書きのできない彼女は、生計を立てるために近所で家政婦の仕事に従事した。水道も電気もない狭い家には、アルベールの叔父で、樽職人のエチエンヌも同居していた。彼は、のちに短編集『追放と王国』に収められた「口をつぐむ人びと」に登場するイヴァールのモデルとなり、また『最初の人間』では「エチエンヌ」と題された一章をあてがわれて描かれている。日曜日には、エチエンヌは甥のアルベールを百合が咲くサブレットの浜辺へと連れて行った。この浜辺は『異邦人』の殺人の舞台となった。

少年時代について、カミュは長い間、『裏と表』のような自伝的な作品においても、多くを語らなかった。『裏と表』ではわずかに、「皮肉」を構成する三つ目のテクストの冒頭が当時のカミュの家族構成をうかがわせるものである。

彼らは五人で暮らしていた。祖母、その年少の息子と年長の娘、そしてこの娘の二人の子どもだ。息子はしゃべることが不自由だった。娘も障害があり、考えるのが苦手だった。二人の子どものうち、兄はすでに保険会社で働き、弟はまだ学業を続けていた。(I, 44)

この「まだ学業を続けて」いる弟の生活について、『裏と表』では詳しく語られることはない。伝記作者たちが得た多くの情報は、『最初の人間』に基づくものである。カミュが四〇歳代で書いた少年時代の物語は未完に終わったが、そこには主人公ジャックの生活が生彩に富む筆致で描かれている。

カミュが育ったベルクール地区は、スペイン系のヨーロッパ人が多く住んでいた。ヨーロッパ人とアラブ人は共存していたものの、両者のあいだにあまり交渉はなかった。『最初の人間』のジャックにとって、小学校の友達はすべてヨーロッパ人である。児童のなかにはアラブ人は数少なく、リセではさらに稀になった。

父の代理人たち

不在の父の欠落を埋めるべく、カミュには三人の父の代理人がいた。小学校時代の恩師ルイ・ジェルマン、叔父アコー、そして生涯の師となったジャン・グルニエである。

ジェルマンは、『最初の人間』では厳しくも愛情深い教育者として描かれる。作中ではベルナール先生の名で登場し、「生徒たちに恐れられると同時に敬愛されていた」（IV, 824）とカミュは書いている。第一次大戦に出征して生還したジェルマンは、戦争で父を亡くした子どもたちを進んで支援した。一九五七年、ノーベル文学賞を受賞したとき、カミュはジェルマンにこう手紙を書いた。「貧しい少年だった私に差し伸べられたあなたの愛情に満ちた手がなかったなら、あなたの教えとお手本がなかったなら、これらはすべて生じえなかったことでしょう」（IV, 1394）。ジェルマンの後ろ盾のおかげで、また父が国家のために死んだことで奨学金を得ることができたために、一九二四年、アルベール少年はリセに進学できた。

当時グラン・リセと呼ばれていた学校は、アルジェの町の西部地域、バブ＝エル＝ウエドにあった。通学時には、湾と丘にはさまれた町を東から西へと通り抜けた。港に沿って走る市街電車の窓からは、海や町の様子が眺められた。これらは、『最初の人間』において、主人公ジャックがたどる通学路の描写のなかで生き生きと再現されている。

リセに入ったアルベールは、サッカーに興じ、ゴールキーパーとして活躍した。『ペスト』ではランベールとゴンザレスがサッカーについて熱く語る場面がある。一九五三年、カミュはアルジェのサッカー・クラブの機関誌に一文を寄せ、リセ時代を回顧してこう述べた。「私はボールがけっして予測したところからはやってこないことをすぐに学んだ。このことは、その後の人生で、とりわけ人心に表裏のあるフランス本国で生きていくのにとても役立った」（III, 906）。当時、パリの複雑で奇怪な人間関係に疲れていたカミュは、サッカー少年だった時代を懐旧したのだ。
二人目の父の代理人は、アルジェで肉屋を営む母方の叔父アコーだった。読書家であり、ヴォルテールの愛好家であるこの叔父が所蔵する多量の書物が、アルベールの読書欲を満たした。そこで彼は、バルザック、ユゴー、ゾラ、アナトール・フランス、モンテルラン、マルローなどを読んだ。ただ、叔父がジッドの『地の糧』を貸してくれたときには、読んで失望した。一九四六年にアコーが亡くなったとき、カミュはジャン・グルニエ宛の手紙にこう書いた。「彼は、父親とはどんなものであるかを少し私に想像させてくれたただひとりの人でした」(Grenier, 117)
フランスによるアルジェリアの植民地化は、一八三〇年に始まり、一九〇〇年からはアルジェリアは特別予算を有して、フランスの植民地のなかでも重要な位置を占めるようになっていた。一九三〇年、アルジェリア植民地化一〇〇年の祝祭で愛国精神が高まった年、カミュは哲学級に入り、そこでジャン・グルニエと出会うことになる。ジェルマン、アコーに続く三人目の父の代理人であるグルニエは、その後カミュにとって生涯の師であり友となった。

最初の発病

一九三〇年十二月、十七歳になってすぐ、最初の結核の発病がカミュを襲った。サッカー選手になるという夢も、教職に就くという望みも打ち砕かれた。ただ、戦争孤児のため医療費は無料で、アルジェで最大規模のムスタファ病院に入院できた。病院から自宅に戻り、病床についていたある日のこと、グルニエがタクシーでベルクール地区にやってきて、予想もしていなかった貧しい住居を目にすることになる。カミュは、二〇年後にグルニエに宛てた手紙のなかでこの訪問を振り返って、そのとき「気後れと感謝で息を詰まらせるほどだった」(Grenier, 179) と語っている。罹患したカミュはリヨン通りの家を出て、アコー叔父の肉屋で栄養のある食事をあてがわれた。子どものいないアコー夫妻はアルベールをかわいがった。

未発表のままに残された小説の試み「ルイ・ランジャール」には、カミュがかなり直接的に自分の病気について語っている断章がある。

喀血。「息子は胸の病気で死ぬよ」と、母は力無く言っていた。彼は思春期にあった。十七歳だった。叔父のひとりが治療のための世話を引き受けた。でも、彼は病院に入れられた。そこで過ごしたのは一晩だけだった。しかし、咳と喀血に苦しめられ、悪臭のなかでまったく眠れない夜、彼は、「他の人びと」が健康でいる生の側の世界からどれほど自分が切り離されているのか、それを十分に感じとる時間があった。(I, 86)

数ページ先には、当時のカミュの心境をうかがわせる次のような箇所もある。「彼の病気がもっとも重くなったとき、医者はもう恢復の見込みがないと暗に宣告し、彼はそのことをいささかも疑わなかった。そのうえ、死に対する恐怖が彼にとりついて離れなかった」(I, 92)

後年になって、一九五八年、カール・ヴィジアニとの対談において、カミュは、結核の最初の発病のとき「死ぬかもしれないと思いました。何度も喀血したために、医者の表情からそれを読み取ったのです」(IV, 643) と答えている。十七歳の発病以来、カミュの結核との闘いは一生続くことになった。

書物との出会い

少年時代、カミュの家にはまったく本はなく、勉強机もなかった。のちに彼は、「私の周囲ではだれも文字を読むことができなかったのです」(IV, 640) と語っている。彼が本の世界と出会うのは図書館や学校、そしてアコー叔父の家においてであり、作家カミュの誕生にとっていくつかの重要な書物との出会いがあった。

一九三〇年、リセの教師ジャン・グルニエは、十七歳のカミュに一冊の本を貸し与える。それはアンドレ・リショーの『苦悩』と題する小説だった。一九五一年、カミュは、その出会いを次のように語っている。

> 私はこの美しい書物のことをけっして忘れたことはない。それは、母親や貧困、空の美しい夕暮れなど、当時の私が知っていたことを語ってくれた最初の書物だった。[……] 私のかたくなな沈黙、あの茫漠とした至高の苦悩、私を取り巻いている奇異な世界、私の身内の者たちの気高さ、彼らの貧苦、そして最後に私の秘めごと、これらはすべて、したがって言い表しうるのだ！(III, 881–2)

実際には『苦悩』の物語と、当時のカミュの置かれた境遇とはあまり共通点はない。しかし、彼はリショーの作品からそこに盛り込まれた以上のものを読み取り、おそらくは文学表現の可能性ということについて示唆を受けたのだ。

一九三二年秋、カミュは高等師範学校受験準備クラスに入り、翌年五月にはグルニエの『孤島』が刊行された。一九五九年、『孤島』新版に寄せた序文のなかで、彼ははじめてこの書物に出会った二〇歳のときを回想している。「『孤島』を発見した頃、私は何かものを書きたいと望んでいたと思う。しかし、ほんとうにそうしようと決心したのは、この本を読んでからのことである」(IV, 623)。すでにリセで指導を受けていたグルニエの著作の発見は、カミュをさらに文学創造の世界へと導き入れることになった。病気のため高等師範学校へ進むことを断念した彼は、翌三四年アルジェ大学に入学し、そこでふたたびグルニエの指導を受けることになる。

「作家になる」

一九五九年、ジャン=クロード・ブリスヴィルのインタビューに答えて、カミュは「十七歳ごろ、私は作家になりたいと思い、また同時にそうなるだろうと漠然と予感したのです」(IV, 610) と述べている。この時期、カミュは「創造の世界」を発見したのだ。

カミュが残した草稿の最初のものは、実際に十七歳の頃、一九三〇年代初頭から始まっているが、これは苦しくも昂揚した時代だった。結核が発症したあと母の家を出て、貧しい学生のアルバイトや社会活動を行い、哲学の勉強が始まった。リショー『苦悩』やグルニエ『孤島』との出会いがあり、さらに一九三四年にはシモーヌ・イエとの結婚(二年後に離婚)があった。

一九三二年から一九三七年の『裏と表』刊行までにカミュが書いたテクストは、プレイヤッド版全集では三つのグループに分けられている。一つは学校での実習から直接生まれた批評活動であり、それらはアルジェのリセの学生たちによって創刊された雑誌に発表された。もう一つは、個人的な創作であり、青春の感受性による抒情的に表現されたテクストだが、カミュの生前は未発表のままに残された。三つ目はこれも死後にはじめて発表されたものであるが、一九三七年に刊行された処女エッセイ『裏と表』にいたる習作群と見なされるものであり、プレイヤッド版全集では『裏と表』の補遺としてまとめられている。

雑誌『南』『アルジェ＝エテュディアン』

一九三一年十二月から三二年六月、アルジェのグラン・リセの生徒たちがジャン・グルニエの指導のもとに発行した雑誌『南』に、カミュは六編のエッセイを発表した。これは彼の署名が入った最初の印刷されたテクストとなった。ヴェルレーヌとジャン・リクチュスの二人の詩人を論じた批評文、二つの哲学的エッセイとコント風の物語、そして最初の長い批評「音楽について」である。若い頃のカミュは、この「音楽について」をはじめとして、アルジェの学生組織が発行する雑誌『アルジェ＝エテュディアン』に発表した短文や生前未発表の「一致のなかの芸術」などで好んで音楽を論じた。とはいえ、貧しかった少年カミュの家にピアノはなく、音楽に親しむ機会は多くはなかったと思われる。後年、彼はモーツァルトへの熱愛を語り、とりわけ『ドン・ジョバンニ』を好んだ。しかし、この二〇歳頃の一時期を除くと、生涯を通じてカミュは、音楽を主題に芸術的創造についての考察を展開することはなかった。

続いて一九三二年から三四年にかけて、『アルジェ゠エテュディアン』に、カミュは八本の絵画や音楽、詩を論じた文章を発表する。その一編、一九三四年五月一日の「アブ゠デル゠ティフ」は、古代ローマの遺跡ティパサの名前が最初にあらわれるカミュのテクストである。リシャール・マゲの『ティパサの盛り』と題された絵画を批評しつつ、カミュは「夏の太陽のきらめきのもとでティパサの野原がいっそうよく理解できた」(I, 561)と書く。こうして、彼は、マゲの絵画を通じて、実際の人生の体験は芸術的表現のなかに定着することが可能であることを発見するのだ。ティパサはのちに、カミュにとって無垢と青春のシンボルとして、特権的な場所になるだろう。

「直観」「ムーア人の家」

同世代の若者たちが発行する雑誌において、自分の確信を断言し習作を発表すると同時に、他方でカミュははるかに主観的な、そしてしばしば抒情的なテクスト、彼の魂の不安と熱情を表白したテクストのなかに自分のアイデンティティを探し求めていた。これらは長さもさまざまで、しばしば未完成であり、彼はそれらを発表することなく保存していた。

最初のものは、一九三二年一〇月の日付で、「直観」というベルクソン的な表題のもとに、それまでの二年間に書かれた草稿が、ページを打たずに集成されたものである。一時期カミュはこれを発表しようと考えていたらしいが、果たされることはなかった。「こうした夢想は大いなる倦怠から生まれた」（I, 941）と始まる短い導入文により、彼自身がこれらのテクストを「夢想」として紹介している。そのあとに五つのテクストが配置されて、語り手の「ぼく」とその分身である「狂人」との対話という形をとり、思弁的な文章によって若いカミュの不安と葛藤が吐露されている。

「直観」のほかに、この時期に書かれ未発表のまま残されたテクストとしては、一九三三年高等師範学校受験クラスに入ったカミュが自分の美学理論をまとめた「一致のなかの芸術」、さらにヴァレリーをまねて書かれカミュが創作した唯一の詩篇であり、編者によって「地中海」と題された詩、および愛する者の死という主題のもとに書かれた二つのテクスト「ああ、彼女が死んだ……」と「愛する人の死」などがある。

なかでは、「ムーア人の家」は、もっとも注目すべき、まとまった長さのテクストであり、一九三〇年アルジェリアの植民地化一〇〇年記念のときにエッセ公園に作られたムーア人の家が主題となっている。「ぼくはとある高台までやってきた。するとそこから、いきなりアラブ人街全体と海が見渡せるのだった」（I, 967）。地中海にのぞんだこの場所は、『幸福な死』の「世界をのぞむ家」を予示するものである。語り手の視線と想念は、ムーア人の家を起点として、回教徒の墓地へと向かい、港の上をただよい、さらにはシェルシェルやカビリア地方にまでおよぶ。ここでカミュは、空から落ちてくる輝かしい光をたたえるが、同時に墓地に眠る死者たちにも思いを寄せている。『異邦人』の冒頭や『最初の人間』の第一部を始めとして、カミュの作品には繰り返し墓地が登場するが、その最初がここにある。

「メリュジーヌの本」

もう一方の肺も罹患したとき、一九三四年六月十六日、カミュはアルジェの上流階級に属する眼科医の娘で、魅力的なシモーヌ・イエと結婚した。叔父のアコーは、貧乏学生が資産家の娘と結婚しても何も得るところがないと考えて、この結婚に反対だった。カミュは叔父の家を出て、そこから放浪生活が始まることになり、アルジェ市内の友人や、兄リュシアンのところなどを転々とした。彼は生活費をかせぐため、家庭教師をやり、夏のあいだは県庁で働いた。『幸福な死』の主人公メルソーのことばには、当時のカミュの心境が反響しているように思える。「ぼくがやりたいのは、結婚すること、自殺すること、イリュストラシオン誌の定期購読をすること。なにかしらやけっぱちの行動なんです」(I, 1125)

この新妻のために彼は一九三四年、おとぎ話に挑戦し、「メリュジーヌの本」を書いた。未発表のまま残された原稿は、三つのテクストからなり、読者を夢想へと誘う語り手の独白形式をとっている。「妖精たちのことを話すべきときだ。待つことの執拗な憂鬱から逃れるために、新たな世界を創り出すときだ」(I, 988) と、カミュは新たな作品世界の創造へと足を踏み出す。「直観」の不安に彩られた思弁的な文体とは違って、ここでは読者に語りかけるような軽やかな調子を保とうとしている。だが、妖精に続いて騎士や猫を登場させてはみたものの、語り手はその扱いに困ってしまう。夢想を自由に羽ばたかせて、おとぎ話の物語を紡ぎ出す才能は彼にはないようだ。たちまち行き詰まってしまった物語に対して、カミュは、「このように始まりだけで、完成しなくても魅力的なおとぎ話がしばしば欲しかったのだ」(I, 997) と、言い訳をしている。

こうして、「芸術」「音楽」「夢」によって自分の倦怠と憂鬱を忘れようとしていた若きカミュは、このおとぎ話の試みを最後に、現実を逃れる道を放棄することになる。今後は自身の身近な世界をありのままに見つめる視点を強化し、虚飾のない証言のなかに自分の文学的な使命を発見しようと努めるだろう。

「貧民街の病院」

しかしながら、文学を気晴らしや現実からの逃避と考えることなく、創造行為のなかにみずからの体験を表出することは、カミュにとって困難な道のりだった。一九三三年から三五年に書かれたおびただしいページが、その企てのあとを示している。芸術と現実との可能な関係、新しいエクリチュールを探索する試みは、多くの迂回を経て続けられ、次第に確立していく。これらの貧民街と自分の家族を描いた物語群には、かつて「直観」などに見られた抒情的な心情吐露やあいまいで抽象的なことば使いはもはやなく、簡潔な言語で真実に迫ろうとするカミュの姿勢が、その試行錯誤を通して見えてくる。これらの未発表のまま残された断片的な草稿は、プレイヤッド版全集では『裏と表』の補遺として収められており、カミュの処女出版となったエッセイ集へと収束していく。その他にも、『幸福な死』や『異邦人』においても使用され、のちの作品に豊かな素材を提供するものとなった。

これらの貧民街を主題としたエッセイの最初のものである「貧民街の病院」は、ムスタファ病院の短い滞在から生まれた。プレイヤッド版でわずか二ページのテクストは著者自身の経験に基づくものだが、カミュは自分の病気についてはいっさい触れることはない。「青い空からは無数の白い小さなほほえみがこぼれ落ちていた」(I, 73) と始まり、光の下の病棟で死に威嚇された日々を送る人びとの日常が素描される。

学校から勢いよく飛び出してくる子どもたちのように、病人たちがひと群れになって、結核病棟から出てきた。彼らは寝椅子をうしろに引きずっており、それが歩くのを邪魔した。不格好でごつごつした外見だった。彼らが息も詰まるほど笑い、また咳をすると、この集団から生まれた喧噪が朝の新鮮な大気へと立ちのぼった。彼らは小路のまだ湿っている砂地の上に、円陣を組んで身を落ち着けた。ふたたび笑い声、短い話し声、咳が聞こえた。また一瞬の間があって、それから突然静まりこんだ。あるのはもはや太陽だけだった。(I, 74)

朝の病院の中庭の情景が、簡潔で坦々とした筆致によってくっきりと印象深く描かれ、作者の現実を見るまなざしの深まりが感じられる。病人たちの会話を伝え、彼らの姿を提示しつつ、同時に絶えず空の光の移り変わりや太陽の光への言及がある。ここには語り手も、特権的な登場人物もなく、作者が「私」によって介入することもない。

カミュ自身が出来映えに満足していたらしく、テクストの一部は「ルイ・ランジャール」のなかに挿入され、さらに愛しすぎて死ぬ男のエピソードは、『幸福な死』第一部第二章のセレストのレストランでの会話に再録され、さらに『ペスト』において再利用される。

「貧民街の声」

一九三四年、二一歳のときカミュは「貧民街の声」を書くが、これは彼の最初に出版されたエッセイ集『裏と表』の核を構成するものとなる。カミュの文学的出発は、貧民街の声なき人びとに自分のことばを貸し与えて語らせることだった。

新妻シモーヌのために「メリュジーヌの本」を書いたカミュは、同時に一九三四年十二月二五日の日付のある「貧民街の声」を彼女に献じており、資産家の娘に貧民街を描いたテクストを捧げることを躊躇しなかった。「貧民街の声」は、この時期に書かれた未発表のテクストのうち唯一完成されたものであり、カミュの転換点、すなわち到達点であると同時に新たな出発点となった。これは四つの「声」と短い「結論」から構成されている。

一、「考えることをしない女の声」――『最初の人間』にいたるまでは作品のなかで少年期のことをほとんど語らなかったカミュであるが、ただ一つの例外が母と息子の物語である。この主題こそ、彼が文学創造の道に足を踏み入れたとき、まずはじめに書こうとしたものだった。物語は一人称複数の語り手によって担われるが、逆接的なことに女の声はどんな瞬間にも聴かれることはない。ここでの語りは、失われた時間を求めて、過去の情景を蘇生させようと試みつつ、やがてひとりの息子が抱く母親の思い出へとたどりつく。「それはこんな夕暮れのこと。彼が思い出すのは過ぎ去った幸福ではなく、自分が苦しんだ奇妙な感情だった。――彼にはひとりの母がいた」(I, 76)。この息子と母の物語は、一人称単数の語り手によって『裏と表』の「諾《ウィ》と否《ノン》のあいだ」においてふたたび取り上げられることになる。

二、「死ぬために生まれてきた男の声」――だれにも話を聴いてもらえないおしゃべりな老人の声は、冒頭から直接話法で聞かれるが、やがて語り手の声がそれに取ってかわる。これは『裏と表』の「皮肉」の二番目のエピソードの原型となった。
三、「音楽によって昂揚される声」——レコードから流れてくる音楽が、自分の不幸を語る女の声と混ざり合う。カミュの母をモデルにしたこの女の恋とそれを邪魔する弟のエピソードは、そのまま『幸福な死』に再利用される。
四、「映画に行くために置いていかれる病んだ老女の声」——カミュは、ここで家族とは別の人物をモデルにして、リアリズムの手法で描くことを試みている。若い作者は老女の視点に立つすべを心得て、その老人の目から自分の分身である若者を見るのだ。この声は、一人称単数の語り手によって引き取られ、『裏と表』の「皮肉」の一番目のエピソードの原型となる。
以上の四つの声のあとに短い「結論」が置かれている。「ひとりの男、老女、他の女たちが語った。彼らの声は人間たちのあたりを満たす喧噪のなかで、ゆっくりと次第にかき消されていく」(I, 86)。老人たちの孤独や悲哀を見つめ、その声をすくい上げることによって、カミュは青年の抒情的で思弁的な語りのスタイルから離れて、彼特有の象徴的リアリズムへの道を歩み始めるのだ。

「貧民街の声」は、カミュにおいて決定的な一歩を印すものとなった。身辺の凡庸な生活を素材にして、そこに普遍的な意味を与える記述の試みへと彼は乗り出した。このテクストでは四つの声が相次ぐが、表題がもたらす印象とは異なり、声は登場人物に付与されてはいない。カミュはむしろ、その声がどこから来るのか、あるいはどのように黙っているのかを描写する。そのことによって、「声」は直接伝えられないとはいえ、そうした貧民街の老人たちの「声」の在処とその様態は、はっきりとテクストを通して読者に届く。こうした態度は、そのまま『裏と表』に収められたいくつかのエッセイにも引き継がれるだろう。そこでは、一人称複数あるいは三人称単数の語りは消えて一人称単数が採用されることになるが、この語りは個人的体験を通して普遍的真実へと達する能力を確信している。

「ルイ・ランジャール」

「貧民街」を扱った一九三四年―三六年の草稿のあいだに、小説の素描を構成する一連のテクストがあり、プレイヤッド版で十ページほどの草稿は、ルイ・ランジャールという主要人物によって統一されている。この名は、小学校時代の恩師ルイ・ジェルマンを連想させる。カミュはこの最初の小説の試みをけっして他人にほのめかすことはなかった。

「ルイ・ランジャール」のテクストの多くは「貧民街の声」から採られている。カミュは、それらを再利用して、そこに主人公ルイ・ランジャールを登場させ、統一した物語に仕立て上げようとした。物語は五つのエピソードからなっている。一、まず、カミュ自身の家族と似た家族の紹介から始まり、専制的な祖母が亡くなる(これは『裏と表』の「皮肉」に再現される)。二、続いて息子の病気が語られるが、すでに述べたように、これはカミュが自分の発病について語った最初のテクストである。そのあとの病院の描写は、「貧民街の病院」から採られている。三、それに続く母とその弟の話は、「貧民街の声」に基づき、さらに『幸福な死』に反映している。四、最後に母と息子の物語があらわれるが、一部は「貧民街の声」の

「考えることをしない女の声」と、また他の一部は『裏と表』の「諾《ウイ》と否《ノン》のあいだ」とほぼ同一である。母親の病気によって、息子は無関心のなかで母親との愛の絆を感じとる。

「ルイ・ランジャール」には、このあと、「貧民街の声」の延長に位置する三つの断章草稿が含まれている。まず音楽を好み、弟に手ひどく扱われる女、次に息子と理解し合う老人の短いエピソード。この二つにはルイの名前が見られる。そして最後に置かれているテクストにはルイの名前はなく、一人称で母親に直接呼びかけた稀なスタイルを取っている。ここにはカミュにおける重要な主題が、素描の形で集中してあらわれる。まずここで初めて、「死を宣告された男」の主題が登場する。語り手は、直接に言及しないとはいえ自分の病気を暗黙の了解事項として母に語りかけつつ、自分をギロチンによって処刑される死刑囚にたとえるのだ。「お母さん、ほら、ぼくはとても平静です。新聞が死刑執行について報道するとき、死刑囚たちが平静であきらめきった様子なのが印象的だと報じることがときどきあります」(I, 95)と、彼は語り始める。「死刑囚はごまかしません。彼は自分が〈社会に負債を返す〉のではなく、首を斬られるのだということがよくわかっている」と、彼は死刑囚の心境を語り、そしてこう続けるのだ。「それで、ぼくもまた平静なのです」

　またここには、「不条理」という語のもっとも早い時期における使用が見られる。語り手は、母への呼びかけの冒頭で「すべては不条理なのです」と述べたあと、死を宣告された男の酷薄な宿命を語りつつこう言う。「もういまでは、精神の安定を取り戻すことができません。お母さん、ぼくは不幸な男です。激しい情熱がぼくにとりついていたので、いまでは不条理ということが何なのかがわかるのです」(I, 95)。カミュは、十七歳のときの結核体験を死の宣告として受け取り、ギロチンにかけられる死刑囚と自分を同一化し、この体験を通じて不条理を発見するにいたった。ここに素描された「死を宣告された男」およびそれに密接に関連する「不条理」の主題は、今後、カミュの作品において通奏低音のように鳴りひびいて、その基調となる音色を構成することになるだろう。

このテクストの半ばでは、母における「こころの無関心、たましいの無関心、からだの無関心」(I, 95) が強調されたあと、後半では語り手は町の高台に上り、そこから眺める町と空、そして太陽の光を前にして母に語りかける。「お母さん、知っているでしょう、ぼくの青春のすべてはここに、太陽が輝く時間のなかにあるのです」(I, 96)。すでに「ムーア人の家」にも見られたが、こうした高台から眺めた光景は、カミュの作品に繰り返しあらわれるだろう。そして「世界を前にしている」ことと、「母を前にしている」こととが等価となり、そこにおいて語り手は輝かしい喜びに満たされることになる。「こうしてぼくは理解したのです。ぼくには現在の時しか残っていないことを。ぼくたちの王国は、ああ、この世にあるのです」。みずからの病気と死刑囚の運命について考察したあと、語り手は最後に、太陽の光のなかにある現在時の王国を発見する。

しかし、このテクストはそこで終わってはいない。最後に「墓地」があらわれて、ふたたび「死」の主題が回帰し、そこで語り手は「ぼくたちの存在全体が歓びと幸福を求めて叫んでいる」(I, 96) ことを確認するのだ。

第二章

『裏と表』
——沈黙の深さ

『裏と表』

二三歳のとき、カミュは最初のエッセイ集『裏と表』を、アルジェの小さな書店から少部数出版した。自分にとってもっとも重要だと考えていた母と息子の物語を、彼は二番目に置かれたエッセイ「諾《ウィ》と否《ノン》のあいだ」において試みた。三つの回想場面が含まれているが、その最初のものは、おそらくは少年カミュにとってもっとも原初的な母の思い出である。

だが彼は、この動物のような沈黙の前ではうまく泣けない。彼は母親にあわれみを感じている。それは彼女を愛しているということなのか？　母は一度だって愛撫してくれたことがなかった。愛撫のやり方を知らないのだから。それで彼は長いあいだ母親を見つめたままでいる。自分をよそ者だと感じて、自分の苦痛を意識する。彼女には彼がたてる物音が聞こえない。というのも耳が遠いからだ。やがて老婆が帰ってきて、生活がふたたび始まるだろう。灯油ランプの丸い光、油布、叫び声、野卑なことば。だがいまは、この沈黙は時間の停止を、並外れた瞬間を記している。こうしたことをぼんやり感じとると、子どもは自分をとらえる高揚感のなかに母への愛を感じるように思うのだ。（I, 49–50）

労働座と最初の出版

一九三五年以降、カミュの生活は次第に社会的広がりを持ち、多彩なものとなった。ジャン・グルニエの従容もあり、一九三五年、彼は共産党に入党し、その指導下で劇団「労働座」を立ち上げる。サッカーに興じたときと同様、芝居の上演もまた、仲間と一緒に活動することの歓びを彼に与えた。のちに『転落』のクラマンスは、「大入り満員ではち切れんばかりの競技場で行われる日曜日の試合と、昔から何より好きだった芝居」(III, 737) こそが、彼にとって罪を感じないですむ場所だと言うだろう。

一九三六年一月、労働座はマルローの小説『侮蔑の時代』の翻案上演によって活動を開始し、次にはカミュの主導のもと集団で台本を創作した『アストゥリアスの反乱』に挑んだ。しかし、アルジェ市当局によって公演を禁止され、この戯曲は若い出版人であるエドモン・シャルロによって刊行された。その後も労働座は活動を続けて、ゴーリキーの『どん底』などを上演した。アルジェの漁港に近いパドヴァニ海水浴場にある木造施設が劇場に変身し、カミュは演出家、翻案家、役者として多面的に活動した。

同年五月、カミュは『キリスト教形而上学とネオプラトニズム』と題した高等教育修了証論文を提出してアルジェ大学を卒業したが、不治の病である結核をかかえる身のため、高等教育職への道を断念せざるを得なかった。学資をかせぐために在学中から、また学業を終えてからも生活のため、彼はさまざまな仕事に従事した。一九四五年『レ・ヌーヴェル・リテレール』誌のインタビューに答えて、カミュは学業を中断したためにたくさんの職業に就かねばならなかったと述べて、自動車部品を扱う仕事や気象台での仕事と並んで「海運仲買人の仕事」(II, 657) をあげている。事務所は港の近くにあり、これは『異邦人』ではムルソーの職場として登場している。

カミュは大旅行家ではなかったが、その生涯においてヨーロッパ各地および南北アメリカを訪れた。はじめてアルジェリアから外へ出たのは、二二歳から二三歳頃に行った二つの旅においてであり、これは彼の知的世界を拡大する機会となった。はじめは、一九三五年、妻シモーヌと行ったスペインのバレアレス諸島への短い旅行であり、翌三六年夏にはシモーヌや友人たちと中央ヨーロッパの旅に出かけた。しかしザルツブルクで、偶然、一通の手紙によって、妻に薬物を与えている医師が同時に彼女の愛人でもあることを知ったカミュは、アルジェに帰るとシモーヌと別れた。この旅行のあいだ、プラハで友人たちを待ちあぐねた彼は、沈鬱な日々を過ごした。このつらい体験は、『裏と表』や『幸福な死』に素材を与えたばかりか、『誤解』の舞台であるチェコの暗い風土に反映することになった。

一九三六年当時、カミュは演劇活動と並行して、『裏と表』『結婚』『幸福な死』の執筆に取り組んでいた。一九三三年から始まった貧民街の物語の試みは、おびただしい断片的草稿を残したあとに『裏と表』として完成した。これは一九三七年五月に、シャルロ書店から「地中海叢書」の第二冊目として三五〇部で刊行され、カミュが単独で署名した最初の出版となった。

「皮肉」

『裏と表』は五編のエッセイから構成されているが、その冒頭に置かれた「皮肉」は三つのエピソードからなり、はじめの二つは「貧民街の声」から、三つ目は「メリュジーヌの本」の草稿の最後にあった「勇気」から採られている。この「勇気」に付された一ページは、カミュが未来のエッセイ集のための序文として書いたと思われるが、それが「皮肉」という表題を若干説明してくれるだろう。「ある男の絶望した唇にほほえみが浮かぶのを見るとき、男と唇をどうして切り離せるだろうか？　ここで、皮肉が矛盾の装いの下で形而上的な価値を帯びるのだ」(I, 73)。『裏と表』全体を通じて、「どうして切り離せるだろうか」は三回使われているが、世界の裏と表、死の宿命と生への渇望、人間の悲惨と至福、それらは一枚の紙の表裏のように切り離せないことが、繰り返し確認される。そこにカミュが言う皮肉の形而上的価値がある。

若きカミュが最初に出版したエッセイ集の冒頭に、周囲の人間たちに見捨てられる老人の孤独を暗い色調で描いた短い挿話が三つも並んでいることには驚かされる。だが、「貧民街の声」以来、彼が自分にとって身近な現実の姿を描こうとしたとき、まず関心を寄せたのは人生における弱者としての老人たちだった。彼が貧民街の子どもたちの姿を描くようになるには、遺作となった『最初の人間』まで待たなければならない。

最初の挿話には、夕食後、家族がみんなで映画に出かけるときに家に置いていかれる老婆が登場するが、「彼女はひとりになりたくなかった」(I, 41)。次に登場するのは、カフェで若者たちにそっぽを向かれる老人だが、話を聴いてもらえないこと、「それは年老いている時には恐ろしいこと」(I, 42) だ。そして、老人たちは「自分の身を守るのに他人を必要としている」(I, 44)。三番目には、カミュ自身の祖母が登場するが、彼女は孫たちの目には喜劇役者にしか見えず、まったく理解されることなく死んでいく。これは、「ルイ・ランジャール」以来主題とされ、また『最初の人間』において展開される一つの家族の世界を素描している。叔父、母、二人の子ども、そして専制的な祖母。カミュが祖母への憎悪をこれほどあからさまに描いたことは以降ない。

墓地と太陽

また、ここには、カミュの作品において、はじめて埋葬の場面が登場する。近親者の埋葬に際して涙を流すかそうでないか、これは『異邦人』の中心的な主題となるだろう。そして祖母の埋葬の日の描写に続いて、カミュの初期作品特有の官能的なリリシズムをたたえた自然描写があらわれる。「墓地は街を見おろす位置にあった。そこからは透明で美しい太陽が、濡れた唇のような、光にうち震える湾の上に落ちていくのが見られた」(I, 46)。このエッセイの最初から老人たちの孤独の痛ましさを見つめてきた目が、ここで墓地との対比によってはじめて美しい太陽を発見するにいたる。しかし、この陽光によって老人たちの孤独が救われるという単純な自然讃美が問題なのではない。そのことは次の一節で明らかだろう。

これらすべては両立しないだろうか？　みごとな真実だ。映画に行くために見捨てられる女、もはや話を聴いてもらえない老人、何も取り戻さない死、そしてその向こう側には世界のあらゆる光がある。すべてを受け入れるとすれば、これはどういうことになるのか。似通っているがそれぞれ異なった三つの運命がある。死はだれにも訪れるが、それぞれ固有の死がある。とどのつまり、太陽は骨になってもわれわれを熱するのだ。(I, 46)

老人たちが求めていたのは、自分を置き去りにせず、自分の話を聴いてくれる人間だった。この他者を必要としている老人たちと、その向こう側にある世界の光とは、どこまでいっても平行線をたどるしかない。

一番目に置かれた「皮肉」は、このエッセイ集全体を解読する鍵となる。語り手の「ぼく」は、人間の不幸を見つめ、世界の美を前にして「これらすべては両立しないだろうか？」と最後に問いかける。三つの死と世界の美を和解させるのではなく、すべてを「受け入れる」こと、すなわち事物とその反対物の共存を維持すること、それが皮肉というレトリックの原理なのだ。

「皮肉」は、「二年前にぼくはひとりの老婆を知った」(I, 39) と、一人称の語りによって始まる。しかし、この語り手は、二つ目の物語の途中で街をさすらう老人に触れて、「ぼくは彼を見た」(I, 43) と介入するときを除いて、二度とあらわれることはない。その代わりに語り手をモデルにしたと思われる若者が、それぞれの物語内に登場する。はじめは、家族に置いていかれる老婆に同情と関心を寄せる若者。次は、老人を眺めるひとりの男。最後に、死んでいく老女の孫である。こうして、カミュはそれぞれの物語内に位置を占めつつ、うち捨てられた老人たちの孤独を客観的な筆致で描いていく。

「諾《ウイ》と否《ノン》のあいだ」

若いカミュが文学創造の道に足を踏み入れたとき、貧民街の母と息子の物語こそが自分にとってもっとも重要な主題であると直覚していた。一九三五年から始まる『手帖』の冒頭に、彼は次のような断章を置いている。

ぼくの言いたいこと。

だれでも――ロマンチシズムなしで――失われた貧困に対する郷愁を感じることがあるということ。何年間か惨めな暮らしが続くと、それだけで一つの感受性が作られる。このような特別な場合には、息子が母親に対して抱く奇妙な感情が彼の感受性全体（強調原文）を形成する。（II, 795）

このような母親に対する「奇妙な感情」は、すでに一九三四年、「貧民街の声」の「考えることをしない女の声」においてはじめて素描され、同じテクストが「ルイ・ランジャール」に再録されて加筆された。これはさらに、『裏と表』の二番目のエッセイ「諾《ウィ》と否《ノン》のあいだ」のなかで、いっそう完成された文体で描かれることになる。

「もし唯一の楽園が失われた楽園であるというのがほんとうなら、きょうぼくにとりついているこの優しくも無情な感情をなんと名付けたらよいのか、ぼくは知っている」（I, 47）という書き出しが示しているように、プルーストの影響下に書かれたこのエッセイは、物語の豊かな時間構造を有している。アルジェ湾に面した「アラブ人街のはずれにあるムーア人のカフェ」（I, 48）では、夜になって客は少なくなり、語り手の青年がひとり残っている。彼は「過ぎ去った幸福をではなく、ある奇妙な感情を思い出す」。このカフェにおける一人称現在形の瞑想をもとに、三回にわたって想起された母親の思い出が、一人称および三人称そして単純過去、複合過去、現在といったさまざまな様態によって語られる。すなわち、現在の瞑想は「ぼく」によって担われているが、挿入された物語はほとんどすべて「子ども」「息子」といった三人称で語られ、距離が置かれている。過去の想起は次第に現在に接近し、はじめの挿話では息子は母と一緒に住んでいるが、あとの二つの挿話では、息子が母親の家をたずねてくる。これは、十七歳のカミュが結核の発症をきっかけに、母の家を出たあとの体験に基づいている。

第一の回想において、とある夕暮れ、学校から帰ってきた少年は、暗闇のなかに、まるで沈黙した動物のようにうずくまっている母親を見いだす。彼女は耳が遠くて、放心する癖があった。「だが彼は、この動物のような沈黙の前ではうまく泣けない。彼は母親にあわれみを感じている。それは彼女を愛しているということなのか?」(I, 49) 愛撫するすべを知らない母親を前にして、少年には、愛情がどのようなものであるかよくわかっていなかった。確実なのは、この動物のような沈黙を前にして、彼が狼狽と憐憫を感じていることだけだ。彼は母親のまったき無関心の前で、自分がよそ者であるかのように感じ、自分の苦痛を意識する。やがて祖母が帰ってきて、生活がふたたび始まり、日常的反復の時間がまた動き出すだろう。「だがいまは、この沈黙は時間の停止を、並外れた瞬間を刻んでいる。こうしたことをぼんやりと感じとると、子どもは自分をとらえる高揚感のなかに母親への愛を感ずるように思うのだ」(I, 50)。つねに祖母の圧制に支配されて、母親への感情の自由な吐露さえも禁じられてしまっていた少年は、いまが特権的瞬間なのだということをおぼろげに感じとる。彼が母親へのあわれみのなかに愛情が含まれているように思うのは、このときなのだ。

世界の単純さ

第二の回想では、ある晩、すでに大きくなった息子が母のもとへと呼ばれた。暴漢に襲われた母が失神するという事件が起こり、少年は、医者の勧告に従って、母親と二人きりの夜を過ごすことになる。他の人びとからは隔離され、夜の暗闇と沈黙のなかで世界は溶けてしまい、生活が毎日繰り返されるという幻想も失われてしまう。「もう何も存在していなかった。［……］しかし、世界が崩壊しているそのときでさえ、彼は生きていた」(I, 51)。こうして日常生活とは別の空間と時間が発見され、それは母親とのみ共有される。

ここでは母親の奇妙な無関心が反復して語られるが、「諾《ウイ》と否《ノン》のあいだ」の異稿と見なされる「ルイ・ランジャール」では、少年もまた自分の内部に同じ無関心があるのに気づく。

> 彼は、彼女が死ぬのを一度も恐れたことはなかった。このようにして彼は、自分自身の無関心を説明していたのだ。それに母親の視線のなかに、彼は同じ確信を読み取っていたと言わねばならない。彼女は無意識のうちに、自分の心のなかに共通の永続性の観念を抱いていた。何かが永遠に彼らを別れさせるとは思ってもいなかった。疑いさえしなかった。そんなことを考えたこともなかったのだ。(I, 93)

少年も母親も、相手が死ぬことを恐れていなかった。だから彼らは、相手の病気のときにも気遣うことなく、お互いに無関心であり続けた。この無関心の共通性を認めることのなかに、二人の絆の保証があった。この無関心は、お互いの不滅性への確信によってこそ説明がつく。何ものも彼らを離別させることはできない。死でさえも、この永続性の前では無力なのだ。このような息子の母に対する「奇妙な感情」、また母と息子の無関心に彩られた不思議な絆、それらはカミュのその後の作品においても変奏されてあらわれてくるだろう。

このあと、ムーア人のカフェにいる語り手の考察が挿入される。回想において蘇生する母と息子の世界は、諾《ウィ》と否《ノン》に二元化される以前の未分化の均質な世界であり、透明さと単純さをその特質としている。「このように、世界の深遠な意味を体験したかのように思うそのたびごとに、いつもぼくを驚かせたのは世界の単純さなのだ」(I, 52)

第三の回想では、息子が母のもとをたずねて来て、二人が沈黙のなかで共有するひとときが、まるで闇のなかの光明のように浮かびあがる。「昔のことではないが、旧市街の家に、息子が母に会いにやってきた」(I, 52)。回想される時が、次第に語りの現在に近くなっている。二人はほとんど会話を交わさないが、ただ父のことが話題になる。息子は父とそっくりであるという外面的類似と、父の出征と戦死が語られる。

根源的な無関心

「諾《ウィ》と否《ノン》のあいだ」は、最後にふたたびカフェでの考察があらわれて、締めくくられる。母と息子が共有していた単純かつ透明な世界、そこを支配するのは無関心である。「そのとき、ぼくに向って立ち上ってくるのは、よりよい日々への希望ではなく、すべてに対する、またぼく自身に対する、晴朗で根源的な無関心なのだ」(I, 54)。このエッセイでは、「無関心」という語が五回使われている。最初と最後は、アルジェの高台で、夜のカフェにいる語り手に向かって、世界から吐き出されてくる息吹のような無関心である。そして中間部では、回想における母親の「奇妙な無関心」に二度言及される。さらに同じ場面を描いた「ルイ・ランジャール」の断章では、息子自身の無関心が語られていた。ただし『裏と表』では、カミュは息子の無関心を削除して、透明な世界の無関心と、それと釣り合うだけの単純さを持ち、沈黙して座している母親の無関心だけに局限した。こうして、青年期の語り手と回想のなかの少年にとって、世界と母は等価となる。それは特定化され分化される以前の、限りなく透明で単純な存在であり、無関心(indifférence)はそのまま無差別(indifférence)でもある。「諾《ウィ》と否《ノン》のあいだ」は、少年と母親、そして世界との不思議な関係を象徴的に描き出して、『裏と表』のなかでもっとも豊かなテクストの一つとなっている。

そして、このエッセイの最後にいたって、死刑囚の主題が唐突に導入される。

> そうだ、すべては単純だ。ものごとを複雑にするのは人間たちなのだ。ぼくたちにあれこれ余計な話をするのはやめてもらいたい。死刑を宣告された男について、「彼は社会に負債を払おうとしているのだ」と言わずに、「彼の首を斬ろうとしているのだ」と言わなくてはならない。これはなんでもないことのように見える。しかし、そこに小さな違いがある。それに、両目で自分の運命をしっかりと見据える方を好む人たちもいるのだ。(I, 54)

この最終箇所は、「ルイ・ランジャール」の断章と共通する部分が多く、語り手は、ルイと同じく死刑囚を手本にして、明哲に自分の運命を見据えようとしている。しかし、『裏と表』においては、カミュはある種の節度を保って自分の病気を語るのを控えており、結核についてはひと言も触れられていない。そのため、ここではなぜ語り手が死刑を宣告された男に共感を寄せるのかが不分明なのだ。不意にあらわれるこのギロチンについての言及は、ほとんど『異邦人』の最後の場面を予示するかのようである。

「魂のなかの死」

『裏と表』を構成する五つのエッセイのうちでもっとも長い「魂のなかの死」は、一九三六年夏に妻シモーヌと行ったチェコとイタリアの旅行から直接霊感を得て、同年秋から書き始められた。「皮肉」における三つのエピソードの並列や「諾《ウィ》と否《ノン》のあいだ」の交錯した時間構造と異なり、これはプラハでの孤独、ヴィチェンツァでの恍惚という単純な対比的構成からなる。紀行文の形を取っているが、自伝的な再構成ではなく、旅人の内的冒険についての瞑想である。

冒頭から、プラハ到着以降の陰鬱な日々が簡潔な文体によって叙述され、夕方ホテルに戻った語り手は旅に関する考察を書き記す。異境においては、「習慣の幕、心がまどろむさまざまなしぐさやことばの心地よい織物がゆっくりと持ち上げられ、ついには不安の蒼ざめた顔をあばきだす」(I, 58)。意識の目覚めの瞬間が訪れ、人間は事物との一体感を失い、「大きな不和が人と事物とのあいだに生ずる」。しかし、それはまた、世界が、それまで私たちの知らなかった新しい姿のもとに立ちあらわれる瞬間でもある。「もろくなったこうした心のなかに、世界の音楽がいっそうやすやすと入り込む」。日常的習慣が支えていた世界と心との牢固とした関係が不安定で脆弱なものとなり、旅はこのように「感動的で心に感じやすい風景」を創り出すのだ。

しかし、それがいかに新しい世界を開示してくれるものであれ、この不安定な状態にとどまり続けることはできない。旅人が光のヴィチェンツァへと南下し、太陽に近づくにつれて、痛みは回癒へと向うだろう。牧歌的背景のなかに過ぎゆく一日一日がゆるやかな運行を描き出す。「ぼくについてまわるこの内心の沈黙は、その一日をまた別の日に導いてゆくあの緩慢な運行から生まれているのだ」(I, 61)。ここでは、日々はくるくると回転してはてしない旋回運動となり、この運動と一体化することが、内部の静謐と幸福を可能にし、世界はふたたび親密な姿を帯びる。「プラハではぼくは壁に囲まれ息苦しかった。ここでは世界を前にしていた」(I, 62)

しかし、生が光と太陽のほほえみに満ちあふれたものとなり、日々の旋回的持続が次第に永遠に似た姿を提示するにつれて、そのときこそ、実はこの持続の永生を保証するものがどこにもないことに気づくのだ。

> 確かに、樹木や太陽や微笑に満たされたこのイタリアの平原を前にして、ぼくは一か月以来つきまとわれていた死と非人間性の匂いを、他のどこよりも強烈に嗅ぎとったのだ。［……］ぼくにとっては、この国に、不死を約束するものは何もない。(I, 62)

ひとたび意識の目覚めの瞬間を体験した者は、もはや光のなかに完全に意識を眠らせてしまうことはできない。プラハの闇のなかに新しい世界の開示があり、ヴィチェンツァの光のなかに死の匂いがある。この両義的世界をそのままに受け入れること、そこにこそ偉大さがある。「ぼくはある偉大さを必要としていたが、それを、ぼくの深い絶望と世界でもっとも美しい風景が示すひそかな無関心との対面のなかに見いだしていたのだ」(I, 63)

エッセイの最後に置かれた「アルジェ郊外の小さな墓地」(I, 63) についての短い言及は、「皮肉」の末尾の墓地と同様に、世界の美と人間の死との対比を示す象徴的なイメージとして機能している。プラハでも語り手は街をさすらいつつ「ユダヤ人墓地」(I, 58) を訪れていた。そして、のちに触れる「裏と表」と題された第五エッセイの冒頭には、「自分の住む町の墓地」(I, 69) に墓を買う老女の挿話が置かれている。若きカミュは墓地に魅せられつつ、死についての考察を続けるのだ。

「魂のなかの死」は、執筆直前の旅行体験から霊感を汲んでいることもあり、『裏と表』に収められたほかのエッセイとは異なり、過去の錯綜した草稿に依存していない。むしろ、のちの作品に多くの素材を供給することになった。まず異国において体験された「異邦性」の感情は、『幸福な死』のメルソーに直接受け継がれることになるが、その他に『異邦人』のムルソーや『シーシュポスの神話』にも反映する。他方で世界との一致の感覚は、とりわけ『結婚』において展開されることになるだろう。

「生きることへの愛」

一九三五年夏、バレアレス諸島への旅行から霊感を得て書かれた第四エッセイ「生きることへの愛」では、旅行に基づく体験が、「魂のなかの死」のように紀行文風のリアリズムではなく、むしろ「諾《ウイ》と否《ノン》のあいだ」のように三つの回想場面と、そこに挿入された考察という構成をとる。ここでは語り手の「私」は代わる代わる観察者となり、また分析の主体であると同時に対象となる。

若いカミュにとって、旅は、好奇心を満たし異国の情趣を味わわせてくれるものであるより前に、何よりも日常の安定をゆさぶるものであった。プラハにおいて旅がもたらす恐怖が語られたと同様、ここでもまず旅は魂を不安へ投げ込むものとして描かれる。パルマの夜のキャバレーで踊り子に魅せられたあと、語り手は考察を展開する。「旅の価値をなしているものは恐怖なのだ。それはわれわれのなかで、一種の内面的景観を壊してしまう、もうごまかすことはできない」(I, 65)。旅は心がまどろむ揺籃を転倒させ、隠れ家を奪うのだ。しかし、それは同時に、事物とそのイメージが新しい姿で出現するときでもある。「だがまた、われわれの魂が病んでいると感じると、われわれは個々の存在、それぞれの対象に、奇蹟の価値を返すことになる」(I, 66)。魂は安定を失い、それまで外界の事物とのあいだに堅持していたゆるぎない関係を失ってしまう。しかしこのときこそ、事物を覆っていた日常的習慣の半透明の膜が破れ、事物が本来の輝きを取り戻し、「一つ一つのイメージが象徴になる」。

第二の場面では、大聖堂のある人気のない地区で、正午の閑寂と静寧のなかで、「ある種の〈ゆるやかさ〉の観念」(I, 66)が語り手の心を打つ。あらゆる運動が緩慢となり、このような減速した時の流れのなかで、「ぼくはあの沈黙の匂いのなかに溶解してしまった」。そして、聖フランチェスコ教会の回廊においては、「一つの均衡が続いていた。とはいえ、それは自身の終末に対する恐怖に彩られていた」(I, 67)。この絶妙な均衡がどこまでも続いていくことによって、それは新たな奇蹟のような持続を生み出す。壊れやすく移ろいやすいもろもろの事物と人間をかかえこみつつ、世界は持続している。そして、この持続に参加することによって、「ぼく」もまた持続のなかに生きることが可能となる。だからこそ「生きることの絶望なくして、生きることへの愛はない」。

最後に置かれた三つ目の場面では、夕暮れの時刻に、港に面したカフェで語り手が町のざわめきに共鳴する。「パルマのキャバレーと聖フランチェスコ教会の回廊のあのうち震える時間におけると同様、ぼくは両手に世界をとらえたいという限りない衝動に抵抗する力もなく、身じろぎせず、気を張りつめていた」(I, 68)。こうして「生きることへの愛」だけが、他の四つのエッセイとは多少とも趣を異にしている。ここでは墓地が想起されることもなく、皮肉による距離をおいた死への言及によってではなく、世界への欲望の表現によって終っている。

「裏と表」

最後に置かれたのはエッセイ集と同じ題を持つ「裏と表」である。ふたたび老人が登場して、彼女の墓の悲劇的挿話から始まる。死を待ちながら墓のためにしか生きていないこの女の物語は、テクストを開くと同時に、締めくくるために最後にもう一度喚起される。

そして中間部では、一転して太陽が姿をあらわし、めくるめく光のなかで世界の秘儀に通ずる瞬間が語られる。

一片の雲が太陽を覆い隠し、次にあらわに見せる。すると、花瓶のミモザの輝くばかりの黄色が日陰からあらわれ出る。それでもう十分なのだ。生まれ出たたった一つの微光、それだけでぼくは、漠としためくるめく喜びにひたされてしまう。一月のとある午後のことであり、それはこのようにぼくを世界の裏面に向き合わせる。(I, 70)

老婆の挿話が世界の表であったのなら、いまはその裏を語るときだ。大気にはまだ冷たさが残り、冬の陽光の皮膜はごく薄い。しかし、あらゆるものが、この微光に照り映え、永遠の姿を帯びてくる。いまできることと言えば、木の葉と光の戯れに参加することであり、この目の前に提示された世界の微笑を受け入れることだけなのだ。だから、「時間の織布から、ぼくがこの瞬間を切り取ることを放っておいてもらいたい」(I, 70)。

活動すること、それは自己を失い、活動のなかに埋没して世界との一体化を意識する瞬間を見逃してしまうことだ。時を失わないためには、むしろ休息が必要である。休息とはいっさいの活動から身を離しながらも、意識は目覚めた状態なのだ。「もし不安がいまもこの心を締め付けるとしたら、それは触知しえない一瞬が、水銀のしずくのように、指のあいだから滑り落ちてゆくのを感じるからだ」(I, 71)。意識をいっぱいに開いて、流れゆく一瞬一瞬を賞味しつくすこと。カミュは高等教育修了証論文において次のように書いていた。「福音書においては、神の王国を手に入れるためにはこの世での生を断念しなければならない」(I, 1009)。この命題を逆転して、彼は『裏と表』においてはこう書く。「ぼくの王国のすべてはこの世界にある」(I, 71)。続いて、彼はこう述べる。「永遠はそこにあり、ぼくはそれを望んでいた」。この世界における王国と、そこに存在する永遠について語ったこの二つのことばは、カミュにおける超越性なき聖性の最初の表明である。彼は生涯を通じて、「いま」と「ここ」に対して忠実であり続けるだろう。『手帖』の一九三六年一月の日付のある断章では、少し表現を変えて書かれている。「ぼくはこの世界で幸福だ。なぜならぼくの王国はこの世界にあるからだ」(II, 799)

しかし、このような「ぼくが世界であるとき」、世界の旋律と内部の旋律とが協和音を奏で、世界の呼吸とぼくの呼吸とが同じ律動を刻むとき、この特権的瞬間が、実は人間の悲惨と表裏一体のものであることを忘れてはならない。光を凝視しているぼくの念頭から、自分の墓を作らせる孤独な老婆の姿が消え去ることはない。

ひとりの人間が凝視していると、もうひとりは自分の墓を掘っている。どうして二人を切り離せるだろうか? 人間たちと彼らの不条理を? [……] 世界のこうした表と裏のあいだで、ぼくは選択したくないし、人が選択することも好まない。(I, 71)

ここでも光はすでに闇をはらみ、特権的瞬間は悲惨の時間に裏打ちされている。このエッセイの結論として、真実、明晰、勇気への要求が語られ、裏と表のあいだで選択しない者にとっての必要な態度として皮肉が提示される。

世界が開示される瞬間

「どんな人生にも、とりわけ人生のあけぼのには、のちのすべてを決定するようなある瞬間が存在する」ということばで、ジャン・グルニエの『孤島』は始まっている。若き日のカミュが、グルニエの『孤島』に導かれつつ『裏と表』の執筆を開始したとき、彼自身も「のちのすべてを決定するようなある瞬間」を自分の筆のもとに書きとどめようとしたことは十分に想像される。実際、この処女エッセイには、さまざまな目覚めの瞬間がみずみずしい筆致で、ときには痛苦をともなって記録されている。

はじめは、薄明のあるいは夜の沈黙と闇に浸され、他の人びとからは隔離された空間のなかで、少年カミュが奇妙な無関心を示す母親と共有した時間。これは、通常の時の流れの外に位置し、停止し、尺度を越えて限りなく広がる時間であり、少年と母親のお互いの不滅性、永続性の観念によって支えられている。次には、めくるめく光のなかで自然と交感し、世界と一体化する、過去から切り離された現在の特権的瞬間。しかし、この瞬間も、つねに人間の死や悲惨と表裏一体となっている。これは第二エッセイ集『結婚』においては、地中海の太陽の下でいっそう輝かしく高らかに歌いあげられるだろう。最後は、日常的習慣の帳《とばり》がひきあげられて、まどろんでいた意識が目覚める瞬間。これは未知の不安に襲われると同時に、新しい世界の発見のときでもある。この瞬間は、やがて絶えず死によって脅かされる旋回的持続へと、また崩壊の危機をつねにはらんだ緩慢なる持続へと発展する。カミュ自身の旅行体験が彼に教えたものであったが、これは、のちに『シーシュポスの神話』のなかで不条理の哲学と結びつき、より普遍的で体系化された形態をとるようになる。

出発点としての『裏と表』

『裏と表』にあらわれた主題のなかで、のちの作品に反響を見いだせない主題はないと言ってよい。ここに表明された確信のいくつか、とりわけ人間と世界との関係に関するもの、それがあとに続く思考と作品に材料を提供している限りにおいて、カミュは絶えず『裏と表』を書き直し続けたのだと言うことができるだろう。

カミュはここで、一人称の語り手「ぼく」のさまざまな実験的試行を行っている。「ぼく」は作者カミュと同定できるようなエッセイの書き手であると同時に、さまざまな挿話における作中人物でもあり、また分析や考察の主体であると同時にその対象でもある。

カミュはこの最初の本をグルニエに捧げた。「この本の欠点はわかっています――でも出版します。それが必要になったとぼくには思われるのです」(Grenier, 28)と、一九三七年、彼はグルニエに書いた。しかし、一九三七年七月八日付の友人メゾンスールに宛てた手紙では、「ぼくは君と同じ意見だ、ジャン。舞台裏にとどまっているべきだったのだ」(I, 97)と、出版を悔いる気持ちを表明している。内容ではなく、形式に不備があったと、カミュは考えていたようだ。「今後、ぼくは芸術作品となるような一冊の本を書くだろう。もちろん創作と言いたいのだ。だが、そこでぼくは同じことを言うだろうし、ぼくのすべての進歩は、不安もあるが、形式におけるものになるだろう――つまり形式がいっそう外にあらわれることを望むだろう」。この手紙においてカミュが念頭においているのは、とりわけ「諾《ウイ》と否《ノン》のあいだ」だろう。これは五つのエッセイのなかでもっとも自伝的であり、かなり直接的な告白を含んでおり、カミュはこれを書き直すことに執着し続けた。

『裏と表』は、カミュがフランスにおいて有名な作家になったあとでも知られないままであり、一九五八年になってようやく著者は再刊を許可した。その折に付された「序文」において、彼は『裏と表』を書き直す意図を表明し、それは長編小説『最初の人間』となるはずであったが、不慮の事故死により未完成の草稿のまま残された。

第三章

『結婚』
——生の讃歌

『結婚』

二五歳のときに、カミュはアルジエのシャルロ書店から第二作を刊行した。地中海的霊感あふれるこのエッセイ集『結婚』は、彼の作品のなかでももっとも抒情的なものとなった。冒頭に置かれた「ティパサでの結婚」は、カミュにとっての聖地ともなった海辺の廃墟で繰り広げられる自然との婚礼をうたっている。

春になると、ティパサには神々が住み、神々は陽光やニガヨモギの匂いのなかで語る。海は銀の鎧をまとい、空はどこまでも青く、廃墟は花々に覆われて、光は石の堆積のなかで煮えたぎっている。ときには、野原は太陽の光で黒くなる。まつげの縁で震えている光と色彩のしずくよりほかには、目をこらしてみても、何も見えはしない。香草のむせかえるような匂いがのどをひりつかせ、圧倒的な暑熱のなかで息苦しくなる。風景の奥深くにかろうじて見えるのは、シュヌーア山の黒い固まりだ。それは村の周囲の丘に根をおろし、重々しい確かなリズムで身をゆすって、海のなかにうずくまろうとしている。(I, 105)

文化会館

十九世紀の末にジッドが発表した『地の糧』は、アルジェリアの大地に素足で触れて、そこから生の糧を汲みあげることを求めていた。二〇世紀に入ると、一九三〇年代にモンテランがいくつかの著作のなかでアルジェリアの魅力を謳歌した。地中海の北側では、一九二二年、ヴァレリーが「海辺の墓地」を発表したが、これに感化を受けてカミュは一九三三年地中海を主題とした詩を書いた。その同じ年、今度はヴァレリーが「地中海の感興」と題した講演を行うことになる。

アルジェリアや地中海を取り巻く国々のまばゆい栄光が語られ始めた頃、アルジェでは、カミュと仲間たちが、共産党の指導で創設された文化会館の主導権を握り、地中海文化の顕揚を目指した。一九三七年二月八日に行った演説「土着の文化、新しい地中海文化」のなかで、カミュはこう述べた。「私たちは文化を生に結びつけようと望んでいます。微笑と太陽と海によって私たちを取り囲む地中海こそが、その教訓を与えてくれるのです」(I, 571)

文化的活動と連携しつつ、政治的活動もたゆむことなく続けられた。一九三七年四月、カミュは、アルジェリアの一定数のイスラム教徒にフランスの市民権を与えようとするブルム＝ヴィオレット法案を支持する集会に参加した。またこの時期、共産党は政治上の判断から、カミュが勧誘した闘士たちの投獄を容認した。そのため彼は、共産党に反発して三七年秋に除名処分を受けたあと、人民戦線と直結していた労働座に代えて、仲間座を立ち上げた。この新しい劇団において、カミュはいくつかの作品を上演したが、三八年五月にはみずから翻案したドストエフスキー『カラマーゾフの兄弟』を舞台にかけた。ドストエフスキーの文学世界はこのあともカミュを魅了し続け、彼は一九五九年には『悪霊』を翻案し、パリで上演することになる。

光の富

一九五八年、カミュは『裏と表』の序文で、少年時代を振り返ってこう述べている。「貧困は、何よりも、私にとってはけっして不幸なことではなかった。そこには光の富があふれていたからだ」(I, 32)。貧困は社会・経済的な格差に基づくが、それに対してカミュは、万人に等しく注がれる自然の富としての光を対置する。貧困の問題は政治のレベルで解決をはかるべき問題であり、ジャーナリストとしてのカミュはその立場を貫いた。しかし、他方で作家としてのカミュがいる。この貧しい人びとの生活を見つめるところに、彼の文学的出発点があり、その中心にはすでに見たように母の沈黙があった。アルジェの太陽は、他の界隈の上同様、貧民街の上にも輝いている。その光のもとでは、生きているものはみなその価値を等しくしているのだ。そしてまたカミュはだれよりも、空から落ちてくる陽の光でたちまち歓びに満たされてしまう、そのような感性を備えていた。こうした光は『裏と表』を始めとして初期作品のいたるところに見いだされるが、とりわけ第二作『結婚』にはカミュの言う「光の富」が充溢している。

一九三七年にシャルロ書店から刊行された処女作『裏と表』は、カミュに作家としての自信を与えはしなかった。一九五九年、ジャン＝クロード・ブリスヴィルに答えたインタビューで、彼はこう述べている。「『裏と表』のあと、私は疑いました。あきらめようと思いました。それから爆発的な生命力が私のなかで表現を求め、『結婚』を書いたのです」(IV, 611)。『結婚』の原稿は一九三八年夏には完成してシャルロに渡されていたが、出版されたのは一九三九年五月だった。初版を売り切ることができなかった『裏と表』とは異なり、その後版を重ねて、一九五〇年にはガリマール社版が出た。これは、地中海をめぐる四つの場所、ティパサ、ジェミラ、アルジェ、フィレンツェを舞台とし、地中海的霊感にあふれた詩的散文で綴られたエッセイ集である。執筆は三七年夏、二三歳のカミュが再発した肺結核と苦闘しようやく死線を乗り越えた直後から始められており、この闇の体験が、より激しく作者を光へかりたてていったと思われる。『裏と表』の光と闇、幸福と不幸、生と死、若さと老い、諾《ウイ》と否《ノン》の両義的世界は、『結婚』においてはその均衡が崩れ、より多く光の側に傾いている。

しかし、このエッセイにあらわれた過激なまでの幸福追求の渇望は、つねにその背後に死に対する大きな恐怖を秘めていることを容易に気づかせる。カミュの健康状態は相変わらず不安定であり、世界との結婚を寿ぐ輝かしいこのエッセイにも、結核の暗い影がそこかしこに認められる。冒頭に付されたエピグラフが、すでに死の考察へと読者を誘っている。

> 死刑執行人はカラーファ枢機卿の首を絹紐で締めたが、紐が切れてしまった。もう一度やり直さなければならなかった。枢機卿はひと言も発せず、死刑執行人を見つめた。（スタンダール『パリアーノ公爵夫人』）（I, 103）

この「死刑執行人を見つめた」枢機卿のまなざしこそ、『結婚』の世界を通して感じとれる作者のまなざしにほかならない。それは、死と間近に対面し、かろうじて危機を脱したものの、いつ再発するかもしれない結核をかかえて、不安定な猶予期間を生きる者のまなざしだ。未来が閉ざされたこの時、猶予の現在からその富をあますところなく汲みつくそうという激しい渇望が生まれてくるだろう。この渇望が、青春の若々しい語り口と結びついて、『結婚』をカミュの作品のなかでもっとも詩的で抒情性を帯びた作品にしている。

「ティパサでの結婚」

カミュにとって「光の富」の聖地となったのは、アルジェから西へ七〇キロメートルに位置する古代ローマの廃墟ティパサだった。カミュの伝記において最初にティパサの名があらわれるのは、一九三三年、アルジェ大学で知り合った友人のティパサの家に招かれたときである。そして、カミュのテクストにおけるティパサの初出は、一九三四年五月一日発行の『アルジェ＝エテュディアン』に発表された「アブ＝デル＝ティフ」である。翌一九三五年八月、ティパサに滞在したカミュは、ジャン・グルニエに宛てた手紙のなかで、この海辺の廃墟の魅力を語っている。「しばしば圧倒的なこの輝かしさが、数か月前から忘れていた内心の沈黙を少し取り戻させてくれました」(Grenier, 23)。とりわけ一九三七年夏、彼は友人たちとしばしばティパサを訪れた。プレイヤッド版の『アルバム・カミュ』には、ティパサで仲間たちと撮影された四枚の写真が掲載されている。

『結婚』の冒頭に置かれた「ティパサでの結婚」は、カミュにおけるティパサの象徴的意味を決定づける重要なテクストとなった。ここでは、死の影はまったく舞台表にはあらわれず、すべてが生の讃歌と世界との祝婚歌を精妙なハーモニーで麗々しく歌いあげている。風景は外部世界から切り取られた一幅の絵のように提示され、読者はいきなり廃墟のなかに引き込まれる。「春になると、ティパサには神々が住み、神々は陽光やニガヨモギの匂いのなかで語る」(I, 105)。「春」という語はこのエッセイのなかで三回使われるが、しかし第二節では「夏」もあらわれる。そして、このエッセイ全体を通じて夏を喚起する語が頻出し、圧倒的な暑さと蝉の鳴き声、桃の甘い果汁が語られる。

カミュは数回にわたってティパサを訪問したが、その体験をここでは一日の物語の形式で提示する。朝、語り手は友人たちと一緒にティパサの村に到着する。彼らはまず観客として廃墟に接近するが、ひとたびそのなかに入れば演技者となり、ここから廃墟を舞台として、一日の、世界との結婚の儀式が演じられる。「ぼくはと言えば、そこへひとりで行こうとは思わない。自分が愛する人たちと一緒にたびたび訪れたのだ」(I, 106)。ここで体験する歓びは、それに参加する人びとすべてと共有されるものだ。「ぼくたち」という一人称複数形の主語が、とりわけ廃墟到着時とカフェでの昼食時に用いられる。

自然の力

舞台は古代ローマの遺跡としてのティパサだが、語り手が関心を示すのは栄華を極めたローマではない。古代都市の建造物の石が、自然のなかから石を切り出してきて、人間の生の印を刻み込んで構築し、歴史へと向う人間の営みを示しているならば、それに反して、廃墟の石は建造物を石へと帰す自然の力を表わしていると言えるだろう。人間によって支えられなくなった都市は、歴史の流れから落ちこぼれて廃墟と化し、どこまでも落下し続けてついには石に帰るのである。「廃墟と春のこの結婚において、廃墟はふたたび石と化し、人間によって押しつけられた光沢を失って、自然へと帰ったのだ」(I, 106)

しかし、ここでの生の讃歌の美しさは、それがあまりに美しいがゆえに表現上の虚偽を感じさせずにはおかない。その美は、「死刑執行人」を見つめたまなざしが反動的に渇望し、文学表現のなかに定着することに成功したものである。

ぼくはここで、ひとが栄光と呼んでいるものを理解する。それは節度なく愛する権利のことだ。(I, 107)

幸福であることは恥じるべきことではない。しかし今日では愚者が王だ、そしてぼくは享受を怖れるものを愚者と呼ぶのだ。(I, 108)

このような愛と幸福に対する過激な渇望は、その激しさゆえに、この幸福をつねに背後から脅かしている死の存在を感じさせる。このエッセイの持つ挑戦的性格が、死の宿命に向けられたものであることは明らかだ。カミュ自身がそのことを自覚していた。一九三八年六月十八日、彼は、草稿を読んだグルニエに宛てて、病気から快癒したあと無秩序な肉体的生を発見するよう導かれ、「そこからあなたにとって不自然な無理と思われた部分が生まれたのでしょう」(Grenier, 30) と語っている。

一日の結婚

語り手がこの世界との一日の結婚を成就するのは、彼の五感を通じてであり、なかでも視覚が支配的だ。「ティパサでは、ぼくが見ることはぼくが信じることと同じ価値を持つ。そして、自分の手が触れることができるもの、唇が愛撫することができるもの、それらを否定しようとは思わない」(I, 109)。まず読者の目に明白なのは、ここにあふれる色彩である。銀、青、黒、黄、赤、紫、白、ピンク、そして緑。この多彩な色はとりわけ咲きこぼれる花々によってもたらされる。ニガヨモギ、ブーゲンビレア、ハイビスカス、ティーローズ、アイリス、ランティスク、エニシダ、ヘリオトロープ、ゼラニウム、セージ、ニオイアラセイトウ。カミュの筆のもとで、これほど多くの花が一度に咲き誇る例はほかにはない。この優勢を占める視覚に他の感覚が混じり合う。まず聴覚としては、接吻の音、騒々しいため息、昆虫の眠ったようなざわめき、世界の旋律と蝉の鳴き声がある。続いて嗅覚としては、ニガヨモギの匂い、野生の香り、アルコールの芳香など。そして味覚。熱い石の味や塩の味覚。最後に触覚として、さわやかな微風がある。さらに、ここには香りのざわめきや匂い立つため息といった共感覚も欠けてはいない。

語り手はこうした感覚を自分の身体の各部位において体験する。列挙すれば、それらは鼻、目、まつげ、唇、腕、足、肌であり、ここでは身体への言及が多く見られる。肉体は過去も未来も知らず、その固有の時は現在だ。ここで用いられる動詞の時制は、七〇%が現在形であり、世界との結婚の儀式が同時進行で語られて、読者にも参加を誘いかけている。

このエッセイには今日以外のほかの日がないのと同様に、ティパサ以外の場所はない。この世界は自足して完成しており、閉じられて、外部からは隔離されている。語り手は友人たちと一緒にやって来て、ひとたび内部に入ると、もはや自然との一体化のなかで、いまとここにおいて実現する歓び以外のことは考えない。一九三五年ジャン・グルニエ宛の手紙では、カミュは「この手紙をティパサで書いています。ここで、三、四日過ごすつもりです」(Grenier, 23) と記した。しかし、エッセイでは、彼は「ぼくはティパサに一日以上滞在したことはけっしてない」(I, 109) と述べて、世界との結婚が一日で完結することを望んでいる。夕暮れになると、語り手と友人たちは、廃墟という舞台の上で自分たちの役割をうまく演じ終えたことに満足する。

しかし、最後になって、語り手は仲間たちと共有したこの体験を、さらに広い領域へと押し広げようとする。彼は一日の結婚の歓びを一つの人種、すなわち「太陽と海から生まれ、生き生きとして味わい深く、その偉大さを単純さのなかから汲み出し、浜辺に立って、空の輝くほほえみに対して共感のほほえみを投げ返す一つの人種」(I, 110) と分かち合おうとするのだ。これは、一九三八年四月、地中海文化の雑誌『リヴァージュ』のためにカミュがマニフェストとして書いた文章のなかの、「太陽の下で沸き立つ地中海を前にして、空と海に養われた」(I, 870) 一つの民族を想起させるだろう。若き日のカミュにとって、ティパサは、一つの人種あるいは民族と共有しうる地中海文化を宣揚するための特権的トポスであった。

「ジェミラの風」

一九三七年、カミュは、労働座の衣装担当マリー・ヴィトンの操縦する小型飛行機で古代ローマの廃墟ジェミラを訪れた。この体験に基づいて書かれた第二エッセイ「ジェミラの風」は、「ティパサでの結婚」と同じく、最後のパラグラフにおいて日没にいたる一日の物語として構成されている。しかし、生と愛の放縦を教えた海辺のティパサとは異なり、岩山のジェミラは「人間が死せる街の孤独と沈黙にどれほど一致しているのかを教える」(I, 111)。ここでは廃墟の風景は厳しい色調で描かれ、詩的であるよりは哲学的な言語で重々しい考察が展開される。ティパサでは光のヴェールの向こうにほの見えるにすぎなかった「死刑執行人」の姿は、ジェミラにおいては舞台前面にあらわれる。ティパサでは海のなかで肉体と自然との一体化が成就されたが、ジェミラにおいては激しい風のなかに肉体を抹消させることになる。語り手は廃墟の自己放棄をまねて、風に磨かれ擦り切れて、ついには、「石のなかの石」(I, 112) と化すのだ。この石化は、自然におのが身を委ねて石の祝宴に参列する資格を得ることであり、また、世界との結婚を成就するための秘儀を伝授されることである。人間は自然によって否定されるが、そのことによって自然の一部と化すことが可能となるのだ。

このとき「ぼく」は自分自身から、すなわち過去の自分から、そしておそらくは未来の自分からも離脱し、世界の前に現存している。「ぼくは、ぼく自身からの離脱と、同時に、世界へのぼくの現存をこれほどに感じたことはかつてなかったのだ」(I, 112)。ここで意味を持つのは、いまとここにおける、すなわち現在のこの瞬間、世界を前にしたこの場所における現存意識だけである。「永久に牢に入れられた男のように」(I, 113)、ぼくにはここしかない。そしてまた、「明日も他の日々も同じようなものだということを知っている男のように」、ぼくにはいましかない。未来はその意味を失うだろう。「ここでは、未来とか、よりよい存在とか、地位ということばは何を意味しているのだろうか? 心の向上とは、何を意味しているのだろう? この世のあらゆる〈もっとあとで〉をぼくが執拗に拒絶するのは、ぼくの現在の富を断念しないことが大事だからだ」。現存意識は、未来への期待を拒否する立場、現在の可能性を汲みつくし将来のために留保しないという立場に結びついている。そして、これは、明らかにカミュ自身の「死刑執行人」との対決によりもたらされたものである。

ひとりの若い男が世界を面と向って見つめている。彼には、死や虚無の観念を磨いている時間がなかった。しかしまた彼は、それらの恐ろしさを噛みしめていた。これこそ青春であるに違いない、死とのこうしたむごい対面、太陽をいとおしむ動物のあの肉体的な恐怖。(I, 114)

生命力に満ちあふれた青春のただなかにおける突然の死との対面、この生と死の激しい対決が、現存意識を、そして現在時のすべてを汲みつくそうとする姿勢を生み出す。それこそ、カミュが「意識された死」(I, 114) と呼ぶものであり、それは生への渇望と死の恐怖の対立を明晰なまなざしで凝視しつつ死を迎えることなのだ。青春の肉体においてこそ生と死が激しく屹立する。だから、病気や老衰は拒否しなければならない。それはあらかじめ死に備えさせるからだ。

死と対面して生きることを余儀なくされた者にとって唯一可能な抵抗手段は、この不可避な宿命として突然降りかかった死を、意識された死へと転換することである。そこには、「ルイ・ランジャール」の主人公が死刑囚にならって平静を獲得しようとした努力と同じものがある。そして、この意識された死は未完に終わった小説『幸福な死』の主題でもあった。

「ティパサでの結婚」が生の讃歌に終始したのに対して、「ジェミラの風」では全体を死の瞑想が覆っている。しかし、ティパサの生と光の背後を死の影がよぎっていったように、ジェミラの死と恐怖のなかに生への渇望が絶えることなくこみあげてくる。そのときこそ、「死ぬことへのぼくの恐怖のすべては、生きることへの愛着につながっていることを理解する」(I, 114) のだ。

「アルジェの夏」

「ティパサでの結婚」「ジェミラの風」の二倍の分量を持つ三番目のエッセイ「アルジェの夏」において、カミュは彼の地中海文化の理念を繰り広げている。ここでは、夏のアルジェの一日、とりわけ空の色と光のうつりゆき、そこに住む人びとの生の形が描き出される。アルジェは海と空に向かって開かれた町であり、この町の人たちが好きなのは「通りの曲がり角ごとに見える海、太陽の重さのようなもの、人種の美しさ」(I, 117) である。そして『異邦人』においてムルソーとマリーがやるように、「人びとは港で水につかり、ブイの上で身体を休める」(I, 118) のだ。

ジェミラの岩山を去った語り手は、ふたたび海へと向う。しかし、今回は海辺の廃墟ではなく、海を前に開けた都市のなかで、住民たちのあいだに交わり、そこでティパサでの個人的体験をこの町の若者たちの体験に重ね合わせようとの試みがなされる。

二千年経ってはじめて、肉体は浜辺で裸にされた。二〇世紀にわたり、人間は、ギリシア人の天衣無縫と素朴さを慎ましくし、肉を隠し、衣服を複雑にすることに汲々としてきた。今日、こうした歴史を超えて、地中海の浜辺で繰り広げられる若人の競争は、デロスの競技者たちのすばらしい身振りと一つになるのだ。(I, 118–9)

地中海の浜辺が、二千年のキリスト教文明に対抗して、古代ギリシアの競技者と現代のアルジェの若者とを結びつける。裸身は「太陽の子」たる彼らのもっとも自然な姿であり、肉体こそが「大地との結婚」を可能にする。ここではすべてが生と青春と肉体に捧げられ、この国には死と老齢と瞑想の場所はどこにもない。

アルジェには夏以外の季節はないかのようであり、ここには若者たちしかいないかのようだ。『裏と表』の舞台に登場したおびただしい老人たちは、とりあえずは袖にひっこんで、若者たちに場所を譲る。カミュは自分が育った貧民街とそこに生きる老人たちのことをしばし忘れようと努めて、太陽の讃歌を響かせることに専念している。

生の民衆と死のイメージ

エッセイの前半でアルジェの一日が語られたあと、後半ではアルジェの民衆についての考察が展開される。それは「誇りと生のために生まれた民衆」(I, 122) であり、彼らにあっては「死の感情はもっとも嫌悪すべきもの」である。とはいえ、ひとたびジェミラで死の体験を経たあとでは、生の背後に隠された死の存在に気づかずにすますことはできない。この生の国にあってわずかに死が存在を主張する場所、それは墓地である。「ぼくは、世界でもっとも美しい風光に面したブリュ大通りの墓場ほど醜悪な場所をほかに知らない」。『裏と表』においても頻出した世界の美と墓地との対比があらわれる。生が燦然と輝く太陽の国では、死は醜悪でおぞましいものとならざるをえない。「こうした死のイメージが生からけっして切り離されてはいないことを、一体どうやってわかってもらえるだろう?　さまざまな価値が、ここでは緊密に結びついている」(I, 123)。ジェミラで「生への渇望」と「死への恐怖」が結びついていたように、ここでは「生の輝かしさ」と「死のおぞましさ」が表裏一体となっている。

そして、ジェミラの個人的現存意識は、アルジェの民衆の生きる現在時へと投影され拡大されることになる。「ここには過去と伝統を持たない民衆、しかし詩を持たないわけではない民衆がいる。〔……〕そのすべてが現在に投げ出されたこの民衆は、神話もなく、慰めもなく生きている」(I, 124)。生のために生まれ死を嫌悪するアルジェの民衆はまた、過去、伝統を持たず、未来に無関心で現在に生きる民衆である。彼らにとってはすべてが最初からやり直されるのであり、ここには、遺作となった未完の小説の主題である「最初の人間」の萌芽を見ることができるだろう。またここでは、キリスト教的来世を拒否することによって、現世への、現在時への愛が説かれる。「もし生に対する罪があるなら、それはおそらく生に絶望することではなくして、別の生を希求したり、そうした別の生の無慈悲な権勢を避けることである」(I, 125)。来世への希望はこの世での諦念を生み出す。そして、それこそがカミュ的人間にとっては罪である。

かくして、「アルジェの夏」において、カミュは、ティパサでの個人的体験をアルジェの若者たちの体験に投影し、キリスト教文明に対抗する地中海文明の視点を導入して普遍化をはかったあと、今度は、ジェミラでの個人的現存意識をアルジェの民衆の現存性へと拡大し、キリスト教的来世の拒否へと結びつけて、文明論的視野のもとにその普遍化を試みるのである。

ただし、カミュが描くこうしたアルジェの住民像は、彼の視点によって観察され、彼の理念によって構想されたものであることを付記しておく必要があるだろう。彼は「いま」に生きる住民の姿を強調するために、アルジェの歴史には関心を示そうとはしない。植民地化の歴史の証人であるアラブ人たちは、ここでは売り子やカフェの主人として挿話的に登場するにすぎないのである。

「砂漠」

一九三七年九月、カミュは南仏へ旅したあと、ピサ、フィレンツェ、フィエゾーレ、ジェノヴァに足を延ばした。ジョットやピエロ・デラ・フランチェスカの絵画を嘆賞したが、とりわけ彫刻が彼の石への嗜好に応じた。この体験が『結婚』の第四エッセイ「砂漠」に反映している。そこでは、これまでのティパサ、ジェミラ、アルジェで得た教訓を、「現在と呼ばれるこの壮大で取るに足らぬ材料で仕事をする」(I, 129) トスカーナの画家たちの芸術表現のなかに同定し定着させようとの試みがなされる。ここでは肉体による証言が画布の上に定着されて、芸術の永遠性を獲得する。「永遠の線のなかに凝結したこうした顔から、彼らは希望を捨ててまで、精神の呪いを永久に追放した。なぜなら、肉体は希望を知らないからだ。それは、その血の高鳴りしか知らない。肉体に固有の永遠は、無関心からできている」。肉体、現在、精神の追放、希望の拒否、無関心といったこれまでの諸テーマが、トスカーナの画家たちの作品の上にふたたび呼び集められて、芸術の視点からの普遍化が試みられる。

そして、この希望を知らない肉体たちが画布の上で証言する無関心と永遠の現在は、さらに、ピエロ・デラ・フランチェスカの「笞刑」の絵を媒介として、キリスト教的来世の拒否へと結びつく。「希望を持たない人間のこの無感動、この偉大さ、この永遠の現在、それこそ

まさしく幾人かの思慮深い神学者たちが地獄と呼んだものだ」(I, 129)
この地獄に、永遠の現在にとどまること、それこそカミュ的人間がつねに選びとる態度であるだろう。フランシスコ会修道院では、僧たちが机の上に骸骨をのせて死の瞑想に耽っている。

柱廊と花々のあいだにとじこめられたフランシスコ会修道士たちの生と、アルジェのパドヴァニの浜辺で一年中陽光を浴びて過ごす青年たちの生に、ぼくは、ある共通の響きを感じていたのだ。もし彼らが裸になるとしたら、それはより偉大な生のためだ(そして、別の生のためではない)。(I, 133)

死を前にして精神的に裸になろうとする修道士たちと、生を前にして肉体的に裸になるアルジェの若者たちは、その「裸の状態」において、ともにカミュ的世界の住民となる。精神もまた、肉体と同様に余計な衣裳を脱ぎ捨てて裸となってこそ、自由を獲得し、いまとここにおいて、世界と直接的に一体化できる。こうしてカミュは、強引に、キリスト教徒の修道士さえも自分の宗教——大地と人間の愛に満ちた和合——に改宗させるにいたるのだ。

砂漠の地理学

ジェミラでの「生への渇望」と「死の恐怖」は、ここでは「持続への欲求」と「死の宿命」へと表現を変えて、個人的感覚のレベルから普遍的思惟のレベルへと移行する。そしてこの二重の意識こそ、現在こそが唯一の真実であると教えるものなのだ。フィレンツェの石とオリーヴの野原においても、カミュが讃え与するのは沈黙と死せる石であり、「あとはみな歴史に属している」(I, 134)。

ここにおいて、カミュにおける倫理がもっとも端的なことばで表明される。「世界は美しい。そしてこの外には救いはない」(I, 135)。そして、「世界が忍耐強く教える偉大な真実とは、精神は何ものでもなく、心もまたそうだということだ」。ここで価値を有するのは、精神や心などという形なきものではなく、太陽に熱せられた石という明確な「物」であり、石こそは、その全き無機物性のゆえに、この「人間のいない自然」を象徴していると言えるだろう。ジェミラの烈風によって抹消された「ぼく」が風そのものとなり山々と一体化したように、自然によって否定された人間は、逆に自然のなかの一個の石、一本の木と同等のものになり、自己の否定を媒介として自然との結婚が可能となる。それは、単にジェミラの体験をフィレンツェでふたたび生きるというだけではない。トスカーナの画家たちの絵のなかに描かれた、肉体に固有の現在に生きる人びとの姿、それをフィレンツェの丘陵を舞台にみずから演じてみせることでもある。

こうして、「死刑執行人」を見つめるまなざしは、ティパサ、ジェミラ、アルジェと、生と死の両極への往復運動を経て、生と死を緊密に結びつけつつ、フィレンツェにいたってその均衡に達する。「この釣り合いの上にこそとどまらねばならないだろう」(I, 136)。そして、この道程はまた、カミュ自身の個人的体験から出発して、それを次第に普遍化させ、一つの哲学の高みにまで昇華させようとの試みでもある。それは、やがて不条理の哲学と呼ばれるものに発展するだろうが、ここでは、カミュはそれを「砂漠の地理学」と呼ぶのだ。

ここではある砂漠の地理学を企てることが問題であるのはよくわかる。だがこの特異な砂漠は、みずからの渇きをごまかすことなくそこに生きることができる人びとにしか感じられない。そのとき、ただそのときだけ、この砂漠は幸福の清水に満たされるのだ。（I, 136）

未来と希望の拒否、精神と心の否定、永遠の現在、これらがカミュ的砂漠の風土を形成する。この「砂漠の風土」と「みずからの渇きをごまかすことなく生きる人びと」は、『シーシュポスの神話』において、「不条理の風土」と「不条理の英雄」へと発展していくことになる。

永遠の現在

『裏と表』において、僥倖の特権的瞬間としてあらわれた永遠の現在は、おそらくルソー以来の瞬間の美学の系譜に連なるものだろう。しかし、『結婚』においては、永遠の現在は「死刑執行人」との対面という危機的状況を乗り越え、これを克服するための一つの思想を構築することを目的として主体的に選びとられた生き方が要請するものである。

まず、『結婚』全体を貫いている、激しい生の渇望と明徹な死の意識の対決が、未来に執着することの空しさを教え、現在時を汲みつくす勇気を教える。この未来と希望の拒否は、さらにキリスト教的来世の拒否へと発展し、キリスト教文明に対抗する地中海文明の視点が導入される。すべてが最後の審判へと収束していくキリスト教的終末観に基づく直線的時間に対して、地中海的現在および古代ギリシア人の考えた円環的時間を対置させようとする傾向は、以後もカミュの作品において強くあらわれてくるだろう。

次に、自然との交感、世界との結婚を達成することにより、「死刑執行人」に脅かされているつかの間の生からそのいくばくかを救い出し、永遠の刻印を押そうとする強い意志がある。『裏と表』においてふと訪れた自然との交感の僥倖の瞬間を、今度は意識的に獲得しようとすることによって、絶えず死によって蚕蝕されている人間的時間から、悠久不変の自然的時間へ逃れようとするのである。その意味で、ティパサとジェミラの二つの廃墟は象徴的だ。歴史を築きあげようとする人間の努力は、自然の前では脆くはかないものにすぎない。「廃墟はふたたび石に戻り、［……］自然へと還った」（I, 106）のであり、「世界はついには歴史に打ち勝つ」（I, 115）のだ。廃墟の自然に身を投じ、世界と一体化するとき、時間は停止しその意味を失ってしまうだろう。それゆえ、人間と自然との結婚は、また人間の瞬間と自然の持続との結婚でもある。

さらに、『結婚』において繰り広げられる肉体の哲学とも言うべきものが、現在時にさらなる重要性を与えている。過去の記憶と未来への想像力を有する精神に対し、肉体はいまのこの時しか知らない。とりわけ肉体は希望を知らない。だが、肉体が滅ぶべきものであること、持続において肉体は確実に敗者となるという事実、ここから持続において失うものを現在の強度のなかで勝ち得ようとする激しい渇望が生ずる。世界との一体化は、肉体の感官を通して行われる。ここでは五官のすべてが全的に開放され、外界に対して開かれた窓となる。なかでもとりわけ重要なのは触覚であろう。ティパサ、アルジェでは裸身で海に飛び込むことによって、ジェミラでは肌を烈風にさらすことによって世界との一体化がなされたことを思い起こそう。視覚、聴覚などと異なり、触覚はいつまでも肉体の表面にとどまり続け、精神とは無関係のままである傾向を持ち、直接的、無媒介的に世界との一体化を可能にする。

しかし、この肉体は青春の肉体ではなくてはならない。生命力に満ちあふれながら、突然「死刑執行人」との対面を余儀なくされた肉体こそがもっともふさわしい。カミュにとって死に直面した青春の肉体は、生と死が激しくせめぎあう場所であり、大地との絆を結び世界との一体化を確認する場所であり、未来も希望も知らず永遠の現在だけが支配する場所なのだ。このように、『結婚』において多少とも思想的骨格を与えられ肉付けを施されたカミュの「永遠の現在」は、以後の作品において、不条理の哲学の風土を構成する重要な一要素となる。

第四章

『幸福な死』
——時との一致

『幸福な死』

二〇歳代なかばのカミュが取り組んでいた小説『幸福な死』は、野心作であったが未完のままに残され、死後十一年を経て刊行された。主人公であるアルジェの青年メルソーは平凡な勤め人だが、ザグルーとの出会いが彼の人生を変えてしまう。第一部第四章、はじめてザグルーの家を訪れた彼は、相手に信頼を寄せて、自分の幸福についての考えを述べる。

みんなはぼくの人生について、ぼくの未来について語っていたのです。ぼくはそれに同意して、そのために必要なことさえしていました。でも、そのときすでに、そうしたすべてはぼくに関わりのないことだったのです。個性をなくすように努めること、それがぼくの心を占めていました。何かに〈逆らって〉幸福になろうとはしないこと。うまく説明できませんが、わかってもらえますね。ザグルーさん」

「わかるよ」と相手は言った。

「いまでも、時間がありさえしたら……ぼくは気楽に生きるだけです。その上にぼくの身に起こることはみんな、小石に降り落ちる雨のようなものです。雨は石を冷やしてくれる。それだけで、すでに十分美しいのです。別の日には、小石は太陽に焼かれるでしょう。いつも、ぼくには、幸福とはまさにこのようなものだと思われたのです。(I, 1127)

『幸福な死』の執筆

『結婚』の執筆と平行して、カミュは最初の長編小説『幸福な死』の構想を温めていた。一九三七年夏、南フランスのアンブランに滞在したおり、『手帖』には『幸福な死』に関する覚書が大量に記されている。秋になり、アルジェに戻った彼はこの小説の執筆に没頭し、翌三八年初め、この時期に『幸福な死』がひとまずは完成したと考えていたらしい。しかし、六月、ジャン・グルニエはカミュから送られた草稿を読んで、きわめて否定的な評価を下し、カミュは六月十八日付の手紙でグルニエの意見が「まったく正しい」(Grenier, 29) と述べて、この苦い審判を受け入れた。

『幸福な死』の構成が拡散して収拾困難になったと同時に、他方で『異邦人』の構想が次第に固まり、ついにカミュはこの野心的な長編小説の完成を断念する。カミュの『異邦人』とプルーストの『失われた時を求めて』は、作品の主題も規模もまったく異なる作品だが、その生成過程においては、作家の生前には完成されることなく遺作となった先行作品が存在するという共通点を持つ。『幸福な死』は、プルーストにとっての『ジャン・サントゥイユ』のように流産することで、作家に次の傑作を書く糸口を与えたのだ。実際『幸福な死』は『異邦人』の前身ではないとしても、両作品における共通点は多い。主人公の名前が酷似していることは瞭然としても(メルソーとムルソー)、そのほかにも、二次的な登場人物たちの名前が同一あるいは類似していたり(エマニュエル、セレスト、ペレーズ)、室内描写が借用されたり(サラマノの部屋)、また主人公が犯す殺人(ザグルーとアラブ人)とその結果としての彼の死(病死と刑死)という二部から成り立つ物語構造も同一である。

各々の素材と挿話が調和しないまま未刊で残された『幸福な死』は、カミュの死後十一年を経て、一九七一年に「カイエ・アルベール・カミュ」の第一巻として刊行された。この野心作の大きな欠点は、すべての作家がはじめて試みる小説に見られるものである。これが生涯において書く最初で最後の本だというように、カミュは自分の経験のすべてを詰め込もうとした。マルローの『人間の条件』の影響の見られる冒頭の殺人を別として、少年時代を過ごしたベルクールの貧民街の描写、プラハへの旅行、世界をのぞむ家、ティパサとその周辺の風景など、ここにはカミュの青年時代の大部分のエピソードを見いだすことができる。

幸福と死の主題

カミュの作品の多くは幸福への言及で終わっている。処刑前夜に「自分が幸福であった」と感じる『異邦人』のムルソー、石と化すことが「唯一のほんとうの幸福」だと断言する『誤解』のマルタ、「あの人は幸福だったのよ」と叫ぶ『正義の人びと』のドーラ、「幸せなことに」いつも手遅れだと皮肉る『転落』のクラマンス、流れの音の「ざわめかしい幸福」に満たされる「生い出ずる石」のダラストたちがいる。さらに『シーシュポスの神話』は「幸福なシーシュポス」を思い描くべきだと結ばれ、『ペスト』の末尾では伝染病はふたたび「幸福な都市」を襲うだろうと警告される。

他方で「死」もまた、カミュにとって重要な主題であった。『手帖』は、その半ば近くが死に関する考察あるいは死に言及した断章で満たされている。小説や戯曲の登場人物のうち、ザグルー、ジャン、タルー、ディエゴ、カリャーエフたちは物語のなかで最期を遂げ、またメルソー、ムルソー、カリギュラ、マルタたちは物語の終りで死を迎える。さらに自殺の考察から始まる『シーシュポスの神話』、殺人の思想史的分析である『反抗的人間』、死刑制度批判の論攷である「ギロチンに関する考察」と列挙しただけでも、カミュの関心がつねに死の周辺を旋回していることが明らかだろう。

すでに『結婚』において見たように、カミュにあって、「死」は人間の「幸福」を脅かすと同時に、「幸福」への渇望を激しくかき立てるものでもあった。そして次には、この「死」と「幸福」が一致する瞬間がやってくる。「幸福」が時間の浸蝕を脱して永遠化されるために「死」を必要とすると同時に、生の終極点である「死」が一つの完成された形をとるためには「幸福な死」でなければならない瞬間がやってくるだろう。それこそカミュが夢見た、とりわけ若いカミュが夢見た「幸福な死」なのである。

ザグルー殺害（第一部第一章）

『幸福な死』は二部に分かれ、第一部「自然な死」はザグルーの死に始まり、第二部「意識された死」はメルソーの死によって終っている。半身不髄者の依頼自殺という奇異なザグルーの死を「自然な死」と呼ぶのは、メルソーの「意識された死」との対比においてである。

第一部第一章で語られるザグルーの死は、もとはといえば第五章に置かれていたものであり、『異邦人』と同じく殺人によって第一部を閉じるという構成になっていた。しかし、その後、おそらくはマルローの『人間の条件』を意識し、小説的効果を狙って冒頭に置かれることになった。ザグルーをその別荘で殺し、広場まで歩いてきたメルソーは、雨あがりの青空を目にして、幸福の義務を感じる。「この花のように広がる大気と豊かな大空につつまれて、人間の唯一の務めとは生き、そして幸福になることだと思われた」(I, 1108)。これは、もとはといえば、彼がザグルーから受け取った教えである。そして、この広場で彼は三度くしゃみをするが、それは『異邦人』のムルソーが「不幸の扉をたたいた四つの短い音」(I, 176)にも似て、二年後に肋膜炎を引き起こし、彼の命を奪うだろう。ザグルー殺害の時点で、すでにメルソーは死を宣告されていたのであり、「幸福な生」の希求とは逆に、彼はみずからの「幸福な死」へ向かって一歩一歩をたどってゆくことになる。

ザグルーの名はギリシア神話に由来し、「二度生まれる者」と見なされている。彼の死は、メルソーの再生を準備する。ザグルーの果たせなかった幸福への意志がメルソーによって引き継がれるが、しかし、それは「死を宣告された者」としての幸福なのだ。

ベルクールでの生活(第一部第二章)

第二章から物語は過去へと遡及し、メルソーの土曜日と日曜日の日常が語られる。ここではアルジェ、ベルクール、リヨン通りと地名が明示されて、カミュの実際の生活圏が舞台となる。これは『異邦人』との重複が目立つ章でもある。土曜日の回想場面における母の死と埋葬の挿話は『異邦人』の冒頭場面に素材を提供し、翌日の無為な休日の記述はほとんどそのままムルソーの日曜日に再利用される。

メルソーには、死んでしまった母親との一体化の欲求が認められる。「昔は母親のそばで暮らす貧乏生活にはあるやすらぎがあった」(I, 1112)。ここでの母親の思い出の情景は「夕方」であり、「周囲の界隈は沈黙していた」。これは、『裏と表』において少年カミュが奇妙な無関心を示す母親と共有した時間を想起させるだろう。母親の死後、メルソーがかつての母親の部屋に住むようになったのは、そこで彼女と一体になることができるからだ。彼は母親の思い出から自由になれず、十分な距離を置いて客体化できずにいる。彼はまだ「喪」を終えてはいないのだ。「意識的に自分の姿を消し去ろうと努めていた」(I, 1113) 彼は、まるで冬眠する動物のように部屋に閉じ籠り、そこで眠り続けたいという欲求を持つ。「彼は世間に身をさらしている部分を少なくしようと思っていたし、いっさいが使い果されてしまうまで眠っていたかった」

すでにメルソーは、生への意志よりも、仮死あるいは死の願望と自己抹殺の欲求を抱いている。それは、仮死あるいは死が彼にとって一つの幸福を達成する手だてと感じられているからだろう。これは、のちに「小石の幸福」と呼ばれるものであることが明らかになる。

嫉妬から殺人へ(第一部第三章〜第五章)

第三章で語られる「性的嫉妬」のエピソードは二つの意味を持っていると思われる。プロットの展開の上では、これがメルソーをザグルーに引き合わせる契機となり、またメルソーという人物について考察するとき、ここでは彼がまだ『異邦人』のムルソーのような無関心を身につけていないことが明らかとなる。メルソーは、マルトの過去の恋人に拘泥し、また「想像しすぎる」人物として描かれている。他方で想像力を欠き、現在のみに生きるムルソーにとって「性的嫉妬」のエピソードは不適合であり、『異邦人』では周到に取り除かれている。

続く第四章におけるザグルーとの会見が、メルソーに生活の転機をもたらすことになる。この対話のなかで、彼は「個性をなくすように努めること」(I, 1127) が自分の関心事であると言い、さらに「小石の幸福」について語る。みずから小石となって、雨に打たれ、太陽に焼かれ、絶対的受動性を保ち、自然の一部となって存在すること——それこそがメルソーの夢見る幸福である。しかし、それには何よりも時間が必要であり、事務所で働く八時間がその幸福の妨げとなっていると彼は考える。それに対してザグルーは、「幸福になるには時間が要る」(I, 1130) と同意し、さらに「時間は買われるもの」だから、時間を持つには金が必要だと述べる。資産家の有閑生活こそが幸福であるという俗論とさほど変わりないように見える主張が、ザグルーによって深遠な人生哲学の意匠をまとって語られるのは、いささか奇異な印象をまぬがれないだろう。当時生活費をかせぐため、さまざまな職業に就くことを余儀なくされていたカミュの姿が直接的に反映されていると見ることもできる。だが、時間を持つということは、メルソーにとって、単に事務所の八時間から解放されて閑暇を手に入れるというにとどまらない。それは時と生を一致させようとの試みを行うための第一歩なのだ。

続く第五章はメルソーの隣人である樽職人カルドナの副次的エピソードに当てられている。このカルドナの不幸が、メルソーの幸福への意志をいっそう強固にするのである。「不幸と孤独を前にして、彼の心はきょう〈否《ノン》〉と言っていた」(I, 1136)。翌日、メルソーはザグルーを殺害し、物語は冒頭の殺人場面へと連接する。ザグルーの家から戻ると、メルソーは発熱して、医者を呼ぶ。こうして殺害は二年後のメルソーの病死を準備するものとなる。

プラハへの旅（第二部第一章）

メルソーが幸福実現への階梯を上っていく前に、第二部の冒頭において、カミュは彼を中央ヨーロッパに旅立たせる。一九三六年夏のプラハにおける作者自身の苦い体験は、すでに『裏と表』の「魂のなかの死」において描かれたが、同じ素材を用いて今度はメルソーの心理的危機が描写される。「魂のなかの死」におけるホテルの隣室で発見された死体は、『幸福な死』では無惨な姿で、血にまみれて街路に投げ出される。街角のいたるところで出会う酢漬けキュウリの匂いは、いっそう執拗に、発熱したメルソーを苛《さいな》む。この未完の小説においても、カミュは、プラハを苦悶に満ちた町として描いている。メルソーが今後光の世界へと進んでいくために、そしてその光がいっそう強いものであるためには、その前に彼が通過する危機が深く、暗いものであることが必要なのだ。

旅先のプラハで、「事務所の八時間」から解放されたメルソーには、時間が人間に馴致させられる以前の、本来の姿で立ちあらわれてくる。それは計測され管理されることのない「冗漫でだらけた時間」(I, 1139)であり、この不定形の時間は「水底の泥のように」生理的嫌悪を催させる。メルソーは自分自身と向き合うことを余儀なくされ、「時間はもっとも極端な拡がり」(I, 1143)を見せる。そこでは、精神はその拠り所を失って、解体あるいは融解してしまう恐れがあるだろう。そうした危険を避けるためにメルソーが考えだしたのは、結局あの「事務所の八時間」の再現にほかならない。町を見物するために一週間の組織的な時間割を作り、それに従って生活すること。時間をまず分節し、その分節された各単位を自分自身の行動で満たして空隙を残さないようにすること。ここでは、彼はまだ「時と生の一致」を目指す方向を選ばず、「事務所の八時間」から十分に解放されてはいないのである。

太陽の国へ（第二部第二章）

プラハを経て、第二章で、メルソーはまず北へと向い、次に南下してウィーンに到着する。ここから先は、小説の結びに向かって、メルソーの幸福実現への道程のみが描かれることになる。「幸福への意志」という語が繰り返しあらわれ、幸福についての談話や考察が散りばめられる。とはいえ、彼の目指す幸福が何なのか、必ずしも明確ではない。幸福そのものよりも「幸福への意志」が重要であるように見える。

ウィーンを発ったメルソーは、ボヘミアの平原そして北イタリアを経て、故国の町アルジェへ向い、太陽の国へと近づくにつれて幸福への確信を強めてゆく。「海の上で夕暮れがにわかにさわやかになり、光が緑色に弱まったあと黄色く生まれ変わる空で、一番星がゆっくりとその硬さを増していく」、その光景を前にしたメルソーに「不思議な平和が滲み通ってくる」（I, 1152）。カミュの作品にしばしば登場する至福の瞬間の一つである「緑色の夕暮れ」の体験が、ここでも美しく語られる。「きわめて明晰に計算されたただ一つの動作によって、いまこの瞬間から人生は変わってしまい、幸福が彼には可能に思える」（I, 1153）ようになる。プラハでの精神の危機のあとの内的混乱が、緑色の光のなかで浄化されて、あとには幸福への意志が残るのだ。「いま彼は、優位に立っているのが自分の幸福への意志であることを知っていた。だがそのためには、一致を見いださなければならないのは時間とであり、自分の時間を持つということは、経験のなかでも同時に一番すばらしく、一番危険なことであることを理解していた」。自分の時間を所有したメルソーは、以後、この時間とみずからの生とを一致させることにより「小石の幸福」を達成することに専念するだろう。

この第二章は、アルジェへと戻る船の上で、メルソーが抱く幸福への確信で結ばれる。

そのときメルソーは、ウィーンを発って以来ただの一度も、自分の手で殺した男としてザグルーを考えたことがなかったことに気がついた。彼は自分のなかのこの忘却の能力を再認識したが、それは子どもや天才、無垢な人間だけに見られるものだった。無垢で歓喜に動転している彼は、自分が幸福にふさわしい人間であることをやっと理解した。(I, 1154)

プラハの体験の通過儀礼を経て、メルソーの身に生じた最大の変化、それは彼が自分の過去の桎梏《しっこく》から自由になったと感じることである。新しいメルソーとして生まれ変わった彼は、今後、アルジェに戻っても、かつての母の部屋には住まず、彼女のことを思い出すことはない。マルトの過去に拘泥し、性的嫉妬を抱いたメルソーは、第四章でマルトと出会うとき、ほとんど彼女のことを忘れていたことに気づくだろう。処刑の前夜、『異邦人』のムルソーは「マリーが、きょう、新しいムルソーに唇を与えたとしても、それが何だ」(I, 212) と語るが、第五章で、死を前にしたメルソーもまた、リュシエンヌが彼の死後ほかの男に身をまかせるさまを無関心に思い描くだろう。

だが、このように過去から自由になり、ムルソー的無関心を身につけていくメルソーが次第にみずからの望む「小石の幸福」に近づいていくことは、小説の構成の点で問題を残すことになった。第一部での体験が主人公自身によって忘れられて、第二部第三章以後ではほとんど生かされていない。このことが、『異邦人』の第一部と第二部の緊密な構成と比較するまでもなく、『幸福な死』の構成を弛緩したものにしている原因の一つであるだろう。

世界をのぞむ家（第二部第三章）

一九三六年春から、カミュは、女友達のジャンヌ・シカールとマルグリット・ドブレンヌが共同で借りたアルジェの高台にあるフィッシュ屋敷にたびたび滞在した。三六年秋、中央ヨーロッパの旅から戻ってシモーヌと決定的に別れたあと、彼はこの屋敷を活動拠点とし、そこには彼の三人目の女友達であるクリスチアーヌ・ガランドもやってきた。『幸福な死』では、この家は第二部第三章における「世界をのぞむ家」のモデルとなり、「三女子学生の家」として紹介されている。カミュは『幸福な死』の構想段階において、現在形で書かれた章と過去形で書かれた章を交互に配置することを考えていたが、その痕跡はこの第三章に残っている。これだけが現在形で書かれ、またパトリス・メルソーが一貫して姓ではなく名で呼ばれるほとんど唯一の章であり、他とは独立した性格を持っている。おそらくカミュは、小説全体のバランスを崩してまでも、この「人が幸福になる家」における至福のひとときの記録を、できるだけ当初のプランの形で残しておきたかったのだろう。

アルジェに戻ったメルソーは、自分の現存を生きる試みの第一歩として、「世界の色とりどりの乱舞の上できらめく大空に吊るされたゴンドラ」(I, 1155) にたとえられる「世界をのぞむ家」で、三人の女子学生との共同生活を始める。

世界を前にしてこのように生きること、その重みを味わうこと、毎日その顔が輝くのを眺め、また翌日その若さのすべてを燃やすために消えるのを眺めること。そうすることで、この家の四人の住人たちは、彼らにとっては同時に裁き手であり正当化でもある現存を意識していた。(I, 1156)

これは『結婚』の世界の再現である。ティパサやジェミラの廃墟で、世界を前にして語り手がみずからの現存を生きることを確認したように、「世界をのぞむ家」では、若者たちの共同生活のなかでそれが実現される。ここには、メルソー以外に三人の女子学生がいたとしても、「自然の力そのもの」であるカトリーヌを始めとして、だれもがまるで自然の化身であるかのようだ。「彼らはまた、肉体には、魂があずかり知らないもう一つの魂があることを知っているのだ」(I, 1162)。『結婚』に見られた、精神と魂を否定し、青春の肉体に賭けるアルジェの若者たちの姿が、さらに純化されてここに描かれていると言えるだろう。

第三章の前半では、ある日のテラスでの朝食から始まって午後までの四人の生活が描かれる。後半になると、別の日曜日の様子が語られ、夕刻になって来客が帰ったあと、テラスの四人は満天の星空を前にし、ここで死への言及があらわれる。「星から星へと移行するこの忍耐強い真実のなかに、死から死へと向かうあの別の忍耐強い真実におけると同様、ぼくたちをぼくたち自身と他の人びとから解放する自由が存在するのだ」(I, 1165)。夜の世界を前にして、彼らは「世界に身を委ねることから生まれる幸福」を意識するが、ここではじめて「幸福な死」ということばがあらわれる。「苦痛と歓びに満ちた彼らの心は、幸福な死へと通じるあの二重の教訓に耳を傾けることを知っていた」。「世界をのぞむ家」における至福のひとときは、「幸福な死」へと向かう旅路の里程標であり、メルソーはさらに先へと進んでいく。

シュヌーアの別荘（第二部第四章）

第四章は、他の章の二倍以上の長さを持ち、いよいよメルソーは幸福実現へと向かう。まずはじめに彼は、「ティパサの廃墟から数キロメートルのシュヌーアで、海と山のあいだに一軒の家を買う」(I, 1167)。カミュにとってティパサが特権的な場所であることを考えれば、この選択には大きな意味があると思える。しかし、この第四章、そして第五章はいわばアンチ・クライマックスである。ここでは特別な事件は何も起こらないし、それまでのもろもろのエピソードがここに収斂されるわけでもない。カミュが描こうとしているのはメルソーの無為であり、そこでは当然物語性は希薄になりいささか反小説《アンチロマン》の性格さえ呈してくるだろう。

別荘にひきこもったメルソーは、牢獄のなかのムルソーにも似て、ふんだんに与えられた時間との格闘を始める。「彼には何もすることがなかったし、それだから彼の時間はどこまでも拡散していった」(I, 1176)。このいかなる行動にも充填されない時間、いわば空《から》の状態の純粋な時間とみずからの生とを一致させることにこそ、彼の「小石の幸福」は存在する。

いまでは少なくとも、彼の意識が明晰であるときは、時間は自分のものであり、また赤い海から緑の海へと移り変るつかの間に、一秒ごとに、彼に対して、何かある永遠なものが形成されていくのを彼は感じていた。超人的な幸福同様、彼は永遠というものを、こうした日々の描く曲線の外には垣間見ていなかった。幸福とは人間的なものであり、永遠は

日々のものであった。(I, 1177)

一刻一刻はその奇蹟の価値を得て、そして一秒ごとに何かある永遠なものが形成されていくのを、彼はようやく感じるようになる。すでに『結婚』の語り手は、プロティノス的「一致《ユニテ》」を太陽と海のなかに見いだしてこう語っていた。「ぼくは、超人間的な幸福はないし、一日一日が描く曲線の外に永遠はない、ということを学ぶのだ」(I, 124)。永遠というものを時間を越えたところに想定するのではなく、日々の連鎖の究極の姿が永遠の相を帯びると考えるカミュ的人間であるメルソーは、時間の流れに全的に自己を委ね、この持続とみずからの意識を完全に一致させることによって永遠に到達しようと試みるのである。

シュヌーアで季節は経巡り、「春になると、小さな村は［……］花々、ティーローズ、ヒアシンス、ブーゲンビレアと昆虫の羽音であふれた」(I, 1179)。この花盛りの風景は、「ティパサでの結婚」の有名な冒頭部と呼応している。やがて太陽の季節がやって来て、アルジェから女友達たちが訪れ、それが過ぎると冬が近づいてくる。「メルソーは苦くて香りのきつい匂いを激しく吸いこんだが、それは今宵、大地と彼の婚礼を祝して捧げられたものだった」(I, 1187)。彼は久しぶりにザグルーを思い出す。「彼は、かつてその心の無垢のなかでザグルーを殺したときと同じ情熱や欲望のふるえで、この緑の空と愛に濡れた大地を、その心の無垢のなかに受け入れた」。メルソーの殺人のときにおける無垢と、世界との婚礼における無垢が重ね合わせられて、幸福の約束としての緑色の夕暮れによって、第四章は終わっている。しかし、物語はここで完結してはいない。カミュが幸福と死に同時にふさわしい時刻として選ぶのは、太陽が天頂に昇りつめる時刻、すなわち正午なのである。

メルソーの死（第二部第五章）

第五章では、肋膜炎のためメルソーは病床に就く。春になって一時的に恢復した彼は、ある夜ティパサの廃墟を逍遥し、そこでようやく自分の求めていたものに到達したと感じる。自己の人生から遠ざかり、いっさいに対して無関心になろうとする「忍耐強い自己放棄」（I, 1188）の試みが、ここにおいて成就しようとする。自分がそれまで生きてきた人生のさまざまな場面が想起され、「脳と骨があらわになったザグルーの恐ろしい傷」（I, 1189）がよみがえる。カミュの父は戦場で、砲弾の破片を頭に受けて死んだ。メルソーはザグルーの頭を撃ったが、この父の代理人の殺害によって、過去の自我から解放されて、自由になったのだ。カミュの父は若くして死ぬことで家族を貧困のなかに置き去りにした。他方でザグルーは死ぬことで、メルソーに幸福への意志とそれを可能にする財産を残した。カミュは、父から得られなかったものをザグルーからメルソーへと与えたのだ。

夜のティパサの海で泳いだあと帰途についたメルソーは、悪寒に襲われる。死が間近に迫ってくるのを感じて、彼は、みずからの死を「意識された死」にしたいと望む。

彼は病人として死にたくはなかった。少なくとも彼にしてみれば、病気とは、しばしばそれがとるような形、つまり一つの衰退や、死に向かっての推移のようなものであってほしくはなかった。彼がまだ無意識のうちに望んでいたことは、血潮と健康で満たされている

彼の生命と、死との対決だった。（I, 1191）

病いに倒れながらもメルソーは、『結婚』の語り手のように「病いほど軽蔑すべきものはない。それは死を癒す薬だ」（I, 114）と断言することを願っただろう。彼が望んでいたのは青春の肉体と死との対決であり、それこそが「意識された死」には不可欠なのだ。

ここでメルソーは「はじめて内面からロラン・ザグルーと一体化」（I, 1194）する。それまで遠い存在と感じていた男に対して強い友愛を抱き、彼を殺すことで「永久に二人を結びつける婚礼を完成させた」（I, 1195）ことを理解する。ここでも世界との婚礼と、ザグルーとの婚礼が重ね合わせられる。みずからの死を目前にして、メルソーはようやく自分を導いてくれた男に追いつくことになるのだ。ザグルーもまた、死を前にして目を見開いていたが、しかしそこには涙が流れていた。それは彼の弱さだった。メルソーは、ザグルーの遺志を受け継ぎながらも、この弱さを共有することはないだろう。彼は「自分の役割を演じ、ただ幸福になるという人間の唯一の義務を果たした」のだから。こうして、彼は意識された死を成就することになる。「意識しているということは、ごまかすことなく、ひるむことなく——一対一で——自分の肉体と差し向かいになって——死に向かって両目を見開いていなければならないことだった」。死刑宣告から逃れられないとすれば、死すべき存在であるという厳然たる宿命を明徹な意識の統括の下に置くことが死に対する勝利となるだろう。

『結婚』の語り手は、「死刑執行人」との対決により、世界との婚礼を通じて永遠の現在に達することに成功した。それは「石のなかの石」となる一種の仮死体験だった。メルソーは、さらに遠くへと行くだろう。彼がかつてザグルーに語った「小石の幸福」に到達するためには、真の死が必要なのである。「〈あと一分、あと一秒〉と彼は思った。上昇が止まった。そして彼は、石のなかの石となって、心は歓喜に浸されて、不動の世界の真実に還っていった」(I, 1196)。人間の死を象徴する石のイメージは、すでに、カミュ二〇歳の時の習作「死んだ女を前にして」のなかにあらわれていた。しかし、『幸福な死』では、その題名が示すように、石は幸福と死を同時に象徴するイメージとして使われている。『結婚』において、自然のなかから生まれた都市が、廃墟と化して石に還元され、「彼らの母の家」へと還っていったように、ここでは、人間の生もまた不動の世界から生まれ出てつかの間光芒を放ったあと、石の世界へと戻るのだ。「幸福な死」とは、死がそのような「彼らの母の家」への帰還であり、石の平和と安寧への回帰であることを意味する。

小説の試みと失敗

ザグルーの挫折を乗り越え、その遺志を受け継いで、メルソーは成功するように見える。彼は、受動的な「自然の死」を拒否し、和解と幸福の「意識的な死」を達成するのだ。肋膜炎で死ぬメルソーには、カミュの結核体験が反映している。だが、彼は、今後は作品のなかで自分の病気をほのめかすことは控えるようになり、結核体験は「死を宣告された男」というい っそう普遍的な主題となって展開される。

『幸福な死』におけるカミュの野心は、『結婚』に見られた「永遠の現在」の小説化、すなわちそれを生きる主人公を描き出すことにあっただろう。だが、メルソーは初めから「永遠の現在」を生きているのではない。ザグルー殺害がそれを可能にする。そして第二部第四、五章において彼は目的に到達するが、この二つの章は小説としては実に散漫な印象を与える結果に終わっており、またそれがこの物語全体を決定づけてもいる。「小石の幸福」とは何も行動しないことであり、この「永遠の現在」の状態が、それまでメルソーが生きてきた過去とのつながりを断ち切ってしまうのだ。

『幸福な死』の失敗は、何よりもその構成の破綻にあるとされてきた。自伝的告白とまさに小説的な創造、さまざまな主題、とりわけ異なった調子、多様な現実への関わり方、それらのあいだで小説は引き裂かれている。そしてカミュ自身もおそらく、これまでのエッセイの場合と異なり、構成に一番手を焼いたと推測される。『手帖』におびただしくあらわれる『幸福な死』に関する断章がそれをよく示している。だが、その構成の破綻は、単に各々のエピソードを貫く小説的論理の統一性の欠如とか、それらをまとめあげる構想力と全体を見渡す眼力の不足だけでは説明できないものがある。カミュの意図そのもののなかに、問題の困難性があったと考えられる。「永遠の現在」を小説の結末に置く限り、小説はけっして結末へ向かって収斂されていくことはなく、むしろ拡散せざるを得なくなるだろう。他方で、メルソーと異なり、『異邦人』のムルソーは物語の冒頭からすでに「永遠の現在」に生きている。そしてこのムルソー自身に語らせることにより、一人称の詐術に近い語りのしくみのなかで、主人公の生きている「永遠の現在」を読者に感じとらせようとの企みがなされるだろう。「自然的無時間」と「人間的（さらには社会的）時間」との対比によって「永遠の現在」を浮き彫りにすること、――それこそが『異邦人』の第一部と第二部の対比によってカミュが意図したものだろう。

未刊に終わった『幸福な死』は、駆け出しの小説家の実験工房といった様相を呈している。これは『異邦人』だけでなく、他の多くの作品に素材を提供することになった。第二部における水浴の場面は、『ペスト』において象徴的な意味を担って再利用されることになる。幸福への激しい情熱につき動かされるメルソーの背後には、カリギュラとマルタの姿が見える。殺人と幸福、無垢と罪障の主題は、今後何度も変奏されてあらわれるだろう。

第二部

不条理を生きる情熱

第五章

『異邦人』——世界の優しい無関心

『異邦人』

第二次大戦が勃発し、二六歳でアルジェを去ってパリに移り住んだカミュは、『異邦人』をほぼ完成させた。二年後の一九四二年、この小説は大戦下で刊行され、パリ文壇へのデビュー作となった。太陽の国からやってきた異邦人の作品に、人びとは魅了された。第一部の終わり、アルジェの浜辺で、ムルソーは、太陽に追いつめられて、アラブ人に向かってピストルの弾を放つ。

そのとき、すべてがゆらめいた。海が熱く濃密な息吹を吐き出した。空が端から端まで裂けて、火の雨を降らすかと思われた。ぼくは全身を緊張させて、レボルバーの上の手を痙攣させた。引き金が動いて、ぼくは銃床のなめらかな腹に触れた。そのときだった、耳を聾するばかりの乾いた音とともにすべてが始まったのは。ぼくは汗と太陽を振り払った。日ざかりの均衡と、自分が幸福だった浜辺の比類ない静寂を壊してしまったことを理解した。そこでぼくは、身動きしないからだにさらに四発を打ち込んだのだ。弾はのめりこんで、見えなくなった。それはまるで、不幸の扉をたたく四つの短い音にも似ていた。(I, 176)

『アルジェ・レピュブリカン』

カミュは生涯で三度ジャーナリストとしての仕事にたずさわった。これは彼にあっては小説家・劇作家としての活動に劣らず重要であり、とりわけジャーナリズムにおいてカミュは自分の能力を十全に開花させたと主張する研究者もある。その経歴はアルジェにおいて『アルジェ・レピュブリカン』紙の記者として採用されたところから始まり、ここでジャーナリズムの作法を覚え、すぐれたセンスを発揮した。二度目は解放直後のパリにおいて『コンバ』紙の論説主幹として、力強く説得力あるメッセージを発し続けた。三度目はアルジェリア問題が深刻化していく時期における『レクスプレス』紙での発言である。

十七歳のときカミュは作家になりたいと思った。だが、貧しい境遇に生まれ育ったため、作家として身を立てるより前に、生計の道を見つける必要があった。二五歳から、彼は職業的ジャーナリストの道を歩み始める。当時アルジェには右翼系の『ラ・デペッシュ・アルジェリエンヌ』と保守的な『レコー・ダルジェ』の二つの日刊紙が発行されていたが、そこへ左翼の小新聞『アルジェ・レピュブリカン』紙の創刊が企てられた。編集をまかされたのは、一九三八年十月パリからやってきたパスカル・ピアだったが、資金不足のため、彼は二人の新人を雇った。そのひとりがカミュであり、第一号は同年十一月六日に発行された。初め、カミュはジャン・グルニエに「この仕事は期待はずれです」(Grenier, 33)と書くが、しかしすぐに仕事仲間のあいだで中心的な位置を占め、そこで多様な技能を学ぶことになる。雑報記事を集めて解説し、裁判記事を書き、文芸批評でサルトルの『嘔吐』やニザンの『陰謀』を論じた。

カミュは各種の記事を一五〇本ばかり書いたが、この文体練習が小説家として役立つことになった。彼はまた短信のために警察回りを行って情報を収集し、公判を傍聴した。それが『異邦人』第二部の裁判の場面に生かされた。『異邦人』では、第一部でのエピソードが第二部の法廷において新たな光のもとに立ちあらわれ、この対比が物語全体の構成を支えている。

『異邦人』の第一部の挿話のいくつかは『幸福な死』から借用されているが、第二部の予審と裁判は新しく導入されたものであり、これが小説家カミュの誕生を可能にしたと言える。

しかしながら、公判の場面を別にすれば、カミュがジャーナリストとして時代状況に関わっていたことを示すものは『異邦人』には何もない。ここにはナチスの興亡、スペイン内戦、さらには大戦前の緊迫など、当時の政治・社会的状況がまったく反映していないのである。

「カビリアの悲惨」

『アルジェ・レピュブリカン』にカミュが発表した記事のなかで、特筆すべきは「カビリアの悲惨」である。一九三九年、カビリア地方で行った詳細な調査に基づき、六月五日から十五日まで十一本の報道記事としてまとめられたものだ。ここで、カミュはアルジェリアの大地において繰り広げられる植民地政策の不正を告発している。それは単なる証言としての報道ではなく、経済的・社会的原因の分析までなされた記事だった。

『結婚』においてアルジェリアの自然の美を抒情的に謳いあげたカミュだったが、しかし、この土地が抱える政治的不正に盲目だったわけではない。確かに「貧苦」のなかには「光の富」があった。しかし、また美しい自然のなかには、政治の不正による貧困があった。『結婚』ではカミュはまったくそれに触れていない。しかし他方で、ジャーナリストとしての彼は、そこでは「愛」や「文学」などまったく無力な世界があることも知っていた。「ここでは、愛はなんの役にも立たないし、慈善や演説もそうだ。差し出さねばならないのは、パンや小麦、救いや友愛の手なのだ。それ以外のものは文学にすぎない」(I, 655)

およそ二〇年後、一九五八年、アルジェリア戦争のさなかにカミュの沈黙が批判されたとき、このルポルタージュ記事は一部を除いて『アクチュエルⅢ』に再録され、若いカミュがすでにアルジェリアの過酷な現実に理解を示していたことを証明するものとなった。再録された記事のなかで、彼はこう述べている。「もし同化をほんとうに望み、この威厳ある民族にフランス人になるように望むなら、まずはじめに彼らをフランス人から分け隔てるべきではない。もし、私の理解が正しければ、それがこの民族の願いのすべてである」(IV, 323)。カミュにおいて、アルジェリアとフランスの共存を願う姿勢はこの記事以来変わらぬものであり、アルジェリアの独立は彼の視野にはなかった。

『幸福な死』から『異邦人』へ

『異邦人』の主要なテーマの一つが『手帖』にはじめて登場するのは、一九三七年四月に書かれた断章「物語――自分を正当化しようと望まない男」(II, 814)である。続いて同年八月には次の記述が見られる。「モードのカタログを読んでいた男は突然、自分がどれほど自分の生活(モードのカタログに描かれているような生活)に対して無縁(étranger)であったかに気づく」(II, 824)。カミュ自身が、「異邦人 étranger」という語が最初にあらわれるこの一節が「出発点」であると語った。このとき、彼は南仏のアンブランにいて、『手帖』に多くの小説の断章やプランを書き留めている。それらは『幸福な死』の計画であったと思われるが、そこに『異邦人』の萌芽がすでに見られる。

一九三八年になると、『手帖』には『異邦人』に関わるいくつかのノートが記されたあと、十二月の日付のある断章の直前に、『異邦人』の冒頭部分が決定稿と変わらぬ形であらわれる。「きょう、ママが死んだ。もしかするときのうなのか、でもぼくにはわからない。養老院から電報を受け取った」(II, 863)。この時期に、カミュは『異邦人』における一人称の語り手、複合過去の使用、そして特に第一部で顕著な日記体を発見したのだろう。しかしながら、この「母と息子、母親の死」の挿話群とは別に、カミュにとってもっとも重要であった「死を宣告された男」の挿話群が存在し、これらはまだ二つの異なった物語を形成しており、両者をつなぐ構想は生まれていなかったと考えられる。

一九三九年九月三日、第二次大戦が勃発する。カミュは従軍を志願したが、健康上の理由で受け入れられなかった。左翼系と見られた『アルジェ・レピュブリカン』は発行禁止となったが、名前を『ル・ソワール・レピュブリカン』と変えて発刊を続けた。カミュは、編集主幹として、いくつかの記事を書いた。この新聞は、戦争中において、平和思想、絶対自由主義、連邦主義を守ることを目的とした。だが、度重なる検閲との戦いの末に、一九四〇年一月にこの新聞も発行禁止となった。

失職したカミュは、パスカル・ピアの招きで『パリ＝ソワール』紙の編集者として働くため、三月十四日アルジェで乗船し、十六日パリに着いた。二六歳の彼は、パリのホテルで暮らしながら、ジャーナリストの仕事と平行して、『異邦人』の執筆に力を注ぐ。『手帖』には、五月に「『異邦人』が終わった」(II, 914) と記されている。六月初めにはドイツ軍がパリに迫り、カミュは、第一稿が完成したばかりの『異邦人』の原稿を抱えて、『パリ＝ソワール』の仲間たちとパリを逃れ、クレルモン＝フェラン、次いでリヨンへと移動した。そこで彼は、十二月三日、アルジェリア時代に知り合ったフランシーヌ・フォールを呼び寄せて結婚した。しかしほどなく人員整理のため『パリ=ソワール』を解雇されることになり、一九四〇年末、彼は妻の実家のあるアルジェリアのオランに戻った。フォール家に住む家をあてがってもらい、フランシーヌが高校教員として働き、カミュも家庭教師をして糊口を凌いだ。

オランに戻ったカミュは、ふたたび『異邦人』に着手し、新たに細部の描写、とりわけ殺人の場面を膨らませた。このとき、草稿の下に記された「一九四〇年五月」の最初の日付が抹消されて、「一九四一年二月」に変更された。この草稿では主人公の名前はまだメルソーであるが、その後ムルソーになった。

『異邦人』出版

一九四一年四月、カミュはオランから、フランスにいるピアとグルニエに『異邦人』と『カリギュラ』の原稿を送った。『異邦人』の原稿を読んだグルニエは手放しで賞讃はしなかったが、ピアは、遅かれ早かれ『異邦人』は第一級の地位に収まるだろうと返事をよこした。『異邦人』の原稿はピアからマルロー、そしてジャン・ポーランにも送られて、二人は熱をこめてほめ称えた。

そのあと、『異邦人』は一九四一年十一月にガリマール社の原稿審査委員会において認められ、翌四二年六月、四四〇〇部が刊行された。このときカミュはまだオランにいた。しかし七月には結核が悪化し、その療養のため高地で過ごすことが必要となる。彼はフランス本国に戻り、山岳地帯であるオーヴェルニュ地方、シャンボン=シュル=リニョンの近くの村ル・

パヌリエに農家を借りて住んだ。その頃、パリでは『異邦人』の書評があらわれ始めた。『手帖』には、それらに対するカミュの反応を示すと思われる断章が記されている。「これは慎重に計画された本だ。その語り口も……意図されたものである。[……]この本の意味はまさに第一部と第二部の平行関係のなかにある」(II, 950)。文芸批評家の大物であるアンドレ・ルソーの保守的な酷評を、カミュは苦い思いで受けとめ、『手帖』にはこう書いた。「一冊の本を書くには三年かかるが、それをちゃかすには五行で足りる——それにいくつかの間違った引用」(II, 952)。占領下で『異邦人』は売れ続け、増刷された。まだル・パヌリエにいたカミュはすでに『ペスト』の構想を練り始めており、この次回作と『異邦人』とを比較する考察も『手帖』には散見される。「『異邦人』は不条理に直面した人間のありのままの状態を描いている。『ペスト』は同じ不条理に直面する複数の人間の見解にみられる根本的な等価性を描くことになる」(II, 955)

一九四二年九月には、サルトルの長文の「解説」が『カイエ・デュ・シュッド』誌に掲載された。彼はまだ出版されていなかった『シーシュポスの神話』をゲラの段階で読んで、この哲学エッセイを『異邦人』の解読格子として利用することを思いついた。この論評は四三年に入ってからル・パヌリエのカミュのもとに届けられた。それを読んだカミュは、三月グルニエ宛の手紙に、この知的「分解」の論評が「大部分は正当なものだ」と思ったが、しかし「なぜあんな辛辣な語り口なのでしょう?」(Grenier, 88)と書いている。

母の死（第一部　第一章）

『異邦人』冒頭の句は、よく知られている。

きょう、ママが死んだ。もしかするときのうなのか、でもぼくにはわからない。養老院から電報を受け取った。「ハハウエセイキョ、アスマイソウ、オクヤミシマス」。これでは何もわからない。きのうだったかもしれない。(I, 141)

冒頭の「きょう」という語は、一日の出来事をその日のうちに語る日記体のスタイルである。このあと必ずしも一貫しているわけではないが、第一部は基本的に同じ語りのスタイルを守っている。死亡通知を受け取った語り手「ぼく」は、母の死に対するみずからの感情をいっさい述べることはない。彼はただちに、「二時のバスに乗れば、午後のうちに着くだろう。そうすれば、お通夜をして、明日の晩帰ってこられる」(I, 141) と、自分がこれから取るべき行動の予定を立てる。

『異邦人』は、伝統的に小説が使用してきた単純過去形ではなく、より日常語に近い複合過去形で語られている。この手法は、小説の語りに対する新たな試みであった。そこでは、一人称の物語と行為の純粋に客観的な知覚という本来相容れないものが接合されており、発表当時はアメリカ小説の影響が指摘された。一九四五年十一月、『ヌーヴェル・リテレール』誌のインタビューにおいて、『異邦人』がフォークナーやスタインベックの作品を想起させるのは偶然の一致なのか、との質問に対して、カミュはこう答えた。「その手法を私は『異邦人』

で使いました。それは事実です。しかしそのわけは、外見からは道義心を持たないように見える男を描くという意図にその手法が合致していたからです」（II, 657）。カミュは、この手法の使用はあくまで意識的な限定されたものであったことを強調しており、『異邦人』においても、第一部および第二部の終わりでは別の文体が使用されて効果を高めている。『異邦人』の主観性を厳格に排除した文体は、一九五三年、ロラン・バルトによって「白いエクリチュール」と名付けられて、いっそうその特異性が注目された。

物語の冒頭で電文によって促されたムルソーは、養老院へ行き、通夜そして葬儀に出席する。彼を迎えた養老院の院長はこう言う。「ムルソー夫人は三年前にここに入られた。身寄りの方は、あなたおひとりだけでしたね」（I, 142）。ここで初めて、語り手の姓が「ムルソー」であることが明らかとなる。しかし、名前は最後までわからない。ムルソー Meursault について指摘されてきたことは、これが Meur（Mort）（死）と soleil（太陽）の合成語であるということだ。他方で、『異邦人』に先だって書かれ、未完に終わった『幸福な死』の主人公の名前は、メルソー Mersault であり、これは Mer（海）と soleil（太陽）とからなっていた。

通夜の開けた翌日は葬儀である。院長によって、在院者のなかでただひとり葬儀に参列することを認められたペレーズは、ムルソーの母親の「いいなずけ」として紹介されている。ペレーズ（Pérez）から z を取れば、父（père）になるが、ここでの暗合はだれの目にも明らかだ。母親の許婚者とは、ムルソーにとって、当然父の位置を占める人物である。その意味で、エディプスの構図のなかでは、母を欲望するムルソーにとっての競争相手であり、排除すべき障害である。しかし、これはすでに老いて、父権を失った父でもある。葬儀では、母親の「いいなずけ」であるペレーズだけが喪を生きることができる。彼は涙をいっぱい眼に浮かべて、葬列のあとを追い、棺が墓穴に降ろされるときに気を失うのだ。

ムルソーは表面的には母を亡くした息子の役割を演じるのだが、この葬儀のあいだ、母の顔を見ず、棺の前で涙を流さず、母の年齢をたずねられてもうまく答えられない。彼は喪の作業を遂行することに成功しないのだ。葬儀が終わり、ムルソーはふたたびバスに乗って、アルジェに戻る。第一章は、次のように終わっている。「バスがアルジェの光の巣に入り、これで横になり十二時間眠ろうと考えたときはうれしかった」(I, 150)。ムルソーにとって、必ずしもうまく役割を演じたとは言えない儀式がともかくも終わり、彼は日常に復帰する。

マリーとの出会い（第一部第二章）

葬儀の翌日の土曜日、ムルソーは港の海水浴場へ行き、そこでマリーに再会する。母(mère)を亡くしたムルソーが、海(mer)に引き寄せられ、そこで出会うのがマリーである。マリー(Marie)は、母(mère)および海(mer)に通ずるということもできるだろう。「水のなかで」(I, 151)マリーに再会したのは、羊水のなかでの出会いであり、さらに、ブイの上でムルソーが頭をマリーの「膝の上へ載せ」るのは、幼児退行的なしぐさと見ることができる。こうして失った母を求めて、ムルソーは生命の起源である海へとおもむき、そこで出会ったマリーのなかに母の代理人の役割を見いだすのである。

岸に上がると、マリーは二度驚く。はじめはムルソーの黒いネクタイを見て、二度目はママの死が「きのう」であったことを知って。ムルソーは、「それは自分のせいではないのだ」

（I, 152）とマリーに言おうとして思いとどまる。彼は「それは何も意味しない。いずれにしても、ひとはいつでも多少過ちを犯すのだ」と考える。「何も意味しない」は、ムルソーの口癖の一つである。同時に、「ひとはいつでも」という一般化もまた、ムルソーによって、自己弁護の手段として繰り返される。他人が非難の矛先を自分に向けるたびに、彼は「ひとはいつでも」あるいは「ひとはだれでも」と一般化をはかる。それは、物語の最後において、「だれもが有罪だ」との宣告になるだろう。

二人が映画を見たあと、マリーはムルソーの部屋にやってきて泊まる。翌朝、ムルソーが眼をさますと、もう彼女は出かけたあとである。「きょうは日曜だと考え、いやになった。日曜は嫌いだ」（I, 152）。ムルソーは日曜日を好まない。彼はバルコニーから道行く人びとを眺めて日曜日を過ごす。この通行人たちのなかにアラブ人の姿がまったく見られないのは、いささか奇妙である。これは、カミュ自身が住んでいたアルジェのリヨン通りの光景がもとになっているだろう。カミュの遺作となった未完の小説『最初の人間』のなかで、成人した主人公が少年時代を過ごした家に戻って、このリヨン通りを語る場面があるが、そこでは明らかに「アラブ人たちが通行」（IV, 784）している。

ムルソーの日曜日

やがて街灯がともって、ムルソーは夕食を取るためにバルコニーを離れて部屋のなかに入る。「いつもの日曜日が終わったのだ、ママはいまでは埋葬されて、ぼくはまた勤めに戻るだろう、結局のところ何一つ変わらなかったのだ、とぼくは考えた」（I, 154）。こうして、ムルソーのものうい日曜日は終わる。「日曜は嫌いだ」に始まり、「まったくの日曜日だった」を経て、「いつもの変わらない日曜日だった」にいたるまで、日曜日への言及が繰り返される。母親が死んでも、ムルソーが窓から見る風景は変わらない。いつもの日曜日の光景が繰り返されるだけだ。葬儀において母親に別れを告げることを拒否し、母の死を受容することから逃れようとしたように、ここでも彼は、何も変わらなかったと考える。マリーが帰ったあと、ムルソーはまったく自由な一日を手に入れる。とはいえ、彼はそこで母のことを思い出すことはほとんどなく、無為な日曜日を過ごすのだ。こうして、母の死を受け入れることができず、彼は喪の作業を行うことに成功しない。母の死は、仕事と週末の繰り返しのリズムからなる彼の生活をいささかも乱すようには見えず、彼はもとの勤め人の生活に戻るだろう。

一九四一年三月、パリに着いて『異邦人』執筆に専念し始めたとき、カミュは『幸福な死』から日曜日の場面をわずかな変更だけを加えて、書き写した。メルソーとムルソーの日曜日の場面は、それぞれの小説においてともに第一部第二章に置かれているが、その位置の持つ意味合いはまったく異なっている。『幸福な死』では冒頭に置かれたザグルー殺害のあと、物語がカットバックするために、ザグルー殺害と日曜日がつながらず、この日曜日はメルソーにとって平凡な休日の一つにすぎない。他方で、『異邦人』では母親の埋葬のすぐあとに日曜日が来て、これは喪の一日となるはずだった。ところが、ムルソーはほとんど母のことを考えることはない。

『ペスト』のなかで、タルーは彼の「手帖」に、時間をむだにせずその長さを残りなく味わう方法として、「自分の部屋のバルコニーで日曜の午後を過ごすこと」(II, 51)を挙げる。

同じようにメルソーもムルソーも時間の長さを残りなく味わった。ただ、メルソーの場合は、過ぎた日曜日は彼の平凡な日常の一コマにすぎない。他方でムルソーの場合は、いつもと変わらない日曜日であることを自己確認するが、その身振りのなかに、母の死を無化しようとする意図が見えるのである。

隣人たち（第一部第三章〜第五章）

木曜日に電報を受け取り、金曜日に葬儀に参列し、土曜日にマリーと再会したムルソーは、無為な日曜日を過ごしたあと、月曜日から職場に戻る。一日の仕事を終えて家に帰ると、彼は犬を連れたサラマノ老人と出会う。ここで、彼らの散歩道である「リヨン通り」の名が明かされる。これは、『異邦人』において、ただ一つ明示されるアルジェの地名だ。ムルソーが次に出会うのは、同じ階の隣人レーモンである。近所の評判が良くない男だが、レーモンと「話をしない理由はない」（I, 156）から彼とつきあうムルソーは、レーモンを「満足させない理由はない」（I, 159）と考えて手紙を代筆する労をいとわない。こうして、彼は受動的にレーモンの事件に関わるようになる。別れ際にレーモンは、ムルソーにお悔やみを言う。ムルソーが部屋に戻ると、隣室のサラマノ老人の部屋から犬の吠え声が聞こえてくる。

第四章では、次の週の土曜日にマリーがやってきてムルソーの部屋に泊まり、その翌日、隣室でレーモンとその情婦のけんかが起こる。警察に呼ばれたレーモンはムルソーに証言してほしいと頼み、彼は承諾することになる。偽の手紙に続いて、今度は根拠の怪しい証言が重ねられる。ムルソーはレーモンからのいずれの依頼に対しても、消極的にではあるが最後には応ずるのだ。

夜には、唯一の伴侶である犬を失ったサラマノ老人の泣き声が、隣室から聞こえてくる。あれほどお互い憎しみ合っていた老人と犬だが、その犬が失踪してしまうと、彼は涙を流す。その泣き声を聞いて、ムルソーは母のことを考える。「なぜだか知らないが、ぼくはママのことを考えた」(I, 164)。しかし彼は、サラマノのように泣くわけではない。サラマノは犬の喪を生きることができるが、ムルソーは母親の死以来、一度も涙を流したことはないのだ。

第五章では、事務所の主人が、ムルソーに、パリに開設された出張所へ行く気があるかとたずねる。それに対して、ムルソーは「どちらでもいいです」(I, 165) と答えて、主人を不機嫌にさせる。その日の夕方、マリーから「自分と結婚したいか」とたずねられたムルソーは、「どちらでもよい」と答え、結婚することには「なんの意味もない」と言って彼女を落胆させる。この「どちらでもいい」「どちらでもよい」および「なんの意味もない」は、ムルソーの口癖であり、彼の受動的な生活態度を示すものである。『シーシュポスの神話』において、カミュは、不条理の英雄たちにとってはすべてが等価であり、彼らは未来に無関心で現在の一瞬一瞬を生きていると述べる。ムルソーは、不条理の英雄の哲学を彼なりのやり方で体現していると言える。

夜、ムルソーの部屋にやってきたサラマノ老人は、ひとしきり犬の想い出話をしたあと、ムルソーの母が「その犬をたいそうかわいがっていた」(I, 167) と語る。第一部の第三、第四、第五章は、いずれもサラマノ老人の犬への言及で終わっているが、そこでは必ずムルソーの母が想起される。そして老人は犬の失踪を既定の事実として受容していくが、他方でムルソーは、おそらくは母の死を受け入れることを拒否したままなのだ。

浜辺の殺人（第一部第六章）

第一部は母の死に始まり、主人公の平凡な日常が一見なんの脈絡もなく時間を追って語られるが、第六章にいたって、ムルソーは自分の運命を一変させる事件に遭遇する。母の葬儀から三度目の日曜日、彼は、マリー、レーモンとアルジェ郊外の別荘地に到着し、マソン夫妻の別荘に迎え入れられる。午前中、太陽は穏やかだが、午後になると様相を一変させる。「太陽の光はほとんど垂直に砂の上に降りそそぎ、海面でのきらめきは堪えられないほどだった」（I, 171）。この陽光のもと、浜辺で、ムルソー、レーモン、マソンの三人は、敵対する二人のアラブ人たちと出会う。これは三対二の対決であり、ここで最初の乱闘が起こる。

ひとまず丘の別荘に戻ったあと、ムルソーとレーモンの二人がふたたび浜辺へと降りていく。ムルソーが浜辺へ行くごとに、同行者の数が減少し、それとは逆に太陽の光が激化する。「太陽はいま圧倒的だった。砂の上に、海の上に、光はこなごなに砕けていた」（I, 173）。彼らは泉のそばでふたたびアラブ人たちと出会うが、今度は、二対二の同数の対決となる。「われわれは眼を伏せずに互いに見つめ合った。ここでは、すべてが、海と砂と太陽、笛と水音の二重の静寂との間に、停止していた」（I, 174）。日曜日の真昼の浜辺。あらゆる動きの停止によって、時は沈黙のなかで釣り合いを保ちつつ流れをとどめたかに思われる。このとき、万物はその差異を失って等価となる。この瞬間、ムルソーは「引き金を引くことも引かないこともできる」と考える。

レーモンと別荘の入り口まで戻ったあと、ムルソーは、なかには入らず、入り口のところにたたずむ。「空から降って来るまばゆい光の雨」（I, 174）にうたれた彼は、「ここに残るのも出かけるのも、結局同じことだ」と考える。ここでもまた確率は半々であるが、今回は破局にいたる道を選んで、ムルソーは浜辺へと向かう。

浜辺の太陽

歩き始めたムルソーに、太陽はますます白熱し、容赦ない攻撃を加える。「この激しい暑さがぼくにのしかかり、歩みをはばんだ」(I, 174)。彼は「岩陰の冷たい泉」のことを考え、「日陰とそのやすらぎをまた見いだしたい欲望」にかられるが、そばまで行ったとき「レーモンの相手が戻ってきている」(I, 175) のを見る。ここにいたって、泉が彼ひとりのものではないことを思い知らされるのだ。泉をめぐるこのムルソーとアラブ人の争いに、アルジェリアの土地をめぐるヨーロッパ人と回教徒の争奪を見ることもできるだろう。そのとき、この泉はにわかに、植民地闘争まで視野に入れた重要な地政学的意味を帯びてくる。

ムルソーは、アラブ人と一対一で向かい合うことになる。「もう二時間も日は前に進むことなく、二時間も日は沸き立つ金属の大海に錨を投げていた」(I, 175)。この時間の停止が、浜辺におけるムルソーの行為に宿命の彩りを与える。こうして時の流れが止まり、神話的空間が生まれ、出来事はそこで歴史的因果関係とは無縁の形で起こるのだ。「太陽に震える浜辺全体が、背後に押し寄せていた。ぼくは泉の方へ数歩、進んだ。アラブ人は身動きしなかった」。太陽から逃れようと、ムルソーは泉に近づくが、それは当然アラブ人に接近することである。

「ママを埋葬した日と同じ太陽」(I, 175) がムルソーを苛《さいな》み、攻めたてる。ばかげたことと知りながらも、彼はさらに一歩前に踏み出す。アラブ人のナイフに反射した光が、ムルソーの額に迫る。「両目がこの涙と塩の幕にふさがれて見えなくなった。もう感じられるものと言っては、額の上の太陽のシンバルと、なおも目の前に突き出されたナイフからほとばしるぼんやりきらめく刃《やいば》だけだった」。そのとき彼には「空が端から端まで裂けて、火の雨を降らすかと」(I, 176) 思われる。太陽に追いつめられ、太陽から逃れようとして、全身をこわばらせて彼は引き金を引き、「日ざかりの均衡と、自分が幸福だった浜辺の比類ない静寂を壊してしまったことを」悟る。そこで、彼はこの身動きしないからだにさらに四たび撃ち込むが、それは「不幸の扉をたたいた四つの短い音のようだった」。こうしてムルソーを殺人へと導く過程において、海、太陽、そして偶然がギリシア劇的な運命の等価物を構成する。とりわけ太陽は、母親の埋葬の日との同一性を暗示しつつ、埋葬の日以上にムルソーを肉体的に苦しめる。語り手はムルソーの苦痛の一つ一つを詳細に伝える。読者はムルソーの苦痛を忠実に追体験し、肉体についての意識を共有して、彼の内面と完全に一体化する。こうして読者は、殺人へといたる主人公の行為を内面から理解するのだ。

さらに、ここには文体の顕著な変化が見られる。これまで対象との距離を維持するのに有効であった即物的リアリズムの文体に代わって、浜辺の場面では、メタファーやイメージのそれまでになかった集中的使用が見られる。それらが、この場面に神話的性格を与えると同時に、読者との心理的距離を小さくするのである。

予審判事の尋問（第二部第一章）

第一部の終わりは、ムルソーが発砲するところで終わっていた。第二部は「逮捕されるとすぐに、何度も尋問を受けた」(I, 177)で始まり、逮捕されるまでの経過については、いっさい語られない。ここでは、予審という制度が彼にはよく理解できないし、そこでの自分の役割がよくわからない。だから、彼は「いっさいがゲームのように見えた」との感想を抱く。そして、このことと無関係ではないが、彼には人を殺したという意識が希薄である。予審判事との会見を終えて部屋を出るとき、ムルソーは彼に手を差し伸べようとさえするが、ちょうどそのとき、「自分が人殺しをしたこと」(I, 178)を思い出すのだ。

翌日、弁護士が刑務所へ会いに来る。母親の埋葬のときムルソーが「無関心で冷淡な態度であった」(I, 178)ことが最大の争点になるだろうと弁護士は予測する。ここで早くも裁判の争点がずらされていく。アラブ人殺害の罪が問われているはずだが、むしろ判事側は、そして弁護士もまた、母親の埋葬時のムルソーの態度により大きな関心を示すのである。

予審判事による尋問では、求めに応じてムルソーは事件の一日を物語る。「ぼくはと言えば、こんなふうに、同じ話を繰り返すことにうんざりしていた。こんなにしゃべったことは、かつてないように思われた」(I, 179)。幾度となく繰り返された話はその生き生きとした現実味を失って、概略しか残さないだろう。それはムルソーを疲れさせるだけである。しかしながら、この強制された陳述はかつてなかった体験でもある。予審に始まりその後裁判にいたるまで、ムルソーは、幾度となく、アラブ人殺害へと彼を導いた事件を語ることを強制される。それは無口であった彼に心ならずも語ることを学ぶ機会を与えただろうし、この修業過程を抜きにしては、のちに見るような語り手ムルソーの誕生は理解できないだろう。

第一部では、第一章の電報を受け取った木曜日から、第六章の殺人事件の日曜日まで十八日間の出来事が語られたが、第二部は第一章だけで十一か月が経過してしまう。その間、ムルソーにとっては単調な尋問が繰り返されて、彼は次第に新しい状況に慣れていくのだ。

囚人（第二部第二章）

第二章では、ムルソーの囚人としての生活が語られる。マリーが面会にやって来た日、面会室で、彼はひとりの青年に注意を向ける。「気がつくと、彼は小さな老婆と向かい合い、二人は激しく見つめ合っていた」（I, 184）。老婆はひと言も発せず、息子はただ「さよなら、ママ」と言うだけだ。二人は、彼らの強いまなざしがいかなることばよりも確実に彼らの相互の理解を深めるものと信じているように思われる。この母子関係にムルソーと母親のそれを重ね合わせることができるだろう。彼は第一部第一章において、すでにこう語っていた。「家にいたとき、ママは黙ってぼくのすることを目で追って時を過ごしていた」（I, 142）。面会室で見られたこの沈黙のなかで理解し合う母子像は、おそらくムルソーと母親のあいだではまだ十全な形で実現されてはいなかっただろう。彼が「ママを理解した」との確信を抱くには、この小説の末尾まで待たなくてはならない。

囚人のムルソーが克服しなければならなかった最大の問題は「時を殺すことにあった」（I, 186）。しかし、彼は「思い出すことを覚えた瞬間から、まったく退屈しなくなった」。彼は自分の部屋にあったあらゆる品物を思い出すことに次第に習熟し、それだけで数時間を過ごすことができるようになる。自分の過去をふたたび生きること、それこそが彼に残された唯一の生き方なのだ。十一か月の牢獄生活は、彼に時間意識についての変革をもたらし、記憶の価値を発見させる。記憶とは語り行為にとって重要なものであるから、このこともまた、やがて語り手ムルソーの誕生を促す要因となるだろう。

ムルソーの時間潰しに役立ったもう一つは、ある殺人の物語である。彼は「藁布団とベッドの板のあいだに、一枚のちぎれた古新聞」(I, 187)を見つける。それは、チェコスロバキアで起こったらしいある事件のことを載せていた。この母が息子を殺したという話を、彼は「数千回も」読む。カミュはこの話に強い執着を抱いていたらしく、これをもとに戯曲『誤解』を書いた。『誤解』では母が息子を殺害するが、『異邦人』の物語はそれほど直接的ではないものの、母の死に始まり、アラブ人殺害を経て、ムルソーの死へといたる道筋をたどる。

『異邦人』はかなり特異な形をとった母と息子の物語であると言える。この母子関係を特徴づけているのは、「沈黙」と「殺人」である。それぞれを主題とした母と息子の二つの物語が、第二部第二章には、中心紋のようにはめ込まれている。一つは面会室で沈黙のうちにまなざしによって理解し合う母と息子、もう一つは古新聞に報道された殺人を通じて死のなかで一体化する母と息子である。中心紋の手法は、物語の主題をより小さな別の物語のなかに要約して浮き上がらせることにあるが、ここでは強い印象を残す二つの母と息子の物語の存在によって、より大きな母と息子の物語が暗示されている。

看守が来て、ムルソーが牢獄に入ってからもう五か月になると言ったその日、彼は鉄製の椀に写った自分の顔を眺める。「それに向かってほほえんでやろうとしたのに、なおまじめな顔をしているように見えた。それを目の前で揺り動かした。ぼくが微笑しても、顔の方は、相変わらず、厳しく悲しげなようすだった」(I, 188)。このお椀に映った自己像の分裂が、ムルソーの囚人体験の行きつく果てなのである。それまでの単一の自己像が崩れ、彼はみずからにとっての異邦人である自己の姿を発見する。「またこの数か月来はじめてのことだったが、ぼくは自分の声音をはっきりと聞いた。その声が、もう何日も耳に響いている声だと聞き分け、この間ずっと、ひとりごとを言っていたのだとわかった」。ムルソーの独言は、長い間彼自身にも気づかれなかったことばである。ここで読者は語り手の誕生に立ち会うが、しかしムルソーはわれ知らずして語り手となるのだ。しかも、この語り手は自分自身以外の聞き手を持たない。お椀に写った二重の姿は、語り手と聞き手に分裂したムルソーを暗示している。

『異邦人』においては、第二部のはじめの二つの章は全体のなかで特異な構成を持っている。そこでは同じ時期（十一か月）に起こった事件のうち、予審に関しては第一章で語られ、囚人としての日々は第二章でと、主題ごとに整理して述べられた総合的な視点が採用される。またこの二つの章では、事件を継起の順序に従って述べる複合過去形ではなく、習慣や反復的行為を語る際に使用される半過去形が頻繁にあらわれる。

公判初日（第二部第三章）

ムルソーが裁かれるのはアルジェの重罪裁判所であり、公判は二日にわたって行われた。それぞれが、第二部第三章と第四章において語られる。公判の冒頭で裁判長は、ムルソーの「事件に一見無関係だが、大いに密接な関係にあるかもしれない問題」（I, 192）に立ち入らなければならないと述べる。予審のはじめから、弁護士も予審判事も、母親の埋葬の日にムルソーが示した「無感動な」態度に関心を示し、それと殺人との関わりを探し求めた。この認識を裁判長も共有しており、それは、この日の審理の末尾において検事によって引き継がれ発展させられて、「根本的で、悲痛な、本質的関係が存する」(I, 197)という断言になるだろう。この発展そのものがムルソーの公判の経緯を要約している。

午後の証人尋問の過程で、ムルソーは次第に自分が犯罪者であり、検事や聴衆に嫌われていることを理解し始める。証人たちは二つのグループに分けることができる。まず休憩までのはじめの三人、養老院長、門番、ペレーズ。ここでもアラブ人殺害に先だって母親の死が問題とされる。彼らは、ムルソーが母の顔を見ようとしなかった、一度も涙を見せなかった、煙草を吸い、よく眠り、ミルクコーヒーを飲んだ、埋葬が済むと黙祷もせずに立ち去った、母親の年齢を知らなかったと語る。

休憩後に登場する第二のグループの証人たちは、ムルソーの友人たちである。彼らはその善意によってムルソーに役立ちたいと望むが、しかし、セレスト、サラマノ、マソンのようにことば足らずでまったく無力であるか、あるいは逆にマリー、レーモンのように、かえってムルソーを不利な立場に追い込んでしまう。証言に立ったマリーは、葬儀の翌日に、海水浴場でムルソーと再会したあと、フェルナンデルの映画を見て、夜をともにしたことを語る。これは検事によると、ムルソーが「母の死の翌日、海水浴へ行き、女といかがわしい交際をはじめ、喜劇映画を見に行って笑った」(I, 196)ということになる。こうして証人尋問のあいだ、第一部での些末な出来事が、意外な重みをもって解釈されていく。

検事は、ムルソーに死刑宣告を下す法の立場を代表する存在として登場する。公判の場面全体が、戯画的に描かれているが、とりわけ検事がそうであり、ここには語り手ムルソーの意図が感じとれる。証人尋問における検事の役割は、証人たちから聞き出した一見ばらばらの証言をもとにして、そこに一つの脈絡をつけることである。第一部の、互いに孤立した現在時のなかに封じこめられていた各々のエピソード、そして時の流れの枠外から偶発的にやってきたアラブ人殺害という事件、これらが困果の鎖によって結び合わされる。彼は陪審員の方へ向き直ってこう結論する。「母親の死の翌日、もっとも恥ずべき放蕩にふけった、その同じ男が、つまらぬ理由から、言語道断の情痴事件のけりをつけようとして、殺人を行ったというわけです」(I, 197)。原因が結果を生み出すばかりではない。結果が原因を決定づけもする。検事は、「罪人の心をもって、母を埋葬したがゆえに、私はこの男を告発するのです」と言う。ここでは、殺人行為ではなく、ムルソーにあらかじめ内在する「罪人の心」へと問題がすりかえられる。

公判二日目(第二部第四章)

第四章では、公判の二日目、結審の日が語られるが、被告ムルソーは検事や弁護士を距離を置いて眺め、観察する余裕を獲得する。この裁判には二つの特徴がある。一つは、ムルソーの殺人行為よりもむしろ彼の人格、彼の存在自体が問題とされることだ。検事と弁護士は「おそらくぼくの犯罪よりも、ぼく自身について多く語った、ということができる」(I, 198)とムルソーは言う。裁判のもう一つの特徴としては、被告であるムルソーの参加を認めずに審理が進められていくことである。「ぼくの参加なしにすべてが進んでいった。ぼくの意見を聞くことなく、ぼくの運命が決められた」

検事は、ムルソーが犯罪を予謀したことを論証しようと長い弁論を行う。母の死以来の数々の事実を要約して、レーモンの事件について一つの物語を作りあげるのだ。

ぼくはレーモンと共謀して手紙を書き、その情婦をおびきよせ、「いかがわしい」男のひどい仕打ちに委ねた。ぼくは浜辺で、レーモンの敵を挑発した。レーモンがけがをした。ぼくは彼のピストルを要求した。それを用いるために、ひとりでもとの場所に戻った。計画通りにアラブ人を撃ち倒した。しばらく待った。そして「仕事がうまく片づいたことを確めるために」、なお四発の弾丸を、落ち着き払って、確実に、いわばよく考えた上で、撃ち込んだ。(I, 199)

ここでは、検事のことばが自由間接話法で伝達される。そのため、検事のもとの発言においてムルソーを指し示す「彼」であったものが「ぼく」に置き換わっている。第一部において語り手が一人称の「ぼく」を用いて語った物語と、これは同じ主語人称代名詞を持ち、しかも同じ物語内容を持つが、しかし、言説の位相が異なっている。ムルソーの物語は、諸事件が時間の継起に従ってただ偶発的に生じたものであったのに対して、検事のそれは、そこに明らかな因果関係と、ムルソーの一貫した意図がもちこまれているのだ。

こうして検事は、人間社会のいっさいの掟に無関心な怪物、社会を滅亡させかねないほどの空虚な心しか持たない怪物の姿を弁舌巧みに描き出し、「死刑」を要求する。彼はその規制的な言説実践によって、異邦人ムルソーを生み出すのである。異邦人は、ある社会のなかにあらかじめ実体として存在しているものではない。異邦人を必要とする人びとの言説によってこそ、それは生み出され、同時に異邦人が実体としてすでに（殺人以前にムルソーのなかに）存在していたという物語をも捏造する。裁判こそは、まさしくそうした言説実践のメカニズムが集約されてあらわれる場なのだ。

「太陽のせいだ」

検事の弁論が終わったあとしばらく、沈黙が廷内を支配するが、やがて裁判長はムルソーに発言を促し、付け加えることがあるかとたずねる。

ぼくは立ち上がり、何か発言したいと考えていたので、少し思いつくままに、アラブ人を殺すつもりはなかったと言った。裁判官はそれは一つの意見表明だと答えて、いままでぼくの方の弁護のやり方がよくわからなかったので、弁護士の話を聞く前に、ぼくに行為の動機をはっきりしてもらえば幸いだと述べた。ぼくは、早口に少しことばをもつれさせながら、そして、自分の滑稽さを承知しつつ、それは太陽のせいだ、と言った。廷内に笑い声があがった。（I, 201）

だが、第一部の浜辺の場面を記憶している読者は、同じように笑いはしないだろう。「太陽のせい」で殺人を犯すという非合理な事態を十分読者に納得させることができるかどうか、それが『異邦人』という小説の鍵である。このことに成功してこそ、「無実のムルソー」という神話が成り立つことになる。

検事の求刑通り、裁判長は「フランス人民の名において」(I, 203) 斬首刑を言い渡す。フランス人民は、外部的に他の人民との差異の関係によって自己形成すると同時に、内部的には、「異邦人」を発見し、あるいは創り出し、それを抑圧し、排除することによって、みずからのアイデンティティを規定する。こうして、検事の物語が勝利を収めることになる。論理的因果関係に支配された歴史的時間に安住する裁判官や陪審員は、当然のことながら、この「明快さ」を選ぶだろう。ムルソーの素朴な友人たちが法廷で陳述したようにすべては「偶然」によって起こった、あるいはムルソー自身が述べるように「太陽のせい」で殺人がなされたなどという非論理性を認めれば、もちろん裁判も法も成り立ちはしないからである。

ところで、アルジェリアの植民者の社会では、白人がアラブ人と乱闘したときに相手を殺したとしても死刑を宣告されることはなかったことはよく知られている。ムルソーの過ちはだから別のところにある。それは彼の無関心と、母の葬儀において涙を流さなかったことである。だからこそ逆に、ムルソーの殺害相手は白人ではなくアラブ人であることが必要であったと考えられるのだ。

死刑囚 (第二部第五章)

第五章は、それまでの記述とはうってかわって思弁的である。死刑宣告がムルソーに思考を強いる。その主題は、当然、死刑という制度であり、死そのものである。こうした死の考察を通して、最後に彼は母を理解するにいたるだろうが、彼が殺害したアラブ人、それこそが彼の死刑をもたらしたはずのアラブ人殺害については思い及ぶこともない。逮捕されて以来の予審の期間、および法廷において、そして刑の確定後も、アラブ人とその殺害は忘れられたままなのだ。

ムルソーは死刑から心を逸らせようと試み、そのたびに失敗して逃れられない冷厳たる事実へと連れ戻される。しかし、この試みを繰り返すことで、次第に死を受容する心の準備を整えていく。彼は独房のなかで、死刑制度という精巧なメカニズムにどこか抜け道がないかと思考をめぐらせる。そのとき、父に関して、母から聞いた話を思い出す。「父はある人殺しの死刑執行を見に行ったのだ。それを見に行くと考えただけで、気分が悪くなった。それでも彼は出かけて行き、帰って来ると、午前のうちに吐いたのだ」(I, 205)。これは、ムルソーが父について知っている唯一のエピソードである。『異邦人』における不在の父は、ただ一度だけギロチンによって喚起される。

こうしてさまざまに思念をめぐらし、事態を理性的に受けとめようと努力し、ついにムルソーは上訴を断念し、人間の裁きによる死刑を受け入れるにいたる。そのとき、今度は教戒師がやってきて、「人間の裁きはなんでもない、神の裁きがいっさいだ」(I, 210) と言う。だが、その神の裁きもまた、しょせん人間の発明品にすぎない。ムルソーは、法において犯罪者であることは受け入れざるを得ないと考えているが、宗教上の罪については、これを断固として拒否するのである。

不条理な人生

教戒師がムルソーに自分を「父」と呼ぶように求め、「わが子」のために祈ろうとしたとき、ムルソーは、それまで抑えていた感情を激発させる。「そのとき、なぜか知らないが、ぼくの内部で何かが裂けた。[……]喜びと怒りの入り混じった高揚とともに、彼に向かって、心の底をすべてぶちまけた」(I, 211)。ムルソーとしてはいささか雄弁すぎる長口舌が始まり、教戒師に対し、自分の無罪を証明し、みずからを正当化するための試みを行う。主人公ムルソーが教戒師に向かって語ったこの言説は、自由間接話法を用いることによって、直接に語り手ムルソーの聞き手(すなわちこの小説の読者)に向かって発せられるように仕組まれている。ここでは、語り手ムルソーの声と主人公ムルソーの声が混ざり合う。さらにカミュ自身が、『手帖』のなかで、「ここで説明しているのは自分だ」(II, 950) と認めているように、ムルソーは作者の代弁者となっている。

ムルソーの雄弁はいささか唐突だが、それだけの準備過程があったことも確かだ。第一部では彼は一貫して無口だったが、第二部に入ると予審において予審判事や弁護士の尋問を受けて語ることを余儀なくされ、続く公判では検事たちの奇妙な論理に基づく弁論を目撃し観察する。他方で、牢獄においては、未来を閉ざされた彼は過去を想起する訓練を行い、みずからの差し迫った死についての熟考を余儀なくされる。こうして、ムルソーの内部には次第にことばが蓄積されていく。その一部は、たとえば法廷において、「太陽のせいだ」という形で表明されるが、これは廷内の失笑を買うだけだった。こうして内蔵され、出所を見いだせなかったムルソーのことばが、この教戒師との対面の場面で一気に噴出したと解釈することができる。それはまた、主人公ムルソーが語り手ムルソーへと変貌を遂げる過程における重要な段階をしるしづけるのである。

「ぼくは正しかったし、いまも正しく、いつまでも正しいのだ」（I, 211）とムルソーは教戒師に断言する。主人公ムルソーの声を借りて、語り手はみずからの無罪を証明する努力を完成させることになる。

何ものも、何ものも重要ではなかった。そのわけをぼくは知っている。君もまたそのわけを知っている。ぼくの未来の奥底から、これまでたどってきた不条理な人生のあいだずっと、まだやって来ない年月を通して、一つの暗い息吹がぼくの方へと立ち上ってくる。息吹は、吹き渡りながら、さほど現実的ではないぼくの生涯のうちで、ぼくに差し出されるすべてのものを、等価なものにするのだ。（I, 212）

ここで『異邦人』において、ただ一か所、「不条理」（absurde）と言う語が使われている。未来の奥底からくる「暗い息吹」が死のメタファーとして用いられ、すべてを同等の価値のものにしてしまう。死を前にしては、何ものも重要ではなく、すべては無差異なのだ。「他の人たちもまた、いつか死刑を宣告されるだろう。君もまた宣告されるだろう。人殺しとして告発され、その男が、母の埋葬に際して涙を流さなかったために処刑されたとしても、それが何だと言うのだ？」これが、ムルソーが自己を正当化する論理である。彼によれば、だれもが死刑を宣告されており、それから逃れることはできない。死はすべての人間にとっての等しい運命である。こうした運命の前では、だれもが同時に同じ価値を有し、また有罪でもある。そして、だれもが有罪である世界においては、結局はだれもが無罪なのだ。

すべてを生き直すこと

教戒師を追い返したあと、ムルソーは夏の静寂のなかで平静を取り戻し、久しぶりで母のことを考える。

この眠りにおちた夏のすばらしいやすらぎが、潮のようにぼくの内部に流れこんだ。このとき、夜の境界で、サイレンが鳴った。それは、いまやぼくとは永遠に無関係になった一つの世界への出発を告げていた。ほんとうに久しぶりで、ママのことを考えた。一つの人生の終わりに、なぜママが「いいなずけ」を持ったのか、なぜやり直すふりをしたのか、それがわかるような気がした。あそこ、あそこでも、いくつもの生命が消えてゆくあの養老院のまわりでも、夕暮れは憂愁に満ちた休息のようなものだった。死を間近にして、ママはあそこで自分が解放されるのを感じ、すべてを生き直すつもりになったに違いなかった。だれも、だれひとり、彼女のために泣く権利はない。そして、ぼくもまた、すべてを生き直すつもりになったのだ。（I, 212-3）

ここで、母親にならって、ムルソーもまた、すべてを「生き直す」つもりになる。しかしながら、それは、彼にとっては、過去の体験を語ることによって生き直すこと、すなわち言説のなかに過去を再現することである。

そして読者は、これまで語られてきた物語こそが、ムルソーによって生き直された物語なのだと気がつくだろう。これは、プルーストの『失われた時を求めて』が示しているような、みずからを開くと同時に閉じる瞬間である。これから書かれるべき書物の空間が提示されると同時に、その空間はすでにこれまでの物語によって完成されていたと気づく、そのような瞬間なのだ。

ところで、すべてを生き直すため語り手となるムルソーは、一体、何をどのように語るのだろうか。法廷の言説が誤ったやり直しを捏造したのなら、彼はそれに対して、彼自身の言説によって真のやり直しを対決させなければならないだろう。みずからに刑を下した人間の裁きの不条理性を逆に裁き返すためにこそ、彼は語りを必要とする。こうした意図のもとに、彼は自分の物語、すなわち『異邦人』の物語を語る。彼はそれを二部に分けて、第二部が第一部を反復するようにする。しかし、法廷でなされた繰り返しを語りつつ、彼はその虚偽をあばくのだ。まさしくそこにこそ、彼の真の繰り返しがある。みずからが罪人だとは思っていないムルソーであっても、自分が殺人を犯したという事実だけは無視することができない。自分の殺人行為を語りながら、同時にみずからの無罪を証明するという一見不可能な試みを、彼は言説の詐術によって成し遂げようとするのだ。

「太陽のせいで」、すなわち運命の不条理によって殺人を犯すことを余儀なくされ、その結果これまた不条理な人間の裁きによって死刑を宣告された男の物語が、ムルソーによって語られる。この巧妙な語りの技法によって、無実の殺人者という神話が生まれることになる。

終わっている。

世界の優しい無関心

こうして、ムルソーの語りはいよいよ大詰めを迎えることになる。『異邦人』は次のように

あの大きな怒りが、ぼくの悪を洗い清め、希望をすべて空にしてしまったかのように、このしるしと星々とに満たされた夜を前にして、ぼくははじめて、世界の優しい無関心に心を開いた。世界がこれほど自分に似ていて、兄弟のようだと知って、自分が幸福だったし、いまもなお幸福であると感じた。すべてが成就されるために、自分があまり孤独でないと感じるために、最後にぼくが望むことは、処刑の日に大勢の見物人が集まり、憎悪の叫びをあげて、ぼくを迎えることだった。(I, 213)

上訴を断念し、死を受け入れ、空と合体することで自己の空間化、脱時間化を試みるムルソーは、ついに夜の星空との一体化に成功する。自然を世界と言い換えるのは、カミュの初期作品に見られる傾向である。世界=自然は、人間たちのように、言説によって「異邦人」を生み出し、それを他の異邦人でない普通の人びとから差別化するようなことはしない。世界=自然は無関心なのだ。無関心とは無差異であり、世界はそのままの姿では切れ目はなく、どこまでも連続している。世界に切れ目を入れるのは、「言語」であり、人間たちの言説実践である。ムルソーは、人間の社会から「異邦人」の烙印を押されて排除され、そのとき世界=自然を「兄弟のように」感じる。

ムルソーが想像する処刑は、かつて彼の父親が見物に行ったような公開のギロチン刑である。ムルソーと人びととのあいだに残された絆としては、もはや「憎悪の叫び」しかない。一九五八年に書かれた「アメリカ大学版への序文」において、カミュは、ムルソーのなかに「われわれに値する唯一のキリスト」(I, 216) を見るように望んでいた。福音書によれば、キリストは磔刑になる前に、増悪の叫びによって迎えられた。ムルソーがキリストに値するためには、まず、見物人の憎悪を求めて、「すべては成就された」という必要があるのだ。

死を宣告された男

十七歳の結核体験以来、カミュにおいては、「死を宣告された男」の主題が繰り返しあらわれることになる。その最初は「ルイ・ランジャール」であり、主人公は死刑囚にならって平静を獲得しようと努力する。『結婚』の語り手もまた、死すべき存在であるという厳然たる宿命を明徹な意識の統括の下に置くことによって、勝利しようとする。そしてこの意識された死は、未完に終わった小説『幸福な死』の主題でもあった。

こうした歩みのなかで『異邦人』が書かれたのであり、『手帖』のなかには『幸福な死』のプランに関する次の一節がある。「カトリーヌ、とパトリスが言った。ぼくは、いまこれから自分が書くのだとわかっている。死の宣告を受けた男の物語だ。ぼくはいまこそ自分の真の役目、書くという役目に立ち返ったのだ」(II, 811)。この死の宣告を受けた男の物語は、肋膜炎で死んでいくパトリス・メルソーの物語であると同時に、このパトリスの立場をカミュ自身へと投影すれば、これは『異邦人』を書くカミュその人ということになるだろう。カミュは、肋膜炎により死の宣告を受けるメルソーの物語を完成させることができずに放棄し、今度は裁判制度により死刑判決を受けるムルソーの物語を書き上げることになる。そして、死刑を宣告されたムルソーもまた、ギロチンを見に行った父の話を思い出して、ルイ・ランジャールと同様に激しい感情に動揺する。しかしながら、「ルイ・ランジャール」以降のカミュの思考の深化をたどるかのように、ムルソーはさらに先へと進んでいる。物語の最後においては、彼は人間の不条理を見つめて「意識された死」に覚醒し、あの若きカミュが憧憬した死刑囚の平静さを獲得するようになるのだ。結核体験以来、死の宣告と格闘し続けてきたカミュの思索の反映を、そこに見ることができるだろう。

ところで、カミュの初期作品においては、「ルイ・ランジャール」から『異邦人』にいたるまでの「死を宣告された男」の主題のかたわらに、ある時期以降、死を与える男、すなわち殺人者の主題が寄り添うことになる。『幸福な死』のメルソーによるザグルー殺害がその最初のあらわれであるが、これがムルソーのアラブ人殺害へと形を変えて受け継がれる。そして、この罪の意識とは無縁の殺人者たちとは別に、『カリギュラ』のローマ皇帝、そして『誤解』のマルタがいる。不条理に反抗して殺人を犯す彼らは、有罪性を自覚したまま自らの死へと突き進んでいく。この罪深い二人と比べるとき、死を宣告されたムルソーが物語の最後に獲得する平静さは、実は彼が犯した殺人の問題をひとまず不問に付した上で成立していることが明らかとなる。この殺人の主題はカミュにとって今後大きな課題となっていくだろう。

二項対立的世界

『異邦人』は、カミュの作品のなかでもっとも広く読まれると同時に多くの批評の対象となってきた。哲学的、心理学的、言語学的、構造主義的、現象学的、精神分析的、社会学的等々と、さまざまな観点からの読解がなされてきたが、それらは多くの場合、自然／歴史、個人／社会、沈黙／言語、無意味／意味、想像界／象徴界、母／父といった二項対立を基軸としている。これらのうち、前者の「自然」「個人」「沈黙」「無意味」「想像界」「母」を一括して「母の世界」と総称し、同様に後者の「歴史」「社会」「言語」「意味」「象徴界」「父」を「父の世界」とまとめることができるだろう。

この二項対立は、小説の二部構成（一方にムルソーの日常生活、他方に裁判制度と牢獄）ともかなりの部分において重なり合う。ムルソーは自然人であり、社会の慣習に無関心で、沈黙を好み、母に執着する。「母の世界」の住人である彼は、「父の世界」においては「異邦人」たらざるを得ない。「父」はみずからにとっての脅威であるこの異物を排除するために、法制度に従って処刑する。その死刑宣告を理由づけるために、物語機能の観点からムルソーの殺人が必要となる。最後に、「父」によって処罰されたムルソーは、みずからの死を受け入れることによって「母の世界」に回帰することが可能となる。『異邦人』の物語を二項対立を軸に構成すると、以上のようになるだろう。

こうして「幸福な」ムルソーは処刑されるが、しかし作者カミュは生き続けなければならない。母の世界の原理を擁護し、それに忠実でありながら、父の世界の掟に反抗して、どのようなモラルを打ち立てることができるのか。換言すれば、上位審級を拒否し、超越性なき世界で、暴力と殺人を避けられない人間社会のなかで、どのような連帯が可能なのか。それが『ペスト』以降のカミュの課題となった。

カミュの処女作は『裏と表』であり、生前に刊行された最後の著作は『追放と王国』である。この二つの表題が示しているように、カミュの作品の根底には二項対立的世界がある。『異邦人』は、その二部構成によってカミュ的世界を端的に表している点においても代表作と言える。

カミュは『異邦人』によってパリ文壇に登場したが、『ペスト』『反抗的人間』そして死後三四年を経て『最初の人間』が刊行されたあとでも、彼はまず第一に『異邦人』の作家であった。そして異邦人という主題設定は、カミュその人を語ってもいるだろう。第二次大戦後、パリの知識人社会において、とりわけ左翼ブルジョワジーたちの文壇において、アルジェリアの貧民家庭出身の作家はつねに異邦人だった。また祖国が独立へと向かう時代にあっても、カミュの立場はアルジェリアのフランス人たちからも、独立を目指す勢力からも受け入れられないものであり、いきおい双方にとって彼は異邦人となった。若い時代に小説『異邦人』を構想したカミュが、彼自身の異邦人としての将来の姿を予測していたわけではないにしても、この主題設定は予言的であり、また作家カミュの核心に触れるものであったと言える。

第六章

『シーシュポスの神話』

——反復への意志

『シーシュポスの神話』

一九四二年パリにおいて、『異邦人』から数か月遅れて、『シーシュポスの神話』が刊行された。自殺の考察から始まる哲学的エッセイの最後に、カミュはギリシア神話から借りてきたシーシュポスを、不条理の英雄として提示する。神々に反抗し、繰り返し永遠に岩を押し上げるその姿は、若いカミュが生へと向かうために必要とした象徴的イメージとなる。

ぼくはシーシュポスを山の麓に残そう！　ひとはいつも繰り返し、自分の重荷を見いだす。しかしシーシュポスは、神々を否定し、岩を持ち上げるより高次の忠実さをひとに教えるのだ。彼もまたすべてよしと判断している。今後は主人のいないこの宇宙は、彼には不毛とも無意味とも思えない。この石の粒の一つ一つ、夜に満たされたこの山の鉱物質のきらめきの一つ一つ、それだけで一つの世界が形づくられる。頂上をめがける闘争それだけで、人間の心を満たすのに十分なのだ。幸福なシーシュポスを思い描かなくてはならない。（I, 304）

不条理三部作

いつからカミュは「不条理」三部作を構想するようになったのだろうか。『手帖』に「不条理」という語が最初にあらわれるのは、一九三六年五月である。またほぼ同時期に、「ルイ・ランジャール」の草稿にも、「死を宣告された男」の主題と関連してこの語が使われている。その後、三八年になってカミュは、「不条理」を主題とした哲学的著作の執筆を考え始めたようだ。この年の六月、『手帖』には「夏の予定」として、エッセイ、戯曲、小説などの計画が挙げられたあと、その最後に「不条理」(II, 853)と記されている。十二月になると、「不条理について?」(II, 871)の表題のもとで、のちの『シーシュポスの神話』と『異邦人』の双方に発展する死刑囚に関する長い断章があらわれる。この時期、カミュの頭のなかでは、「不条理」と「死刑囚」に関する考察は小説およびエッセイの両方の分野で構想されていたようだ。一九三九年二月二日、カミュはグルニエへの手紙で、「これを哲学論文にすることはあきらめました。個人的な仕事になるでしょう」(Grenier, 34)と書き、この哲学エッセイの性格が明確になっていった。同年十一月『手帖』には、「不条理な人物たち/カリギュラ」(II, 896)の記述があり、戯曲『カリギュラ』も「不条理」の主題に加わったことが確認される。

こうして三つのジャンルにおける仕事が平行して進められ、『カリギュラ』『異邦人』『シーシュポスの神話』の順に次々と完成していった。一九四〇年春、カミュはパリからグルニエ宛に「戯曲は完成し、小説は四分の三、エッセイは半分まで進みました」(Grenier, 39)と書く。続いて『手帖』には、同年五月に「『異邦人』完成」(II, 914)と記され、そして一九四一年二月二一日、オランに戻っていたカミュはついにこう書くことができた。「『シーシュポスの神話』が終わった。不条理三部作の完成」(II, 920)。カミュは三部作の同時刊行を望んでいたが、戦時中の紙不足のため実現しなかった。『異邦人』が先行し、『シーシュポスの神話』は、その数か月後、一九四二年十二月に同じくガリマール社から刊行された。カフカに関するページは検閲を恐れて削除され、カミュは代わりにキリーロフについてのテクストを書いた。カフカ論は一九四三年夏、リヨンの雑誌に発表され、その後一九四五年、『シーシュポスの神話』の再版に補遺として収められた。

第一部第一章「不条理と自殺」

冒頭には、ピンダロスの『ピュティア祝勝歌第三』「おお、私の魂よ、不死の生を求めるな。可能なものの領域を汲みつくせ」(I, 217) が掲げられている。ヴァレリーが「海辺の墓地」にエピグラフとして引いたギリシア語の二詩句と同じものを、カミュは一九四〇年二月『手帖』にフランス語訳で書き留め、さらに『シーシュポスの神話』のエピグラフとして用いた。彼は二〇歳のとき、「海辺の墓地」に少なからず霊感を受けたと思われる習作詩「地中海」を書いていた。ヴァレリーは、偶像と不滅を否定しこの世の生への意志をうたう詩の冒頭に、またカミュは、キリスト教的来世を否定し生の不条理をそのまま引き受けて生きることを説くエッセイの冒頭に、それぞれピンダロスの詩句を掲げたのである。

第一部第一章「不条理と自殺」は、次のように始まる。「真に重大な哲学的問題は一つしかない。それは自殺である。人生が生きるに価するかどうかを判断すること、それは哲学上の根本的な質問に答えることだ」(I, 221)。自殺するとは人生が生きるに価しないことを認めることだが、しかしたとえそうだとしてもみずから命を絶つ必要があるのか。それを論理的に追求すること、それがカミュがみずからに与えた課題である。そのため第一部は「不条理の推論」と題されているが、しかしカミュの記述は必ずしも論理展開のみに忠実であるわけではなく、各所で彼の感性にふるえる肉声が聞こえてくる。それがこの哲学的エッセイの魅力をなしている。

人はまず第一に生きる習慣を身につけている。だがみずから死ぬということは、この習慣の力が取るに足りないことを認めることであり、また生きるための深い理由が存在しないことを受け入れることである。

精神からその生に必要な眠りを奪うこのえたいの知れない感情とはなんだろうか。欠陥のある理由によってでも説明のつく世界は、近づきやすい世界だ。しかし、反対に、幻影と光を突然奪われた宇宙で、人は自分を異邦人と感じる。失われた祖国の思い出や約束された土地への希望を奪われている以上、この追放には救いがない。人間とその生との分離、俳優とその背景との分離、それがまさに不条理の感情である。(I, 223)

自殺の考察から始まったこのエッセイにおいて、ここで初めて不条理という語があらわれる。不条理の感情とは、異邦人の、追放者の感情である。そして、「自殺は不条理に対する解決」(I, 223)となるのかどうか、それが問題だ。

しかし、のちに見るように、カミュにとって、不条理の感情は主として予測しがたい突発的な死に対する恐れから生ずる。人はだれもが死を宣告されている。それこそが不条理なのだ。それゆえ、カミュの議論を要約すると、〈人はいつ死ぬかわからないし、死は予測不能で不可避である。そこから生のむなしさの感情、生には意味がないという不条理の感情が生ずる。だが、人生が生きるに価しないならば、果たしてそのために人は自殺すべきであろうか〉という、堂々巡りの議論になってしまうだろう。だが、先を急がずに、カミュが展開する推論を追うことにしよう。

第一部第二章「不条理の壁」

すでに前章「不条理と自殺」においてもさまざまな不条理の感情が素描されていたが、ここではさらに詳細な分析がなされる。不条理の感情が生まれる瞬間を描写するカミュの筆致には、貧困、病気、挫折、孤独など著者自身の体験が反響しており、深い陰影を伴っている。まずはじめは、単調な日々の繰り返しのなかで背景が崩壊する瞬間。

ある日、〈なぜ〉という問いが頭をもたげる。すると驚きの色に染められたこの倦怠のなかですべてが始まる。〈始まる〉、これが重大なのだ。機械的な生活の活動の果てに倦怠が生まれる、が、それは同時に意識の運動の端緒となる。倦怠は意識を目覚めさせ、その続きを引き起こす。続きとは、あの日常の連続へと無意識的に回帰するか、あるいは決定的に目覚めるかである。そして目覚めの果てに、やがて、結末があらわれる。自殺かあるいは再起か。（I, 228）

カミュは二者択一を二回提示するが、答えはあらかじめ決まっている。まずは日常への回帰か決定的な目覚めか。当然のことながら、ふたたび意識を眠り込ませてしまうことは問題とはならない。目覚めを選択すると、次には自殺か再起か。ここでも再起を選ばねばならないだろう。

次に、カミュは、不条理の誕生の場面をいくつかの事例に分けて説明する。最初は、時間との関係においてである。私たちは「あした」とか「あとで」とかを当てにして生きているが、こうしたことの矛盾は明らかだ。私たちは時間に隷属しているのであり、その先には死が待っている。「こうした肉体の反抗、それが不条理だ」(I, 228)。次は世界の原初的な敵意である。習慣によって覆いをかけられていた背景が、その本来の姿を提示する。「こうした世界の不透明さと奇怪さ、これも不条理だ」(I, 229)。そして、人間もまた非人間的なものを分泌する。サルトルが彼の小説『嘔吐』で描いたような「吐き気」の感情、これもまた不条理である。

そして「最後に、死と、われわれが死に対して抱く感情について論じることにしよう」(I, 229) とカミュは言う。死という予想不可能な出来事、そしてそれがもたらす存在の有限性についての感情、それらが不条理を生み出す。死に関する言及は、このエッセイのほかの箇所でもいたるところにあらわれる。結局、カミュの不条理の感情は、私たちを取り巻く事物の奇怪さや世界の無意味に由来するよりも、よりいっそう、私たちの宿命としての死に深く根ざしていると言える。結核に冒され、つねに死と差し向かいで生きることを余儀なくされたカミュにとって、生の不条理とは、何よりも死によって条件づけられたものだった。

足踏みする推論

しかし、感情のみならず、「知性もまたそれなりのやり方でこの世界が不条理であると教えている」(I, 233)。人間の統一への要求と世界の不透明性とが対立する。人間の明晰への呼びかけは、世界の不合理な沈黙にぶつかる。カミュの不条理を要約したことばとしてよく引用されるのは、次のものである。

ぼくは世界が不条理だと言ったが、急ぎすぎたようだ。この世界はそれ自身では道理がない。世界について言えるのはそれだけだ。不条理なのは、この非合理であるということ、しかし人間の奥底には明晰を求める激烈な願望が鳴りひびいていること、この両者の対決なのだ。(I, 233)

これが推論の出発点である。が同時に、これは到達点でもある。すなわち、あとで見るように、推論の終わりにカミュが提示するのは、この人間と世界が相対峙した状態から逃避することなく、またそれを解消することなく、この不条理を明晰なまなざしで絶えず見つめ続けるシーシュポスの姿である。それゆえ、『シーシュポスの神話』で展開されるのは、先へ進むことを禁じられ、絶えず足踏みし、反復されるしかない推論だと言えよう。繰り返し岩を持ち上げるシーシュポスの仕事のように、この推論そのものが反復を余儀なくされている。

だが、カミュの推論の展開に戻ることにしよう。彼は、不条理は世界と同様に人間にも依存していると述べ、「このような不条理の砂漠で思考は生き延びることができるのか」(I, 234)と問う。不条理はそれと認められたときから情熱となる。この情熱とともに生きることができるのか。これまで合理主義への批判はさまざまになされてきた。しかし、ニーチェ以来、今日ほど、理性への攻撃が激しい時代はない。そして、カミュは、共通の風土を感じさせる思想家たち、ハイデッガー、ヤスパース、シェストフ、キルケゴール、フッサールを次々と検討し、「これらの精神の深い血縁」(I, 237) を感じとることができると述べる。

第一部第三章「哲学上の自殺」

第一部第三章は「哲学上の自殺」と題されている。「知性の面において、不条理は人間のなかにも、世界のなかにもない。それは両者が共存していることにあるということができる」(I, 240) と、カミュは前章で提示した定義を確認する。そして人間の明晰への欲求と世界の沈黙との対立を維持することができるのか、それとも生に終止符を打つべきかと問いかける。彼は自殺を拒否し、そしてすでに前章で名前のあがった実存主義哲学者、ヤスパース、シェストフ、キルケゴール、フッサールをふたたび取り上げて、彼らの超越的救済を求める態度を「哲学上の自殺」(I, 247) と呼んで退ける。

ここで展開される実存主義哲学者についての解説は、彼らの思想を詳述し、子細に分析することを目的としていない。おそらくカミュにはそれだけの学術的準備はなかっただろう。彼は結核のため高等師範学校への進学を断念せざるを得なかったし、アルジェ大学卒業後も生活費をかせぐため種々の仕事に忙殺された。彼は、ただ自分の探求に役立てるためにだけ、実存主義哲学者たちを俎上にのせるのだ。彼らは、不条理の果てに希望の大いなる叫びを発して、神のふところめがけ、永遠の彼方へと飛躍を行う。カミュによれば、こうした態度は、欲望する精神とそれを裏切る世界とのあいだにある背反状態の一方の項を否定し、結局は不条理を抹殺することになる。

「ぼくの推論はそれを目覚めさせた明証性に忠実であることを望む。その明証性とは不条理である。それは欲望する精神とこれを失望させる世界との対立である。ぼくの統一への郷愁と分裂した宇宙とのあいだの対立であり、それらを結び合わせる矛盾である」(I, 253)。この対立と矛盾を解消することなく、引き裂かれた状態で生き、思考すること、それこそ繰り返しカミュが主張することなのだ。

第一部第四章「不条理の自由」

とはいえ、いかなる希望をも受け入れず、上訴の道をまったく閉ざされた状態で、どうして人は生き延びることができるだろうか。第四章「不条理の自由」では、カミュはこう述べている。

> そして、世界とぼくの精神とのあいだのこの葛藤、この断絶の本質をなすものは、それについてのぼくの意識以外の何ものだろうか。それゆえ、ぼくがこの葛藤を維持してゆこうと思うときの方法は、絶えず更新され、絶えず緊張させられている不断の意識によってである。この意識こそ当面ぼくが保持しなければならないものだ。(I, 254)

生の不条理に耐えきれず、自殺によって逃避するのではなく、この不条理を越えた永遠なるものに飛び込んで救済を願うのでもなく、この不条理のただなかで、絶えず繰り返される意識の緊張によって、現在の一瞬一瞬を汲みつくすこと、そのとき、「現在時のこの地獄、それがとうとう彼の王国となる」(I, 255)。世界はその統一と意味を回復できず、人間は死を逃れることができず、時間は未来と過去を奪われたままで、何ものも解決されない。がしかし、そのとき、「すべてが変容する」。自殺の拒否は、生の価値に基づく外的な動機によってではなく、死の確実性と同様に不条理を十全に引き受けることとの必然性によって条件づけられる。「以前は、人生を生きるには、そこに意味が必要なのかを知ることが問題だった。ここでは反対に、人生は意味がないからこそよりよく生きられることが明らかとなる」

自殺者から死刑囚へ

『シーシュポスの神話』は自殺の考察から始まるが、第一部第四章「不条理の自由」にいたって自殺が拒否される。「ここで不条理の経験がどれほど自殺から遠いものであるかがわかる」(I, 256)。自殺はある意味で不条理を解消してしまう。それゆえ死への同意ではなく、死に対する反抗こそが不条理の人間にふさわしい態度である。ここで、このエッセイの展開において大きな転換がなされ、カミュにとって自殺者以上に重大な主題である死刑囚が導入される。「自殺者の正反対のもの、まさしくそれが死刑囚である」

不条理とは死を意識しつつそれを拒否することであるのだから、死に同意する自殺者でなく、死を拒否する死刑囚こそがこの条件にふさわしい。またすべての人間が自殺者であるわけではないが、死すべき宿命を負うという意味では人はだれもが死刑囚なのだから、カミュの考察は人間の条件の根源に触れるものとなる。

すでに見たように、カミュの不条理の感情の根底には人間の死すべき宿命があった。ここで、もう一度それが確認される。「いっさいが、いつ死ぬかわからないという不条理によって、眼もくらむばかりに激しく否認されてしまうのだ」(I, 258)。死とは、もっとも明証的な不条理であるが、その死の宿命から、カミュは人間の自由を引き出そうと試みる。彼は、まるで彼自身がかつて死刑囚としての体験をもったことがあるかのように、刑場へと向かう囚人にみずから自身を重ね合わせ、その内面にまで入り込み、こう述べている。

ある夜明けに、牢獄の門が開かれたとき死刑囚が手にするあの神のような自由な行動可能性、生の純粋な焔《ほのお》以外のいっさいのものに対するあの信じがたい無関心、死、そして不条理が、ここにおいて——はっきりと感じられるのだが——、妥当な唯一の自由の、つまり人間の心情が経験し生きることのできる自由の原理となるのだ。(I, 260)

これとほぼ同じ文章が、プレイヤッド版全集において『幸福な死』の補遺として収載されている断章に含まれている。一九三八年五月十七日の日付を持ち、「明日はない」と題されたこの数ページのテクストでは、未来を当てにして生きていた語り手が、「その夜、すべてが崩壊した」(I, 1198) のを体験し、「死が唯一の現実としてそこにあった」(I, 1199) と語る。続いて、「ある夜明けに、牢獄の門が開かれたとき死刑囚が手にするあの神のような自由」(I, 1200) に言及され、最後には、エッセイ、戯曲、小説の創造への計画を立てることによって終わっている。そこには『異邦人』『シーシュポスの神話』『カリギュラ』の題名がすでに見られ、この断章は、不条理三部作の出発点には死の宣告の感情があったことを示している。

『シーシュポスの神話』では、第一部の末尾で死刑囚の考察から自由の観念を引き出したあと、カミュは「未来への無関心と与えられたものを汲みつくそうという情熱」(I, 260) をそこに見いだす。明日なき死刑囚であるという運命が、未来への顧慮から解放してくれ、現在時への情熱を与えてくれるのだ。さらに、ここで死刑囚の主題の導入にともなって、新たなモラルが提示される。「不条理への信仰は経験の質を量に置き換えることに帰着する。〔……〕重要なのはもっとも良く生きることではなく、もっとも多く生きることなのだ」

かくして、カミュは不条理から三つの帰結を引き出す。運命に対する形而上的反抗、未来と希望が奪われているがゆえの自由、限られたものを汲みつくそうとする生の熱情である。「意識の操作だけで、ぼくは死への誘いであったものを生の規範に変えるのだ。——そして自殺を拒否する」(I, 263)

第二部「不条理な人間」

第二部「不条理な人間」において、カミュは、これまでの推論に肉体を与えるべく、不条理な人間のモデルを三つ提示する。ドン・ファン、俳優、征服者である。彼らはみな経験の質ではなく量を追求し、希望を持たず、超越性に対する反抗を貫き、死にいたる時間に対して明晰を保ち、現在時を汲みつくす情熱を有している。

はじめに登場するのはドン・ファンである。アルジェにおいて若きカミュはドン・ファンだった。彼はおそらくひとりの女性を深く愛するよりは、多くの女性を愛することに生の実感と歓喜を味わっていた。『幸福な死』の主人公メルソーにその一面を見ることができる。

『シーシュポスの神話』では、ドン・ファンはこう定義される。「ドン・ファンが実践するもの、それは質を目指す聖者とは反対に、量の倫理である。事物の深い意味を信じないこと、それは不条理な人間の特性である」(I, 269)。それゆえ、「ドン・ファンは〈女を収集する〉ことを考えているのではない。彼は女の数を汲みつくし、女たちともに生の好機を汲みつくすのだ」。収集するとは過去とともに生きることであるが、ドン・ファンはむしろ現在の一瞬一瞬を生きて、量のモラルを実践している。

次に提示されるのは俳優である。アルジェでカミュは劇団を主宰し、劇作家、演出家、役者として活動を続けた。多くの人生を舞台で生きるという点において、俳優もまた生の量を汲みつくそうとする不条理の人間のモラルにかなっている。「量のモラルがかつて糧を見いだしたとすれば、それはもちろんこの特異な舞台の上においてである」(I, 274)。生前に認められなくとも死後の名声に期待できるほかの芸術家たちと異なり、舞台の上で肉体に賭ける俳優はまさしく現在時に生きているのだ。

三番目の不条理な人間、それは征服者だ。アルジェでカミュは確かにドン・ファンであり俳優であったが、しかし征服者であったのだろうか。カミュによれば、征服者とは永遠ではなく歴史を、瞑想ではなく行動を、神ではなく時間を、十字架ではなく剣を選ぶ者のことである。すなわち征服者とは、神々に反抗して、地上における活動の場を、その最大限の量を目指して制覇する者だと言えるだろう。「人間を押しつぶすものを前にしてぼくは人間を称揚する。そのときぼくの自由、ぼくの反抗、ぼくの情熱が、この緊張と慧眼と際限のない反復のなかで結びつくのだ」(I, 279)。第一部の末尾で導き出された自由、反抗、情熱がここでも喚起されるが、征服者とはそれらの最大値を目指す者なのである。

第三部「不条理な創造」

第三部「不条理な創造」の主題となる創造者は、第二部で提示された三人の不条理な人間に続く四つ目の例証と考えることができる。カミュは、ドン・ファン、俳優、征服者であるよりも、それ以上に創造者であろうと望んでいたことだろう。創造とは芸術的創造のことであり、とりわけ小説が重視される。

第一章「哲学と小説」では、まず「不条理のこの上ない歓び、それは創造行為である」（I, 283）と始まり、「創造すること、それは二度生きることである」と述べられる。ここでカミュは創造行為の結実としての作品ではなく、行為それ自体における価値を強調する。「創造しても創造しなくても、それは何ものをも変えはしない。不条理の創造者は自分の作品に執着しない。彼はそれをあきらめることができるだろうし、実際、時にはあきらめるのだ」（I, 286）。そして、「真の芸術作品はいつも人間の尺度に見合っている。それは本質的に〈より少なく〉語る作品だ」。この原理は『異邦人』において十分に尊重されている。ムルソーの物語は、まるで自分の作品に執着しない創造者の手によって生み出された作品であるかのような姿で提示され、さらに寡黙であることによって雄弁な作品となることに成功している。

不条理の創造は、説明を避け、幻想を退け、結論を差し控えるものでなければならない。だが、その誘惑が一番大きなものは小説である。だからこそ、カミュはここで小説の創造について語り、不条理が維持されるかどうかを検討したいと言う。

偉大な小説家とは、哲学者である小説家だ。すなわち特定の思想を表明する問題小説を書く作家とは反対である。その幾人かだけ名前をあげるとすれば、バルザック、サド、メルヴィル、スタンダール、ドストエフスキー、プルースト、マルロー、カフカである。

しかし、推論によってよりもイメージによって書くことを彼らが選んだということ、それが彼らに共通の思考を明らかにしてくれる。その思考は、説明のどんな原理も無益であると固く信じ、感覚によってとらえられる外見が教化的メッセージを有していると確信しているのだ。(I, 288)

ここで模範として名前が列挙された作家のうち、カミュは、ドストエフスキーとカフカについては『シーシュポスの神話』において、サドとプルーストについては『反抗的人間』において論じ、またメルヴィルのためには一編の評論を書いている。

第二章「キリーロフ」において、カミュは、実存主義哲学者たちを扱ったときと同じ手法でドストエフスキーを論じる。『作家の日記』のなかで提示された論理的自殺という主題が、どのように『悪霊』のキリーロフに体現されているのか。「もし神が存在しないなら、キリーロフが神である。もし神が存在しないなら、キリーロフは自殺しなければならない。それゆえキリーロフは神になるために自殺しなければならない」(I, 292)。これは同胞たちに困難な王道を示すための教育的自殺である。そしてキリーロフの精神的同胞であるスタヴローギンやイヴァンがそのあとに続くが、アリョーシャが最後にあらわれて結論を提出し、問題を回避してしまう。ここで、ドストエフスキーは、実存主義哲学者と同じく飛躍を行うのだ。だから「われわれに語りかけているのは不条理の小説家ではなく、実存主義小説家なのである」(I, 295)。

一九四二年の初版において「キリーロフ」の章によって置き換えられたカフカ論は、のちに補遺として「フランツ・カフカの作品における希望と不条理」と題して収載された。ここでも、カミュは不条理な作品は可能かどうかを、カフカを例にして考察する。『審判』は不条理に忠実であり、解決としてのあらゆる希望を排除している。しかし『城』においては、「カフカは特異な形で希望を導入するだろう」(I, 309)。すなわち、「『審判』が問題を提示し、『城』がそれをある程度まで解決する。『審判』前者はほとんど科学的な方法で記述し、解決しない。後者はそれをある程度説明する。『審判』が診断し、『城』が治療方法を考案する」。結局のところ、「ここでもまたカフカの思考はキルケゴールの思考と同じになる」(I, 311)。最後にカフカもまた、神の腕のなかに飛び込むのだ。

第三章は「明日なき創造」と題されている。これこそ希望を拒否する不条理の創造にふさわしい表題だ。前章までにおいて、実存主義哲学者に始まり、カフカも、ドストエフスキーも最後には不条理を裏切るとして退けられたあとに、果たして不条理な創造は可能なのか。これまでの考察によって、「希望を排除することはいつもむずかしいこと、希望から解放されることを望んでいた人びとにさえ希望は襲いかかるということ」(I, 296) がわかった。それゆえ、不条理な創造は何よりも禁欲を必要とするのだ。ここでは、何も目的としない無益な創造が求められる。「そのすべては、〈何もののためでもなく〉、ただ反復し、足踏みをするためになされる」(I, 298)。明日のない不毛な創造の反復、これこそ不条理な人間の理想なのだ。

反復とは絶えず出発点に戻り、再開始することだが、これは未来を奪われているがゆえにこそ現在にその本来の価値を与えることになる。反復は、カミュの死に対する錯綜した感情の一つの解決であると考えられる。十七歳で肺結核に冒されて以降の切迫した死の意識、それがカミュから未来を奪い、彼を現在時に執着させる。そして現在は、未来への展望を持たない以上、前へと進むことができず、ただ反復されるしかない。それゆえ、カミュにとって、創造行為とは不毛な反復のなかにしかない。また反復は、夭折の恐怖を解消させるだろう。人間の創造行為が長い時を経ての労苦の果てに成就するものならば、夭折は中途挫折を意味するだけである。だが、それが不毛の反復と足踏みである場合、どこで中断されても等価であり、中断はそのまま完成でもあるだろう。

「シーシュポスの神話」

『シーシュポスの神話』の最後で、カミュはギリシア神話に登場するシーシュポスの姿を描いている。神々に反抗したための罰として、繰り返し永遠に岩を押し上げるという苦役を課せられたシーシュポスこそは、不条理の英雄なのだ。彼において、未来を顧慮せず現在を汲みつくす情熱と、不条理への不屈の反抗とが象徴的に具現される。「ひとはいつも繰り返し、自分の重荷を見いだす。しかしシーシュポスは、神々を否定し、岩を持ち上げるより高次の忠実さをひとに教えるのだ」(I, 304)

カミュ的時間は始源から終末へと向かう直線的なものではなく、絶えず反復されるものである。そうした反復のなかにこそ創造行為があり、現在時はその十全の輝きを帯びる。よりよき未来のためにと言う口実によって、現在を犠牲にすることは愚かである。こうした現在時への執着はカミュにおいて一貫しており、そこに彼の歴史主義批判の根源がある。

シーシュポスは、戯曲『カリギュラ』に見られるローマ皇帝の形而上的反抗と現在時を優先する態度を共有している。カリギュラが濫費と過激の現在を生きているとすれば、シーシュポスは反復と決意の現在を生きている。だが、ローマ皇帝が自滅への道を歩むのに対して、シーシュポスは、カリギュラの対立者であるケレアが求める幸福を実現している。「幸福なシーシュポスを思い描かなくてはならない」(I, 304)と、カミュはこの不条理の考察に捧げられたエッセイを結んでいる。この幸福は、限りない反復への意志によって支えられている。シーシュポスは、絶えず繰り返し、自分の重荷へと向かって山の斜面を降りていく。そのたびに、彼の内面で決意が新たにされるだろう。だが、いかに彼が幸福であっても、その孤独は、カリギュラの孤独と同じほどに深い。シーシュポスに課せられた重荷は彼ひとりのものであり、その悲劇は個人的なものである。だからこそ、『反抗的人間』における「われ反抗す、ゆえにわれらあり」(III, 79)へと、カミュの思索は展開していく必要があったのだ。

シーシュポスの岩

カミュの作品に頻出する石のイメージにおいて、石はその不動性のゆえに、いくつかの動詞の目的語とはなっても、主語となることはきわめて少ないが、ここに一つの例外がある。それは「落ちる tomber」という動詞であり、シーシュポスが山頂まで押し上げた岩は、いつもそれ自身の重さで転がり落ちる。すでに『結婚』においても石の落下の主題は部分的に提示されていたが、おそらく「落ちる」という動詞は、石について運動のイメージをわれわれに与えうる唯一の動詞であるだろう。人間が石を支えようとする力と、石それ自身の重さとの拮抗関係がここに成り立ち、力動的イメージがあらわれる。

しかし、『シーシュポスの神話』には、それとは異なった静止的イメージも垣間見える。またしても石の誘惑が始まり、石化の夢想が頭をもたげるのだ。石と取り組んで苦しんだシーシュポスの顔は、その力動的柔軟性を失って硬直し、石そのものと化してしまう。シーシュポスの岩を中心に、石の結晶と山の輝きの一つ一つが世界を再構成し、ここに石の王国が現出して、夜の沈黙に満たされる。

一九四三年一月の日付のあるフランシス・ポンジュに宛てた手紙において、カミュは次のように述べている。

あなたの文章のなかにぼくが見いだすのは、こんにちぼくの関心を占め、ぼくの心に迫るものについての徴候です。つまり、不条理の考察の一終着点は、無関心と、全的な自己放棄——石の自己放棄なのです。ぼくは冗談混じりに、次のように言うこともできるでしょう。こうしてシーシュポスは自分が岩となり、自分を押してもらうために別なだれかを見つけなければならず、かくして彼は神々の長になるのだと。(I, 885)

石の全的自己放棄をまねて、シーシュポスは岩を持ち上げる努力を放棄し、みずから岩と化して山の斜面を転がり落ちる。かくして、力動的な闘争のイメージは消失し、自身の重みで落下し続けるシーシュポスだけが残るだろう。頂上へと向かう闘いそのものが心を満たし、それゆえに幸福であった反抗的象徴としてのシーシュポスは、もはやここでは姿を消すことになる。彼が幸福なのは、岩と化して、そこに平和と休息を見いだすからである。石はつねに人間を誘惑し、反抗の放棄を呼びかけ、沈黙と不動の休息へといざなうのであり、ここではシーシュポスもまた、この石の誘惑に屈したと言えるだろう。

エッセイ『シーシュポスの神話』とポンジュへの「手紙」に見られる、このシーシュポスの異なった二つの顔は、カミュ自身の内面の二重性を表わしている。一九四五年十一月の『手帖』にカミュはこう書いている。「絶えざる努力によってこそ、ぼくは創造することができる。ぼくには不動性に向かう傾向がある」(II, 1034)。こうした石の不動性へと向かう傾きをみずからの内部に意識するがゆえにこそ、カミュはシーシュポスのように絶えざる努力によって落下の力と闘おうとした。そこに彼の創造力の源泉があったと言えよう。『シーシュポスの神話』においては、この石との闘争の面が強調されているが、しかし、ポンジュへの手紙が示しているように、そこにはなお、自然へと落下していく石のイマージュが払拭されずに根強く残っている。

第七章

『カリギュラ』
——絶対の追求

『カリギュラ』

『異邦人』や『シーシュポスの神話』と並行して執筆が進んでいた戯曲『カリギュラ』は、一九四五年に上演された。ローマ皇帝カリギュラは、愛するドリュジラの死を契機として、人は死ぬという不条理の意識に目覚める。神々の残酷さに肩を並べるため、彼は暴君となり、反抗を極限まで推し進めようとするが、そうした皇帝に貴族のケレアが対決する。

ケレア それは私が生きたいと願い、幸福でありたいと願っているからです。不条理をその結果まで推し進めるならば、そのどちらも手に入らないと思うのです。私は世間並みの人間です。世間の掟から自由であると感じるために、私は時には愛する者の死を望んだり、親族や友の掟が欲望することを禁じている女たちを欲望したりもします。論理的であろうとすれば、私は殺したり、所有したりせねばならないでしょう。しかし、そうしたあいまいな考えは重要ではないと判断しています。もしだれもがそうした考えを無理にでも実行に移そうとすれば、私たちは生きることも、幸福であることもできないでしょう。(I, 369)

『カリギュラ』一九四一年版

不条理三部作の一翼を占める戯曲『カリギュラ』は、一九五七年「アメリカ版戯曲集の序文」によると、アルジェで創設された仲間座のために書かれ、カミュは「ごく単純に私はカリギュラの役を演じたかったのだ」(I, 446) と述べている。それまで集団創作や翻案にたずさわっていた彼は、ここで本格的な戯曲執筆に取り組むことになった。

『手帖』には一九三七年初めに、『カリギュラ』の最初のプランがあらわれる。そこではスエトニウスの『皇帝伝』に基づく第一幕、第二幕の筋書きに加えて、第三幕の終わりのせりふが書かれている。カリギュラが幕を開いて登場し、こう語る。

いいえ、カリギュラは死んではいない。彼はそこ、そこにいるのだ。あなたがた一人ひとりのなかにいるのです。もし権力があなたがたに与えられたなら、もしあなたがたが情熱を抱き、生を愛したならば、あなたがたのなかにあるこの怪物あるいは天使が鎖をときはなたれるのを見ることになるでしょう。(II, 812)

カリギュラは、カミュの生への激しい愛着の象徴として生み出された。『裏と表』が出版された一九三七年は政治的、演劇的活動の年だったが、同時に精神的危機の年でもあった。結核のために哲学の教授資格への道をはばまれ、彼はこの病気に死刑を宣告された気分だった。絶望に見舞われたがゆえにかえって燃えさかる生への昂揚は、『結婚』の抒情的讃歌へと結実するが、同時に絶対的な権力追求を描いた『カリギュラ』にも引き継がれることになる。スエトニウスの『皇帝伝』によるとカリギュラが皇帝になったのは二五歳のときだった。カミュは一九四一年版では登場人物の年齢を指示しており、そこではカリギュラは二五歳から二九歳となっていて、この主人公は執筆時のカミュに近い。

この時期に執筆された『幸福な死』第二部第三章の「世界をのぞむ家」にあらわれる二匹

の猫は、それぞれ「カリ」と「ギュラ」の名前を持っている。この未完の小説に見られた幸福への渇望は、『カリギュラ』においても重要な主題となっている。また、『シーシュポスの神話』において列挙された不条理な人間の理念であるドン・ファン的生き方、芸術による反抗、ニヒリズムは、『カリギュラ』において、さまざまなレベルで実行に移されている。権力をほしいままに乱用するカリギュラは、不条理の英雄の一つの極限的な陰画としてあらわれる。シーシュポスが克己と明晰の精神で岩を持ち上げ、人間の条件に忠実であるのに対して、カリギュラは不可能の象徴である月を手に入れ、神々と肩を並べようとして、ついには道を誤ってしまうのである。

不条理から反抗へ

『カリギュラ』に続いて『異邦人』『シーシュポスの神話』を書き上げたカミュは、一九四一年三月、『手帖』に「不条理三部作完成」と記した。だが、その数週間後、『手帖』には「不条理と権力——この問題を掘り下げること（ヒトラーを参照）」（II, 921）との記述が見られる。二年後、一九四三年からカミュは『カリギュラ』の改稿に着手するが、その過程で不条理と権力についての考察は、反ナチズムとも関連しつつ、次第に変化を見せていく。戦争が彼の反抗に関する考察に重要な役割を果たして、手直し後は初期カリギュラの悲劇の意味が弱まり、全体主義への反抗の倫理が強調されるようになる。

一九四三年からの改稿は、『ドイツ人の友への手紙』が書かれ、また『ペスト』の執筆が続けられる時期とも一致する。『ペスト』においてリユーとタルーが疫病と対決するように、

『カリギュラ』ではケレアがカリギュラと対立する。理論家の貴族であるケレアの役割が拡大され、レジスタンスの闘士としての性格が与えられ、暴君である皇帝と肩を並べるようになる。カミュは狂気の支配者の周囲に、その同調者や反対者を膨らませて配置した。ケレアのほかにも、エリコンやシピオンにも加筆がなされた。戯曲の主題は不条理から反抗へと重点が移動する。

第四幕第九場、カリギュラは、自分の統治は幸福な時代であり、ペストも、邪宗も、クーデタもなかったと述べて、「おれがペストに代わるのだ」（I, 379）と宣言する。当時、ナチズムは「褐色のペスト」と呼ばれた。カリギュラがそのままナチズムではないとしても、一九四一年版における不条理の情熱につき動かされる皇帝の姿が、四四年版において変化したのは確かである。知性の悲劇はいっそう政治的な意味へと方向が転換された。戦争前は、カリギュラの残虐性は絶対に対する正当な希求が変質したものと解釈できたが、いまでは、絶対主義への恐怖が前面に出るようになった。反ファシズムの戦いを通じて、カミュはこの戯曲が同時代に対して持つ意味を無視できなくなり、当初あいまいであった暴君の性格は戦争の進展とともに容赦しがたいものとなった。

こうして大戦中に改稿された『カリギュラ』は、一九四四年五月に『誤解』と抱き合わせで刊行され、実際に上演されたのは一九四五年九月、パリのエベルト座においてである。タイトル・ロールを演じた若いジェラール・フィリップに注目が集まり、芝居は好評を得たものの、カミュは慎重な態度で『手帖』にこう記している。「三〇もの論評。［……］名声！　それは最上の場合でも、一つの誤解である」（II, 1033）

一九四五年『フィガロ』紙のインタビューにおいて、カミュはこう述べた。

彼（カリギュラ）はすべての価値を忌避します。しかし、たとえ彼の真実が神々を否定することであったとしても、彼の過ちは人間を否定したことです。みずから自身を破壊することなくしてすべてを破壊することはできない、ということを彼は理解しなかったのです。彼の物語は高度な自殺の物語です。これは、もっとも人間的で、もっとも悲劇的な過ちの物語なのです。（I, 443）

神々の否定から出発した皇帝の野望は、結局は自己破壊に行きつく。このインタビューがなされた第二次大戦直後、『ペスト』の執筆に苦労しながら、カミュは新たなモラルを探し求めていた。

その後『カリギュラ』は一九四七年に加筆され、さらに最終版の一九五八年まで何度か手が加えられて、カミュはこの戯曲になみなみならぬ愛着を抱き続けた。一九三七年の『手帖』に早くもあらわれ、青年期に着想された『カリギュラ』は、同時に成熟期の作品の主題と語法を備えている。死の二年前まで上演のたびごとに手が加えられて、ここにはカミュの世界が凝縮された姿であらわれている。シピオンは不条理にいたる以前のみずみずしい感性を代表し、カリギュラは不条理の意識と反抗をその極限の姿で体現し、そしてケレアは節度と連帯のモラルを予示的に表している。

愛する女の死（第一幕）

スエトニウスでは、カリギュラの堕落は権力を掌握してから始まる。それに対して、カミュの戯曲では、一九四一年版および四四年版ともに、愛するドリュジラの死が皇帝の残酷な狂気を引き起こしたとされている。幕が上がると、舞台では、貴族たちが出奔したカリギュラのゆくえについての情報を待っている。彼らが頼みとしているのは、時の癒す力である。「いずれにせよ、幸いなことには、悲しみというものは永久に続きはしない」(I, 328)。時は流れ、悲しみは忘れさられる。死ぬ者があれば、生まれる者がある。それが自然の摂理である。だが、カリギュラが挑戦するのは、まさしくこの摂理に対してなのだ。

第三場で、三日間の彷徨の後に戻ってきたカリギュラは、エリコンに向かって、探していた月が見つからなかったと言う。

おれは狂ってはいない。いまほど明晰であったことはかつてない。ただ、突然、不可能なものが必要だと感じたのだ。ものごとは、あるがままの状態では、おれには満足できないものに思えるのだ。［……］この世界は、いまあるがままの姿では、がまんのならぬものだ。だからおれには月が必要なのだ、幸福と言ってもよい。いや不死身の命か、おそらく正気ならざるものに違いないが、この世のものではない何ものかなのだ。(I, 331)

月は、その満ち欠けによって絶えざる再生を表すと見なされ、さらには不死の象徴ともなる。それこそが、カリギュラにとっては幸福であり、正気ならざる、この世のものではない何ものか、つまり彼の手の届かぬ不可能なものである。それを手に入れようという絶望的で尋常ならざる企てを遂行するため、彼は万物の秩序を変えようと望む。

カリギュラにとって、ドリュジラの死は覚醒のきっかけにすぎない。彼は、単純だが担うには重い一つの真理を発見したと言う。「人はだれもが死ぬ、だから幸せではない」(I, 332)。エリコンが言うように、人は普通こうした真理と折り合いをつけて生きている。しかし、カリギュラは貴族たちをこの真理のなかで生きさせようと望むのであり、彼はそれを実行に移すだけの権力を持っている。この真理それ自身は凡庸なものだが、それと妥協せず極限まで突き進む情熱と権力を持っている皇帝の存在、これが悲劇の始まりとなる。

「死を宣告された男」はカミュの初期作品および不条理の系列の作品における重要な主題の一つだが、「人は死ぬ」という平凡な事実を徹底的に追求したところにカリギュラの独自性があるだろう。カミュにとっても、カリギュラにとっても若くして死ぬことが問題であった。カリギュラの恋人でもあり妹でもあったドリュジラの没年は明らかにされていないが、夭折であったことは明らかだ。そして、カリギュラ自身も二九歳での死へと向かって突き進んでいくことになる。

死刑執行人としてのカリギュラ

カリギュラは、みずからが発見した無慈悲な生の条件に挑戦するために、独裁者としての権力を最大限に利用して、自分自身が残酷な宿命に成り代わろうとする。時が悲しみを癒してくれるなどと信じている貴族たちに、この真理を知らしめるために、彼はおのれの権力を恣意的に振るう暴君となる。時は容赦なく人の命を奪うのだから、それにならって、彼も臣下を思いのままに虐殺するというわけだ。こうして臣下たちは、絶えず不条理な死に直面することを余儀なくされる。第八場において、カリギュラは、殺人者となることを宣言する。

われわれの必要に応じて、この連中を、勝手に定めたリストの順序に従って殺していくとしよう。時にはこの順序を変えることもあるが、それもおれの好きなようにやる。〔……〕実を言えば、死刑執行の順序などはまったく問題ではない。というより、これらの死刑執行はすべて同じ重要性を持っている。ということはつまり、いかなる重要性も持っていないということだ。（I, 335）

ここでカリギュラは自覚的な殺人者となる。彼の行為は、無慈悲な神々の殺人をまねたものであり、その限りにおいてこれは一つのゲーム＝演技（jeu）である。また同時に、これは「教育なのだ」（I, 336）とカリギュラが言うように、貴族たちに対する教化的な意味を持っている。

『シーシュポスの神話』において、カミュは不条理の自由についての考察を行った。カリギュラは、不条理を生きる人間として、自由を横暴に行使する。彼が望むのは「万物の秩序を変えること」（I, 338）であり、「太陽が東に沈み、苦しみが減り、もはや人間が死なずにすむようにすること」だ。それは差異と序列を無にし、いっさいを無差別、平等にすることだろう。「おれはこの時代に平等という贈り物をしてやる。そしてすべてがまっ平らになったとき、はじめて不可能であったものが現実となり、月がおれの手に入る」(I, 339) と、カリギュラは宣言する。『シーシュポスの神話』に見られた等価の哲学を、彼は文字通り実践しようとするのだ。

「人はだれもが死ぬ、だから幸せではない」という発見から出発したカリギュラは、死と不幸に条件づけられたこの世界の掟を転覆させ、撹乱させようとする。そうすれば、時もまた過去・現在・未来の順序を失ってしまい、混沌とした無時間があらわれることになるだろう。そのとき、ついには「人間たちは死ぬことなく、幸福になるだろう」(I, 339) と、カリギュラは予言する。果たしてほんとうにそうなのか。これから始まるのは、絶大な権力を有するローマ皇帝によってなされる壮大な、そして血塗られた実験である。

詩人シピオン（第二幕）

第一幕から三年後、第二幕冒頭では、ケレアの屋敷において、貴族たちがこの三年間のカリギュラの暴政に対して次々と不満の声をあげる。それに対してケレアは、カリギュラは単なる暴君ではなく、彼は自分の権力を「いっそう致命的で高度な情熱」(I, 342) のために使っていると言う。ケレアによれば、カリギュラが臣下を殺害することは問題ではなく、彼の行為によって、「この生の意味が霧散し、われわれの存在の理由が消失するのを見ること、それこそが耐えられないこと」なのだ。このローマ皇帝との闘いは、「その勝利が世界の終焉を意味するような思想」との闘いである。カミュはケレアを、カリギュラの敵であるが同時に理解者として登場させており、彼の役割はカリギュラの意図とその行為の意味を貴族たちに、そして観客に解説することである。最後にケレアは、カリギュラが自滅するまで待つように貴族たちに忠告する。この予告通りに、皇帝はみずからの破滅へと突き進んでいくことになる。

このあと第三場から第十一場は、カリギュラの専制が様式化されて提示される。皇帝が一時的に舞台から姿を消したあと、最終場である第十四場には、再登場したカリギュラとシピオンの対話がある。歴史上の人物であるカリギュラやケレアに対して、シピオンはカミュが創造した人物であり、一九四一年版では十七歳と指定されている。リリックなシピオンと、論理的なカリギュラと、カミュは二つの若者の姿を描き分けた。詩人であるシピオンは、『結婚』に見られた自然の讃歌、無垢な光に満たされた若々しい頌歌をうたう役目を担っている。

最近自然を主題にして詩を書いたと言うシピオンに、カリギュラは作品を見せるように求める。詩人がある種の調和について歌ったと明かすと、カリギュラは「大地と人間の足との」(I, 356) と応じ、シピオンを驚かせる。詩人は皇帝に乞われるまま、次のように歌う。「まだ一面金色の空がたちまち揺れて、一瞬のうちに、光輝く星々に満ちあふれたもう一つの面を見せてくれるときの、あの微妙な瞬間」。それに続けて、カリギュラもこう唱和する。「そのとき、大地から夜の闇へと立ちのぼる、煙と樹々と水の流れのあの香り」。カミュにあっては、夕暮れはいつもやすらぎの時刻である。『異邦人』のムルソーはそれを「憂愁に満ちた休戦」と呼び、『シーシュポスの神話』では「心がやわらぐ」ひとときといわれた。カリギュラもまた、自然の美を、その至福の瞬間を知らないわけではない。世界との一致と事物の美を前にした感動、彼はそれをドリュジラの死の前には生きていた。しかし不条理の論理に忠実であろうとする彼にとっては、もはや夕暮れは心休まるときではない。感動するシピオンに、皇帝は冷たく言い放つ。

おれは、人生に対する情熱の激しい力を、知りすぎるほど知っている。それは自然などでは満足しないのだ。おまえにはわかるまい。おまえは別の世界に生きている。おまえは善のなかで純粋なのだ、おれが悪のなかで純粋であるように。(I, 357)

カリギュラにとっての問題は自然ではなく時間であり、死すべき定めなのだ。彼は最後には、シピオンの詩には「血が欠けている」と言って、若き詩人を怒らせることになる。

ケレアとの対話(第三幕)

カリギュラは、『シーシュポスの神話』で提示された不条理な人間であるドン・ファン、俳優、征服者を次々と演じる。第二幕第五場では臣下の妻を誘惑したが、第三幕に入ると、冒頭でウェヌスに扮して女神を演じる。彼は神のまねごとをして貴族たちを跪拝させ、祈りを唱えさせるのだ。冒涜だと批判するシピオンに向かって、皇帝はこれは演劇芸術なのだと主張する。「おれは、神々と肩を並べるただ一つの方法があることを理解した。神々と同じだけ残酷になればよいのだ」(I, 362)。自分が渇望する真の権力、すなわち神のような創造者の権力が得られないため、彼は自分の欲求不満に劇的な形態を与えて神をまねる。それは自分の無力を埋め合わせるための術策であり、自分の有限性に自由の幻想を持たせることである。

第三場以降は緊張がゆるんで場面が進行し、そのあと第六場では、カリギュラとケレアとの長い対話が展開されて、これがドラマの転換点となる。ケレアはカリギュラを憎悪しているのではなく、むしろあまりにも彼の思考がよく理解できて、彼が有害だと判断するからこそ「消え去るのは当然」(I, 369) だと宣告する。そして、カリギュラに同意しないのは、「生きたいと願い、幸福でありたいと願っているから」だ。不条理をその結論まで推し進めれば、そのどちらも手に入らない。『幸福な死』においては、ザグルーがメルソーに「ただ一つの義務は生きること、そして幸福になること」(I, 1126) だと教え、メルソーはザグルーを殺害したあとでこの教訓を思い出し確認する。この生と幸福への義務は、『カリギュラ』ではケレアの平凡な渇望へと変わる。他方でカリギュラは「人はだれもが死ぬ、だから幸せではない」ことを発見し、過激な復讐と狂気への道を進むことになる。ザグルーとメルソーが追求した課題は、相対立するケレアとカリギュラによって発展させられるのだ。自由を無際限にまで推し進めるならば、「生きることも、幸福であることもできないでしょう」とケレアは言う。それは彼が「いくつかの行為は、他の行為よりも美しい」という確信を持っているからだ。それに対して、カリギュラは「すべての行為が同じ価値を持つ」と主張し、『シーシュポスの神話』において提示された不条理の人間のモラルを極限まで貫こうとする。

カリギュラの狂気はほとんど神聖なものであり、ケレアの生と幸福への願望は世俗的なものである。そしてケレアの場合、いかに彼がカリギュラをよく理解しているとはいえ、その未来優先のモラルは、『シーシュポスの神話』で批判される実存主義哲学者たちの「希望」へと逃げ込む態度の世俗版にすぎないとも言える。カミュにとっては、現在への情熱をどこまで維持できるのかが問題であった。しかし、カリギュラの「聖性＝現在の濫費」を究極まで推し進めるという実験は、戯曲においては失敗を迎えることになる。だとすれば、現在の優先を保持しつつ、幸福の可能性を追求することが可能なのか。換言すれば、カリギュラの「現在の優先」とケレアの「生と幸福」をいかにして両立させることができるのか。これが今後、カミュにとっての課題となるだろう。

ケレアとの対決の最後に、カリギュラは陰謀の証拠である石板を火にくべる。彼は陰謀の存在を認めながらも、それを防止しようとはしないのだ。ここからドラマはカリギュラがみずから選択した死へと向かっていく。カリギュラの現在の濫費の行きつく果ては、死、それも一種の自殺としての死にほかならない。

芸術家としてのカリギュラ（第四幕）

第四幕に入り、貴族たちの決起の時が迫ってくる。シピオンはケレアたちの陰謀に加担することを拒否する。彼はカリギュラが体現する価値を捨てきれないでいる。「ぼくの内部の何かが彼に似ている。ぼくたちの心は同じ炎で燃えている」(I, 372)。それは青春の名残であり、作者は自分自身が前進するために、その身代わりとしてシピオンに古い価値を保持させるのだ。

『カリギュラ』には、三つの劇中劇がある。第三幕第一場で暴君はウェヌスに扮装し、第四幕第四場でダンスを踊る。そして第十二場は詩作の競演となり、カリギュラは、詩人たちに「死」を主題として、即興による競作を命じる。今日は皇帝によって、芸術に捧げられた日となった。このコンクールに皇帝自身は参加しないのかとたずねられると、カリギュラは、自分は「死」を主題とした詩を「毎日朗唱している」(I, 381) と言う。

カリギュラ それは、おれが作ったただ一編の詩なのだ。それは、おれがローマでただひとりの芸術家であることの証拠でもある。いいかな、ケレア、自分の思考と行為を一致させているただひとりの芸術家なのだ。

ケレア それは単にあなたが権力を持っているからです。

カリギュラ いかにも。他の連中は権力がないから創作する。おれは作品を必要としない。それを生きているのだ。(I, 381)

詩人たちの競作が始まると、カリギュラは、シピオンの詩を除いて、ことごとくを愚弄し、軽蔑する。いたずらにことばをもて遊ぶ詩人たちは、彼にとっての敵なのだ。彼らはカリギュラのように、自身の思考と行為を一致させることがない。カリギュラの暴政とは、本来芸術作品の枠内で、すなわち現実世界に直接危害をおよぼすことのない地平においてなされるべきものを、帝国の人民たちのあいだで、とりわけ貴族たちを相手に実践したことにある。それを可能にしたものは、ケレアの言うように皇帝が権力を持っているからだ。その意味でカリギュラは逸脱した芸術家なのであり、この逸脱は周囲の者たちに大きな犠牲を強いることになった。

第十三場、舞台にはカリギュラとケゾニアの二人が残る。ケゾニアが幸福とは寛大なものであり、破壊を糧とすることはないと言うのに対して、カリギュラは、「二通りの幸福があるのだ、そしてこのおれは人殺しの幸福を選んだのだ」(I, 386)と、幸福に固執する。「愛していた相手が一日のうちに死んでしまうから人間は苦しむ、そうやつらは思う。だがその男のほんとうの苦しみはそんなつまらぬことではない。悲しみすらも長続きはしないことを悟ることだ。苦痛すら、意味がないのだ」。第一幕の幕が上がってすぐ、貴族たちは悲しみは長続きしない、時がそれを癒してくれると言っていた。そして、第四幕の終わりで、カリギュラは悲しみすら長続きしないことを悟る。だがカリギュラは、貴族たちのように、そこに自然の摂理を見たりはしない。彼はそこに万物の無意味性を見るのだ。何一つ、彼の苦しみすら長続きせず、意味を持たない。カリギュラは、不可能を手に入れようという狂気の試みが挫折したことを確認し、自分の死を前にして恐怖にとらえられる。

最後の証人であるケゾニアを絞殺したあとのカリギュラのせりふ、「殺すことは解決ではない」(I, 387)は、一九四四年版以降に書き加えられた。自己の行為に対する殺人者カリギュラの疑念が強調され、別の解決の必要性が暗示されるようになったのである。

カリギュラの最期

すでに第一幕の終わりで、カリギュラは鏡に自分の姿を写しだして、ケゾニアにそれを見るように強要していた。第四幕第十三場では、鏡に向かって、「奇妙だ。おれが殺さないとき、おれは自分が孤独であると感じる」(I, 384)と語り、殺人者としての自分を確認した。そして最終場である第十四場、舞台でひとり、鏡を前にして武装した貴族たちがやってくるのを待ちながら、カリギュラの最後の独白が始まる。

おまえにも、おまえにも罪がある。そうだろう、少し多いか少ないかの違いがあるだけだ。だが、裁き手のいないこの世界で、ひとりとして潔白なものがいないこの世界で、だれがおれに刑を宣告することができようか。〔……〕月はもう手に入るまい。なんと辛いことだ。自分の考えが正しくて、しかもその結果に行きつくまで、やりとおさなければならないとは。(I, 387)

カリギュラは、ついに自分のたどるべき行程の果てに達したのだ。彼は最後まで論理的であろうとする。しかしその論理は、方法的にすべての規範を犯すという特性を持っている。不条理の認識をその最後の結果にまで推し進めようとする反抗者の論理は、その過剰によって狂気と重なり合うことになる。

続いてカミュは、「おれは進むべき道を選ばなかった。おれはどこにも行きつかない。おれの自由は間違っている」(I, 388) と、カリギュラに語らせる。これも、一九四四年版以降に書き加えられたものである。この自己否定は、戯曲の当初の意図とは反するモラルの認識を、主人公および悲劇の運命に課すことになる。これを加筆したとき、カミュはすでに、生へと向かう別の道を提示する必要を感じていただろう。確かにカリギュラは魅力的で、人を不条理の論理の極限へといざなう。だが、ひとたび不条理を宣言すれば、彼の教化的役割は終わり、あとにはケレアの言うように「有害な」皇帝が残るだけだ。不条理をいかに生きるかという問題は、解決されないままである。

カリギュラが出会うのはつねに鏡のなかの彼自身である。彼の挑戦は畢竟自分自身に戻ってくる。ここで、彼は鏡に椅子を投げつけて破壊する。それは虚構の芝居のなかの登場人物が死ぬことだ。皇帝の権力を頼みとした大がかりな芝居は終わりを告げる。だが同時にこれは、芝居を演じる役者の死でもある。鏡が壊れるとすぐ、貴族たちがカリギュラに襲いかかる。

みずから鏡を破壊したあと、カリギュラは「歴史に入るのだ」(I, 388)と叫ぶ。彼の時間への挑戦は失敗したのだ。時間の順序を転覆させることはもちろん、みずからの死の瞬間にすべてを蕩尽しおのれの生を完成させることもできなかった。彼は時間の固定し沈殿した層へと戻っていく。

幕切れはカリギュラの「おれはまだ生きている」というせりふである。すでに一九三七年の『手帖』で、カミュは「カリギュラは死んではいない」(II, 812)というせりふを考えていた。生を愛するあまりに規範を逸脱してしまうカリギュラ的情熱は、今後もカミュの作品において、肯定的要素と否定的要素が混ざり合ったアンビヴァレントな性格を保ったまま生き残るだろう。

『カリギュラ』と『異邦人』

『裏と表』を刊行するまでの習作時代に、カミュは、愛する女性の死という主題のもとに二つのテクスト「ああ、彼女が死んだ……」と「愛する人の死」を書いた。この主題は、『異邦人』および『カリギュラ』に引き継がれることになる。この二作品は、近親者である女性の死から始まり、それが主人公を殺人者へと変貌させる。二人は罪を犯し、それにより彼らはみずからの死へと導かれ、最後に殺される。『カリギュラ』の一九四一年版では、ドリュジラに中心的役割が与えられていた。ただし、一九四四年版以降は、主人公の狂気の進行とともに、ドリュジラの位置が小さなものとなり、死んだ女という重要な主題はあまり目立たなくなった。

ほかにも『異邦人』と『カリギュラ』にはいくつかの類似がある。カリギュラは「父」に反抗し、「父」となることを拒否するが、この点でもムルソーの兄弟である。ただ二人の性格はきわめて異なっている。「月」を手に入れようとするカリギュラは絶対の探求者であり、それを推し進めることが可能な権力を有している。彼の反抗は意識的なものであり、教化的な見世物の性格がある。他方でムルソーは日常性に埋没して生きており、いかなる権力も持っていない。彼はみずから意図して異邦人となるのではなく、彼の存在そのものが結果的に社会的反抗となる。カリギュラはみずからの思想を宣言し、また周囲には彼の思想の理解者であるケレアやシピオンが存在する。ムルソーは自分の考えを述べず、身近な友人たちは彼の特異性を理解していない。彼は、判事や検事たちによって異邦人に仕立てあげられるのだ。そして、ともに殺人者でありながら、みずからの有罪性を意識しているカリギュラと、無垢なムルソーの相違は歴然としている。

カミュは不条理の人間を、絶対的な権力を握る古代ローマ皇帝と現代に生きるつましく平凡な勤め人を主人公にして、それぞれ戯曲と小説の形式で描き分けたのである。

第八章

『誤解』
——帰郷者の悲劇

『誤解』

一九四二年フランスで執筆された戯曲『誤解』は、『カリギュラ』より一足早く一九四四年、パリで上演された。地中海の光に対する作者の渇望が強くあらわれている。日陰のヨーロッパに生まれたマルタは、太陽と海の国へ旅立つ夢を実現するため旅人を殺害するが、それが実の兄だとわかる。最終幕、母をも失った彼女は、自分の罪に囲まれたままこの世を呪う。

私の正当な怒りを放っておいてほしい！　なぜって、死ぬ前に、哀願するために天を仰いだりはしないから。向こうでは、逃げ去り、自由になって、身体を押しつけ合ったり、波の上でころげまわったりできる。海によって守られたあの国には、神々も近づくことはできない。ところが、ここでは視界は四方をさえぎられ、地形は顔をあげて懇願のまなざしを天に向けるように作られている。ああ！　私たちを神へと追いやるこの世界を憎むわ。でも、不正に苦しみ、正しさを認めてもらえなかった私は、けっしてひざまずくことはしない。この地上で自分の居場所を奪われ、母にも見捨てられ、自分の犯した罪に囲まれたまま、私は和解することなくこの世を去ってやるわ。（I,491）

『誤解』の執筆

『手帖』には一九三九年の春、戯曲のプランが記されて、自分の正体を隠して帰還する男の物語が素描される。続いて四一年四月に三幕からなる悲劇への言及があり、さらに四二年夏の断章によって、召使いが「いいえ」という拒絶のせりふを発する幕切れの場面をすでにカミュが構想していたことがわかる。

一九四二年六月パリで『異邦人』が刊行された直後の七月から、カミュは妻フランシーヌを伴ってフランス中央山塊地帯の村ル・パヌリエで、結核の療養生活を始めた。十月になると、高校教師をしていたフランシーヌは、新学期が始まるためアルジェに戻った。十一月八日、連合軍が北アフリカに上陸し、その三日後に、ドイツ軍がフランスの自由地帯を占領した。「まるで袋の鼠のようだ」(II, 966)と、カミュは『手帖』に書いた。彼は妻との連絡を絶たれてしまい、再会するのはフランス解放後である。この体験は『ペスト』に反映し、『誤解』ではジャンとマリアの別離となり、また同年冬の中央山塊地帯での体験はマルタの太陽への渇望としてあらわれた。

『誤解』は三部作からは遅れて、一九四三年三月あるいは四月から本格的に執筆が開始され、カミュは夏のあいだは『カリギュラ』に専念するためにこれを中断したあと、九月に完成させた。はじめ、彼は『誤解』を「反抗」の系列の作品に入れていたが、最終的には「不条理」に入れた。実際、これは二つの系列にまたがる期間に書かれたのである。

一九四三年十一月、カミュはパリに移り住み、地下新聞『コンバ』の編集に参加するようになる。翌年五月、『誤解』は『カリギュラ』と合本で出版された。独軍占領時代のパリではふだんと変わらず演劇活動が行われていたが、『誤解』は、六月二四日、マチュラン座で、マルセル・エランの演出により初演された。このときマルタを演じたマリア・カザレスは、舞台の上で、『結婚』や『手帖』から引き出してきたかと思われる、熱のこもった抒情的なせりふを述べた。彼女は、一九三九年からフランスに亡命してきたスペイン人であり、恋多きカミュを取り巻く女性たちのなかでも重要な位置を占めるようになった。その後、マリア・カザレスは映画に進出すると同時に演劇活動を続け、カミュの戯曲『戒厳令』『正義の人びと』で主演女優を務めた。カミュとカザレスはのちまでも親しい間柄にあり、しばしば妻フランシーヌを苦しめるほどであった。

太陽の土地へ（第一幕）

『誤解』は三単一の法則を守った古典的スタイルの悲劇である。時間・場所・主題が単一であり、物語は一昼夜のうちに展開し、全三幕を通じて舞台は中央ヨーロッパの地方都市にあるホテルの一室に限られる。幕が上がると、マルタが母に向かって、太陽と海の土地への渇望を語る。母と一緒にこのホテルを経営する彼女は、牢獄のようなこの場所から逃げ出したいと願っている。しかし、「海を前にして自由に生きるためには大金が必要」（I, 458）なのだ。『幸福な死』においては、メルソーが幸福になるために必要だった金はザグルーによって与えられた。だが、ザグルーのような出資者がいないマルタがこの土地を離れるには、資金を強奪する必要がある。半身不随者の依頼殺人であったメルソーの場合、彼にはまったく罪責感はなかったが、マルタの殺人ははるかに罪深いものとして描かれている。

彼女の不幸は、地中海人の心をもって、日陰の国、雨ばかりの町に生まれたことにある。「太陽が疑問を焼きつくすあの国へ早く行きたいわ。私が居るべき場所はここじゃない」（I, 460）。彼女は、心情的には、太陽のもとで生を蕩尽するアルジェの若者たちの仲間なのだ。『結婚』の一節を思い起こそう。「こうしたあり余る豊かさのなかで、人生は、唐突で、要求の多い、惜しみなく与える偉大な情熱のカーヴを描くのだ。そうした人生は、建設することにはない。焼きつくすことにある」(I, 122)。彼女が夢見ているのは、海辺の国、太陽が心まで食いつくしてしまい、なかがからっぽになった光輝くばかりの身体を作る、そうした国である。だが、現在の濫費、瞬間の燃焼に生きたいと願いながらも、マルタが生まれ育ったこの土地はそれを許さない。

しかしながら、その渇望の激しさにもかかわらず、彼女が夢見る土地に行ったとしても、そこでどのような位置を占めるのかはまったく示されていない。太陽の王国は、彼女にとって幸福の象徴であり、欲望の対象であったが、両者を隔てる距離は絶対的なものだ。カミュは彼女を太陽の国へと旅立たせることはないだろう。

息子の帰宅

第一幕第三場、ジャンは二〇年ぶりに自宅の玄関に戻ってきたところだ。貧しい少年時代への郷愁に導かれると同時に母を豊かにしたいという願望につき動かされた彼は、自分の源泉へと帰還した。彼は宿泊者名簿に記入するときに自分の年齢を三八歳と告げるので、家を出たのは十八歳となるが、これはカミュが結核を発病して母の家を出た年齢とほぼ一致する。ジャンは、唯一の障害であった父が死んだと知って、自分には母と妹への責任があることを理解し、彼女たちに幸福をもたらすために、妻マリアをともなって帰ってきた。ただ、彼は自分から息子であることを名乗ろうとせず、好機を待っている。

マリア　むずかしいことではないはずよ。語りかければよかったのよ。そういうときには「ぼくです」とさえ言えば、あとは何もかもすらすらいくものよ。
ジャン　そうだ。でもぼくはいろいろ想像していたんだ。蕩児の食卓の場面を少しは期待していたのに、金を払ってビールを出されただけだ。ぼくは動揺して、話せなかった。
(I, 461)

ジャンは、聖書の寓話に見られる「蕩児の帰宅」を演じようとして、悲劇的結末を迎えることになる。カミュはアルジェの仲間座時代に、ジッドの『蕩児の帰宅』の翻案を行っている。またのちに書かれた『最初の人間』では、自分の家族のもとを去ったがために「怪物」と自称する主人公が絶えず生家に戻ってくる。貧しい自分の家族、とりわけ文字が読めず聾唖に近い母のもとを離れて、知識人の世界へと入り込んだカミュにとって、「蕩児の帰宅」の主題は身近なものと感じられたに違いない。

マリアがなおも「ひとことで十分なのに」と言うのに対して、ジャンは「そのひとことが探せなかった。[……]よそ者を息子にするには少し時間がいるような気がするんだ」(I, 461)と答えて、待つことを望む。

マリアは、日焼けした肌の持ち主であった『異邦人』のマリーと同様、太陽の国の住民だ。「このヨーロッパはとても悲しい」、「ここには幸福は見つからない」(I, 462)と言って、一刻も早く、自分たちが幸せであった国に戻ることを願う。時間を当てにするジャンとは反対に、彼女は待つことを望みはしない。すでに自分の幸福を手に入れている彼女の関心事はただ一つ、それを一刻も早く味わいつくすことだ。「手遅れにならないうちに愛さなければいけない」(I, 464) と言うマリアは、『戒厳令』のヴィクトリア、『正義の人びと』のドーラに先駆けて、カミュの戯曲において愛の権利を主張するヒロインとなる。だが、ジャンの頑固な態度を前にして、彼女は心ならずも待つことを余儀なくされる。

マリアを立ち去らせて、ジャンはひとりで母と対面する。戯曲のなかで母と息子がことばを交わす場面は二度ある。一回目は第一幕第六場であり、二人の会話はすれ違う。「もし手助けしてくれる息子さんがいたなら、あなたは彼のことを忘れなかったでしょう」(I, 471) と、ジャンが不在の息子を引き合いに出して母に言う。しかし、そこへマルタが割って入り、仮に息子が戻ってきても「無関心なもてなし」を受けるだけだろうと答える。他方で母は無意識的にジャンを「息子よ」(I, 472) と呼ぶが、すぐあとで、それが親愛の情によるものではないと付け加える。こうして二人の心情的距離は離れたままである。

マルタの決意(第二幕)

カミュの作品において、夕暮れはつねにやすらぎに満たされた幸福な瞬間である。しかし、『誤解』では、それはジャンの思い出のなかで喚起されるだけだ。第二幕第一場で、ホテルの部屋の窓から外の風景を眺めながら、ジャンはこう言う。「マリアの言う通りだ。この時刻は耐えがたい。[……] 向こうでの夕暮れは幸福を約束するものだった。だが、ここでは、それどころか……」(I, 474)。幸福の土地から遠く離れた場所において、破局が予感される。

そこへマルタが入ってきて、兄と妹のぎこちない会話が始まる。マルタに不自然な態度を指摘されたジャンは、「馴れなきゃいけませんね。少し時間をください」(I, 475) と答えて、時間の猶予を求める。しかし、マルタはいとまを与えず、その夜のうちにジャンをあの世へと旅立たせることになる。マリアが言ったように、ジャンが時間を当てにしたりせずに、ひとこと「ぼくです」と言ってしまえば、悲劇は避けられただろう。

ジャンが自分の国の美しさをたたえるにつれて、マルタは次第に魅了されて夢想を膨らませる。彼女の「美しい土地なのでしょうね」(I, 476) ということばをきっかけにして、ジャンは次々と、朝の浜辺の魅力、夕暮れ時の感動、花盛りの春、木の葉が色づく秋を語る。マルタは感極まった様子で言う。「夏がすべてを押しつぶし、冬の雨が町を水浸しにして、すべてがあるべき姿のあの国のことを想像すると、私は歓びに満たされるのです」(I, 477)。マルタが自分の願望を吐露するのを聞いて、ジャンは彼女がはじめて「人間らしいことば」を語ってくれたような気がすると言う。それに対するマルタの答えはこうだ。

あなたは誤解されているようです。仮にあなたの言われる通りだとしても、あなたが歓ばれる理由などありません。私の人間らしいところ、それは私の最良のものではありません。私の人間らしさ、それは私が望んでいるものなのです。望むものを手に入れるためになら、私は行く手をはばむものすべてを押しつぶしていくでしょう。(I, 477–8)

海辺の国へ出発するという願望を実現するためには、彼女はどんな手段も選ばない。結局、ジャンはわれ知らずして、マルタのなかに眠っていた欲望をふたたびかき立てて、破局へと向かうことになるのだ。
この第二幕冒頭に置かれた、兄と妹、犠牲者と殺人者の対話は、この戯曲の転換点となる。第一幕では、二人の女性の手に委ねられていたジャンの運命は、まだあいまいだった。母はマルタに向かって、「今夜はよそう。私たちにも休みが必要だよ」(I, 474)と繰り返し主張していた。だが、第二幕でジャンと二人きりで対面したマルタは、はじめのうちこそためらっていたものの、太陽の王国の話を聞かされるにつれて、次第に欲望を高めていく。ジャンの運命は、このマルタとの会話のなかで決定的なものとなってしまうのだ。

母と息子

母と息子の二回目の対面は第二幕第六場、今度はマルタがいなくて、二人きりである。だが、今回もまた、身分を明かさない息子は、母の前で不自然な態度をとり続ける。「ここは自分の家ではないような気がして落ち着かないのです」(I, 482)と言って、この不安をかき立てる宿を出て行くことを母に告げるが、そのときすでにマルタが持ってきた眠り薬入りのお茶を飲んだあとだった。母を前にして身分を明かそうとするが、ついに果たせないまま、彼はひとりになったあと、眠り込んでしまう。

二〇年ぶりに対面した母を前にして、ジャンはよそ者のふりをして、自分の演技の罠にとらわれたまま、最後までそこから解放されることがない。あとでマリアが言うように、彼は「必要なことばを探しているあいだに殺されてしまった」(I, 494)のだ。カミュは、一九五七年「アメリカ版戯曲集の序文」において、『誤解』については「もし息子が〈ぼくです、これがぼくの名前です〉と言っていたならば、すべては違っていただろう」(I, 448) と述べている。「もっとも単純な率直さともっとも正確なことばを用いることによって」、人間は自分自身と他人を救うことができるのだ。ムルソーやカリギュラの悲劇は、不可避的な宿命のように感じられる。しかし、ジャンの場合は、不自然で手の込んだやり口と奇妙な逡巡とが、彼を破滅へと引きずりこむことになった。

しかし、母親を前にしてのこうしたことばの欠如は、『裏と表』の少年を想起させる。暗闇のなかにたたずむ母親の動物のような沈黙を前にして、少年カミュは自分が「よそ者」であるかのように感じ、母に向けて発する適切なことばを見つけることができなかった。『誤解』の草稿では、小さな回廊におけるジャンとマリアの対話からなる「プロローグ」が予定されていた。そこでジャンは、「子どものときから、母の無関心とよそよそしい態度には、ぼくはいつもとまどったものだ」(I, 501) と語る。悲劇の原因は、母と息子の特異な関係にこそあった。

殺人者（第三幕）

第三幕は翌日の朝であり、すでに殺人はなされている。老召使いが、ジャンの落としたパスポートを持ってきて、宿泊者の身元が明らかになる。息子を殺害したことを知った母は、何も確実なものがないこの地上においては、「息子に対する母親の愛がいまでは自分の確信」(I, 487) だと言う。マルタは、自分たちを二〇年も置き去りにしたジャンを批判するが、母の方では、息子への愛は「二〇年もの沈黙を生き延びた愛」であり、「それなくしては自分は生きることができないのだ」と答える。これこそ、息子が母親の口から聞きたいと願ったことばであるだろう。だが、それが発せられるのは、彼がこの世を去ったあとである。

母親は、殺人のあとようやく待ち望んでいた休息を手に入れるが、結局のところ休息は死のなかにしかない。「人殺しならだれでも、私のように、心がからっぽになって、なんの役にも立たず、将来もなくなってしまう時期があるんだと思うよ」(I, 488)。こうして、心身を擦り減らした彼女を待っているものといっては、ただ死だけなのだ。母は自死を決意して、息子が眠る川の底へと向かう。

ジャン、マリア、マルタと異なり、この母には名前が与えられていない。『異邦人』におけるムルソーの母、『ペスト』におけるリユーの母も同様に名前がない。カミュの作品における母親についてはその個別性は重要ではなく、彼女はただ端的に母なのだ。未刊の遺作『最初の人間』にいたってはじめて、主人公の母に名前が付与されるが、そこでも母としての象徴的性格は明確である。

第二場では、ひとり残されたマルタがあくまで自分の運命を呪う。母親に見捨てられて、海辺の国に行くという夢も破れ、彼女は神に向かって呪祖のことばを投げつける。「私の方は、ただひとりで、渇望していた海から遠く離れたまま。ああ、兄さんが憎いわ！　波がさらいに来てくれるのを待ちながら、一生が過ぎてしまった」(I, 490)。マルタは、まだ見たこともない自然の至福の瞬間を憧憬し、渇望するが、しかしそれは彼女にはあまりにも遠い。この距離を縮めようとして、待ちきれなくなった彼女はその実現を急いだが、挫折してしまう。「この地上で自分の場所を奪われ、母にも見捨てられ、自分の犯した罪に囲まれたまま、私はぜったいに和解することなくこの世を去ってやるわ」(I, 491) と断言するマルタは、この世の不条理に対する徹底抗戦の立場を貫く。自己の欲望に対する執着の強さにおいて、罪を犯しても悔い改めることのない一貫した反抗心において、マルタはカリギュラを凌ぐと言えるだろう。

太陽の国に育ったマリアの例に、あるいは太陽の国に入り込むことができたジャンの例にならうことは、マルタには不可能のように思われる。金儲けだけを追い求めて、彼女は幸福を渇望するが、あまりにも卑劣なジャン殺害は、ヒロインとその夢を隔てる距離を明示するだけではなく、彼女がその夢に接近する資格がないことをほのめかしている。マルタには、執筆当時のカミュの太陽の王国に対する飢渇が反映している。手段を間違った彼女には王国の住民となる資格はないだろうが、しかし彼女が目指した理想が否定されることはない。カミュは太陽の土地への渇望を抱き続けるだろう。

石の幸福

続く第三場、夫と別れてひとりで夜を過ごしたマリアが、マルタのところにやってくる。だが、そこで聞かされたのは、母親と妹が共謀してジャンを殺したという、いかにも不条理な話だった。マルタは、「誤解があった」(I, 494) のだと言い、「あなたが少しでもこの世を知っていれば、驚くことはないでしょう」と続ける。マリアは、「このような芝居はひどい結果しか招かないこと」、それに加担したものは罰せられることを知っていたと語る。この悲劇において、マリアだけが罪を知らない存在である。彼女は自分を偽らず、演技をせず、ものごとの進展を冷静に見つめ、予測できたのだ。

マルタは冷酷さを保ったまま、マリアに、「人間の呼びかけや魂の警告」（I, 496）が無益であること、「海や愛に向かって叫んでも」甲斐のないこと、その答えは「私たちがついには身を寄せ合う恐ろしい家」、すなわち死であると断言する。

神様に、石のようにして下さいと祈るがいいわ。それが神様のとっておきの幸福、ただ一つのほんものの幸福なのよ。神のまねをすることよ。あらゆる叫び声に耳を閉ざし、間に合ううちに石と同じになりなさい。でも、この無言の平和の世界に入るのが卑怯すぎると感じるなら、そのときは私たちの共同の家に来て、私たちと一緒になるといいわ。さようなら、すべてはたやすいことよ。わかるでしょう。小石のばかげた幸福か、私たちが待っている粘つく寝床か、どちらかを選べばいいのよ。（I, 496–7）

『手帖』の一九四三年三月の記述によると、『誤解』には、モンテーニュから引用されたニオベに関する一節がエピグラフとして付される予定であったと思われる。実際、わが子を失った悲しみのあまり石と化したギリシア神話のニオベの物語は、この戯曲に深い影を落としている。マルタが勧告するように、石と化し、その無関心と無感覚を身につけることこそは、人間を圧倒する苦悩から逃れる唯一の方法である。そしてまたここでは、石は、人間の救いを求める呼びかけにいっさい答えを与えない無慈悲な神を象徴してもいる。『手帖』に書き付けられた『誤解』の断章には、「神は聾で、しかも石のような唖者だ」（II, 974）とある。

石への偏愛と石化への願望は、カミュにおいて繰り返しあらわれる。『結婚』や『幸福な死』においては、石は「人間のいない自然」の象徴であり、石化はこの自然へと、また不動の世界の真実へと回帰することを意味していた。『シーシュポスの神話』においては、岩は神々が人間に課した重荷であり、石化はこの重荷から逃れて、休息を見いだすことだった。そして『誤解』では、石は無慈悲な神を象徴し、石化はこの神の無関心をまねて、苦悩から逃避することである。このように、カミュにおける石化は、神話のなかに入ることによって、かつての自然への回帰という性格が次第に薄れ、その積極的意味を失って、単なる苦悩からの逃避の一手段となった。

『誤解』の幕切れは、いっさいの救済を拒否したものとなっている。マルタが去ったあと、舞台にひとり残されたマリアは、助けを求めて呼びかける。しかし、それに答えたのは耳の遠い老召使いの「いいえ」という声である。この召使いは何度か登場する。第二幕第二場において、ホテルの一室で、「永遠の孤独に対する恐怖、答えがないのではないかという危惧」(I, 479) にとりつかれたジャンは、だれかを呼ぼうとベルを鳴らす。あらわれた老召使いは沈黙したままだ。「これは答えではない」とジャンは言う。第三幕冒頭では、部屋を掃除していた召使いは、マルタに近寄ってきてジャンのパスポートを渡す。それによって犠牲者の身元が明らかとなる。狂言回しのような無言の老召使いを配して、カミュは戯曲が宿命的な性格を持つように仕立て上げた。

『誤解』と『異邦人』

一九三五年一月六日、アルジェの新聞『レコー・ダルジェ』と『ラ・デペッシュ・アルジェリエンヌ』は、ともにAP共同からの発信を受けて、ユーゴスラビア（現セルビア共和国）のベオグラードで起こった事件を伝えた。この新聞記事を、カミュは二度作品のなかで用いた。一つは『異邦人』においてムルソーが牢獄で読む古新聞であり、もう一つは『誤解』の筋書きとしてである。『異邦人』では記事の前半が切り取られていて詳細はわからないが、ムルソーはチェコでの事件だと思う。『誤解』の決定稿では場所は明示されないが、草稿ではチェコ南部の村の名前が戯曲の表題として考えられていた。カミュが舞台をユーゴスラビアではなくチェコに設定したのは、一九三六年のつらい旅の記憶があったからだろう。その旅を描いた『裏と表』にあらわれるプラハのホテルの一室で死ぬ男は、ジャンの姿に重なって見える。

ムルソーが読んだ新聞記事と、『誤解』のあらすじとでは、細部が若干異なっている。ジャンには子どもがいないこと、斧によって殴られるのではなく眠り込んだところを川に投げ込まれることとである。カミュは多少とも大衆演劇的な要素を削り取ろうとしたのだろう。ほかにも、戯曲では女たちはこれまでにも何度か殺人を犯しているとされ、また老召使いが登場して悲劇のお膳立てをする。

獄中で古新聞を読んだムルソーは、こう言っていた。「いずれにしても、この旅行者は少し罰を受けるに価したし、それにけっして演技をしてはいけないのだとぼくは思った」（I, 187）。演技を拒否することで死刑判決を受けたムルソーとは異なり、ジャンはみずからの演技によって破局へと追い込まれてしまう。マリアの方はもっと率直だ。「どうしてよそ者（étranger）として入り込んだ家でよそ者でない扱いを受けることができるの」（I, 462）と夫を批判する。ムルソーは、彼の意志とはかかわりなく、よそ者＝異邦人（étranger）として扱われ処刑されるが、ジャンの場合はみずからよそ者を演じて、命を落とすことになる。

母と息子の物語という点において、『異邦人』と『誤解』は似た構造を持っている。『誤解』の物語は三段階からなっている。（一）息子が家を出て母から別れる。（二）母がそれと知らずに息子を殺す。（三）母は自殺によって死のなかで息子と一体化する。他方で『異邦人』では、裁判においてムルソーは精神的に母親を殺した廉で死刑を宣告される。ムルソーの場合は、（一）母が養老院へ入ることによって息子から別れる。（二）息子が精神的に母を殺す。（三）息子は死刑を迎えることによって母と一体化する。両作品において、母の死が先か息子の死が先かの違いがあるが、一方が他方を殺し、後を追って死ぬことによって死のなかで一体化するという構図は同じである。

第三部

反抗のモラル

第九章

『ドイツ人の友への手紙』

——歴史への参加

『ドイツ人の友への手紙』

第二次大戦後、カミュは『コンバ』紙の編集主幹として健筆を揮うが、それに先だって戦争末期、ドイツ人の友に宛てて架空の手紙を四通発表した。それらは、一九四五年『ドイツ人の友への手紙』としてまとめて刊行された。その第一信は、かつて友であったドイツ人への訣別の手紙であり、同時にいまでは敵となった相手への戦闘宣言ともなっている。

そして何よりも強いられた贖罪において、私たちは犠牲を払ったのだ。しかし、それは必要な手続きだった。私たちに人を殺す権利があるかどうか、この世の残虐な悲惨に新たな悲惨を付け加えることが許されているのかどうか、それを知るためにはこの時間のすべてが必要だった。この時間を失いそしてまた見いだしたこと、敗北を受け入れそして乗り越えたこと、逡巡を血であがなったこと、それが私たちに、私たちフランス人に今日次のように考える権利を与えるのだ。私たちは清らかな手のまま――犠牲者であると同時に確信を持つ者の清らかさで――この戦争に参加したのであり、清らかな手のまま――今度は不正と自分たち自身に対する偉大なる勝利の清らかさで――そこから出るだろうと。(II, 11-2)

四通の手紙

パリで『異邦人』が話題になり始めた一九四二年十月、妻フランシーヌがル・パヌリエを去り、カミュは山中の村でひとりの生活を始めるようになる。彼は、時々サン=テチエンヌに出かけ、またリヨンに行って、フランシス・ポンジュやルネ・レイノーらと会った。四三年六月には、パリを訪れた機会に『蝿』の舞台稽古に立ち会って、サルトルおよびボーヴォワールと知り合った。十一月になって、最終的にル・パヌリエを離れ、パリに移り住んだカミュはガリマール社の査読係として採用され、翌四四年三月からは地下新聞『コンバ』に論説を発表するようになる。

この時期、彼は、ほぼ一年にわたって四通の手紙を書いた。それらの手紙は発信の年と月のみが記してある。第一信、第二信は、それぞれ、一九四三年七月と十二月にル・パヌリエで書かれ、第三信、第四信は、四四年四月と七月にパリで認《したた》められた。第一の手紙は『ルヴュ・リーブル』第二号(一九四三年)、第二の手紙は『カイエ・ドゥ・ラ・リベラシオン』第三号(一九四四年)、第三の手紙は『リベルテ』第五八号(一九四五年)に発表され、第四は未発表のままだったが、戦後、一九四五年に四通の手紙がまとめられて、『ドイツ人の友への手紙』の表題でガリマール社から刊行された。執筆年代は、フランス国内および北アフリカにおけるド・ゴール派の勝利以後であり、特にパリで書かれた第三信、第四信には、解放前夜の雰囲気が感じとれる。時局に応じて執筆されたこれらの短いテクストは、カミュの思想の進展における転換点を印づけるものであり、それまでの平和主義を捨てて、彼は戦闘への参加決意を述べるのである。

友への宣戦布告(第一の手紙)

第一信は、名宛人であるドイツ人の友のことばを引用することから始まり、五年前に当時は友人であった「君」と「私」のあいだに交わされた対話が想起される。そこにおける相手の発言、「君は自分の国を愛していない」(II, 9) は、第一の手紙の末尾でふたたび、そして第二の手紙の冒頭で三たび引用され、まさしくこのことばに反論しようとする意志が第一の手紙執筆の原動力となっている。

かつて「われわれ」は長いあいだ友人であった。お互いに似ていて共通の情熱と思想を抱いていた。しかしいまや「私」は「君」に別れを告げ、「君」を敵と見なし、戦うと宣言する。今度ふたたび「われわれ」が出会うとき、それはお互い敵として戦うためなのだ。「もしもそれが可能なら、われわれはやがて再会するだろう。しかし、そのとき、われわれの友情は終わりを告げているだろう」(II, 10)。これは、友への宣戦布告であり、絶交宣言の手紙である。この名宛人であるドイツ人に対して、手紙を書き、自分の考えを述べるには、相手はまだいくらか友人でなければならないが、しかしその手紙は、この友情に終止符を打つための手紙でもある。このテクストはフランス語で書かれ、フランスの雑誌に発表された。現実の読者は明らかにフランス人であり、名宛人の存在については虚構性が明白である。ドイツ人の友は、けっして直接口をはさむことはなく、そのことばが引用されるだけであり、読者はここで伝えられるものをそのまま受け取るしかない。カミュはのちにこの手法を、対話を装った独白という形式で『転落』において用いることになる。

『アルジェ・レピュブリカン』および『ル・ソワール・レピュブリカン』において、カミュは平和主義者であり、新聞が「真の平和」と呼ぶもののために執筆していた。だが、大戦前に支配的であった平和思想あるいは厭戦気分を克服して、いまや戦うための大義名分を見いだすときだ。この手紙は、戦っている当の相手、自分が殺さなければならない、あるいは自分を殺すかもしれない相手への語りかけである。そこでは、自分がなぜ戦うのか、なぜ人殺しをするのか、それを説明しなければならない。

戦闘への参加決意にいたるまでには「長い迂回が必要だった」(II, 11)とカミュは言う。「私たちに人を殺す権利があるかどうか、この世の残虐な悲惨に新たな悲惨を付け加えることが許されているのかどうか、それを知るためにはこの時間のすべてが必要だった」。この長い回り道と、支払った高価な犠牲が、フランス人に正義を与える。「私たちは清らかな手のまま この戦争に参加したのであり、清らかな手のままそこから出るだろう」。このように、差出人であるカミュは、戦争における「私たちフランス人」の無垢性を、名宛人であるドイツ人の友に向かって宣言する。「私たちには確信と、道理と、正義がある」(II, 12)

過去との決別(第二〜第四の手紙)

第一の手紙は祖国への愛に関して相手に答えるために書かれた。続いて、第二の手紙は、知性について答えるために書かれる。ここでカミュは、戦場においてドイツ軍の捕虜となり死を間近にした十六歳の少年の話を挿入し、「知性に怒りを付け加えるには子どもの死だけで十分だった」(II, 18)と述べる。無垢の子どもの死という主題は、このあとも、『ペスト』におけるオトン判事の息子や『正義の人びと』における大公の甥たちの姿を通して、繰り返し提示されるだろう。さらに第三の手紙では、ヨーロッパをめぐっての「君」との対話が展開される。ドイツ人はヨーロッパという語に胸をむかつかせるような意味を与えたが、「われわれ」にとっては、そこは「二〇世紀来人間の精神のもっとも驚くべき冒険が繰り広げられている精神の土地」(II, 21)にほかならない。

第四の手紙にいたると、もはや対話は終了している。それまでは、しばしば「君」のことばが語り手によって引用され、「君」はずいぶんと雄弁であったが、ここでは沈黙したままだ。「私」は「君」に対してすべてを答えたのであり、「君」との架空の論戦に勝利したのだ。「私たちがあれほど似通っていたのに、どうして今日、敵であるなどということがありうるのか、私は君の味方になれたのに、どうして今日、私たちの関係は終わりを告げたのかを語りたい」(II, 25)。彼らはともに長いあいだ「この世界には上位の道理は存在しない」と信じていた。かつては、両者ともに不条理のニヒリズムとニーチェ思想を標榜していた。しかし、「君たちはけっしてこの世界の意味を信じたことがなかったし、そこからすべては等価であり善と悪は望みのままに定義できるという観念を引き出した」(II, 26)。ドイツ人は人間は何ものでもないと結論を下し、人間と神のモラルが不在である世界では暴力と策略に価値があると見なした。他方で、フランス人は、永遠の不正と戦うためには正義を肯定しなければならないと考える。「同じ原理から、私たちは異なったモラルを引き出したのだ」。カミュは不正を選んだドイツ人と、正義を選択したフランス人という対比を提示する。

ニーチェ思想から出発しながらも、カミュはここでニーチェの「大地への忠誠」という概念によってそれを補正する。

大地に忠誠であるために、私は反対に正義を選んだ。私は、いまでもこの世界には上位の意味はないと信じ続けている。しかし、世界には意味のある何かが存在すること、それが人間であることを知っている。なぜなら唯一人間だけが意味を持つことを要求するからだ。この世界には少なくとも人間の真実がある。私たちの任務は運命に逆らって世界に道理を与えることだ。そして世界には人間以外の道理はない。もし生についての観念を救おうと望むなら、救わなければならないのは人間なのだ。(II, 26–7)

カミュは、不条理の世界、意味なき世界にあって、少なくとも人間という真実が存在することを発見するが、これは第二次大戦後の彼の方向を決定することになるだろう。レジスタンスへの参加を正当化するための理由を見いだすためになされた「君」に対する決別の宣言は、「君」と思想を共有していた過去の自分自身への決別にほかならない。それはまた同時に、カリギュラやマルタの他者に逆らってなされる反抗、メルソーやムルソー、そしてシーシュポスに見られる孤独な反抗から、運命の共通性に基づいた反抗による連帯への移行をも意味している。『ドイツ人の友への手紙』は、平和主義から戦闘への参加へ、個人から連帯へ、不条理から反抗への転換点となるものであり、この観念は、大戦後に『コンバ』に発表される論説や「反抗に関する考察」において深められていくだろう。

『コンバ』とパリ解放

一九四三年末レジスタンス組織からの要請を受けたカミュは、翌四四年三月から地下新聞『コンバ』に参加する。非合法で五八号が発行されたあと、八月二一日、解放後の『コンバ』第一号があらわれ、街頭で呼び売りされた。カミュは数か月のあいだ、ほとんど毎日編集主幹として筆を揮い、時事論文を発表し続けた。八月二五日の首都解放を祝う論説には、「真実の夜」という表題がつけられた。

一つの時代の終わりを確認するとともに新しい時代建設への期待が高揚した「解放」の時期、カミュもまた反抗の時代の終焉を宣言し、革命の時代を模索し始めた。一九四四年九月四日、『コンバ』の社説で彼は次のように書く。「われわれは政治を排除して、その代わりにモラルを置くことを決定した。それこそ、われわれが革命と呼ぶものである」(II, 526)。実際、この新聞のモットーは「解放から革命へ」であった。続いて九月十九日、反抗と革命を区別しながら、彼はこう書いている。

革命は反抗ではない。この四年間レジスタンスを支えたのは反抗である。すなわち、人間をひざまずかせようとする秩序に対する、はじめはほとんど盲目的な、全的で執拗な拒否である。反抗とは何よりもまず、心情である。

しかし、反抗が精神のなかに移り、感情が観念となり、自発的な激情が合議による行動に変わる時がくる。それは革命の時だ。(II, 532)

レジスタンスはカミュにとって、まさしく『シーシュポスの神話』で提示された反抗が歴史的地平において出現したものだった。しかし、この革命前夜とでも言うべき気運の充満した時期、彼もまた、いまや反抗は革命のなかに引き継がれ成就されねばならないと考える。ただし、この時期、左翼のみんなが同じ意味で「革命」という語を用いていたわけではない。

その相違は次第に顕在化してくるだろう。

『コンバ』紙上で、カミュは、レジスタンスの思想を擁護し、多くの反響を呼ぶ論説を書き、著名なジャーナリストになった。さらには戦後の世界に生じたさまざまな問題、粛清、冷戦、原子爆弾、アルジェリアを解説した。小説家のカミュは数千人の読者を獲得したが、編集者のカミュは数十万人に対する影響力を持ったのだ。

フランソワ・モーリヤックが対独協力者の粛清に対して寛容を求める呼びかけを行ったとき、カミュは、一九四四年十月二〇日、『コンバ』紙上で、人間の正義の名において粛清を完遂すべきだと言明した。これを契機にして、モーリヤックとのあいだに論争が展開されることになる。やがて、カミュは、正義が往々にして虐殺へといたることを認めた。占領時代に対独協力者であったとして、作家ロベール・ブラジヤックが罪に問われたとき、カミュはその助命嘆願書に署名した。だが、四五年二月、ブラジヤックは処刑され、カミュは大きな衝撃を受ける。こうした政治的殺人の問題についての考察は、やがて「犠牲者も否、死刑執行人も否」においてまとめられることになる。

カミュは一九四五年四月十八日、調査のためアルジェリアへ行き、五月八日、休戦の日にフランスに戻った。そのとき、コンスタンチーヌ県で、ナショナリストの暴動が勃発し、ヨーロッパ人のあいだに一〇〇人ばかりの死者が出て、鎮圧の犠牲者は数千人にのぼった。五月十三日から二三日まで、カミュは『コンバ』に八本の論説を発表し、その結論として、「正義こそがアルジェリアを憎悪から救い出すだろう」(II, 617)と書いた。

しかしカミュは、一九四五年九月からは次第に『コンバ』の活動から遠ざかり、一九四七年六月を最後に退いた。この時期、私生活での変化もあった。一九四四年末フランシーヌがアルジェリアからパリにやって来て、翌四五年九月五日、双子のカトリーヌとジャンが生まれた。四六年からはガリマール社の「希望」叢書を編集することになり、シモーヌ・ヴェイユ、ブリス・パラン、ルネ・シャールらの著作をこのシリーズから刊行した。

「反抗に関する考察」

一九四四年九月『コンバ』でカミュは革命を呼びかけたが、それからわずか半年後の一九四五年三月に書かれ、十月に『レグジスタンス』誌に発表された「反抗に関する考察」では、それまでの革命を称揚する立場を捨て、革命に対して距離を置き、ふたたび反抗の価値に目を向けている。

「反抗に関する考察」は三つの章からなる。まず第一章冒頭において、カミュは不条理な人間をさらに発展させたものとしての反抗的人間を次のように定義する。「反抗的人間とは何か? それはまず否《ノン》という人間である。しかし、拒否はしても断念はしない。すなわちそれはまた諾《ウイ》という人間でもあるのだ」(III, 325)。そして、上司に対して否を言う官吏を例にとって、反抗は否と言うと同時に自分の内なるある部分に対して諾という行為であることが述べられる。彼が反抗するのは個人を越えたある価値を擁護するためであり、その価値に対して諾と言うのだ。反抗者は、その行為を通じて、自分が守ろうとしているものが彼の個人的運命を越えて、もっと遠くまで進むことを理解する。

反抗のなかでこそ人間は、おのれを越えて他者へといたる。この観点に立ったとき、人間の連帯は形而上的なものとなる。

少なくとも、ここに、はじめは世界の不条理と見かけの不毛性に支配されていた考察が、反抗の精神によって始める最初の進歩がある。不条理の体験のなかにおける悲劇は、個人的なものである。反抗の動きが始まり出すと、悲劇は、集団的であることを自覚する。悲劇は万人の冒険となるのだ。［……］これまで、たったひとりの人間が感じていた悪が集団的ペストとなる。（III, 327）

こうした考察は、当時執筆中であった『ペスト』の主題ともなった。反抗は人間のなかに守らねばならないものが存在することを明らかにする。「人間の経験の領域にあって、反抗は思考の領域におけるコギトと同じ意味を持つ。それは最初の真実であり、最初の価値を創造するものだ」（III, 329）。この価値は相対的なものではない。ある時代のある個人から発したものであっても、反抗はそれを越えて人間の本質的な領域における価値を指し示すのだ。

革命ではなく反抗を

第二章において、カミュは反抗の歴史的なあらわれとしての革命を論じ、まず反抗と革命を区別して、「正確に言えば、革命は観念が歴史的経験へと移行したものであり、これに反して反抗は、個人の経験を出発点として観念に向かう動きである」（III, 331）と述べる。だが、カミュが革命について語るのは、革命の不可能性を述べるためであることに注意すべきである。歴史には絶対に革命がなかったと彼は断言する。まず第一に革命が不可能であるのは、それが決定的性格を持ち、革命が一度起これば、もはやその後歴史が継続することがないからだ。それゆえ、反抗はけっして革命に到達することがないだろう。「人間の歴史は、相次いで起こる人間の反抗の総和でしかない。革命が一回（強調原文）起きたとすれば、もはや歴史はないだろう」。そして革命が不可能である第二の理由、それは、革命がある段階でそれに反対する反抗の動きを引き起こすからである。「どんな革命であれ、ある段階において、その革命の限界を示し、失敗の可能性を宣言する正反対の反抗の動きを引き起こすものだ」(III, 332)。革命は失敗し、ふたたび反抗へと引き戻される。そのとき、反抗はおのれ自身を否定し、ふたたび動き始めることになり、「こうして反抗の動きは繰り返されることが理解される」(III, 333)。

わずか半年前には、反抗（＝レジスタンス）は革命へと引き継がれなければならないと述べていたカミュが、ここでは、反抗はけっして革命には到達せず、たとえ到達したとしてもそのとき革命は反抗の原理である人間の連帯を裏切ることになるから、今度はこの革命に対する反抗が引き起こされ、革命はふたたび反抗へと逆戻りすると述べる。カミュにあっては、革命はつねに未完のものであり、じつのところ成就されてはならないものなのだ。もし革命が成就されれば、それはすべてを固定し、時の持続をも止めてしまうだろう。カミュは、そうした決定的性格を持つ革命を否定して、むしろ、相対的で、つねに繰り返される反抗により高い価値を与える。彼はあくまでもシーシュポスに象徴された反抗の反復的持続にとどまろうとするのだ。

カミュが形而上的反抗の歴史的なあらわれとしての革命について語るのは、この「考察」が書かれた四五年当時、革命について人びとが声高に語った時代にあって、あえて革命の不可能性を明らかにするためであったと言える。かくして、「革命」を否定したあと、彼は「すべての革命は政治を越えて、人間のその宿命に対する反抗を肯定している」(III, 334) と述べ、形而上的反抗の考察へと移る。

第三章において、カミュは、形而上的反抗のレベルで、あらためて反抗の往復運動を確認する。反抗の動きは、「まさに諾《ウイ》と否《ノン》との、肯定と否定とのあいだの往復」(III, 336) であり、「反抗的な肯定のなかに含まれている価値は、一度できっぱりと与えられるものではなく、絶えず支えられねばならない」。最後にカミュは、不条理と反抗の連続性、そしてそれにもかかわらず両者のあいだに横たわる相違をふたたび確認して、この小論を結んでいる。ここには、のちの大著『反抗的人間』へと発展する基本的な考察が萌芽の形であらわれている。

「犠牲者も否、死刑執行人も否」

解放の時代にさまざまなニュアンスをともなってあれほど熱烈に期待された「革命」は、もはや意味を失っていた。カミュもまた、対独協力派の粛清問題などを経て、次第に革命思想に対する幻滅を深めていく。そうした時代に彼は、『ル・ソワール・レピュブリカン』の記事や、『ドイツ人の友への手紙』、戦後『コンバ』に発表された数々の論説、そして「反抗に関する考察」に見られる思想の総合を試みた。一九四六年十一月、『コンバ』に発表された一連の論説は「犠牲者も否、死刑執行人も否」と題され、表題がこの時期のカミュの立場を端的に示している。それは死刑に処せられることも、死刑執行することも、すなわち殺されることも、殺すことも拒否する態度である。

ここには、長いあいだカミュ自身のものであった左翼思想、国際主義、平和主義についての考察が深められている。戦後の新しい現実に直面して、カミュのコミュニズム批判および歴史主義批判が明瞭に示された論文として重要である。

カミュは、二〇世紀において「われわれは恐怖政治のなかに生きている」(II, 437) との認識から出発する。なぜなら「説得がもはや不可能であり、人間がまるごと歴史に委ねられている」からだ。なぜなら、われわれは「抽象の世界、事務所と機械の世界、絶対の観念と画一的なメシア思想の世界に生きている」からである。われわれが等閑に付したのは「世界の美」であり、もはや対話は不可能であり、重い沈黙が世界を領している。

カミュにとって、こうした恐怖の根源にあるのは政治的殺人の問題である。「結局のところ、私のような人びとは、もはや互いに殺し合わない世界ではなくて (私たちはそれほど愚かではない!)、殺人が正当化されない世界を望んでいるのだ」(II, 439)。カミュは、暴力それ自身を否定するのではないが、イデオロギーによる正当化は拒否する。その意味でこのエッセイは、同じ時期に書かれたメルロ=ポンティの『ヒューマニズムとテロル』とまさに相反するものである。また同じ頃、カミュは『ペスト』の執筆を進めており、タルーの長い告白を書いている。タルーの苦い経験が示すように、殺人を行う危険を犯すことなく殺人のない世界を作ることは困難であるように思われる。それゆえ「殺人はわれわれを殺人へと連れ戻し、われわれは恐怖政治のなかで生き続けることになる」。

こうした袋小路のような困難な状況のなかで、カミュは「犠牲者であることも、死刑執行人であることも望まない人間たち」（II, 440）に可能な思考の道筋をたどろうと試みるのだ。

歴史哲学批判

カミュによれば、二〇世紀を恐怖政治の時代たらしめたのはニヒリズムと歴史を絶対視する哲学である。

なぜなら、恐怖政治が正当化されるのは、ただ、「目的は手段を正当化する」という原理を認めるときだけだからである。そして、この原理は、一つの行為の有効性が絶対の目標にされるときにしか、認められないのだ。それは、たとえばニヒリズムの場合（すべてが許されている、重要なのは成功することだ）、あるいは歴史を絶対視する哲学（ヘーゲル、そしてマルクス――階級なき社会が目標であるからには、そこへ導くすべては良いものだ）の場合がそうである。（II, 441）

「目的は手段を正当化する」ということばによって要約される原理を批判する立場は、『反抗的人間』へと発展するだろう。すなわち形而上的反抗におけるニヒリズム、そして歴史的反抗における歴史主義、この両者を批判する姿勢である。

続いて、カミュは欺瞞的な社会主義やゆがめられた革命思想を検討したあと、最後に、対話の実現を目指していまこそ声をあげるときだと述べる。「今日われわれを押しつぶすものは、歴史の論理であり、それは一から十までわれわれが創り出したものであるのに、ついにはその縛りがわれわれを窒息させるのだ」(II, 454)。こうした時代にあって、カミュはついに自分の決意表明を行うにいたる。「私はもはや、それがだれであれ、殺人を甘受する人びとの仲間にはなるまい」。ここで「もはや」というのは、戦争とその後の混乱の時代に、彼自身もまた殺人もやむをえないとする立場を選んだことがあるからだ。ここにはまた、死刑執行人たることを断固として拒否する『ペスト』のタルーの声が響き合う。アルジェリア時代のカミュの主題が、避けられない死の宿命にどう対処すべきかであったとすれば、フランス時代のそれは、殺人者となることをまぬがれない歴史状況をいかに生きるかである。

そして、歴史哲学批判を行うカミュにとっての問題は、歴史との適切な距離の取り方であった。「確かに、私たちは首まで歴史のなかに浸っているのだから、そこから抜け出すことはできない。しかし、歴史に所属しない人間のあの部分を保持するために、歴史のなかで戦うと主張することはできる」(II, 455)。ここでカミュは歴史に所属しない部分と言う。そのとき、彼のなかには、太陽の王国において地上の幸福を享受したあの瞬間の記憶がいきづいていることはまちがいないだろう。

「犠牲者も否、死刑執行人も否」が発表されたあと、カミュはラ・ヴィジュリと論争をすることになるが、その折に書かれた論文「どこに神秘主義はあるか?」における次の文章は、その後しばしば引用されることになった。「私は自由をマルクスのなかで学んだのではない。それはほんとうだ。私は自由を貧困のなかで学んだのである」(II, 459)。『ペスト』においても、カミュはリユーに「貧困」が自分の生き方を教えたのだと答えさせている。

第十章

『ペスト』
――災禍を超えて

『ペスト』

一九四七年、カミュ三三歳のときに『ペスト』が刊行された。アルジェリアの町オランをペストが襲い、この疫病との戦いが始まる。第一部第四章の冒頭、話者は「災禍」についての考察を展開する。そこにおいて、カミュは、これが単に疫病や戦争の物語ではなく、それらを包み込んだより広い意味での災禍、不条理な暴力との闘いの物語であることを明らかにしている。

災禍は人間の尺度で測ることはできない。だから人びとは災禍は現実には起こりえないと考え、それはやがては過ぎゆく悪夢と見なされる。しかし悪夢はつねに過ぎゆくわけではない。悪夢から悪夢へと過ぎゆくのはむしろ人間たちなのだ。〔……〕彼らは慎ましさを忘れていた、それだけだ。そして彼らは自分たちにはまだすべてが可能であると思っていた。それは、災禍など起こるはずがないということが前提だった。彼らは商取引を続け、旅行の準備を整え、あれこれと意見を述べ合った。未来や移動や議論を奪うペストのことを考えるなど、どうしてできただろうか。彼らは自由であると信じていた。ところがだれもけっして自由ではないのだ、災禍というものがある限り。(II, 59)

長い懐胎期間

『ペスト』はカミュにとって、完成までにきわめて長い準備と推敲期間を要した作品だった。『カリギュラ』においては、暴政を行うローマ皇帝が「ペストに取って代わる」(I, 432)

のだと宣言したが、『手帖』には一九四〇年十月にペストの語があらわれる。その後、一九四二年九月、カミュはル・パヌリエで第一稿の執筆に取りかかった。この時期『手帖』には、刊行されたばかりの『異邦人』と構想中の『ペスト』を比較する考察が散見される。同年十二月二六日、パスカル・ピアに宛てた手紙で、カミュは「『ペスト』の最初の下書が完成しました。かなりひどいものです」(Pia, 125) と書く。出来映えには満足していなかった。

この時期、つらい別離がカミュを襲う。一九四二年十一月、ドイツ軍の南部自由地帯への侵入が開始され、ヨーロッパが北アフリカから分離された。このときからオランにいる妻フランシーヌとの連絡が途絶えてしまう。彼は『ペスト』第二稿に取りかかるが、そこには追放と別離の主題があらわれ、『手帖』には次の断章がある。「この時期の特徴をもっともよく示しているように思われるもの、それは別離（強調原文）である。だれもが他の世界から、自分の愛する者たちから、自分たちの習慣から切り離されたのだ」(II, 978)。第一稿において重要な位置を占めていたステファンは、第二稿では解体されて、その一部が幾人かの人物のなかに残ることになる。代わって登場したのがランベールであり、ここにはカミュの個人的な別離の経験が反映している。

一九四三年、カミュはスイスの出版者から「ペストのなかの亡命者」と題した小説の一部を発表するが、全体が完成するまでにはまだ長い時間が必要だった。構想段階からペストは戦争のアレゴリーとしてあらわれ、ナチズムは当時「褐色のペスト」と呼ばれていた。

一九四三年十一月、ル・パヌリエからパリに移り住んだあとは、ガリマール社の仕事や『コンバ』編集長としての仕事に忙殺されて、小説執筆ははかどらなかった。一九四二年に

『シーシュポスの神話』において神々に反抗する孤独な英雄を提示したカミュは、その三年後、レジスタンスの体験を経た一九四五年に、「反抗に関する考察」を発表した。そこでは、反抗の動きは個人の運命を越えて人間の連帯に達すると書いた。「たったひとりの人間が感じていた悪が集団的ペストとなる」(III, 327)。『ペスト』では、この集団的ペストとなった悪に対する堅忍不抜の反抗と、それを通じて獲得される連帯が描かれることになる。

『ペスト』の懐胎期間は長く、資料調査に多くの時間と労力が費やされた。一八九七年に刊行されたアドリアン・プルースト(作家マルセル・プルーストの父)の著作『ヨーロッパにおけるペストとの戦い』を始めとして、カミュはかつてないほど多くの文献を渉猟した。一九四六年八月ようやく『ペスト』が完成し、翌四七年六月に刊行されるとベストセラーとなり、カミュに経済的ゆとりをもたらした。七月から九月までに五二〇〇〇部が売れた。しかし、カミュは批評家賞が決まったあと、「成功の悲しさ」(II, 1085)と『手帖』に書いた。新聞や雑誌の論評は彼を当惑させた。

オラン(第一部第一章)

『ペスト』は古典劇のように五部からなる。各部は番号のない数章に分かれているが、便宜のためここでは章番号を打つことにしよう。第一部第一章の冒頭は、次のように始まる。「この記録の主題をなす奇異な事件は、一九四＊年、オランに起こった」(II, 35)。この短い一文のなかに、物語の主題(奇妙な事件)、物語が展開する時間(一九四＊年)と場所(オラン)が明示される。『異邦人』と同様、ここでは主節の動詞に、伝統的に物語の時制である単純過去ではなく複合過去が使用されている。以下、話者は、現在形を用いてオランの町の紹介を行う。

『結婚』の「アルジェの夏」において、オランはアルジェに対抗する都市として登場していた。カミュにはオラン出身の友人が多くいたし、妻フランシーヌはオランで生まれ育った。カミュ自身は、一九三九年から四〇年にかけて三度オランに短期間滞在し、一九四一年一月にフランスから戻ったあと四二年八月まで、一年半にわたって新妻の実家のあるこの町に住んだ。

のちに『夏』に収められることになる「ミノタウロス」では、オランの町は、「何ものも精神を刺激せず、醜ささえも個性を持たず、過去が無に帰すような町」(III, 574)、要するに「倦怠が眠る奇妙な町」(III, 583) として提示される。『ペスト』においてもほぼ同様の記述がなされるが、ここではとりわけこの町の凡庸さが繰り返し強調されている。オランは「ごく平凡な町」(II, 35) であり、これから語られる異常な出来事は、どんな場所にも起こりうるのだということが前もって暗示されている。オランは実在の町であるが、同時にカミュはどこにも存在しうる象徴性を持たせようとしている。推敲を経て最終稿にいたると、それまであったアラブ人の姿が町の風景から消える。カミュはオランを現実のなかに根づかせる部分を削除したのだ。

『ペスト』の話者は、みずからの話者としての資格と役割にきわめて意識的である。オランの町を紹介したあと、彼は最後に、なぜこの記録を書き残すにいたったのか、その理由を明確にしようと務める。

話者が何者であるかはいずれそのときがくればおわかりいただけるだろうが、彼は話者としてこのような企てを敢行する資格をほとんど持たない者だ。ただ偶然の事情によって、彼は、ある数の供述を採録できる状況にあったし、また事態のなりゆきからこれから語る事件に関わることになったのだ。だからこそ、彼は歴史家としてふるまうことが許されるだろう。（II, 37）

歴史家と同様に、彼は資料を持っている。それは、彼自身が実際に目にしたこと、彼に対してなされた打ち明け話、そして彼の手にわたった各種の文書である。すなわち実体験、伝聞、記録文書であり、これですべての情報源がそろったことになる。

個人の物語ではなく集団の歴史を語ろうとするこの話者は、小説全体を通じて、けっして「私 je」とは言わない。ペストの記録を残す歴史家としては「話者 narrateur」、オラン市民との共通の体験を強調するときには「われわれ nous」、そしてときにはいっそう多義的な呼称として「人びと、われわれ on」を用いる。話者は、オランの住民としてペストの災禍を体験したひとりであり、オランを「われわれの小さな町」、そしてオラン市民を「われらが市民」と呼び、自分の個人的な感情をも市民の名において語ろうとするのだ。

物語のはじまり（第一部第二章）

導入部の性格を持つ第一章のあと、第二章からペストの物語が始まる。「四月十六日の朝、医師ベルナール・リユーは、診察室から出かけようとして、階段踊り場の中央で一匹の死んだ鼠につまずいた」(II, 38)。第一章冒頭で提示された時・場所が、ここではさらに細かく特定され(一九四*年↓四月十六日の朝、オラン↓階段の踊り場)、医師ベルナール・リユーに焦点化される。写実主義小説的な物語の始まりであり、ここからは、物語の中心的時称である単純過去が使用されて、話者は多くの場合リユーの背後に姿を消して透明になろうとする。

第二章は、四月十六日から十八日までが日を追ってたどられたあと、二八日へと話が飛び、以下三〇日午後の門番の死までが語られる。この間、医師リユーがオランの町を巡回するあいだにさまざまな人物に出会うという形で、登場人物の紹介がひとわたりなされる。まずはじめは、物語のなかでペストの最初の犠牲者となるマンション管理人のミシェル老人、そのあとオトン判事、新聞記者のランベール、さらにタルー、グラン、コタール、パヌルー神父といったぐあいだ。『ペスト』は疫病とオラン市民の戦いの物語であるが、そこに医師リユーを取り巻く登場人物たちの個々の物語がからんでいくという形をとる。第二章は、この人物たちを紹介する役割を担っている。

このなかには外部からオランにやってきた人物が二人いる。パリの新聞社から派遣されて来たばかりのランベールは、リユーとの最初の会見において、「アラブ人の生活状態について」(II, 41)調査するために来たのだと語る。これは、カミュ自身がジャーナリストとして行ったカビリア地方での調査を思い出させる。もうひとりは数週間前からオランに住み始めたタルーであり、彼は到着の日からこの町で観察したことを手帖に記録している。

タルーの手帖（第一部第三章）

冒頭の「年代記」という自己規定にもかかわらず、この物語において日付が明記されるのは四月末の門番の死までである。五月以降は、カレンダーによる時間区分の代わりに、ペストの進行と季節の推移が呼応して、独自の時間が街を支配していく。第二章の終わりで門番の死が語られたあとは、第三章から疫病の第二段階に入り、いよいよペストとの闘いが始まる。

『シーシュポスの神話』においては、日常の無機的習慣の繰り返しの果てに、ある日突然目覚めの瞬間がやってきて、不条理が意識され始めた。『ペスト』のオランでは、習慣の倦怠を打ち破ったのは門番の奇怪な頓死であり、そこから「恐怖と、それとともに省察が始まった」(II, 49)。

ここで話者は、新しい出来事の詳細に入る前に、もうひとりの証人であるタルーの手帖を引用する。だがこれはペストの記録を残そうとして書き始められたものではない。

これは、些末事ばかりを取り上げる方針に従ったと思われる、きわめて特殊な記録である。一見したところ、タルーは、人びとや出来事を過小評価することに専念していると思われるかもしれない。いたるところで混乱を示しているが、結局のところタルーは物語のないものについての語り手たろうと腐心していた。(II, 50)

話者がみずからを「歴史家 historien」として規定したように、タルーも「語り手 historien」

として提示される。平和な町の些末な観察記録として紹介されたタルーの手帖は、しかし、その後疫病が広まっていくにつれて、話者の証言を補完する重要な役割を担うようになる。この手帖は、第二部第三章におけるごく短い引用を含めて、六回にわたって引用される。そこでは、話者が直接見聞できなかった情報を補い、また話者とは別の視点を導入する役割を果たすのだ。

災禍とは何か（第一部第四章～第七章）

第一部はペストが進行していくさまが描かれる。鼠の大量死とそれに続く住民の死、ついにはペストではないかという疑い。第四章は、「ペストという語はここではじめて発せられた」（II, 58）と始まり、災禍についての考察が展開される。「これまで世界は、戦争と同じだけペストに見舞われてきた。しかしながらペストと戦争は、いつも同じように不用意な人びとを見つけ出すのだ」（II, 59）。ここで話者は、災禍の例としてペストと戦争をあげている。しかし、この小説において、戦争という語が使われるのはここだけであり、他では戦争とペストのアナロジーは明確には示されない。話者の考察は、ペストや戦争だけでなく、それらを含むより大きな災禍に向けられている。オランの市民はごくありふれた普通の市民だった。災禍は、いつでも、どこでも、だれにでも、準備のできていないときに降りかかってくるのだ。

続いて、リユーは歴史上のさまざまなペストを想起し、最後に部屋の窓を開けると、町の物音が飛び込んでくる。

隣の作業場からは、電動ノコギリの短い規則的なうなりが立ちのぼってきた。リユーは気を取り直した。そこにこそ、日々の仕事のなかにこそ、確実なものがある。その他のものは、意味のないしがらみと動きに縛り付けられているだけであり、そこにとどまることはできなかった。いちばんたいせつなことは自分の務めを果たすことだ。(II, 62)

リユーのこの態度は一貫して変わらない。のちに彼はタルーやランベールに対しても、ペストと戦う唯一のやり方は誠実さであり、自分の役目は治療することだと述べるだろう。

第五章から第七章まで、死者の数と不安が増大して、ついにはペスト宣言とそれにともなう市門の閉鎖へといたるまでが描かれる。こうした疫病拡大の描写と平行して、登場人物たちの実体も少しずつ明かされていく。つねに適切なことばを見つけ出すのに苦労している慎ましい市役所職員のグランが、実は一冊の小説を書こうとしているのだとリユーは気づく。そうした奇妙な熱意を抱いている職員のいる町において、「ペストには未来はない」(II, 66)とリユーは判断する。実際、グランは今後疫病との闘いにおいて重要な役割を演じることになるし、また罹患後に血清によって生還する最初の者となるだろう。

ことばを探し続けるグランと同様、オランの医師たちにとっては疫病にペストという名前を与えるかどうかが問題だった。そうした議論を展開する医師たちに向かって、リユーは「ことばの問題ではありません。時間の問題なのです」(II, 68)と述べて、ただちに有効な対策を立てるべきだと主張する。災禍の対処方法に関して、リユーの態度は一貫している。彼は治療の現場を重視する立場を変えることはない。

抽象との闘い（第二部第一章、第二章）

第二部第一章は、市門が閉鎖された「その瞬間から、ペストはわれわれすべての者に関わる事件になったということができる」（II, 78）と始まり、全市民が「同じ袋の鼠」になる。ペストの物語は、まず第一に別離と追放の物語である。話者は、市門が閉鎖されたあと追放と孤独を余儀なくされた人びとについて詳述し、その後も繰り返し、オラン市民の別離の悲しみについて述べる。話者であるリユー自身が妻との別れを余儀なくされているが、ここにはカミュ自身の体験が反映している。「話者は、話者自身がそのおり感じたことはつまりわが市民の多くの人びとと同時に感じたことであるから、それをすべての人びとの名においてここに書き記すことができると確信するのである」（II, 81）

ランベールのように、外部からやってきて幽閉されてしまった真の追放者と言うべき少数の人びとを別にすれば、多くは自分の町にいながら外界と遮断され、愛する者たちと離れて生きることを強いられる。彼らは突然未来を奪われ、過去に恨みを抱き、その深い苦しみは、あらゆる囚人、流刑者に共通のものとなる。「こういう極度の孤独のなかでは、結局のところだれも隣人の助けを期待することはできず、各人がひとりで心配ごとに向き合うしかなかった」（II, 84）。ペストが人びとにもたらしたものは、初期の段階では連帯ではなく、分断と孤立であった。

『ペスト』が提示しているのは、平時ではなく戦時のモラルである。人類が巨大な災禍と闘うとき、どのようなモラルが可能なのか、その思考実験の作品であるということもできる。そのモラルは、主としてリユーによって体現されているが、彼自身は、ランベール、タルー、パヌルーといった人物たちとの対話を通じて、自分の立場を確認していくのだ。

第二部第二章では、リユーとランベールが対面する。市門が閉ざされて、ペストの町に閉じ込められたランベールは、愛する妻のもとへ戻ろうと奔走し、リユーを訪れる。医師は「ルポルタージュの恰好の主題が見つかりましたね」（II, 90）と言うが、新聞記者はそれには関心を示さない。ランベールこそは、真っ先にこの出来事を報道し、記録にとどめるべき任務を負うはずの人物である。ところが彼は、物語に登場するや否や、新聞記者であることをやめて、恋人を失った青年となる。必要な診断書を書くことを医師に拒否されたランベールは苦々しく言うのだ。「あなたには理解できないんです。あなたが話しているのは、理性のことばだ。あなたは抽象の世界にいるんです」（II, 93）

このランベールとの会見では、個人の幸福と集団への責務の問題が提示されている。ランベールが帰ったあと、リユーはこの抽象ということばをめぐって考える。「なるほど、不幸のなかには抽象と非現実の一面がある。しかし、その抽象がこっちを殺しにかかってきたら、抽象だって相手にしなければならないのだ」（II, 94）。ペストとの果てしない困難な闘いのなかで、心身ともに疲労困憊の極に達すると、あらゆる人間的感情の代わりに無関心が心を支配するようになる。だが、この無関心こそが、闘いを持続させる力ともなるのだ。

抽象と闘うためには、多少抽象に似なければならない。しかし、どうしてランベールにそれがわかっただろうか？　彼にとって抽象とは自分の幸福に敵対するものすべてなのだ。実のところ、リユーはある意味でランベールが正しいことを了解していた。しかし彼は、抽象が幸福より強大な力を示すことがあり、その場合には、そしてその場合にのみ、抽象を考慮に入れるべきだ、ということを知っていた。(II, 96)

ペストの抽象は、個人の幸福を脅かすものである。疫病との闘いは、とりもなおさず「一人ひとりの幸福とペストの抽象との陰欝な闘い」(II, 96)にほかならない。しかし、いまや、ペストのさなかにおいては、個人の運命というものはなく、災禍はすべての人びとが担うべき重荷であり、闘わなければならない悪である。この集団の闘いを推し進めるためには、そして最終的にふたたび個人の幸福を取り戻すためにも、さしあたっては抽象を受け入れ、それを武器として闘わなければならない。

保健隊の仕事(第二部第三章〜第八章)

パヌルー神父の説教は二回行われるが、最初のものは第二部第三章で描かれる。日曜日、大聖堂につめかけた大勢の信者を前にして、人間を襲う災禍は神による懲罰でありまた悔悛への道であるとする解釈が、雄弁な修辞に彩られて神父の口から述べられる。ここではfléauという語が持つ災禍と脱穀用の殻竿の二つの意味が重ね合わせられ、そこに叙事詩的なイメージが付与される。「巨大な木片が町の上を旋回し、手当たりしだいに打ち付けて、血塗られてまた舞い上がり、ついには血と人間の苦痛をまき散らす」(II, 100)。ペストは、単に疫病にとどまらず、人間を圧倒する悪を象徴する神話的な規模を帯びる。この人間を攻め立てる殻竿のイメージは、その後話者により引き継がれて、夏、秋、冬とペストの推移に合わせて三回用いられ、物語全体を特徴づけることになる。

ペストとの闘いにおける重要な転換点は、保健隊の設立である。第七章におけるリユーとの会見において、タルーは自分が中心となってボランティアによる保健隊を結成すると申し出る。その後、二人はパヌルーの説教について議論し、神を信じないというリユーは「さしあたっては病人がいる。彼らを治療しなくてはいけない」(II, 121) と述べ、さらに自分の考えをこうまとめる。

あなたのような人にはわかってもらえると思いますが、この世の秩序が死によって規制されているからには、おそらく神にとっては、人びとが自分を信じず、神が沈黙している空を見上げることなく、全力で死と闘ってくれる方がいいんです。(II, 122)

リユーは、自分にとってペストは「果てしなく続く敗北」なのであり、「貧困」こそがこうした考えを教えてくれたのだと言い添える。他方で、生命の危険を冒してまで保健隊の活動に挺身しようとするタルーは、自分を支えているモラルは「他人を理解するということ」(II, 123) だと述べる。カミュの世界においては、神はつねに沈黙している。そうした世界における人間の闘いを支えるモラルが、リユーとタルーによって提示される。

カミュはレジスタンスについて語るとき、つねに慎重で控えめな態度を守った。『ペスト』では保健隊がレジスタンスを想起させるが、第八章において、話者は保健隊の活動を評価するとき、節度ある証言者の立場を貫く。彼は、「その意図とヒロイズムとのあまりにも雄弁な称賛者になろうとはせず、それ相応の重要さを認めるにすぎない」(II, 124) と言うにとどめる。彼は相変わらず、オラン市民の苦悩を「ひとりの歴史家」として報告し続けるだろう。市民の意識に変化が生じ、人びとは保健隊に参加し献身的に働いた。「このようにペストがある人びとにとっての義務となったのだから、それは実際にある姿で、つまり全員に関わりのある出来事としてあらわれた」。話者は、リユーやタルー以上に、グランこそが「保健隊の原動力となっていたあの平静な美徳の、事実上の代表者」(II, 126) であったと見なし、この物語のなかにヒーローなるものがひとり必要なら、それは「わずかばかりの心の善良さと、一見こっけいな理想があるにすぎない、この地味で控えめなヒーロー」(II, 128) を提供すると述べる。

保健隊は周辺の人びとにも感化を及ぼしていく。以後は、パヌルー、ランベール、オトンらが順次、その活動に参加することになる。

ランベールの奔走（第二部第九章）

オランの町から脱出しようとするランベールの奔走は、四回に分けて語られる。第一部第二章で彼はリユーのもとをたずね、第二部第五章では当局と交渉し、またカフェからカフェへと歩き回って有益な情報を探る。

三回目は第二部第九章だが、これは焦点化と情報源の観点からきわめて興味深いものだ。まず第一節では、「話者」が介入し、これから述べるランベールの絶望的で、単調な、長い努力の持つ意味を明確にする。続いて第二節から、ランベールの物語が始まるが、これは一日から数日の間隔で次々と展開する挿話から構成されている。焦点化は、ときにコタール、タルー、そしてリユーへと移動するものの、ランベールが基本になっている。ここで重要なのは、ランベールがこの奔走の途中でしばしばリユーに会い、自分の行動について医師に逐一報告する機会を持つことだ。だから、のちに話者であることを表明するリユーは、みずからの体験とランベールから何度か聞いた話を合成して、統一的な物語を作成していることになる。さらに、リユーは、三人称体の物語を採用することによってランベールに焦点化することが可能となる。第四部第二章においても、ふたたびランベールの奔走が語られるが、そこでも話者はまったく同じ手法を用いるのである。

このランベールの物語の最後に、リユーとの議論が展開される。オランの町から抜け出そうと執拗な試みを続けながら、ランベールは同じことのやり直しを余儀なくされる。彼によれば、ペストの正体は「たえず繰り返すことにある」(II, 146) のだ。かつてリユーに向かって抽象の世界に生きていると批判したランベールは、なおも自分個人の幸福を求めて、ヒロイズムを信じないと言う。それに対してリユーは、「ペストと闘う唯一の方法、それは誠実さ」(II, 147) であり、誠実さとは「自分の務めを果たすこと」だと応じる。個人の幸福と集団への責務の対立の構図がふたたび提示される。ただランベールはこの小説でもっとも変化を遂げる人物だ。リユーとの会見の最後に、彼は町から脱出する手立てを見つけるまで保健隊で働くことを申し出ることになる。

ペストの盛期（第三部）

ペストの推移は、季節のめぐりと歩調を合わせている。物語は、四月十六日から始まり、鼠の死骸の発見、門番の死、疫病流行のきざし、市門の閉鎖と続き、ペストは次第に猛威をふるい、夏には暑熱とともに市民をうちのめす。

物語の中央に位置する第三部は一つの章だけで構成され、他とは異なった性格を有し、ペストが猖獗《しょうけつ》を極めた時期のオラン市民の生活が語られる。夏の盛りを迎えるとともに、ペストがすべてを覆い尽くし、いっさいの個別の感情は消えてしまう。

もうこのときには、個人の運命というものは存在せず、ただペストという集団の歴史と、すべての者がともにしたさまざまの感情があるだけだった。その最大のものは、別離と追放であり、それにともなう恐怖と反抗である。だからこそ、話者は、この暑熱と疫病の絶頂において、総括的な状況と、そして具体例として、血気ある市民の暴行、死亡者の埋葬、引き離された恋人たちの苦しみなどについて、書いておくのが適当だと信ずるのである。

(II, 149)

それまでリユーに焦点化されていた物語はここで一時中断され、話者がオラン市民との共有の体験を語る。しかし注意すべきことには、最初はオラン市民と距離をおいて、歴史家として語り始めた「話者」であるが、最後には、その距離を縮めて、「われわれ」を繰り返して、みずから自身もその犠牲者である別離の悲しみを共通の体験として語ることになる。

長く続く大きな災禍は単調なものだから、それを体験した人びとには、すさまじい日々が「通り過ぎる道のすべてを踏み潰していく果てしない足踏み」(II, 158)として思い描かれる。ペストのなかの「追放者」たち、すなわち愛する者との離別を強いられた人びとは、未来を奪われると同時に、過去の記憶も次第に退色し、具体性が希薄になっていくのを感じていた。「記憶もなく、希望もなく、彼らはただ現在のなかに腰を据えていた」(II, 160)。こうした空虚な無気力状態のなかで、彼らは「自分たちの有するもっとも個人的なものを断念し」(II, 161)、彼らの愛さえも、いまでは「もっとも抽象的な姿を呈するにいたる」。ペスト下で進行するのは、過去と未来の簒奪、個別性と具体性の消失、そして抽象性の昂進である。

『オルフェウスとエウリュディケ』(第四部第一章〜第二章)

第四部に入ると、夏が過ぎて秋になるが、ペストの勢力は減退せず、保健隊のメンバーにも疲労が蓄積し、疫病との闘いはますます先の見えないものとなる。そうした状況で、第四部第一章の終わりに、タルーとコタールが市立劇場へ行く場面がタルーの手帖から引用されている。演劇を愛したカミュだが、彼の小説において劇場があらわれることはまれで、このオペラの場面が唯一のものである。このとき、オランの町で上演されていたのはグルックの『オルフェウスとエウリュディケ』であり、別離を主題としたこの作品をカミュはいわば「中心紋」のように、物語のほぼ中央部分に挿入したと言える。

一九四二年、カミュは『手帖』に、「一九四〇年代の文学は特にエウリュディケを数多く利用している。それはかつてこれほど多くの恋人たちが別離を余儀なくされたことはなかったからだ」(II, 968) と書いた。『ペスト』の第一稿が一九四三年一月に完成したとき、中心的な主題は別離だった。カミュは反抗の系列の作品をプロメテウスの神話と結びつけたが、別離の物語としての『ペスト』は、むしろオルフェウス神話が原型となっている。

一九四六年の『手帖』には、「『ペスト』。女性たちのいない世界。息苦しい世界」(II, 1059) との書き込みが見られるが、この小説における主要な作中人物たちはすべてが男性である。女性の登場しないこの物語において、彼らはエウリュディケを失ったオルフェウスたちであると見なすことができる。パリからやってきてオランの町に閉じ込められ、愛する妻と引き離されたジャーナリストであるランベール。妻に去られた市役所職員のグラン。かつて母を亡くしたタルー。療養所へ行く妻を駅で見送ったリュー。こうして女性たちとの別離を余儀なくされた男たちが、力を合わせて疫病と闘い、その反抗を通じて連帯を築いていく。

市立オペラ劇場の舞台で、歌手がペストに倒れて混乱が生じる。グルックのオペラは、ギリシア神話とは異なり、ひとたび別離の苦しみを味わった二人が、最後には愛の神アモーレのとりなしで結ばれることになる。しかし、タルーとコタールが観劇した市立劇場の上演では、オルフェウスは、エウリュディケを取り戻した直後、第三幕冒頭でペストに倒れてしまうのであり、ハッピーエンドは描かれない。その代わりに、「当時の彼らの生活をさながらに示す画面の一つ」(II, 172) である死と混乱の場面が現出することになる。

オランの町に閉じ込められたオルフェウスであるランベールは、エウリュディケのもとへ帰ろうとなおも奔走を続ける。だが第四部第二章において、彼はその実現を目前にして、オランにとどまることを選択する。ここには、ある価値のために命をかけて闘う男たちがいて、ランベールは彼らに共感と友情を感じ始めているからだ。

自分ひとりが幸福になることには、どこか恥ずかしいところがあるんです。［……］自分はこの町には関わりがないんだ、あなたがたと一緒にやる仕事なんてないんだとずっと思っていました。けれども、見るべきものをしかと見たいまとなっては、望んでも望まなくても、自分がここの人間だとわかったんです。この事件はぼくたちみんなに関わりがあるんです。（II, 178）

かつて彼にとっては、個人の幸福こそが守るべき第一の価値であった。しかし、ペストが彼の考えを変えたのである。

判事の息子の死（第四部第三章〜第五章）

第三章、カステル医師が製造した新たな血清を、ペストに倒れたオトン判事の息子に試みる場面には、リユー、カステルを始めとして、タルー、ランベール、グラン、パヌルーが次々と集まってくる。彼らは固唾を呑んで、少年と病魔との残酷な闘いを見守る。これはコタールを除く主要登場人物が一同に会する唯一の場面である。注目しておきたいのは、これが判事の娘ではなく息子であり、またそれを取り巻く人びとがすべて男性であることだ。リユーはときどき少年の脈をとってみて、それが彼自身の血の波だちと入り混じるのを感じる。「拷問を受けている少年と自分とが一つに溶け合って、まだ無傷である自分の全力で少年を支えてやろうと試みた」(II, 182)。これは戦場でひとり雄々しく戦う少年兵と、それを支える大人の兵士によって構成される場面を想起させる。『ペスト』は何よりも、戦う男たちの友情の物語なのだ。

リユーは、周囲の人たちとの対話を通じてみずからのモラルを確認していくが、ここでは少年が息絶えたあと、「少なくともあの子に罪はなかった」(II, 184) と言うリユーと、パヌルーとの短い議論が展開される。

パヌルー神父はつぶやいた。「このことは私たちの理解の尺度を超えているからこそ、憤りをおぼえる。でも、おそらく私たちは理解できないものを愛さねばならないのでしょう」。

リユーはすっくと身を起こした。彼はできる限りの力と熱情をこめてパヌルーを見つめ、そして首を左右に振った。「いいえ、そうじゃありません。愛するということについては、ぼくの考えは別です。ぼくは子どもが責め苦を受けるようなそんな世界を愛することは、断固として拒否するでしょう」(II, 184)

パヌルーは魂の救済に専念するが、リユーにとってはそれが問題なのではない。「ぼくに関心があるのは人間の健康です。まず健康なのです」(II, 185) と、医師は自分の立場を鮮明にする。

しかし、パヌルーにとって、無垢の子どもの死は大きな課題を投げかけることになった。神への信仰と悪の存在をどのように折り合わせるのか。神父の二度目の説教が、第四章で紹介される。聴衆は前回より減少し、神父は「もう〈あなたがた〉と言わずに、〈私たち〉と言うのだった」(II, 187)。ペストを懲罰であるとする単純な立場を離れて、パヌルーは受け入れがたいものをも恩寵として受容するという困難な道を選ぼうとする。彼もまた「ペストのなかでは逃げ場所はない」(II, 191) と気づいたのだ。その信念をまっとうするかのように、第五章では、神父は医者の治療を拒否して、不可解な死を遂げることになる。

タルーの告白(第四部第六章)

第四部第六章でタルーがリユーに行う長い告白は、その形式と内容によって際立っている。話者はこの告白を再構成したあと、直接話法を用いて一気にタルーに語らせるというほかに例を見ない方法を採用している。

「ぼくは若かったとき、自分が無垢だという考えとともに生きていた」(II, 204) とタルーは語り始める。検事であった父は十七歳になった息子に、法廷での弁論を聞きに来るようにと誘う。それは、ムルソーを裁いたのと同じ重罪裁判所における殺人犯の裁判だった。タルーは、彼の父が「社会の名においてこの男の死を要求し、そして彼の首が斬られることさえ要求しているのだ」(II, 206) と知り、この不幸な男に対して「親近感を抱いた」。ここでタルーは処刑される男と一体化し、カミュの初期作品に見られた「死刑を宣告される男」の仲間に加わるのだ。

だが、それだけではない。彼は同時に、自分が死刑執行人の息子であることを発見する。「父が何度も処刑に立ち会ったに違いないということ、それはまさに彼が朝早く起きる日であったこと、それを確認して、ぼくはめまいがするような気持ちにおそわれた」(II, 206)。ムルソーの父と同様、タルーの父も同じく夜明けに起きて、死刑執行に立ち会うために出かけていく。しかしそれは自分が宣告した死刑の実施を確認するためなのだ。牢獄でのムルソーは、父のように自由になり、ギロチンを見物に行く自分を想像して喜悦をおぼえるが、しかし彼はそこにあるもう一つの意味を知らない。それは、死刑を宣告される側から宣告する側へと自分の位置を変えることであり、とりもなおさず殺人者の仲間に入ると言うことである。

ムルソーにとって、検事、判事といった死刑執行人たちは自分がそうなることはない「父」であった。『異邦人』は「父」になることを拒否する男の物語なのだ。しかし、タルーは、検事である父から将来同じ職業に就くことを期待される。そのため、彼は、死刑執行人の息子である事実から逃亡を図ろうとする。彼は死刑制度に反対し、政治活動に身を投じるが、しかし結局は、その試みがむなしいものであったと悟る日がくる。「ぼくが全力をあげてまさにペストと闘っていると信じていたその長い年月のあいだ、ぼくはずっとペスト患者のままだったのだ」(II, 208)

タルーによれば、ペストと闘うものは同時にペスト菌をまき散らすペスト患者でもある。「われわれは人を死なせるおそれなしには、この世で身振り一つもできないのだ」(II, 209)。だから「だれもが自分のなかにペストを抱えている。というのはこの世でひとりとして、そう、ひとりとしてペストを免れている者はいないからだ」。タルーの長い告白の結論は、次のものである。

だからこそ、災禍と犠牲者があるとぼくは言うのだ。その他には何もないんだ。もし、そう言いながらも、ぼく自身が災禍になったら、少なくともそれに同意することはしない。ぼくは罪なき殺人者になるよう努めるだろう。(II, 210)

タルーは二度繰り返して、この世には「災禍と犠牲者」がいると語る。災禍とは死刑執行人であり、このタルーの告白は、同じ時期に書かれた「犠牲者も否、死刑執行人も否」と共通する内容を持つ。こうしてカミュにおいて、かつての「死を宣告された男」に代わって、今度は死を与える人間、すなわち殺人の主題が大きく前景化されることになる。タルーは、せめて「罪なき殺人者」たらんと自分は努めていると語るが、これはのちに戯曲『正義の人びと』において展開される主題でもある。

タルーは、災禍と犠牲者だけのこの世界に、第三の範疇、すなわち「心の平和」(II, 210)を探し求めようとする。ところで、医者であるリユーは、最初からこの第三の範疇、すなわち災禍でもなく、犠牲者でもない、癒す者としての特権的な位置にいるように思われる。彼は、けっして殺人に手を汚すことのない立場にいて、殺人から生じる罪の意識をも免れた安全圏に身を置いているのだ。こうした医者の立場は、しかし今後、カミュの作品からは消えてしまうだろう。

タルーの長い告白が終わったあと、二人は友情の証にと夜の海で泳ぐ。このつかの間の休戦の場面は、『幸福な死』第二部から借用されているが、メルソーの孤独はここではリユーとタルーの連帯へと書き改められている。

グランの生還（第四部第七章）

市役所職員のグランは、女騎士が登場する小説をひそかに書き続けていた。妻ジャンヌとの生活に失敗した彼は、空想の女との関係に慰撫を見いだすのだ。颯爽とブーローニュの森を駆け抜けるこの女騎手は、ペストの災禍にあって、グランにとってのみならず、リユーやタルーにとっても一種の慰安だった。しかしながら、彼女は完成することのない小説のなかに閉じ込められたままであり、グランはいつまでもことばを探し求めている。

オトン判事の息子の場合には無力であったカステル医師の血清は、第四部第七章において、グランを救うことになる。一時死を覚悟したグランは、リユーに枕もとで自分の原稿を読んでくれるように頼んだ。「医師はそれを拾い読みしてみて、その紙片のすべてが、同じ一つの文章を際限なく写し直し、書き直し、加筆あるいは削除したものにすぎないことを理解した」（II, 217）。焼き捨ててくれというグランの依頼で、リユーはその原稿を火に投じた。しかし、翌朝になると、熱が下がった彼は一命をとりとめ、リユーにこう言うのだ。「またやり直しますよ。ぜんぶ覚えていますから、まあ見ててください」。こうして、グランはふたたび果てしない執筆作業へと向かう。

かつてランベールは、ペストの正体は繰り返すことにあると看破した。疫病との闘いは、リユーによれば「果てしなく続く敗北」であった。冒頭の文章を際限なく書き直し続けるグランは、まさにシーシュポスのように、未来の見えない時間のなかで、ただ自分の仕事を遂行する。グランの小説は完成することはないだろう。しかし、そのたゆみない反復の身振りは、ペストとの闘いを持ちこたえるための一つのあるべき態度として、象徴的価値を持つと言える。

クリスマスにおけるグランの生還は、疫病との闘いにおいて新たな局面を開くものとなる。冬の到来とともにペストは退潮の気配を見せ、次の第五部から、物語は終息へと向かって進んでいく。

タルーの死（第五部第一章〜第四章）

タルーの手帖は、著者の疲労の増大とともに記述に乱れが生じるが、そのなかにリユーの母に関する報告がある。彼はとりわけリユー夫人の慎ましさを力説し、「かんたんな言い回しですべてを表現する彼女の話し方」（II, 225）をたたえている。ことばを探し続けるグランとは反対に、彼女はことばを統御するすべを心得ている。しかし、この慎ましい二人こそが、ペストに勝利する。「それほどの沈黙と影のなかにたたずんで、彼女はどんな強い光でも、たとえペストの光であっても、それを越えた高みに立つことができた」。かつてリユーはペストを寄せ付けないのはグランであると述べたが、タルーもまた、リユー夫人こそがペストに対抗できると考えるのだ。

ペストとの過酷な闘いもようやく終結する見通しが立ち、市の門が開かれるとの予告が出された頃、タルーが罹患し、リユーは友の最期を看取ることになる。この物語のなかで、カミュは病苦との壮絶な闘いを躊躇せずに描いているが、その第一はオトン判事の息子であり、次にはこの第五部第三章におけるタルーの場合である。

リユーは友の通夜を行うが、しかし、それは同時にペストとの闘いにおいて倒れたほかの多くの人びとに対する弔いでもあった。「続いて訪れた夜は、闘いの夜ではなく、沈黙の夜であった」(II, 234)。医者として、彼はどれほど多くの人びとの臨終に立ち会ってきたことだろうか。ここで彼は、「自分が人びとを死ぬままに残してきた寝台から立ち上る、あの沈黙」を想起する。翌朝、リユーは妻の死亡通知を受け取るが、彼は「その苦痛が不意打ちではなかったことを知っていた。数か月前から、また二日前から、同じ苦しみが続いていたのである」(II, 237)。妻の死というリユーにとっての個人的体験も、ここでは集団の苦しみと同じ次元で受けとめられる。

疫病との闘いの体験を後世に伝えるには、まず生き延びることが必要である。しかし、新聞記者であるランベールは、市門が閉鎖されると、もう妻のもとへ帰ることしか念頭にない。小説家志望のグランには、この未曾有の体験を表現する力量はない。この二人は、ペストを生き延びたにもかかわらず、証言者となることはない。他方で、タルーは死後に残したその手帖によって、彼の意志とはかかわりなくリユーの証言を補完する役割を果たすのだ。

タルーの死後、第四章では、ついに市門が開かれて、別離を余儀なくされていた人びとの再会が可能となる。これまで年代記として提示された十か月の物語は、時間の順序に従って構成されていた。特にはじめのうちは日付が明記されたが、それは市門の閉鎖から再開までのあいだは消える。その間は、季節の進行とペストの興亡とが歩調を合わせて歩むように描かれた。

ペスト下で進行した個別性の消失と抽象化は、その代償として人びとに連帯感情をもたらした。この不条理な試練にただ一つ救いがあるとすれば、それはこの苦しみがシーシュポスが味わったような孤独なものではないということだ。ペストという集団的悪のなかで、まさしく、「すべての者が、肉体的にもまた精神的にも、一つの苦しい空白期間、癒しがたい追放、永久に満たされぬ渇きを、ともに苦しんできたのだった」(II, 241)。

証言者としての話者(第五部第五章)

このペストの記録が終わりに近づいた頃、話者は、実はリユーこそがこの記録の作者であることを告白し、あらためて自分の任務に対する理由づけを試みて、「客観的な証言者の語調を取ろうと望んだ」(II, 243)と強調する。疫病は猛威をふるい、猖獗を極めたあと、大きな爪痕を残して去った。みずから困難な闘いを生き、保健隊において中心的役割を演じたひとりの医師は、この痛ましい事件の記録を残そうとして、自分が生きた時代の年代記作者となる。彼はそれを、一人称の回想録の形式ではなく、三人称で語ることを選んだ。外側の視点を保持し、できる限り客観的にみずからの任務、そして保健隊の活動を報告しようと望んだ。しかし、同時に話者としての彼は、自分がオラン市民の一員であり、彼らとともに疫病との闘いを生き抜いたことを隠しはしない。こうして、ペストとの闘いの記録を構成する二つの物語のうち、大きい物語、すなわちオラン市民全体の苦しみと闘いの物語に関しては、話者はみずからその一員であることを隠さずに物語の内部に位置し、小さい物語(しかしいっそう重要である物語)、すなわち医師リユーと保健隊の人びとの活動の物語に関しては、その外部に自分を位置づける。そして、最後に医師リユーは自分が話者であることを明らかにして、この二つの物語の責任をみずからの名において引き受けることになる。

草稿段階においては、タルーの手帖、リユーのメモ、ステファンの日記、話者のコメントが並列されていた。カミュは最初、話者が複数の資料を扱い、多様な視点を保持する構成を考えていたようである。しかし、これは、語りの構造の統一性と、それぞれ等価値を有する多様な視点と、この二つをどう融合させるのかという問題をカミュに課したことだろう。最終的には、リユーが話者となって彼のメモは消え、ステファンはその日記とともに舞台から退場する。タルーの手帖を別にして、すべてが話者に収斂され、視点の統一が獲得される。

しかし、草稿においてカミュが意図した視点および情報源の多様性は、とりわけ伝聞の形を借りて保持される。ペストと闘ったオラン市民、特に保健隊に参加した主要な人物たちは、リユーと交際し、彼を相談相手にし、打ち明け話をする。こうしてさまざまな情報がリユーの耳へと集められるのである。「ペストの全期間中、彼はその職務によって、市民の大部分の者に会い、彼らの気持ちを知ることのできる状態に置かれた」(II, 243)。このようなすぐれた聞き手であったからこそ、話者リユーは、オラン市民全員のために証言することが可能となった。

ペスト患者のあまたの声に自分の打ち明け話を直接交えたいという誘惑にかられたとき、彼は、自分の苦しみの一つであって同時にほかの人びとの苦しみでないものはなく、苦悩が実にしばしば孤独であるような世界においては、それは一つの特典であると考えて、それを思いとどまった。確かに、すべての人びとのために語るべきだった。(II, 244)

ただ「リユーが味方となって語ることのできなかった人物がひとりいる」(II, 244)。それが保健隊に加わることなく、むしろペストの「共犯者」であったコタールだった。市民がペストの軛《くびき》から解放されたあと、コタールの小さな反乱と破滅が語られる。ナチス占領下における対独協力者をモデルとしたこの人物像は、『戒厳令』ではナダに引き継がれ、そこでは独裁者の手下としていっそうその性格を明確にして描かれることになる。

書くという決意

医者であるリユーは、ランベールのように書くことを職業としてはいない。彼はまた、グランのように作家になるという野望を抱いてもいないし、またおそらくはタルーのように手帖をつけていない。ペストが猛威をふるっているあいだ、リユーは、治療者であり書く人ではないのだ。だが、ペストの災禍が終焉したあと、彼は市民の歓呼の声を耳にして、死んだ友のために、犠牲者のために語ろうと決意する。

そのとき医師リユーは、ここで終わりを告げるこの物語を書きつづろうと決心した。それは、押し黙る人びとの仲間に入らないために、これらペストに苦しんだ人びとのために証言し、彼らに対して行われた不正と暴力のせめて記憶だけでも残しておくために、そして災禍のなかにあって人が学び知ること、つまり人間のなかには軽蔑すべきものより賛嘆すべきものが多くあるということ、それだけを言うためだった。(II, 248)

物語の終わりで示されたこの書くことの決意は、プルーストの『失われた時を求めて』、そしてそのパロディとしてのサルトルの『嘔吐』を想起させるが、しかし、ここでリユーは、それらの主人公のマルセルやロカンタンのように小説を書くことを決意するわけではない。ここでは、芸術による個人の救済はもはや問題ではない。集団的受苦の時代にあっては、証言による集団的救済こそが必要なのだ。

ペストの退散後、再開始されるのはもとの生活だけではない。ランベールが語ったように、ペストは繰り返すことにあるのだから、その終息は一時的なものにすぎないだろう。リユーは、市中から立ちのぼる解放の喜悦の叫びに耳を傾けながら、この歓びがつねに脅かされていることを思い出す。彼はこの歓喜する群衆の知らないことを知っているのである。「ペスト菌はけっして死ぬことも消滅することもなく、［……］おそらくはいつか、人間に不幸と教訓をもたらすために、ペストがふたたびその鼠どもを呼びさまして死なせるために、どこかの幸福な都市に送り込む日が来るだろう」（II, 248）。こうして闘いは続くのだ。

アレゴリーの力

カミュは一九四六年半ば、『手帖』にデフォーの文章を引用し、続いてそれを『ペスト』のエピグラフとして掲げた。これは、彼が『ペスト』執筆にあたって参考にした『ペスト年代記』ではなく、『ロビンソン・クルーソー』から取られている。「一種の監禁状態を別の形で表現すること、それは現実に存在する何ものかを存在しないものによって表現することと同じだけ道理にかなったことである」（II, 1067）。カミュは戦争による「一種の監禁状態」を疫病による監禁状態に置き換え、ペストはナチスのアレゴリーであった。刊行当時、人々はペストをナチスに、保健隊をレジスタンスに置き換えてこの本を読んだ。しかし今日においては、ペストを、いつの時代にも人類を襲う災禍のアレゴリーとして読むことができる。

カミュはその著作においてアレゴリーについて語ることはなかったが、それより広い概念である象徴（シンボル）が小説において果たす機能については、カフカやメルヴィルの作品を通じて考察している。『シーシュポスの神話』の補遺として収められた「フランツ・カフカの作品における希望と不条理」では、「象徴はつねにそれを用いる人を越えて、実際に彼が表現しようと意識している以上のことを言わせるのだ」（I, 305）と述べている。この「象徴」を「アレゴリー」に置き換えれば、それは『ペスト』に通じるだろう。ペストは、単に戦争だけでなく人類を襲う不条理な暴力そのもののアレゴリーになっているからだ。

カミュはまた、一九五二年に発表された論考「ハーマン・メルヴィル」において、メルヴィルを高く評価した。「メルヴィルでは、象徴は現実から生じ、イメージは知覚から生まれる。だからこそメルヴィルは、カフカの作品においてはあいまいになっている肉体や自然からけっして離れたことがないのだ」（III, 899）。メルヴィルの象徴が現実から生まれたのと同様、『ペスト』におけるアレゴリーもまた戦争の体験に基づいており、さらにはその水準を超えて、あらゆる種類の災禍を表象している。

芸術と現実の関係は、つねにカミュの関心の的だった。芸術家が現実を相手にするそのやり方について、彼は『反抗的人間』の第四部「反抗と芸術」において、自分の考察を展開している。リアリズムの芸術家と形式主義の芸術家の試みを否定したあと、カミュは「芸術における統一は芸術家が現実に課す変形作用の究極において立ちあらわれる」(III, 292) のであり、「様式」こそが「再創造された世界にその統一と限界を与える」と述べている。しかし『ペスト』は、アレゴリーもまた芸術家が現実に課す変形作用の一つであることを証明しているだろう。戦争の体験に基づきながらも、カミュはアレゴリーの手法を用いて、再創造された世界に統一を与えることに成功したのだ。

『ペスト』の刊行より八年後の一九五五年、ロラン・バルトは、「『ペスト』、疫病の年代記または孤独の小説」と題した評論のなかで、『ペスト』がうちたてているのは反歴史的なモラルや孤独の政治学であると述べた。これに対して、カミュは、「ロラン・バルトへの手紙」で答え、『ペスト』の持つ歴史的意味を強調した。「私は『ペスト』がいくつかの射程において読まれるよう望みはしましたが、しかしそれは、ナチズムに対するヨーロッパの抵抗の闘いを明白な内容としております」(II, 286)。一九五二年『反抗的人間』をめぐる論争のとき、サルトルはカミュが「歴史を拒否した」と批判した。その三年後、バルトに対する反論において、カミュは、『ペスト』が歴史的事実に立脚している点を力説し、読者もそれを認めたことを依り所にしている。しかし、むしろ『ペスト』の今日的価値は、現実の体験に基づいて書かれた作品が、歴史的地平を越えていることであるだろう。実際、カミュは、『ペスト』が「いくつかの射程において読まれるよう」望んだと述べている。この射程は遠くまで及び、その範囲は広いのだ。

第十一章

『戒厳令』
——全体主義のカリカチュア

『戒厳令』

『ペスト』においてナチズムを疫病に置き換えて災禍との闘いを描いたあと、一九四八年、カミュは全体主義批判の戯曲『戒厳令』を発表する。カディスの町に女秘書を連れたひとりの男がやってきて、自分は「ペスト」であると名乗る。全体主義的支配者のパロディである彼は、第一幕の最後で、市民相手に大仰な演説をぶつ。

すべての者がリストの順序にしたがって、たった一つの死にかたをする。諸君は、カードに記入され、もはや気まぐれに死ぬことはできない。いままでは、運命は賢くなって、自分の事務所をかまえたのだ。君たちは統計に組み込まれて、とうとう役に立つ人間になるだろう。言い忘れていたが、君たちは死ぬ、それは当然だが、しかし、そのあとで灰になる、あるいはその前かもしれない。その方が清潔なのだ。これも計画に入っている。まず何よりも大事なのは、スペインだ！

［……］私は諸君に、沈黙と秩序と絶対の正義をもたらす。礼を言うには及ばない。君たちのためを思ってやることであり、当然のことである。しかし、君たちの積極的な協力を求める。私の職務は始まったのだ。（II, 323）

公演の失敗

一九四一年、カミュと演出家のジャン＝ルイ・バローは、それぞれ別個にペストに関する仕事に取り組んでいた。バローの方では、はじめデフォーの『ペスト年代記』を脚色することを考えたが、やがてカミュがペストを主題として小説を準備していることを知り、台本執筆を依頼することになる。共同作業の成果は、『戒厳令』という表題で、独白、対話、無言劇、コーラスなど多彩な様式を混合させた、プロローグと三部からなるスペクタクルとして、一九四八年十月二七日マリニー劇場で初演された。演出はジャン゠ルイ・バロー、出演はピエール・ベルタン、マドレーヌ・ルノー、マリア・カザレス。音楽はアルテュール・オネゲル、美術はバルテュスという豪華な顔ぶれだった。しかし当たりを取ることはできず、二三回の上演で打ち切られた。現代劇を目指すアルトーへの共感から出発したバローの霊感と、古代劇であるアリストファネス風の演劇を目指すカミュの意図が折り合わなかった。

カミュは『カリギュラ』の執筆過程で、ローマ皇帝の姿にヒトラーを重ね合わせるようになった。『戒厳令』ではスペインのカディスが舞台となり、フランコ体制が標的になっていることが明らかである。同時にカミュは、左翼全体主義への批判をも含ませ、公正に左右二つの陣営の専制を糾弾した。だが、ディエゴが戦うものはイデオロギー体制であり、これは視覚的に表象するのが困難である。ペスト、女秘書、ナダによって担われたこの「敵」の姿が、どれほど観客に理解されたかはわからない。

『戒厳令』は二度と上演されることはなかった。のちになって、一九五七年、カミュは「アメリカ版戯曲集の序文」で、「『戒厳令』は、そのすべての欠点をも含めて、私が書いたもののなかで一番自分に似ていると、ずって思ってきた」(I, 449) と述べた。また同年のインタビューでは、このスペクタクルが「野外で上演されるのを見たいものだ」(IV, 580) との希望を表明するが、しかしそれは実現することがなかった。

『戒厳令』の失敗は、すでに執筆が始まっていた『正義の人びと』を別にして、カミュを戯曲の執筆ではなく、翻案へと立ち向かわせた。そもそも彼の演劇活動は二二歳のとき、マルローの『侮蔑の時代』を翻案、上演することから始まったのだ。彼はこの後、フォークナーやドストエフスキーの作品の舞台化に力を注ぐことになる。

ペストの登場（第一部）

プロローグでは、警戒を告げるサイレンが鳴り響くなか、伝統的に破局を告げる徴候と見なされてきた彗星が空にあらわれる。この凶兆が過ぎ去ると、カディスの町の住民たちが一通り紹介され、プロローグが終わり、第一部となる。カミュは、市民の声の代弁者としてコーラス隊を舞台に登場させて、群衆劇のスタイルを用いた。市がたつ広場で、コーラスが歓喜の叫びとともに夏の豊かさをたたえる。町は四季のめぐりと自然の時間のなかに生き、その恵みを享受している。「すべては秩序正しく、世界は均衡を保っている！　いまは一年の真昼どき、ほこらかなる不動の季節！　幸いなるかな、いまは夏！」（II, 306）。市民たちは不動の夏を謳歌するが、その季節の盛りに突然災禍が町を襲う。ひとりの俳優が大道芝居小屋の舞台の上で倒れると、医者がかけ寄って診断し、病名が告げられる。それを聞いた男が「ペスト」と言う。このことばをきっかけに、波紋が町全体に広がる。このあと演じられる舞台が、宮殿、教会、判事の家、広場へ移動して、人びとの動揺と混乱が拡大するのだ。

暴君カリギュラは「おれがペストに代わるのだ」（I, 379）と言った。『戒厳令』では、女秘書とともにひとりの男が登場し、総督に向かって統治権を譲るように迫って、「私はペストだ」（II, 314）と宣言する。この新しい権力者は、カリギュラのような皇帝や国王といった伝統的な支配者とは異なり、秩序を好み、合理主義者であり、情熱よりも理性に基づいて統治し、無情な管理組織や機械的なシステムを利用する。

ペストの支配下に入ったカディスの町では、次々と市門が閉鎖されていく。コーラスが「海へ！　海へ！　海がおれたちを救ってくれるだろう」（II, 319）と叫ぶ。一九五三年に書かれたエッセイ「間近の海」では、カミュは「子ども時代に読んだ本のなかのすばらしい少年たちは〈海へ！　海へ！〉と叫んでいた」（III, 622）と書いている。ヨーロッパ大陸へと渡ったあと、愛する海から遠く離れてしまった彼は、折にふれて海への渇望を表明する。だがカディスでは、市民たちの「海へ！」の声もむなしく、ついにはすべての市門が閉ざされて、「完全な沈黙」（II, 321）が町を支配するにいたる。

全体主義的殺人者

第一部の終わり、新しい統治者であるペストは市民に向かって長い演説を行う。彼は「戒厳令が布告された」（II, 322）と述べ、情熱的な気質で知られるスペイン人に秩序と組織的な死をもたらすのだと宣言する。「今日以後、諸君は秩序正しく死ぬことを学ぶのだ。［……］すべての者がリストの順序に従って、たった一つの死に方をする。諸君は、カードに記入され、もはや気まぐれに死ぬことはできないのだ」（II, 322-3）

これは暴君カリギュラを想起させる。彼は、いつ不意に襲うかもしれない死の不条理性を貴族たちに知らしめようとして、無慈悲な殺人者となった。「われわれの必要に応じて、この連中を、任意に定めたリストの順序に従って殺していくのだ。［……］死刑執行の順序などはまったく問題ではない」(I, 335)。カリギュラは、死の無秩序にならい、神の気まぐれをまねて、みずから神に成り代わろうとした。他方で、『戒厳令』のペストは、死に秩序を持ち込むのだと宣言する。彼はリストの順序に従って殺人を行い、個人の死を自分の管理下に置こうとする。だが、このペストのリストもまた任意に定められたものに過ぎず、彼の言う秩序とは、彼自身によって取り決められたものであり、結局はカリギュラの場合と同様、恣意的なものでしかない。だが、重要なのはまさしくそこにある。実質的には同じように専制的な支配にほかならないが、カリギュラがみずからの狂気性と有罪性を意識しているのに対して、ペストの場合は、みずからに正義と秩序があると信じている。こうして殺人は制度化され、正当化される。それこそが全体主義的支配の特徴だとカミュは考えている。演説の終わりで、ペストはこう宣言する。「私は諸君に、沈黙と秩序と絶対の正義をもたらす」(II, 323)

管理から反抗へ（第二部）

第二部は、カディスの広場にある管理事務所。ここでペストの仕事を補佐するのは女秘書であり、彼女は「私たちは統計の完璧さを持ち込んだ」(II, 325) と宣言する。いまやカディス市民に私的生活はなく、公的生活だけが残された。秘書に翻弄される市民たちの様子が、いくつかの場面で戯画的に描かれる。そこでは命令、規則、手続き、証明書、書式といった語が頻出する。秘書は手帖を所有し、そこに記載された市民の名前に線を引いて抹消することによって殺人を犯す。こうして殺人は秘書によって管理され、事務的処理の一環となる。

この外からやってきた支配者ペストに、すべてを否定するニヒリストである市民のナダが仕える。こうしてカミュは、全体主義的支配とニヒリズムが結びつくことを示した。ナダの支配の方法は、まずことばを撹乱させることによって人びとを孤立させることだ。「虚無よ、ばんざい！　もうだれも互いに理解できない、いよいよ完璧な瞬間がきたのだ」(II, 333)。彼が夢見るのは、沈黙と虚無だけが支配する瞬間である。

第二部のなかほどに、カミュは判事の家の場面を挿入した。家庭劇的性格を持ったこの場面において、判事の娘であるヴィクトリアとその恋人であるディエゴの物語へとスペクタクルは展開する。ペスト、女秘書という一般名しか持たない支配者に対して、固有名を持つ恋人たちが立ち上がる。個別性を否定し、すべてを統計に一元化する管理機構に対して、彼らは個人と愛の名において反抗するのだ。

とりわけヴィクトリアは、愛の権利を主張することにおいて、『誤解』のマリア以上に積極的だ。「彼らは愛が不可能になるようにすべてをしつらえた。でも私の方がもっと強いわ［……］私の愛の力だけを知っている」(II, 341)。『誤解』では、愛を求めるマリアに対して、ジャンが息子の義務に固執した。『戒厳令』でもディエゴが、いまは自分たちの愛よりも市民を救うことが先決だと言う。しかしヴィクトリアはひるまない。「それは男の仕事よ、むなしく、甲斐のない、強情な男の仕事だわ」(II, 342)。ペストはカディスの住民を恐怖によって支配しようとした。だが、それも愛を封じ込めることはできない。ヴィクトリアは「私の心は恐れない」と断言する。真っ先に恐怖を克服するのは、愛に生きる彼女なのだ。このヴィクトリアに女たちのコーラスが応答し、それは男たちのコーラス以上に雄弁である。

第二部の終わりには、ディエゴと女秘書の長い応酬があり、これがドラマの転換点をなしている。ディエゴはこう叫ぶ。

どんなものでもみんな数字と書式にはめこめる、そう君たちは思いこんだ！　だがしかし、そのごりっぱな用語集には、野ばらや、空のしるしや、夏の表情や、海の大声や、悲しみの瞬間や、人間の怒り、そういうものを忘れている！（II, 347）

そして、ついにディエゴが恐怖を克服する瞬間がやってくる。女秘書は、ペストの鉄壁の支配にも一つの弱点があると語る。それは「ひとりの人間が恐怖を克服し反抗すると機械はきしみ始める」（II, 348）のであり、彼女はディエゴに向かって「あなたは独力でそれを見つけ出した」と評価する。全体主義の支配もひとりの人間の力で揺るぎ始めるのだというメッセージを、カミュは『戒厳令』において示したのだ。

第二部の終わりでは、空が明るくなり、微風が起こって扉をゆする。人びとは猿ぐつわをはずし、空を見上げる。ディエゴが言う。「海からの風だ……」（II, 349）

犠牲と解放（**第三部**）

第三部は、市民たちへのディエゴの呼びかけで始まる。「猿ぐつわを捨てて、ぼくと一緒にもうこわくはないと叫ぶんだ」（II, 349）。ペストの支配後、季節の運行が停止し、絶対不動の夏がペストの夏となった。しかし、市民たちの反抗とともに、ようやく時が動き始め、海からの風とともに、秋がやってくる。「干からびたこの大地に、暑さで裂けたひびの割れ目に、最初の雨が降る！　ほら秋がきた、すべてが青々とよみがえり、さわやかな海風が吹いてくる」(II, 350)。夏の終わり、それはまたペストの支配の終わりなのだ。市民たちはペストによって課せられた沈黙を反抗の叫びで打ち破り、全体主義的支配の管理機構に対して個人の人間の価値を称揚しようとする。だが他方で、ペストの反撃が始まる。「町は壊滅し、瓦礫の上で、歴史はついに完璧な社会の美しい沈黙のなかで死を迎えるだろう。黙れ、さもないとすべてを押しつぶすぞ」(II, 355)。そこへ、ペストに倒れたヴィクトリアが担架で運ばれてくる。男たちの闘いを前にして女たちのコーラスは、女性の叡智を称揚する。「男は不可能なものに向かって叫ぶ、女は可能なものに耐える」(II, 356)。『誤解』ではマリアだけのものであった智恵が、ここでは女性たち全員によって担われる。

第三部のなかほどでディエゴがペストに向かって言うせりふは、この時代のカミュの殺人に関する考察から生まれたものである。「殺人をなくすために殺さなければならないし、不正をただすためには暴力に訴えなければならない。何世紀も前からそうなのだ！」(II, 358)。こうして人間は殺人を犯す危険を回避することはできない。これは『ペスト』のタルーの考察に通じるものがある。しかし、ディエゴは、個人の錯乱による殺人を政治的に制度化された殺人からきっぱりと区別する。

ぼくが軽蔑するのは死刑執行人だけだ。君が何をしようとも、あの人たちは君よりも偉大なのだ。もし彼らがひとたび人を殺すことがあっても、それは一時的な錯乱のせいだ。

ところが、君は法と論理によって殺戮を犯す。(II, 359)

のちに『反抗的人間』の冒頭では、カミュは情熱による殺人と論理による殺人を区別する。そしてこの大著において、論理的殺人の歴史を批判的に考察することになるだろう。

ついにディエゴが決断し、みずからの命と引き換えに、町を救う。敗れたペストは、いつの日かふたたび「隷属の決定的な沈黙のなかで支配する」(II, 363)と言い残して町を去る。ヴィクトリアがよみがえり、ディエゴが死ぬが、ここでも男性と女性の原理の相違が示される。任務を果たしたディエゴは「満足している」と言うが、恋人の死を嘆くヴィクトリアの方は「それは男の人のことばだわ、男の恐ろしいことばだわ」と、自分の愛の権利を宣言する。女性コーラスも唱和して、「男たちは観念の方が好きだ。母から去り、恋人から離れて、冒険に乗り出すが、[……]最後は孤独な死が待っている」(II, 364)と叫ぶ。

ディエゴは、第二部において恐怖を乗り越え、第三部では自己犠牲によってカディスの町を救うことになる。こうして市民はペストの軛《くびき》から解放され、コーラスは、カミュが『反抗的人間』で展開する正義と限界についての論述を要約して代弁する。「正義はないが、限界はある。[……]扉を開けろ。潮風がやって来て、この町を洗い清めてくれるように」(II, 365)。市門が開けられて、海からの強い風が町の汚れを一掃するように吹き込む。荒れ狂う海の怒号が反抗者の怒りを代弁し、それに唱和する漁師のせりふによって幕となる。「おお、波よ、おお、海よ、反乱者の祖国よ。ここにけっして屈しないおまえの民衆たちがいる。苦い水のなかで養われた大きなうねりが、おまえの恐怖の町を運び去ってしまうだろう」(II, 366)

『戒厳令』と『ペスト』

一九四八年『戒厳令』刊行時の「緒言」において、カミュは「『戒厳令』はいかなる意味においても、『ペスト』の翻案ではない」(II, 291) と語った。しかし、共通点は多く、物語展開の構成も似ている。『ペスト』においてオランの市民をおびやかした鼠の死骸は、『戒厳令』では彗星に変わる。オランの町では夏に疫病が猛威をふるい、カディスでは夏の盛りにペストが登場する。

主人公の若き医者であるディエゴは、リユーとタルーの特徴をあわせもっている。彼はリユーのようにカディスの市民を救うために尽力し、タルーのように殺人についての考察を述べる。教会では、司祭がペストは神による懲罰だと言って、パヌルー神父と同じ見解を示す。判事とその子どもたちが登場して、これはオトン判事とその家族を連想させる。コタールがペストを拒否せずその共謀者となったように、ここではよりいっそう露骨にペストに加担する人物としてナダがいる。『ペスト』においてはオペラ劇場で俳優がペストに倒れるが、それと同様に、『戒厳令』における最初のペストの犠牲者は大道芝居の舞台上の俳優である。このように類似は多いが、しかしこれらの人物は複雑さを失っており、とりわけ判事や司祭を始めとして幾人かはカリカチュア化されている。

登場人物に関して『ペスト』との大きな相違は、男性ばかりが活躍した小説と異なり、戯曲では女性にも大きな役割が与えられていることだろう。ヒロインのヴィクトリアは、ディエゴよりも先に恐怖を克服し、愛の権利を称揚する。女性コーラスは男性コーラス以上に雄弁であり、ペストに堪え忍ぶ叡智を唱える。

さらに『ペスト』と異なるのは、その作品のメッセージ性の強さだ。『戒厳令』では、政治的方向性がいっそう明らかになっている。ペストは人格化され、全体主義国家の支配者を戯画化したものとしてあらわれる。ただし、こうした明快さは逆に芸術的効果を弱めることになった。『戒厳令』はカミュの思想のいささか図式化されすぎたカタログともなっている。

第十二章

『正義の人びと』
——心優しき殺人者

『正義の人びと』

一九四九年に上演された『正義の人びと』では、一九〇五年ロシアのテロリストたちによるセルゲイ大公暗殺事件をもとに、正義と殺人の主題が扱われている。ドーラとカリャーエフの対話は、正義に生きるテロリストたちの苦悩を描くが、同時にカミュにおいては数少ない恋愛劇の場面ともなっている。

ドーラ　ほんとうに正義を愛する人たちには、愛のための権利なんてないんだわ。彼らはあたしのように、背筋をのばし、頭をあげ、目を見据えている。こんな高慢な心のなかで、愛に何ができるでしょう。愛とは、やさしく頭を下げさせるものよ、ヤネク。ところが、私たちときたら、うなじをのばしたまま。［……］ときには、あたし、愛ってもっと別のものじゃないかしら、独り言じゃなくなって、ときには答えのあるものじゃないかしらって思うの。こんなことを想像するわ。ねえ、空には太陽が輝き、私たちは頭をやさしく下げ、心のなかに高慢さがすっかりなくなって、両の腕をいっぱいに広げるの。ああ！　ヤネク、もしたったひとときでも、この世の恐ろしい悲惨を忘れて、なるがままに身をまかすことができたら。エゴイズムのわずかなひとときあなたにはそういうこと考えられて？（III, 29–30）

「中くらいの成功」

第二次大戦後、カミュは二度アメリカへ講演旅行に出かけた。いずれも、フランスの知識人としての旅行であり、過密な講演プログラムが組まれた。はじめは一九四六年三月十日から七月十一日までの三か月、アメリカおよびカナダへの旅だった。二度目は一九四九年六月三〇日、マルセイユから乗船し、ブラジル、アルゼンチン、ウルグアイ、チリへ旅行して、八月三一日に帰国した。この間、七月二六日、リオデジャネイロで『カリギュラ』の部分的な上演に立ち会った。未舗装の道路を走り、たえず遅れる飛行機の旅は彼を疲れさせた。健康状態も精神状態も悪く、彼は『手帖』に「二度繰り返して、自殺への誘惑」(IV, 1009) と記している。またジャン・グルニエへの手紙では、この旅行を「休息が許されない疲労困憊するロデオ」(Grenier, 164) に例えた。フランスに戻ると、医者は結核が進行していると告げて、二か月の休養を求め、カミュはル・パヌリエでその二か月を過ごした。

一九四九年十二月十五日、カミュは南米旅行の疲労からまだ完全に回復していなかったが、エベルト座における『正義の人びと』の初演に立ち会った。ポール・ウトリが演出し、マリア・カザレス、セルジュ・レッジャーニ、ミシェル・ブーケが出演した。劇評は賛否相半ばして、一九五〇年二月十三日、カミュはグルニエに「中くらいの成功です」(Grenier, 168) と書いた。

戯曲の素材となったのは、一九〇五年ロシアのテロリストたちによる爆弾を使ったセルゲイ大公暗殺事件である。カミュはすでに一九四八年一月、『ラ・ターブル・ロンド』誌に発表した「心優しき殺人者たち」において、このテロリストたちを論じた。これはさらに加筆されて一九五一年刊行の『反抗的人間』の一章を構成するものとなる。だが、『反抗的人間』に先だって、カミュは同じ主題に基づいて『正義の人びと』を書いた。「心優しき殺人者たち」

では、一九〇五年のテロの状況が忠実に再現されているが、戯曲では歴史的背景はかなり消去され、事実の書き直しが試みられている。登場人物の名前と役割が変更され、性格が変えられた。ただひとり名前が保持されたのはカリャーエフであり、彼は作者の正義に関する思想を表明する役割を与えられている。さらにドーラとカリャーエフのカップルに対して、虚構の人物であるニヒリストのステパンを対決させて、カミュは殺人と正義をめぐる議論の劇的な展開を企図した。

カミュは生涯に四編の戯曲を残したが、そのうちあとの二つは、全体主義とテロリズムという時代の困難な問題を扱いつつ、それぞれまったく異なった演劇手法によっている。『戒厳令』では様式の混合や、バロック調のアレゴリーが多用されたが、それが失敗に終わった一年後にやり直しの意図から生まれた『正義の人びと』は五幕の古典劇にならっている。簡素な舞台、揺るぎない文体や構成によって、『正義の人びと』はカミュの戯曲のなかでも最も古典的である。そうしたすでに過去のものとなった美学的手法を用いて、彼はテロリズムというきわめて今日的な主題に挑んだのだ。

テロリストたち（第一幕）

幕があがると、舞台は帝政ロシア時代のテロリストたちのアパルトマンである。朝、ドーラとアネンコフがいるところへステパンが戻ってくる。彼は、三年前、仲間たちと合流する前に捕らえられ、監獄に入れられた。この体験が彼の発言をより過激なものにする。規律が必要だと宣言し、「規律を守ってこそ、われわれは大公を殺すことができるし、暴政を倒すことができる」(III, 6) と述べ、テロリストのグループに思想的な対立項を持ち込むことになる。

そこへカリャーエフが登場し、この戯曲を貫く中心的主題であるカリャーエフとステパンの対立がここで最初に明らかとなる。詩人を自称し、「ぼくは人生を愛している。たいくつなんてしていない。人生を愛しているから革命運動に参加したんだ」(III, 11) と述べるカリャーエフに対して、ステパンは「おれは人生など愛していない。正義は人生に勝るものだ」と応酬する。ここで早くも愛と正義の対立が明確になる。

第一幕後半では、カリャーエフは女性同志であるドーラに向かって自分の信念を語る。「ぼくは美を、幸福を愛している」(III, 13) とステパンに語ったことを繰り返し、「二度と殺人を犯さない世界を建設するために、ぼくたちは殺すのだ」と、テロ行為の正当性を述べる。それに対してドーラは、テロリストの最後の瞬間について語る。他人の生命を奪うと同時に、自分の生命をも危険にさらす彼らには、ドーラが言うように「第一線がある、そして最後の瞬間がある」。カリャーエフはこう応じる。「いままで生きてきたのも、その瞬間のためなんだ。[……] 思想のために死ぬ、それは思想と同じ高さに達するための唯一の道なんだ。それこそぼくの行為を正当化することなんだ」(III, 13-4)。だが、ドーラによれば、最後の瞬間はもっと先にあり、それは絞首台である。カリャーエフも同意する。「襲撃して絞首台に行くまでのあいだには、一つの永遠がそっくりある、おそらく人間にとっての唯一の永遠があるんだ」(III, 14)。テロリストには、二つの決定的な瞬間がある。まず、殺人の瞬間、そして次に、自分の命を犠牲にする瞬間。襲撃に行って、それから絞首台に行くのは、二度命を投げ出すことであり、義務以上に代償を払うことなのだ。

カミュにとって親しいものである殺人と自殺の主題がこうして結びつき、この最後の瞬間へ向かって、戯曲は展開していくことになる。

すべてが許されるのか（第二幕）

第二幕は時刻は夜、前日と同じ場所、テロリストたちのアパルトマンにカリャーエフが戻ってくる。馬車には二人の子ども、大公の甥と姪が乗っていたためにカリャーエフは爆弾を投げることができなかった。ここから革命のためには「すべてが許されるのか」というドストエフスキー的主題をめぐって、テロリストたちが議論することになる。「すべてが許されているのではないことを知るために、大勢の同志たちが命を亡くしたのだ」（III, 21）と言うアネンコフに対して、ステパンは「われわれの大義に役立つなら、何も禁じられていない」と主張する。

カミュは一九四七年の終わり、『手帖』に「正義は存在しない。限界だけが存在する」（II, 1108）と書き付けている。『戒厳令』においては、コーラス隊が同様に「正義は存在しない。限界が存在するんだ」（II, 365）と宣言した。『正義の人びと』では、カミュはドーラにこのことばを変奏させて語らせる。「破壊のなかにさえも、秩序があり、限界があるわ」（III, 22）。さらに議論は正義をめぐって展開され、カリャーエフの次のせりふにいたる。

ステパン、ぼくは自分が恥ずかしい。でも、君にしゃべらせておくことはできない。ぼくは専制政治を転覆させるために殺すことを受け入れた。しかし、君のことばの裏には、やはり専制政治が顔をのぞかせている。それが居座ると、ぼくは正義を行おうと努めているのに、殺人者にされてしまうだろう。(III, 22)

一九〇五年においてやがて到来すると予想されているもう一つの「専制政治」は、冷戦時代には左翼全体主義の巨大な国家の姿をとってあらわれていた。それこそが『正義の人びと』執筆時のカミュにとっての重要な関心事であった。ここで、第一幕で暗示されていたステパンとカリャーエフの対立の構図がいっそう明確となる。すべてに正義を優先させるステパンに対抗して、カリャーエフは、人間は正義だけで生きているのでなく「正義と潔白」(III, 23) が必要だと述べる。『戒厳令』においてはペストが全体主義を形象したが、『正義の人びと』の構成では、ステパンが恐怖政治の原理を体現して「正義の人びと」の対立項となる。

殺人と潔白

ステパンと他のテロリストたちとの対立点は、時間に関わるものだ。ステパンは、未来が自分たちのテロ行為を保証してくれると信じて、「潔白ということばがいつの日かもっと大きな意味を持つためには」(III, 23) 現在の潔白を無視してもいいし、殺人も許されると考えている。カリャーエフは、それに対してこう答える。

だがぼくは、ぼくと同じようにこの地上にいま生きている人びとを愛しているんだ。敬意を払うのもそういう人びとに対してなんだ。彼らのためにこそ、ぼくは闘い、死ぬことに

同意できる。確信の持てない、遠い未来の都市のために、同志の顔を傷つけることなんかできない。（III, 23）

カミュのモラルは現在、つまり生きられるこの瞬間のモラルである。未来の社会は、その価値が今日の社会において理解され体験されていなければ、意味を欠いた抽象でしかない。カミュ的世界にあっては、つねに「いま」と「ここ」にしか王国はないのだ。

「われわれは殺人者だ。殺人者であることを選んだのだ」（III, 24）と言うステパンに向かって、カリャーエフは反論する。「そうじゃない。ぼくは殺人が勝利を収めないように死ぬことを選んだ。潔白であることを選んだのだ」。彼は、ステパンのように未来が現在の殺人を正当化するとは信じられない。自分の犯す殺人を潔白なものにするのは、それに対して自分の命を支払うことであり、それこそニヒリズムを避ける唯一の方法だと彼は考える。カミュ自身は、『手帖』のなかで、一九四七年、「一つの命をもう一つの命で支払う。この論理は間違っているが、尊重すべきである。（奪われた生命は与えられた生命と等価ではない）」（II, 1083）と書いた。殺人と自殺が等しく釣り合うことはありえない。しかし、殺人と潔白を両立させるためには、みずからの命で支払うという考えは「尊重すべき」なのである。

絶望的な愛の場面（第三幕）

第三幕は二日後の同じ場所、同じ時刻。カリャーエフはふたたび大公暗殺に出かけようとしている。殺人とそれにともなうみずからの死を前にしたカリャーエフとドーラとのあいだで、つかの間の絶望的な愛の場面が演じられる。「ほんとうに正義を愛する人たちには、愛のための権利なんてないんだわ」(III, 29) と言うドーラが求めているのは、一方通行の愛 (amour) ではなく、応答のある優しさ (tendresse) なのだ。なるほどテロリストたちは民衆を愛している。しかし、それはドーラによれば、「保証のない広漠たる愛」であり、「不幸な愛」によってである。彼らは民衆からは遠く離れて、自分たちの観念に没頭している。しかし、民衆の方では彼らを愛しているのか、彼らが民衆を愛していることを知っているのかとドーラは問いかけて、「民衆は押し黙っている。なんという沈黙でしょう」と嘆く。「すべてを与えるのが愛」なのだと言うカリャーエフに、ドーラは「愛ってもっと別のものじゃないかしら」「独り言じゃなくなって、ときには答えがあるものじゃないかしら」と疑問を呈するのだ。正義と愛は両立することがありうるかもしれないが、ドーラの求める優しさは正義とはむしろ対立する。そのような優しさで、民衆はテロリストを愛してくれているのか。そしてさらに、そのような優しさでカリャーエフは自分を愛してくれているのか、それこそがドーラの知りたいことなのだ。ひとときのエゴイズムを求めて、正義を愛するようにではなく、孤独のなかで、優しい心で自分を愛してくれるかと、ドーラはたずねる。だが、そうしたわずかの時間も、テロリストには許されていない。

夏のこと、ヤネク、おぼえてる？　でも、だめね、私たちには永遠の冬なんだから。私たちは、この世界の人間じゃない、正義に生きている人間なのよ。夏の暑さなんか、私たちには縁がないのよ。ああ！　憐れな正義の人びとだわ！ (III, 31)

愛はときには正義に反することがあるし、ドーラが求めたような優しさはとりわけそうである。正義を選んだ彼女は、正義と愛との相克に苦しむことになる。

カリャーエフが大公暗殺に出かけていったあと、ステパンに、やつを愛しているのか、とたずねられたドーラはこう答える。「愛するためには暇がいるわ。私たち、正義のための時間がやっとですもの」(III, 32)。こうして、ドーラが夢見たエゴイズムの瞬間、優しさの瞬間は挫折する。彼らには、正義のための時間と、みずからの死を受け入れる最後の瞬間しかない。『正義の人びと』のテロリストたちは、正義を口にするのと同じほどしばしば愛ということばを、ときには絶望的な響きをこめて語るのだ。この作品は正義についての思想劇であると同時に、カミュにとってはまれな愛のドラマでもある。

第三幕の終わりで、カリャーエフが大公暗殺に成功したことを知らされたドーラは、「私たちが彼を殺してしまった」(III, 33) と叫んで泣く。それは大公暗殺によって彼らが殺人者となったこと、そして殺人者となったあとは自分の生命を犠牲にする以外に贖罪の方法はないことを知っているからだ。戯曲の終わりで、二人は自分たちの死を受け入れることによって無実を恢復するだろう。

牢獄での対面(第四幕)

第四幕だけが他の幕とは異なって、カリャーエフが捕らえられた独房が舞台となり、彼の前に三人の人物があらわれる。民衆のひとりであるフォカ、警察権力の代表であるスクラートフ、そして神の恩寵を説く大公妃である。

『戒厳令』では、コーラスが民衆の声を表明していた。『正義の人びと』では、ドーラの疑念に答えてくれるコーラスはなく、民衆は沈黙したままだ。民衆を代表するただひとりの登場人物はフォカである。三人を殺したために収監された彼は、二〇年の懲役刑を課せられたが、死刑囚の刑を執行することで一年ずつ刑を軽減されている。「ぼくたちはみんな兄弟になるんだ。正義がぼくたちの心を曇りのないものにするんだ」(III, 35)というカリャーエフのことばも、フォカの心には届かない。フォカにとっては、カリャーエフも自分と同じく「死刑執行人」なのだ。

続いて登場するのがスクラートフであり、思想ではなく人間にこそ関心があるのだと主張する彼は、テロ現場の悲惨な様子を語って、カリャーエフの信念にゆさぶりをかける。そして最後に、彼は正義と殺人についての問いを提出して去っていく。「一つの思想は大公を殺すことができるが、しかし子どもを殺すことはなかなか困難だ。それをあなたは発見したのだ。そこで一つの疑問がわきあがる。子どもたちを殺すことができない思想は、大公を殺すに値するのかどうか」(III, 39)。こうしてスクラートフによって、子どもの死とテロリズムの問題が別の立場から問い直される。

最後に大公妃が登場する。かつてカミュは犠牲者であることも死刑執行人であることも拒否すると書いたが、死刑執行人であることを引き受けたカリャーエフに、犠牲者である大公妃の側からの問いかけがなされる。彼女は最愛の夫を失った深い悲嘆を語り、テロリストの犯した罪に言及する。カリャーエフが、「ぼくはただ正義の行為をしたというだけしか覚えがありません」(III, 41)と断言すると、大公妃はこう反応する。「まあ、同じ声、おまえのいまの声はあのひとの声とそっくり。男の人はだれもみな、正義について話すときは同じ調子になるんですね。あのひともよく言ってました。『これは正義なんだ！』って、そうするとみんな黙るほかなかったのです」。『戒厳令』のペストが、みずからに道理ありと信じて専制的支配をふるい、殺人を犯し続けたように、カリャーエフが暗殺したロシアの圧政の象徴としてのセルゲイ大公もまた、自分に正義ありと信じていた。だとすれば、その大公を正義の名のもとに暗殺したテロリストは、どこにその保証を見いだせばよいのか。

第四幕において、フォカ、スクラートフ、大公妃はそれぞれのやり方で、カリャーエフの殺人の意味を俎上にのせることになる。カミュは、正義の観念を種々の方向から照射して、その困難さを浮き彫りにし、劇的な葛藤のなかで、政治的殺人の意味とテロリズムについての考察をいっそう精妙な次元で展開するのだ。

死の瞬間（第五幕）

第五幕は一週間後の夜、ふたたびテロリストたちのアパルトマンが舞台となるが、今度は同じ様式の別のアパルトマンである。またしてもアネンコフとドーラが待機中である。この戯曲の舞台では、二人はつねに同志からの報告を待っている。いまはカリャーエフ処刑の報せを待ちながら、ドーラがこう言う。「いまではあのひとは自由よ、とうとう自由になったんだわ。[……] 自由だわ。死ぬ間ぎわに、あのひとは自分の望み通りのことをする権利があるわ」(III, 46)。彼らテロリストにとっては、死の瞬間こそが唯一可能な自由のときである。カミュの若い時代からの主題であった「死を宣告された者の自由」が、ここにふたたび装いを変えてあらわれている。『シーシュポスの神話』においては、「ある夜明けに、牢獄の門が開かれたとき死刑囚が手にするあの神のような自由な行動可能性」(I, 260) が夢見られていた。死んでこそカリャーエフは平和を得ることができると考えるドーラは、同志の死を望むが、しかしすぐに続けてこう言う。

もしただ一つの解決方法が死であるなら、私たちは正しい道をたどっていないんだわ。ほんとうの道は生命へ、太陽へと通じる道なのよ。いつもいつも寒いってことはないはず。[……]ヤネクは死のうとしている。たぶんもう死んでいるわ、それは他の人たちが生きるためなの。ああ！　ボリア、もし他の人たちが生きないとすれば？　彼の死が無駄だったとしたら？（III, 47）

酷寒の冬を生きるドーラは、夏を懐旧し、太陽へ通じる道をむなしく希求する。カリギュラも、幕切れ寸前に「おれは進むべき道を進まなかった。おれはどこにも行き着かない」(I, 388) と語っていた。彼らの選んだ道はみずからの死へと通ずるものだった。カリギュラは死に臨んでみずからの有罪性を確認するが、他方でテロリストたちは潔白を守るためにこそ死への道を歩んだ。

しかしながら、ドーラは、カリャーエフの死の意味に疑問を投げかける。「私たちのあとでやってくるほかの人たちが、私たちを口実にして殺人を犯し、そして彼らは自分の生命で償うことがないでしょう」(III, 48)。ステパンに具現されているような恐怖政治を継承する者たちが、将来においてカリャーエフの行為の意味を無に帰してしまうことを、ドーラは恐れている。『反抗的人間』において、カミュは「のちにやって来る革命家たちは、自分たちの生命を交換に差し出すことはないだろう。[……]彼らは全面的な有罪性を引き受けることになるだろう」(III, 209)と、いっそう断定的に書いている。

正義よりも愛を

ドーラはどこまでも正義に懐疑的である。正義に向かって、そして処刑台に向かって行進することを宣言しながらも、他方で彼女は愛の価値を擁護して「正義よりも愛を」(III, 49)と叫ぶ。このことばこそ、「正義の人びと」であることを余儀なくされたドーラにとって衷心から出たものであり、彼女の、そしておそらくは彼女に託したカミュの、悲劇的状況における希求なのである。

ステパンが戻ってきてカリャーエフ処刑の様子を伝えると、ドーラは最期を迎えた同志は幸福だったのだと想像しようと努める。「自分を犠牲に捧げるため、この人生での幸福を拒絶したひとなのに、そのひとが死と同時に幸福を受けなかったとしたら、そんな不正なことってないわ。あのひとは幸福だったのよ、そして静かに絞首台に進んでいった、そうでしょう?」(III, 51)。これは絶望の色を帯びた幸福な死である。『幸福な死』のメルソーは、死に臨んで「小石のなかの小石」となって自然へと帰っていった。『異邦人』のムルソーも処刑前に、「自分が幸福だったし、いまなお幸福であると感じた」(I, 213)と告白する。しかし、それには、「世界の優しい無関心」に心を開くことが前提として必要だった。ムルソーは、人間たちとは憎悪によってしか結ばれていないが、少なくとも世界とは融和して死を迎える。

しかし酷寒のロシアのテロリストには、メルソーやムルソーのように自分を迎え入れてくれる自然はない。ドーラの言う幸福な死とは、生においてすべてを断念した者が、ただ死のなかにだけ見いだすやすらぎなのだ。次回は自分に爆弾を投げさせてほしいと頼み、死を決意した彼女は、幕切れにこう泣きながら叫ぶ。「ヤネク！　寒い夜に、そして同じ縄で！　これで何もかもずっとやさしくなるわ」(III, 52)。カリャーエフも、大公妃の前で、「今日愛し合っている者たちは、結ばれたいと思えば、一緒に死ぬよりほかはないんだ」(III, 43) と語っていた。執筆の最終段階、印刷のときに、カミュはエピグラフを『ロミオとジュリエット』から借用した。「おお、愛よ！　おお、命よ！　いや命ではない、死のなかでの愛だ」(III, 1)

『正義の人びと』において、カミュは正義と殺人の主題を扱いつつ、同時に愛の可能性を探り求めた。ただ、それは死のなかの愛という限定された形でしか示されない。カミュは愛の主題をさらに発展させようとするだろう。「反抗」の系列の作品群に続くものとして、彼は「愛」を主題とした作品を構想し、それはやがて『最初の人間』へといたることになる。

第十三章

『反抗的人間』
——歴史の暴虐に抗して

『反抗的人間』

時代の宿痾《しゅくあ》であるニヒリズムを超克する道を探し求めて、カミュは「反抗」という主題のもとに浩瀚《こうかん》な書物『反抗的人間』を著した。一九五一年に刊行されるとさまざまな反響を呼び、サルトルとの論争へと発展した。最終章である第五部は「正午の思想」と題され、地中海人カミュの姿が鮮明に示されている。

今世紀の根底的な対立は、歴史に関するドイツ的イデオロギーとキリスト教の政治とのあいだにあるのではない。それらは、ある意味では共犯なのだ。むしろ対立は、ドイツの夢想と地中海の伝統、永遠の思春期の暴力と成人した男性の力、認識と書物によって激化した郷愁と人生の歩みのなかで強化され啓発された勇気、要するに歴史と自然とのあいだにある。［……］ヨーロッパはいつも、正午と深夜のこの闘争のなかにあった。この闘争を見捨てて、夜によって昼を隠すとき、はじめてヨーロッパは堕落した。この均衡の破壊が、今日惨憺たる結果を生み出している。調停者を奪われ、自然の美から追放され、われわれは残酷な暴君と無情の天のあいだにはさまれて、ふたたび旧約聖書の世界に生きているのだ。(III, 317-8)

『反抗的人間』刊行

一九四五年に「反抗に関する考察」を発表したあと、カミュは、四六年末『手帖』に、『反抗的人間』の第一部の下書きとして、「不条理と反抗の関係」を書き、「自殺を破棄するものは同様に殺人を破棄する」(II, 1077) と記した。不条理から反抗へと考察を展開させる準備がこうして進められた。この時期、東西両陣営の激しい対立による「冷戦」、ソ連の強制収容所の発見などを契機として、次第に革命思想に幻滅していった彼は左翼全体主義に対する批判を強めた。そして多大なエネルギーを投入して、『反抗的人間』の執筆に力を注ぐことになる。

一九五〇年七月、『アクチュエル　時評一九四四―一九四八』が刊行された。一九四四年から四八年までに『コンバ』に発表された論説が大部分を占めるが、なかでは、一九四六年同紙に発表された「犠牲者も否、死刑執行人も否」がもっとも重要である。その他に各種の新聞・雑誌に発表されたインタビューなども十点ほどが収載された。この『アクチュエル』刊行の年、朝鮮動乱が始まり、冷戦をさらに激化させ、政治的論争がまきおこり、カミュも発言を余儀なくされることになる。

一九五一年七月十二日、カミュは『反抗的人間』のタイプ原稿をルネ・シャールに送った。そのうちの一部「ニーチェとニヒリズム」が八月『レ・タン・モデルヌ』に、さらにロートレアモンに関する章が十月『カイエ・デュ・シュッド』に発表された。これに対して、アンドレ・ブルトンの反論が、十月十二日『アール』にあらわれ、カミュは同誌で応戦することになる。こうして、『反抗的人間』刊行前からすでに、論争の火蓋が切って落とされた。

数年にわたって準備された『反抗的人間』は、一九五一年十月十八日に刊行された。シャール宛の手紙で、カミュは「本をなんとか押しだした結果、私はまったく空虚で、〈宙にただようような〉消沈といった奇妙な状態にあります」(Char, 90) と書いた。左翼全体主義と歴史主義を批判し、ギリシアと地中海の自然への回帰を説いた書物は、保守派からは歓迎されたが、左翼陣営からは批判を受けた。カミュはさまざまな論争に巻き込まれ、翌年にはサルトルと論争し、絶交するにいたる。長い期間にわたる考察の成果であった『反抗的人間』は、政治的な攻撃文書として受けとめられ、それはこの書にとって不幸なことだった。幅広く美学の問題を扱った著作であるにもかかわらず、その哲学的および政治的側面ばかりに論争が集中するのをカミュは嘆くことになる。

序説

『反抗的人間』には、ヘルダーリンの「エンペドクレスの死」から引用されたエピグラフが掲げられ、「余は大地と死の絆で結びついたのである」(III, 61)と締めくくられる。これは、カミュの前ソクラテス派の哲学者たちへの偏愛と、この世に対する執着の意志をよく示している。彼はすでに二二歳のとき、高等教育修了証論文『キリスト教形而上学とネオプラトニズム』でこう書いていた。「彼ら(ギリシアの思想家たち)の福音はこう言っていた。われわれの〈王国〉はこの世界にある」(I, 1000)

『反抗的人間』は序説と五つの章からなる。このうち、第一、第二、第三章は一九四五年の「反抗に関する考察」の第一、第三、第二章に対応している。第三章と第二章が入れ替わっており、またこの両章において、「反抗に関する考察」は概念的な見取り図を提示しているだけだったが、『反抗的人間』は、おびただしい歴史上の人物を具体的に論じてニヒリズムの歴史を明らかにしようとしている。「反抗に関する考察」において、カミュの関心は「反抗」の価値をいかに積極的に位置づけるかにあった。だが『反抗的人間』においては、むしろ、この「反抗」がいかに裏切られ続けてきたかを暴き立てることに精力が注がれている。まず序説において、カミュはこの書の主題が、いまの時代に横行する論理的犯罪の正当性を正確に検証することであると述べる。論理的犯罪とは、「自由の旗印を掲げた捕虜収容所や、人類愛とか、超人崇拝によって正当化された殺戮」(III, 64) のことであり、それは「ある意味で、批判を不可能にする」ものである。

「今日、いっさいの行動は、直接か間接かを問わず、殺人につながっている」(III, 64) とカミュは書くが、ここには『ペスト』のタルーのことばが響き合っているだろう。かつてカミュが問題としたのは自殺であったが、いまや殺人こそが考察の対象となる。「真に重大な哲学的問題は一つしかない。それは自殺である」(I, 221) と、カミュは『シーシュポスの神話』の冒頭で書いた。一九四六年には、彼は『手帖』に「唯一の真に重大なモラルの問題、それは殺人である」(II, 1064) と記している。だから、『反抗的人間』の目的は、「自殺と不条理の概念をめぐって始められた考察を、殺人と反抗を視野に入れて続けること」(III, 65) であると、カミュは冒頭で述べる。

だが、その前に、不条理と殺人についての考察が必要だろう。

不条理の感情からまず行動の準則を引き出そうとすると、殺人などという行為は少なくともどうでもいいということになり、したがって人殺しをしたってかまわないことになる。何ものも信ぜず、すべてが無意味であり、われわれがどんな価値も認めることができないならば、すべて可能となり、同時に何も重要でなくなる。(III, 65)

これは、まさに殺人者カリギュラの論理と同じである。しかし戯曲の最後では、カリギュラは自分の過ちを悟ることになる。『反抗的人間』においても、カミュは、不条理は自殺を否定するのと同様、殺人をも拒否すると述べる。不条理とは不断の緊張であったが、それは自分と他人の生命を維持することを前提とするからだ。

『シーシュポスの神話』において、カミュは不条理から「反抗」「自由」「情熱」という三つの帰結を引き出した。「自由」「情熱」の二つは、第一の帰結である「反抗」からおのずと導き出されるものであり、「反抗」こそが不条理な魂にふさわしいものである。『反抗的人間』では、カミュは「不条理は方法的懐疑と同様に問題を白紙の状態に戻すのだ」(III, 69) と述べる。デカルトが懐疑を一般化して次に最初の確証を見いだしたように、不条理は、それ自身に立ち戻ることによって次に反抗を発見する。すべては不条理であると叫ぶとき、この叫びの価値そのものを疑うことはできないのだ。それゆえ、「不条理の経験のなかにあって、私に与えられた最初の、唯一の明証は反抗である」(III, 69)。だから今後は、反抗が論理的殺人へといたる恐れがないかどうかを検討しなくてはならない。「形而上的あるいは歴史的反抗の二世紀が、まさしくわれわれの考察の対象となる」(III, 70)

第一部「反抗的人間」

反抗の歴史をたどる前に、第一部で、カミュは反抗の概念を明確にすることから始める。ここでは「否《ノン》」と言う官吏が主人に反抗する奴隷へと置き換えられている点を除けば、六年前に執筆された「反抗に関する考察」の第一章の記述がほぼそのまま採用されている。反抗とは「否《ノン》」と言うと同時に人間のある部分に対して「諾《ウィ》」を言うことであり、それによって反抗者は個人を越えた共通の価値を認め、人間の連帯をつくり出すのだ。

超越的原理が失墜した時代にあって、われわれはどこに価値を見いだすことができるのか。カミュは反抗のなかに価値を守ろうとする動きがあることに注意を向けて、それは個人を越えてすべての人間に及ぶと考える。「個人が守ろうとする価値を創造するには、少なくともすべての人間が必要だ。反抗において、人間は他人のなかへ、自己を超越させるのだ」(III, 74) そして最後の節においては、反抗の精神は不条理の考察よりもさらに先へと進んでいると述べられる。「不条理の経験のなかでは、苦悩は個人的なものである。反抗の運動が始まると、それは集団的なものであることを意識して、万人の冒険となる」(III, 79)。この他者との連帯を強調して、カミュは、「反抗に関する考察」には見られなかった、次のような結論部分を新たに書き加えている。

われわれのものである日々の試練のなかにあって、反抗は思考の領域における「コギト(われ思う)」と同一の役割を果たす。すなわち反抗とは第一の明証である。しかし、この明証は個人を孤独から引き出す。反抗は、すべての人間の上に、最初の価値を築き上げる共通の場である。われ反抗す、ゆえにわれらあり。(III, 79)

序章において不条理をデカルトの方法的懐疑になぞらえたカミュは、第一章では反抗のコギトと言うべきものを提示して、第二章以下の論述の方向性を指し示すのである。

第二部「形而上的反抗」

第一部「反抗的人間」において、カミュは反抗の積極的な価値づけを行い、反抗が連帯を目指すと述べた。だが、全体の八割を占める第二部（三割）と第三部（五割）では、反抗がいかに裏切られてきたかを暴き立て、また、反抗がともすればニヒリズムへと傾き殺人を容認するにいたることを明らかにしている。『シーシュポスの神話』で、シェストフ、キルケゴール、ドストエフスキー等を検討して、彼らが終局的には不条理の原理を裏切ったと指摘するのと同じ論法で、サドからレーニンにいたる反抗者が、いかに反抗の原理を裏切ったかを明らかにするために、カミュは多大の情熱を傾け、第二、第三部のおびただしい人名の列挙を生み出す結果となった。

第二部「形而上的反抗」において、まずカミュは、「形而上的反抗とは、人間がその条件に対し、また全創造に対して立ち上がる行動である」（III, 80）と定義し、そして「反抗的行動は、彼のうちで光明と統一への要求としてあらわれる」と述べる。

続いて、彼は、形而上的反抗の起源を探り、古代ギリシア人は反抗を知らず、人格神の観念の誕生こそが反抗の始まりであると指摘する。「反抗の歴史は西欧世界ではキリスト教の歴史と不離のものだと言えるだろう」（III, 84）。プロメテウスではなくカインとともに反抗が始まる。しかし、新約聖書の神は、神と人間のあいだに仲介者をたてて、この反抗に先回りしようとする。「キリストが出現して、悪と死という、まさに反抗者たちの問題である二つの重要課題を解決した。彼の解決方法は、まず悪と死を自分の身に引き受けることにあった」（III, 88）。それゆえ、西欧がキリスト教的であったあいだは、反抗の叫びはキリストの苦しみの姿によって緩和されたのだ。

ところが、キリスト教が理性の批判の的になるときから、苦悩はふたたび人間の宿命となり、十八世紀の自由思想家たちから真の形而上的反抗が始まる。その第一にあげられるのはサドである。彼が神について抱いている観念は、「人間を押しつぶし、人間を否定する罪のある神性」(III, 92) という観念である。そこから次の帰結が生まれる。「神が人間を殺し、否定するならば、人間が同胞を否定し、殺すことを、何物も禁じることはできない」。そこでサドは性的本能の名において、すなわち自然の名において、神を否定すると同時に人間のモラルを否定する。

ニーチェ

次にあらわれたロマン主義的反抗者の野望は神と対等になることであったが、神の地位を簒奪することまでは目指していなかった。しかし、ドストエフスキーとともに反抗の叙述は一歩前進し、イワン・カラマーゾフの「すべてが許される」から「われわれが生きている時代のニヒリズムの歴史がほんとうに始まる」(III,109)。

反抗が諾《ウイ》と否《ノン》を対立させるときにだけ成立することが忘れられて、サドおよびイワン・カラマーゾフが絶対の否定へと向かったあと、今度はニーチェが絶対の肯定を主張し、ここで「ニヒリズムははじめて意識的になる」(III, 116)。キリスト教批判や社会主義批判、芸術論など、カミュは多くの点でニーチェに同意している。しかし、あくまで相対の次元にとどまろうとする彼には、ニーチェの絶対的肯定はとうてい受け入れられないものである。「ニーチェの諾《ウイ》は、根源的な否《ノン》を忘れて、反抗そのものを否定する」(III, 126) にいたり、それはさらに生成の肯定、そして歴史の肯定へと達する。「そのとき歴史がふたたび始まり、その歴史のなかに、自由を探さなければならない。歴史に諾《ウイ》と言わなければならない」(III, 127)。かくして、個人的な権力意志論であるニーチェ主義は、全体的な権力意志論へと、すなわち歴史を肯定し絶対化する思想へと道を開くのだ。第三部で論じられることになるマルクスが、第二部のこの場所で、ニーチェとの連関において言及される。

ニーチェは、少なくともその超人思想によって、彼以前のマルクスは無階級社会論によって、両者とも、彼岸を「もっとあとに」に代えた。この点、ニーチェはギリシア人とイエスの教えを裏切っている。彼らは、ニーチェによれば、彼岸を「ただちに」に代えていたからである。(III, 128)

ここでは、人間の救済を「ただちに」すなわち現在において成就させようと希求するか、それとも「もっとあとに」すなわち未来における成就を約束するか、という二つの態度によって、カミュは、「現在」の側にギリシア人とイエスを、「未来」にニーチェとマルクスを置く。そしてニーチェの絶対的諾《ウイ》は、「人間自身と同時に殺人を普遍化するにいたる」(III, 129)。それゆえ、カミュは、絶対的否定とともに絶対的肯定を退けるのだ。

続いて、カミュは、反抗的ポエジーの詩人たち、ロートレアモンとシュルレアリストたちに触れたあと、「ニヒリズムと歴史」と題した節で、神を殺害し人間の陣地を拡大する過程であった形而上的反抗の歩みを振り返る。神と対抗した反抗者は、「自分の起源の記憶を失い、精神的帝国主義の法則によって、いまや無限に重ねられる殺人を通して、世界制覇へと進んでいる」(III, 148)。その結果、「神が死んで、人間が残る。つまり、理解し、建設しなければならない歴史が残る」(III, 149)。こうして、神の代用品としての歴史が問題となる。第二部において、カミュが、最初の形而上的反抗から神の死までの過程をたどったのも、「歴史」がどのようにして神の代用品として登場するにいたったかをあとづけるためだった。第二部は第三部を導くための性格を持ち、それゆえ「反抗に関する考察」とは順序を反対にする必要が生じたと考えられる。

第三部「歴史的反抗」

カミュは革命を歴史的反抗と呼ぶが、それは革命が形而上的反抗の目的を現世的現実のなかに具体化しようとする近代の努力であるからだ。「革命は形而上的反抗の論理的帰結にすぎない」(III, 150)のであり、革命精神は「神を拒否し、歴史を選択する」(III, 151)。カミュが問題とするのは、とりわけ二〇世紀の革命、すなわちコミュニストの革命である。「形而上的反抗が世界の統一を望んだように、二〇世紀の革命的行動は、その論理のもっとも明白な帰結として、武器を手に、歴史的全体性を要求する」(III, 152)。ここで「反抗＝統一」「革命＝全体性」という基本図式を提示したあと、カミュは「だが全体性は統一であろうか」と問いかけ、これが本書で答えるべき問題であると述べる。

「大部分の革命は、その形式と独自性を殺人のなかに持っている」(III, 153)と主張し、殺人の歴史を検討しようとするカミュは、その出発点を一七九三年のルイ十六世の処刑に置く。これは神の地上における代理人としての国王を殺害することだった。続いて、ドイツ思想、なかでもヘーゲルは、フランス大革命の事業を継続するため歴史的生成の概念を導入した。ここでカミュが批判するのは、ヘーゲル自身ではなく、二〇世紀の革命家に武器を貸す結果になった彼の思想の一側面である。二〇世紀の革命家は、ヘーゲルから「超越性のない歴史観、不断の論争と権力の闘争とに要約される歴史観」(III, 176) を取り入れたのだ。すなわち、ヘーゲルの思想から引き出される結果とは、「シニシズム、歴史と物質の神格化、個人の恐怖政治、あるいは国家の罪」(III, 186) なのである。

二〇世紀の革命家に論及する前に、カミュはヘーゲルの思想の継承者である十九世紀ロシアの革命家たちを検討する。なかでも、一九〇五年セルゲイ大公を暗殺したテロリストたちは、すでに戯曲『正義の人びと』で取り上げられている。あたかもニヒリズムの毒を解消しうる唯一の可能な妙薬であるかのように、カミュはこのテロリストたちに執着し続けるのだ。『反抗的人間』では、カリャーエフやその仲間たちへの言及は全五部を通じて繰り返しあらわれるが、特にこの第三部には「心優しき殺人者たち」と題された一節がある。カリャーエフはみずからの死を受け入れることによって、有罪性と犯罪そのものを消すことに成功した。このとき、カミュが第一部において反抗的精神の分析の極限に見いだしたあの「われらあり」が蘇生して、歴史に反映される。

一つの命のために自分の命を支払い、死ぬことを承諾する者は、どんなに否定的行為にでようと、歴史的個人としての彼自身を超越する価値を、同時に肯定することになる。カリャーエフは死を賭してまで歴史に忠誠をつくすが、その死ぬ瞬間において歴史の上に自分を置くのだ。(III, 209)

サドやロマン主義者たちの瞬間の美学がニヒリズムへと向かうことをカミュは指摘したが、それに対して、カリャーエフの死はニヒリズムの連鎖を断ち切る瞬間なのだ。

カミュは、この節を「カリャーエフとその仲間たちはニヒリズムに打ち勝った」(III, 209)と結ぶが、しかし次の節の冒頭ではこう書いている。「しかし、この勝利には明日はないだろう。それはたちまち死滅してしまう。ニヒリズムは、いましばらくのあいだ、その勝利者より生きながらえるのだ」(III, 210)。レーニンによって設立され、スターリンによって強化された全体主義的ニヒリズムは、「いましばらくのあいだ」は生き延びる。だが、カミュの目はさらにその先へとさし向けられていた。『正義の人びと』において、ドーラは、ステパンに向かって「もし、人類全体が革命を拒否すれば?」(III, 21)と問いかけていた。その答えは、カミュの死後三〇年を経て、一九八九年におけるベルリンの壁の崩壊と、一九九一年のソ連の解体によって与えられるだろう。

二〇世紀の革命

フランス革命が国王を殺し、ヘーゲルとドイツ哲学が神を殺害して、ドイツ的イデオロギーとともに歴史主義が勝利を収める。絶対は歴史においてしか達成されず、この後ソヴィエト革命は暴力の奔流のなかで行われることになる。

カミュは二〇世紀のファシストを俎上に上げて、ムッソリーニとヒトラーについて、「何ものも意味を持たず、歴史は偶然の力でしかないという考えの上に国家を建てたのは彼らが最初である」(III, 213) と述べる。しかし、ここでも、カミュの射程は、イタリアやドイツではなく、ロシアの地に向けられていることに注意すべきである。「神性に対する人間の強い要求は、ヒトラー以上に入念で効果的に、ロシアの土地に建てられた合理的国家という形をとってふたたびあらわれた」(III, 221)。ヒトラーが行ったのが「不合理な恐怖政治」であるとすれば、レーニンのそれは「合理的な恐怖政治」である。カミュの意図が論理的殺人批判である以上、また当時のフランス人にとってヒトラーの政治はいかに忌まわしいものであってもすでに過去の記憶へと移行しつつあり、レーニンおよびその後継者の政治こそは当面の脅威であった以上、レーニンこそが論断されねばならない。

しかし、その前にマルクスに触れる必要があるだろう。カミュは、マルクスがキリスト教から受け継いだものについて検討を加えるが、とりわけ問題となるのはキリスト教の直線的時間の概念である。「キリスト教徒は、人生および連続した事件を、起源から終末に向かって展開される歴史、そのなかで人間が救済されるか罰を受ける歴史と見なした最初の人間である」(III, 222)。それに対して「ギリシア人は、世界を循環するものとして想像していた」(III, 223)。こうして、ギリシア人の円環的時間の観念とキリスト教の直線的時間の観念が対置される。ここで「反抗=統一」対「革命=全体性」の対立を導入して、カミュは「ギリシア思想は統一の思想」(III, 226) であり、それは「キリスト教がつくり出した全体性の歴史的精神を知らなかった」と述べる。こうして、「ギリシア＝円環的時間＝自然＝統一」対「キリスト教・マルクス主義＝直線的時間＝歴史＝全体性」という基本的二項対立の図式が成立する。

このキリスト教の歴史的精神が、宗教的源泉から切り離され、近代精神のなかに継承されてヨーロッパの危機を生み出し、さらに十八世紀ブルジョワの合理的楽天主義に見られた進歩の概念が、ヘーゲルとマルクスに受け継がれる。カミュによれば、マルクスにとって「現実は永遠の生成」(III, 230) であり、「人間は歴史でしかない」(III, 231)。そして、「少なくとも歴史の終末は、道徳的で合理的であることが明らかになるだろうとマルクスは信じた」(III, 241)。歴史の終末がいっさいを価値づけ、未来が現在を審判するだろう。しかし、歴史の犠牲となった者たちはもはやそのときには存在しないのだ。カミュは、マルクスの未来と革命に、現在と反抗を対置する。「犠牲者にとって、現在こそは唯一の価値であり、反抗こそ唯一の行動である」。続いて、レーニンとともに誕生した帝国は、世界を敗北させるか、あるいは世界を征服すること以外の目的を持たず、「その目的が実現されるまでは不正以外の手段を持たない」(III, 261)。帝国はいつの日かみずからが自由となるために、あらゆる自由を殺す。かくして「統一への道は、全体性を通過する」ことになるのだ。

第四部「反抗と芸術」

『反抗的人間』は、ただ一つの主題「反抗」のもとで、文学、哲学から社会思想、政治思想に及ぶ広い領域を俯瞰しようとする著作である。第二部および第三部の歴史的・年代的な記述がレーニンへといたったあと、第四部では一転して芸術論が展開される。そこには、政治の領域における病巣に対して、美学による救済の可能性を探ろうとするカミュの希求を読み取ることができる。

第四部「反抗と芸術」は、『シーシュポスの神話』の「不条理な創造」の章で展開された芸術論の軌道修正であると言える。すでに、第二部「形而上的反抗」においてニーチェを論じた際、カミュは『シーシュポスの神話』で示したニーチェ的芸術観に変更を加えていたが、ここではさらに反抗の概念が導入されて、反抗と芸術が緊密に結びつけられる。冒頭で「芸術もまた昂揚すると同時に否定する運動である」(III, 278) と述べられ、芸術は諾《ウイ》と否《ノン》の二つの起源の要素を含むがゆえに反抗の一形式であることが示される。この場合には、世界(現実)の美に対する同意が諾《ウイ》となり、世界の不正と散乱を拒否することが否《ノン》となる。芸術家は、現実に様式を与え、そこに欠けている統一を付与する作品を生み出すことによって、創造を修正しようと企てるのだ。

だが、芸術といっても、カミュの関心はもっぱら小説に向けられている。「人間の移ろいゆく姿を三次元のうちに固定させる」(III, 281) 彫刻、その様式が「つねに生成するものに強制された現在のなかにある」(III, 282) 絵画、これらには少し触れただけで、あとはもっぱら、「生成のなかに突入してそこに欠けている様式を与えることを目的としている芸術」(III, 283)、つまり小説についての分析が展開される。

ここでは、小説世界の相反する両極端にある二つの試み、一九三〇、四〇年代のアメリカ小説とプルーストの場合が比較検討される。アメリカ小説は、人間を外的反応や行為に還元し、統一を発見しようとするが、こうして得られた統一は「低下した統一」(III, 289) にすぎない。他方でプルーストは、過去を「より真実で、豊饒な不滅の現在」(III, 290) のなかにふたたび見いだし、また死を眼前にして、「思い出と知性の手段だけで、形態の絶え間ない移ろいから、人間的統一の震え立つ象徴を引き出す」(III, 291) ことに成功したのだ。

カミュは芸術と現実との関わりについて絶えず考察を続けてきたが、ここでは様式の観点からそれを取り上げる。

> リアリズムの芸術家と形式主義の芸術家は統一を、それが存在しない場所、すなわち生のままの現実、あるいはすべての現実性を排除すると信じている想像上の創造のなかに探し求める。反対に、芸術における統一は、芸術家が現実に課す変形作用の究極において立ちあらわれるのだ。統一は、現実も変形もなしにはすまされない。芸術家がそのことばと、現実から得た要素の再配分によって行うこの修正は、様式と呼ばれ、再創造された世界にその統一と限界を与える。(III, 292)

第二部および第三部で、形而上的領域および歴史的領域における絶対否定と絶対肯定がともに退けられたように、美的領域においても、現実に対する絶対否定である形式主義、絶対肯定である写実主義がともに拒絶される。ここでも、カミュの選ぶ道は、現実に対する諾《ウイ》と同時に否《ノン》であり、様式こそがこの現実を変形し、そこに統一と限界を与える。「芸術における最大の様式は、最高の反抗の表現なのだ」(III, 294)

最後に置かれた「創造と革命」と題された節では、カミュは、芸術における創造行為と、政治または文明における革命を並列して論じている。今日の社会にあって、「創造は可能であるか、革命は可能であるか」(III, 295)は同じ一つの問題である。「二〇世紀の革命と芸術は、同じニヒリズムに従属し、同じ矛盾のなかに生きている」。そして、ニヒリズムが全体性への渇望に根ざしている以上、反抗者の使命と芸術家の使命は全体性の拒否という点において一致する。カミュによれば、「芸術は少なくとも、人間が歴史だけに要約されるのではなく、人間は自然の秩序のなかにも存在理由を発見することを教えてくれる」(III, 299)のだ。

第五部「正午の思想」

カミュは、殺人の観点から反抗を再検討して、形而上的反抗者は全体的自由を要求して非合理的犯罪を犯し、歴史的反抗者は歴史の論理に従って合理的犯罪を犯すと述べる。こうして、両者ともに殺人に手を汚すのだが、カミュが「反抗者」と言うとき、あるときは起源に忠実な真の反抗者を指し、あるときは起源を忘れて過激へと向かった反抗者を意味するから、この二つを区別しなければならない。彼によれば、真の反抗者は、カリャーエフのように、「真に自由であるのは殺人に対してではなく、彼自身の死に対してであることを、みずからを犠牲にして証明する」(III, 306)のであり、また真の反抗者は「断じて歴史を絶対化」(III, 309)せず、神格化される歴史に異議を申し立てるのだ。

反抗とニヒリズムに関する長い考察の最後に、カミュは、ニヒリズムに対して「限界」と「節度」という防波堤を築き上げようと務める。その神話的象徴は「中庸の女神で、過激の宿敵であるネメシス」(III, 315)である。ネメシスについての言及がもっとも早く表れるのは、一九四七年の『手帖』においてであり、「ネメシス――中庸の女神」(II, 1082) とある。翌一九四八年に書かれた「ヘレネの追放」(のちに『夏』に収載) では、カミュはこう記す。「ネメシスが見張っている。彼女は中庸の女神であって、復讐の女神ではない。限界を超える者は、すべて彼女により情け容赦なく罰せられるのだ」(III, 597)。一般には復讐の女神と見なされるネメシスを、カミュはあえて中庸の女神として取り上げ、「不条理」「反抗」に続く第三の系列の神話的シンボルとして掲げる。一九五〇年、彼は『手帖』に次のように書いた。「I『シーシュポスの神話』(不条理) ――II『プロメテウスの神話』(反抗) ――III『ネメシスの神話』」(IV, 1093)。この時点において、カミュはネメシスの神話の主題をまだ明記していないが、やがてそれは「愛」となる。未完に終わった『最初の人間』がその新しい次元を切り開くはずだった。

続く「正午の思想」と題された節でカミュが展開するのは、ヨーロッパのニヒリズムに対するアンチ・テーゼとしての地中海思想の顕揚である。カミュがここで用いる「正午」は、ニーチェの永劫回帰と結びついた「大いなる正午」ではない。彼はニーチェにならいつつ、ニーチェを修正している。カミュの正午は、太陽が天頂にあって均衡を保つときであり、フランス語の「正午 midi」は「南」の意味を持ち、ここでは地中海思想を示している。ヨーロッパの反抗の思想を論じてきた書物のなかで、ここにいたって、地中海人としてのカミュが姿を見せることになる。今世紀の根源的対立は「歴史と自然とのあいだ」にあり、「ヨーロッパはいつも、正午と深夜のこの闘争のなかにあった」(III, 317)。

歴史的力本説を強調したキリスト教とその後継者であるドイツ的イデオロギーに対して、

カミュは「知性が厳しい日光とつよく結ばれている地中海」(III, 318) を対置させ、過激に対しては「節度」を対置させる。節度ということばはいかにも静的印象を与えて誤解を招きやすいが、カミュの言う節度とは、むしろ動的なものであり、反抗がそれ自身の内に有する相対化作用と言うべきものである。「反抗から生まれた節度は、反抗によってしか生存することができない。節度とは、知性によって永久に惹起され、支配される不断の闘争である」(III, 320)。節度は繰り返される反抗によって支えられる。それゆえ、節度もまた、シーシュポスに象徴された永続する反復的持続を継承するものと言えるだろう。

ここでまとめとして、『反抗的人間』において展開されたカミュの思想の根底にある二項対立を表示すれば、次のようになるだろう。

「反抗/革命」「統一/全体性」「円環的時間/直線的時間」「現在/未来」「自然/歴史」「節度/過激」「ギリシア思想/キリスト教」「地中海思想/ドイツ的イデオロギー」「正午/深夜」

かくして『反抗的人間』が、地中海人カミュのヨーロッパ文明批判であることが明瞭となる。だが、過去二世紀のヨーロッパの思想を逐一検討して、そこに全体性への渇望、歴史を絶対視する態度をかぎつけて、一つ一つ批判を加えていていくやり方は、結果的に、左翼的知識人、シュルレアリスト、アナーキスト、カトリック教徒など、ヨーロッパ思想のすべての代表者たちを敵に回すような形になり、さまざまな論争を余儀なくされる結果となった。

論争と告白

一九五二年二月二二日、パリのワグラム・ホールで、フランコ体制のもとで死刑を宣告されたスペイン人労働組合員を支援する会合が行われ、そこでカミュとサルトルが顔を合わせたが、二人が隣席するのはこれが最後となった。五月、『レ・タン・モデルヌ』誌にサルトルがフランシス・ジャンソンに書かせた『反抗的人間』の書評が掲載された。論争は、カミュが六月三〇日、ジャンソンではなく『レ・タン・モデルヌ』編集長殿に、すなわちサルトルに返事を書いたためにいっそう激化した。八月には、ジャンソンに加えて、サルトルとカミュ双方の論文が『レ・タン・モデルヌ』に発表されて二人は絶交することになる。この論争は両者の「革命か反抗か」という立場の相違を際立たせたが、とりわけ歴史に対する認識の根本的な食い違いをあらためて照射することになった。サルトルは、カミュが神と人間との闘いのうちに価値を置いたからこそ、「あらゆる経験以前に歴史を拒絶した」と述べる。他方でカミュは、「私の本は歴史を否定しているのではなく、歴史を絶対と見なす態度を批判しているのだ」（III, 419）と主張して、議論は平行線をたどった。

『反抗的人間』に対してなされた批判へのカミュの回答および反論は、『アクチュエルII』に収められた「反抗に関する手紙」にまとめられているが、そこにおいて、彼はとりわけ自分の体験を強調している。一九五二年二月『ガゼット・デ・レットル』に発表されたインタビュー「反抗についての対談」において、カミュは「私が生まれたアフリカの岸からは、距離のおかげで、ヨーロッパの顔がよく見える。そして、その顔は美しくはないのです」（III, 402）と述べたあと、こう続けている。「（『反抗的人間』では）ただ一つの体験、私自身の体験をあとづけたかったに過ぎません。それがまた多くの人びとの体験でもあることを知っています。ある点で、あの著作は告白です。少なくとも私がなしうる唯一の告白なのです」

この告白とは何なのか。一九五二年六月『リベルテール』に発表された「反抗とロマン主義」では、カミュはこう述べている。

もし『反抗的人間』が何びとかを裁いているとすれば、それは何よりもまず著者自身である。この書で論じた問題がただ単に修辞上のものではないと受けとめた人びとは、私が一つの矛盾、何よりもまず私自身のものであった矛盾を分析したことを理解した。［……］私は哲学者ではない。だから体験したことしか語れない。私は、ニヒリズム、矛盾、暴力、破壊の眩暈を体験してきた。しかし同時に、私は創造の力と生きることの栄誉に敬意を払った。私はこの時代の連帯責任者であるから、時代を高所から裁く権利はまったくない。(III, 411)

カミュの関心の中心はニヒリズムの超克であった。既成の価値体系を批判するため、彼自身がかつてこうしたニヒリズムに近い立場に身を置いたことがあった。だが、いつまでもそこにとどまり続けることはできない。ムルソーやカリギュラが死を迎えようとも、作者は生き続けなければならない。孤独なシーシュポスには、ともに闘う仲間が必要だ。

一九四四年九月、パリ解放の直後、カミュは『コンバ』においてレジスタンスの反抗が革命へと引き継がれるべきだと述べた。だが、その半年後に発表された「反抗に関する手紙」

では、革命は反抗の原理を裏切るものであり、反抗の価値こそ擁護されねばならないと主張する。そして対独協力派の粛正などを経て革命思想に幻滅した彼は、一九四六年「犠牲者も否　死刑執行人も否」を発表して、マルクス主義に対する明白な反対の態度を示した。こうして、時代と共に歩んだカミュの体験は、『ペスト』のタルーの告白にも反映されている。そうした体験こそが『反抗的人間』執筆の出発点にあった。

さらに『反抗的人間』に見られる二項対立は、『カリギュラ』に見られたローマ皇帝とケレアの対話の変奏であると見ることもできる。「不可能なもの」を求めて極限まで突き進んだカリギュラは、最後には自分の罪を認め、自分のたどった道が間違っていたと告白する。それに対して、ケレアは過激と現在の濫費を退けて、未来のための節倹を優先する。この自己の内なるカリギュラのニヒリズムを克服することが青年期以後のカミュの課題であったとすれば、『反抗的人間』は単なる時代思潮の批判だけではなく、そこにカミュ自身の内面の相克、すなわちカリギュラの「過激」とケレアの「節度」の相克が投影されたものと見ることもできるだろう。しかし、カリギュラとケレアの例をもちだすことは、問題の半面しか明るみに出してくれない。カリギュラは「現在」、ケレアは「未来」に優位を置いているのであり、『反抗的人間』において、カミュはカリギュラに表象される「過激」を否定しながらも、彼が執着していた「現在」をそこから救い出そうとしているのだ。カミュが批判したのは、カリギュラの「過激」が「未来」指向と結合し、新たな絶対的ニヒリズムを生み出すにいたったその過程であるだろう。彼の目には、ヨーロッパがますますこのニヒリズムの道を暴走しているように映ったに違いない。

第四部

回帰と再生への希求

第十四章

『夏』——光への郷愁

『夏』

一九五四年に刊行されたエッセイ集『夏』は、『結婚』の続編とも言うべき性格を持ち、一九三九年から一九五三年のあいだに発表された八編のエッセイが収載された。「ティパサでの結婚」から十五年を経て書かれた「ティパサに帰る」のなかで、カミュは、みずからの青春の土地において、自分の歩んできた道を振り返り、同時代への考察を繰り広げている。

この光と沈黙のなかで、狂乱と夜の幾年かがゆっくりと溶けていった。私は心のなかで、ほとんど忘れていた音に耳を澄ました。まるで、久しい以前からとまっていた心臓がふたたび静かに鼓動を始めたかのように。そしていま目覚めた私は、沈黙をかたちづくるかすかな物音の一つ一つを聞き分けることができた。小鳥たちの長く低い鳴き声、岩に砕ける海の軽やかで短いため息、木々の震え、列柱のとらえどころのない歌声、ニガヨモギのこすれる音、逃げ去るとかげの物音。私はそれらを聞き、自分の内部に立ちのぼる幸福の波音にも耳を傾けた。少なくとも一瞬のあいだ、私はついに港に戻り、この瞬間は今後終わることがないように思われた。(III, 612)

太陽の光の横溢

一九五二年末、カミュはアルジェリア南部を旅行し、しばしのあいだ、『反抗的人間』が引き起こした論争を忘れることができた。この旅から、短編小説「不貞の女」の題材を得ることになる。五三年、フランス北西部の都市、アンジェの野外演劇祭において、カミュが翻案したカルデロン原作『十字架への献身』、およびピエール・ド・ラリヴェィイ原作『精霊たち』が上演され、彼は野外演劇を好んだ。以後も数年にわたって、カミュはいくつかの戯曲の翻案を試み、みずから演出を行い、かつて青春の血を沸かせた演劇活動のなかに慰めを見いだし、そこから再生への力をくみ取ろうとした。五三年夏には、一九四八年から五三年までの時事論文を収載した『アクチュエルII』が刊行された。このなかには『反抗的人間』をめぐる論争に際して書かれたいくつかの文章が含まれている。秋になると、『最初の人間』の下書を開始し、同時にドストエフスキー『悪霊』の翻案の準備に取りかかった。この時期、妻フランシーヌが重い鬱病に罹患して、カミュを困惑させた。

一九五四年には、『結婚』の続編とも言うべき性格を持ったエッセイ集『夏』を発表した。ここには一九三九年および一九四〇年に発表された「ミノタウロスあるいはオランの休息」と「アーモンドの木」に始まり、それから十年以上を経て書かれた一九五三年の「ティパサに帰る」と「間近の海」まで、八編のエッセイが収載されている。

表題が示すように『夏』には太陽の光が横溢している。それまで断続的に書かれた小さなエッセイを一冊の書物にまとめることによって、『反抗的人間』の出版が引き起こした喧噪から遠ざかり、みずからの源泉である陽光に再生の力を汲もうとするカミュの姿勢がうかがわれる。まず彼にとって、太陽は地中海の自然との直接的な一致において体験された特権的瞬間と結びついているが、それは記憶のなかで歓喜と生命力の源泉となり続ける。次に太陽は象徴的な価値を得て、彼の作品の謎となる。世界の美から遠く離れて生きることを余儀なくされた時代に、無垢が失われた暗黒のなかで、太陽は悲劇を乗り越える力となるのだ。

「ミノタウロス」

『夏』の八本のエッセイはそれぞれ末尾に執筆年が記されて、年代順に配列されている。冒頭の「ミノタウロスあるいはオランの休息」は一九三九年に書かれ、一九四六年『ラルシュ』に発表されたあと、『夏』に収められた。カミュにとってアルジェについで親しい都市であるオランを紹介したこのエッセイは、ほぼ同じ時期に執筆された『結婚』のなかの「アルジェの夏」と対応している。

オランは、しかしアルジェとは違って、海に背を向けた町として描かれ、表題が示すようにラビリンス（迷宮）としてあらわれる。迷宮に入り込んだ人びとはアリアドネの糸を求めるように海を探す。「しかし、迫ってくる褐色の街路をぐるぐると回るばかりで、ついにはミノタウロスがオランの住民を呑み込んでしまう。それは倦怠という怪物なのだ」(III, 573)。神話をたとえに使ったユーモアある筆致で、カミュは倦怠の町の姿を描く。ギリシア神話への言及は、『夏』に収められたほかのエッセイにも共通する性格だ。

ここには、『結婚』『シーシュポスの神話』『誤解』にも見られたカミュの石化の夢想が色濃く表れている。石の街オランは砂漠の石の軍隊に包囲され、たえずこの石の兵士たちと対決しており、石はまず人間が闘うべき敵としてあらわれる。

無垢と美によって攻囲された倦怠の都、それを取り巻く軍隊は石と同じだけの数の兵士を抱えている。町のなかでは、しかしながら、ときにはなんという誘惑にかられることだろうか。それは敵方へ走りたいという誘惑、あれらの石と同化し、歴史とその動乱に挑む非

情で燃えるようなあの宇宙と溶け合いたいという誘惑なのだ。（III, 583）

ここでは石と人間の闘いは、石がその硬い抵抗によって人間の働きかけを拒絶するという形ではなく、逆に石が人間を包囲して、試練にかけるという形をとる。そして最後には、石と同化したいという誘惑に人間は屈服することになるのだ。

オランは、街全体が不要な鉱石のなかに凝結し、人間はそこから追放され、街は石によって完全に占拠されている。しかし、人間がそこで生きるためには、みずから石と化して石との共存を図りさえすればよいのであって、石は必ずしも人間の敵ではなく、同時に憧憬と羨望の対象でもある。「必要な場合には石に同意しよう」（III, 584）と語り手は述べるが、この石への同意こそカミュ的叡智であり、石の誘惑に対する最良の答えであると言えるだろう。

「アーモンドの木」

一九四〇年アルジェで書かれ、翌四一年『ラ・チュニジ・フランセーズ』に発表された。カミュは、四〇年三月、パリで『パリ=ソワール』の編集に参加したが、たちまち首都がドイツ軍に占領されて、同年末にはアルジェリアに戻った。この戦争の年の冬に、彼は春を待つアーモンドの木に託して希望を語るのだ。

のちに『反抗的人間』において体系化されることになる進歩の観念や歴史哲学への不信が、すでにここにあらわれている。「私は進歩に同意する論拠にも、どんな「歴史」哲学にも、十分な信を置くことはない」（III, 587）。確かに時代は暗い。しかし、カミュは、しばしば混同される二つの概念である悲劇と絶望を截然と区別する。「私たちが悲劇の時代を生きているというのはほんとうだ。しかし悲劇と絶望を混同している人びとがあまりにも多い」。生きる力を削いでしまう絶望と異なって、悲劇は不幸に反抗する力を与えてくれる。

カミュは、アルジェリアの渓谷に咲くアーモンドの花を想起し、冬を耐えて春には花を咲かせる自然の回帰する力にこそ信を置く。

ただ私が言いたいのは、なおも不幸に満ちたこのヨーロッパにおいて、ときとして生の重圧が耐えがたくなるとき、私はあれほど多くの力がまだ無傷のまま残っている輝かしい国々の方を振り返るということだ。私はそれらの国々をよく知っているから、そこが瞑想と勇気が均衡を保つことができる選ばれた土地であることがわかっている。(III, 587)

そうした国々に咲くアーモンドの花に象徴的な意味が付されて、世界の冬にあって果実を準備する力となるのだ。

「地獄のプロメテウス」

『夏』に収められたあとの六編は、第二次大戦後の一九四七年以降に執筆された。これらは、「犠牲者も否、死刑執行人も否」から『反抗的人間』へといたるカミュの思想の発展をたどるための手がかりを提供してくれる。四〇年の「アーモンドの木」以上に、戦後に書かれた「地獄のプロメテウス」においては、次第に増大していく歴史に対する失望と、同時代に対するきわめて悲観的な認識が顕著になっている。ここでは「湿った暗黒のヨーロッパ」「この世紀の忌まわしい老年」といった用語が頻出する。

一九三九年九月、カミュはギリシアへ旅立つ予定だったが、勃発した第二次大戦がその夢を砕いた。戦争が始まり、「地獄の扉が開いて」、「虐殺された無垢の最初の叫び声」とともに、「私たちは地獄に入っていった」(III, 590)。今日の人間は歴史を選んだが、しかし「歴史を自己に服従させる代わりに、日々ますますその奴隷となることに甘んじている」。歴史は盲目であり、歴史の闇のなかでは物事を正しく見分けることはむずかしい。それゆえ、プロメテウスの神話の起源にたち帰り、彼の人間に対する信頼を想起する必要がある。「歴史のもっとも暗い中心部にあって、プロメテウスの人間たちは、つらい職務を中断することなく、大地と、不屈の草とを見守り続けていくことだろう」(III, 592)

カミュは、アルジェリア時代に、アイスキュロスの『鎖に繋がれたプロメテウス』を仲間たちと上演したことがあり、また『シーシュポスの神話』では、神々に対して立ち上がったプロメテウスに最初の形而上的反抗者の姿を認めた。戦後になると勃興する歴史主義に対抗するため、「地獄のプロメテウス」において、この英雄がふたたび召喚される。その姿は、『反抗的人間』に引き継がれて、カミュの第二期「反抗」の主題の神話的象徴になるだろう。

「過去のない町のための小案内」

この作品もまた一九四七年に執筆された。アルジェリアの三つの都市、アルジェ、オラン、コンスタンチーヌの小さなガイドブックのスタイルをとり、記述は皮肉とユーモアに富んでいる。ただ、アルジェ、オランと違って、カミュはコンスタンチーヌには短い期間滞在しただけであり、海から離れたこの内陸の町にはあまり言及されることはない。

三つの町はいずれも過去のない町として紹介されている。「これらの町は省察のためには何も提供してくれないが、情熱のためにはすべてを与えてくれる」(III, 593)。すでに、「アルジェの夏」および「ミノタウロスあるいはオランの休息」において見られた基本的な観点は、ここでも踏襲される。アルジェリアは、過去や精神、省察とは無縁の、肉体と情熱のための土地なのだ。特筆すべきなのは肉体の美しさであり、まず若者たちの肉体である。そしてアラブ人も忘れられてはいない。「まずここでは若者たちは美しい。もちろんアラブ人たちも。それから他の人びとも」(III, 594)。ドン・ファンでもあったカミュは、もちろん女性の美しさにも言及する。「若い旅行者たちはまた、ここでは女性たちが美しいことに気づくだろう」

同じ年に執筆された「地獄のプロメテウス」の暗い色調とは異なって、軽妙なタッチで書かれたこの文章には、現実の歴史とその苦悩に満ちた緊張の重みは見られない。一九四七年、第二次大戦が終わるとすぐにアルジェリア戦争の予兆があらわれるが、ここには植民地の状況は軽く素描されるにとどまっている。

「ヘレネの追放」

一九四八年『カイエ・デュ・シュッド』に発表された「ヘレネの追放」も、その題名が示すように、「地獄のプロメテウス」と同じくギリシア精神顕揚のエッセイである。ここでも、カミュは、ギリシアの美と節度に対比させて、ヨーロッパを「醜さ」「卑しさ」「過激性」といった術語で形容している。

私たちは美を追放してしまった。ギリシア人たちは美を守るために武器を取ったというのに。そこに最初の相違があるが、その起源は古い。ギリシアの思想は、いつも限界の観念に基づいていた。それは聖性であれ、道理であれ、何ごとも極端まで推し進めることはなかった。というのは、聖性であれ、道理であれ、何ごとも否定しなかったからだ。影を光で釣り合わせて、すべてを考慮に入れていた。反対に、全体性の征服に身を乗り出した私たちのヨーロッパは、放縦の娘である。それはみずからが称揚しないものすべてを否定するのと同様に、美を否定するのだ。(III, 597)

美を追放したヨーロッパは、次に歴史を神の玉座に据えた。盲目であり、闇である歴史を神格化し、歴史による裁きを絶対化する立場は、ここでも批判される。こうした歴史主義批判の根底を支えているものは、歴史を越えた自然の概念であり、ギリシアへの郷愁である。

一九三七年の『手帖』には、シュペングラーの『西欧の没落』の短評とともに、次の断章が書かれていた。「ギリシア人における歴史感覚の欠如。[……] 幸福な民であったギリシア人たちは歴史を知らなかった」(II, 845)。そして、「ヘレネの追放」では、カミュは、われわれはギリシア人が維持していたあの自然と歴史の均衡を崩してしまい、美を追放し、過激に向かって狂奔していると言う。「世界は、世界の永続性を形づくるもの、自然、海、丘、夕べの瞑想から故意に切り離された」(III, 599)。カミュにとって、世界の永続性、自然、美、これらはすべて歴史と対立するものだ。「歴史は、歴史以前から存在していた自然の宇宙も、歴史の上にある美も説明することができない。それゆえ、歴史はそれらを無視することを選んだ」

『結婚』の若い語り手は歴史に打ち勝つ自然に加担して、世界との婚礼を寿いだ。その後、カミュは、ヨーロッパが戦争に蹂躙されるさまを目撃し、これと闘うために立ち上がる。しかし、戦争の時代が終わっても、歴史の時代が終わったわけではない。カミュにとって、歴史は戦乱の数年を経て、ふたたび自然の対立物となるのだが、しかし今回は、いっそう唾棄すべきものとしてあらわれる。「粛清」の時代、「冷戦」の時代に、歴史の正義と、歴史主義が横行する。かつての自然と世界の美はいまや歴史の重圧のもとであえいでいるのだ。

カミュによれば、こうした歴史の絶対化を生みだしたもの、それは神の死であり、死んだ神の代用品として歴史が神格化されるようになった。「神は死んだとなれば、歴史と力しか残らない」（III, 599）のであり、そこにおいては、「価値は存在するものではなく、生成するものであり、歴史が完了するまではわれわれはその全体の姿を知らない」。こうした歴史の論理の暴走に警告を発するためにこそ、『反抗的人間』が書かれねばならなかった。

「**謎**」

一九五〇年、南フランス滞在中に執筆された。空から落ちてきて、リュベロン山に降りかかる光の印象的な描写から始まる。不条理についての新たな考察が展開されて、不条理の作家として出発したカミュが自分の軌跡を振り返り、自問する。

世界の不条理はどこにあるのか？　それはこの輝きなのか、それとも輝きの不在の思い出なのか。記憶のなかにあれほどの太陽の光があったのに、どうして私は世界の無意味に賭けることができたのか。私のまわりの人びとは驚いているし、私もときには驚く。彼らに対して、また自分にもこう答えることができるだろう。そこでは太陽がまさしく私を援助してくれたのだと。その光が、豊かさによって、漠としたまばゆさのなかに世界とその形態を凝結させるのだと。(III, 602)

不条理について語ること、それはカミュをふたたび太陽へと連れ戻す。世界には不条理があり、また他方であふれるばかりの太陽の光がある。それこそが謎なのだ。

カミュは、自分の作品がいつまでも不条理のレッテルのもとで扱われることを残念に思う。彼にとって「不条理は出発点にすぎない」(III, 605)。彼は自分の時代に広く流布した一つの観念を取り上げて、それを論じたまでだ。不条理とはけっしてニヒリズムへ向かうものではなく、絶望に屈することのない絶えざる探求にほかならない。

このエッセイでは、とりわけ太陽のモティーフがあちこちに散りばめられている。それは、カミュの記憶にある地中海の光であり、また彼の作品を内から照らし出す光なのだ。「私たちの作品がどれほど暗くとも、その中心には汲み尽くせない太陽が光を放っているのだ」(III, 606)と、彼は自分の作品の謎が尊重されることを願うように、逆説的な表現を用いて言う。

人びとが口々に騒ぎ立てる喧噪の時代にあって、カミュは沈黙のうちに愛し創造することを求める。そんな彼がよりどころとするもの、それはやはり太陽の力である。「忍耐すること

を知らねばならない。いましばらくすれば、太陽がこれらの口を塞ぐのだ」(III, 607)

「ティパサに帰る」

一九五二年と記されている。第二次大戦後、カミュは一九四八年二月、五一年十一月、五二年十二月の三回、ティパサを訪れた。このエッセイの冒頭には、一九五二年十二月のアルジェ滞在の場面が置かれ、ヨーロッパから帰ってきた語り手はティパサへ向かうため天候の回復を待っている。季節は冬であり、「ティパサでの結婚」の春と夏はすでに遠いものとなっており、すべてがおぼろで、かすんで、湿り、濡れそぼっている。そしてカフェで憩う人びとを前にして、プルースト的場面が語られる。「名前は思い出せないが見覚えのあるそれらの顔の上に、私は自分の年齢を読み取った」(III, 608)。しかし、『手帖』においては、一九四八年、カミュはすでにこう書いていた。「十年後のアルジェ。しばらく躊躇したのち、それぞれの顔を見分けることができた。だれもが老いている。これはゲルマントの夜会だ」(II, 1121)

アルジェで待機しながら、語り手は時の流れをさかのぼり、一九三三年から五二年までのいくつかのエピソードを回想する。まずはじめに思い出されるのは、青春の終わりを意味した戦争が終わってすぐ、一九四八年のティパサだ。次に回想はさらに時をさかのぼり、「ティパサでの結婚」の時代へと戻り、ここから数行にわたって、光と色彩と花々にあふれた輝かしい場面が再現される。しかし、それは長くは続かない。ふたたび思い出は一九四八年に戻り、語り手はそこで鉄条網に囲まれ、雨に濡れる廃墟を見いだす。当時ジャン・グルニエに宛てた手紙に、カミュはこう書いている。「すばらしい朝、ぼくはギユーをティパサに連れて行き、二月の澄み切った空、光の奔流、この上なく輝かしく美しい光景を見せたのです」(Grenier, 146)。しかしながら、エッセイでは、ギユーの姿も好天も消えている。カミュは一九四八年のティパサを暗い色調で描きたかったのだろう。それはおそらくは「ティパサでの結婚」との対照を際立たせるためだった。語り手は戦争のあいだに廃墟がすっかり変貌を遂げたことを発見する。「夜と折り合いをつけなければならなかった。日中の美しさは思い出でしかなかった。この泥まみれのティパサでは、思い出そのものも霞んでいた」(III, 609)。かつて愛したティパサを見いだすことができず、失望した語り手はパリに戻る。そして一九四八年から一九五二年まで、数年のあいだ、ふたたびティパサを訪れる時を待つのだ。

これらのいくつかの回想場面のあと、語りはエッセイの冒頭、一九五二年の雨降るアルジェに戻る。数日間の待機を経て、ようやく天候が回復し、その翌日、語り手はティパサへの道をたどる。そこで彼は「ティパサでの結婚」における役割をふたたび演じようと試みるのだ。しかし、かつては自由に廃墟に入れたのに、いまでは鉄条網をくぐり抜けなければならない。かつては愛する仲間たちと一緒だったのに、いまはひとりきりだ。かつてはティパサの歓びは友人たちやさらには地中海沿岸に住む一つの人種と共有できたのに、いまではその歓びは彼個人のものであり、内面化されている。「私はまさしく自分が探し求めに来たものを見いだした。それは、時代と世界の情勢にもかかわらず、この人気のない自然のなかで、私に、まさに私だけに差し出されていたものだった」(III, 611)

さらに風景そのものも変貌してしまった。かつての溢れるばかりの色彩は単色へと変わり、花々も昆虫も消えてしまった。五感の歓び、とりわけ視覚の歓びがここにはない。しかし、視覚以上に心の内面へといざなう聴覚がここでは重要だ。耳がとらえるかすかな物音が語り手を自分の内部へと導き、外部の沈黙に内心の沈黙が呼応する。「私は自分の内部に立ちのぼる幸福の波音にも耳を傾けた」(III, 612)。もはやここには圧倒するような暑さも、溢れかえる光もない。しかし、語り手は廃墟にいつまでも広がる冬の優しい光を見いだすのだ。「そこでは世界が毎日、つねに新しい光のなかでふたたび始まるのだった」(III, 613)。ティパサは時の流れの外に位置して老いることはなく、暗いヨーロッパの歴史によって損なわれることもない。冬のただなかにあって、語り手は「不敗の夏」を発見する。この夏は四季の一つではなく、移ろう季節の外側にある永遠性なのだ。

「ティパサでの結婚」においては、いまとここ以外の時間と場所はなく、夕刻が迫れば、一日のドラマは幸福な終幕を迎えた。しかし「ティパサに帰る」の語り手は、ヨーロッパに戻り、そこで困難な時代を生きなければならない。彼は対立する二つの力について考察する。ティパサの優しい名前と騒々しく残酷な他の名前、精神の丘と罪の都市、すなわち美と侮辱された人びと。そして最後に彼は宣言する。「その企てがどれほど困難であろうとも、私はこのどちらをも裏切りたくはないのだ」(III, 614)

カミュとティパサ

『結婚』冒頭の「ティパサでの結婚」と『夏』に収められた「ティパサに帰る」、この二つのエッセイが示しているようにティパサはカミュにとって特権的なトポスであった。一九五〇年代、彼はティパサから遠く離れていても、何らかの関わりを持とうとし続けた。五一年、ルネ・シャールに導かれて、アンリエット・グランダの写真とともに一冊の書物を作る計画を立て、これは彼の死後、一九六五年に『太陽の後裔』として刊行されることになる。このとき彼はまた、ティパサについても同様の本を作ろうと考えたのだ。一九五二年三月、アルジェから戻ったあと、グランダ宛に手紙を書いて、ティパサの写真集を作ってくれるよう依頼した。しかし、その写真は結局カミュを満足させることなく、この書物は完成しなかった。

また一九五三年秋、ティパサの近郊で華々しい演劇祭を開催するため、カミュはドストエフスキーの『悪霊』の翻案上演を計画し、一九五四年には、友人にティパサに借家を見つけてくれるように依頼した。けれども、この二つの計画もまた実現にはいたらなかった。そして、アルジェリアの困難な状況が次第にカミュをティパサから遠ざけていった。

『手帖』には、ティパサへの言及は一九五二年十二月まではあらわれない。その後、五四年にティパサの朝露について「世界でもっとも若々しい爽やかさ」(IV, 1210) と書かれ、五五年には「たえず更新される変わらぬ感動」(IV, 1219) との記述が見られる。さらに一九五五年には、「ぼくがそこで生きそして死ぬ(強調原文)ことができると考えた場所のリストを作るとこうなる。それらは小さな村ばかりだ」(IV, 1238) とあり、その筆頭にティパサが置かれている。彼にとって、ティパサとは、幸福な生活を可能にするだけでなく、静かな永眠をも約束する場所なのだ。『幸福な死』の末尾では、メルソーはティパサにおいて肋膜炎で早世することになる。一九五五年、カミュ四二歳のときの願望、すなわちティパサで死ぬという願望は、すでに彼が二五歳のとき『幸福な死』の主人公メルソーにかなえさせていたのだ。

最後に、一九五八年三月、彼は『手帖』にこう記している。

ティパサ。灰色の穏やかな空。廃墟の中央で、少し波立った海のざわめきが小鳥たちのさえずりと交代する。巨大で軽やかなシュヌーア。ぼくはやがて死ぬだろう。そしてこの場所は充足と美を放散し続けるだろう。こう考えても、悲しいことは少しもない。反対に感謝と称賛の感情がこみあげてくる。(IV, 1271)

カミュにとってティパサとは何だったのか。一九三九年、『結婚』出版の年、彼は、『アルジェ・レピュブリカン』紙の記者として、アルジェリアのカビリア地方における住民たちの悲惨な状況を伝える報道記事を書き、植民政策の不正を告発した。また『夏』が出版された一九五四年にはアルジェリア独立戦争が勃発し、その二年後の五六年には、カミュはアルジェで「市民休戦」を呼びかけた。アルジェリアの悲劇を、彼は骨身にしみて理解していた。しかしながら、それゆえにこそ、彼は青春のシンボルであるティパサを、歴史の動乱を越えた位置に置くことを願ったのだ。

「間近の海」

エッセイ集『夏』を締めくくるこのテクストは、一九五三年に執筆され、翌五四年『NNRF』に発表された。他のテクストとは異なり、地中海の体験から直接生まれたものではない。太陽と同じくらいに海を愛したカミュが、航海日誌の形で、大洋が見せるさまざまな表情を語る。「私は海のなかで育ち、貧困は私にとって豪奢だった。それから海を見失い、あらゆる贅沢が灰色に見えて、貧しさが耐えられぬものとなった」(III, 616)。カミュは地中海を見失った。しかしここでは、彼は他の海を語る。それは北米旅行（一九四六年）や南米旅行（一九四九年）のときに往復した大西洋であり、さらには想像力によって拡大された航海によって発見される海なのだ。

前書きでは、追放の土地ニューヨークの思い出が語られるが、それは海の発見をいっそう強調するためである。そして、「私たちは夜明けに出航する」（III, 617）と始まって、航海日誌は海上の様子を語り始める。ただし、日誌とはいえ、日時は消去され、ただ「出発してから」「正午には」「太陽が沈む」「月がのぼった」「黎明」「午後には」「朝方」などと、時間は永劫回帰を刻む自然のサイクルを通してのみ知覚される。さまざまな要素が叙事詩的に拡大され、神話への参照がなされて、実際の旅行と象徴的な旅とが幾重にも重ね合わせられる。

『戒厳令』においては「海へ！　海へ！」の叫び声がコーラス隊の解放を求める声として舞台に響き渡ったが、ここでカミュはその記憶の起源を明らかにしている。航海の途上で、彼は少年時代の読書を思い出すのだ。「〈海へ！　海へ！〉と、子どものときに読んだ本のなかのすばらしい少年たちは叫んでいた。私はこの本の内容はすっかり忘れたが、この叫び声だけは別だった」（III, 622）。そして、航海日誌は刻々と変化する海の表情を詩情豊かに書き留めて、最後に次のように終わっている。「私はつねに大海原で、脅かされ、王者の幸福のただなかに生きているような気がしていた」（III, 623）。カミュの多くの作品がそうであるように、ここでも幸福への言及がテクストを締めくくる。

第十五章

『転落』——告白と告発

『**転落**』

一九五六年に刊行された『転落』では、クラマンスと名乗る男が「審判を下す悔悛者」であると自己紹介し、この謎めいた職業について五日間にわたって語り続ける。彼はかつてパリの有能な弁護士だった。自分はつねに正しい側にいると確信していた彼は、しかし次第に自分の偽善を発見していく。そしてある夕暮れ、セーヌの橋の上で決定的な事件が起こる。

ほとんどすぐに叫び声が聞こえ、何度か繰り返されて、川の流れとともに遠ざかり、やがてふつりと消えました。続いてやってきた沈黙は、突然凍りついたような夜のなかで、果てしなく続くようでした。駆けつけようと思ったけれど、足が動かない。寒さと衝撃で震えていたんでしょう。急がなくてはと言い聞かせても、全身がどうすることもできない虚脱感にひたされているのを感じました。そのとき何を考えていたのか、忘れてしまいましたが、「もう手遅れだし、遠すぎる……」とかなんとか、そんなところでしょう。耳を澄ましていました、じっとしたまま。それから、小股で、雨のなかを立ち去りました。だれにも通報はしませんでした。(III, 728-9)

『**レクスプレス**』

『コンバ』を去ってからも、カミュはジャーナリストの仕事を高く評価し続けた。一九五一年、『カリバン』には、「私が知るもっとも美しい職業の一つ」(III, 879)と書き、また四年後の五五年には、「追放されたジャーナリストをたたえて」のなかで、「現代のもっとも偉大な職業の一つ」(III, 985)と位置づけた。そして彼自身も、一九五三年五月に創刊されてまだ日の浅い週刊誌『レクスプレス』の寄稿家となり、五五年五月から、三度目にして最後のジャーナリストとしての仕事を開始することになった。五六年二月までの八か月間に三六本の記事を書いたが、半数近くはアルジェリアに関するものだった。そのうちの八本は「引き裂かれたアルジェリア」の表題のもとに、一九五八年『アクチュエルIII』に再録された。そこでカミュは、「フランスは存続している。しかし、その背後で、アルジェリアは死に瀕している」(IV, 356)と述べた。

一九五六年の初頭は、アルジェリア独立戦争における転換点だった。一月二二日、カミュはアルジェで「市民休戦」を呼びかけた。たとえ戦闘が続けられねばならないとしても、テロは両陣営の市民を巻き添えにしてはならない、と訴えた。翌日、自由派の日刊紙『ジュルナル・ダルジェ』は、カミュの呼びかけを好意的に報道した。だが、反対にアルジェリアのヨーロッパ人たちの大多数が示した敵意は、『レコー・ダルジェ』および『ラ・デペッシュ・コティディエンヌ』紙の論評としてあらわれた。一九三七年のブルム＝ヴィオレット法案に賛同するアルジェリア知識人のマニフェストに署名することから始まり、一九五六年の市民休戦の呼びかけにいたるまで、カミュはつねに進歩的市民の立場を守った。原住民とヨーロッパ人がともにアルジェリアの地において合法的に平和に共存できる解決方法があると信じ続けた。しかし、そうした信念も、現実の政治的状況のなかでは、年を追って実現困難なものとなった。

一九五六年二月二日、カミュは、「モーツァルトへの感謝」と題された最後の論説を『レクスプレス』に発表する。その二〇年ほど前にサン゠テグジュペリは、子どもたちのなかの「虐殺されたモーツァルト」を嘆いた。カミュはそれを想起しつつ、なおも狂気の時代にあって、憎悪のアルジェリアと責任放棄のフランスを前にして、モーツァルトの音楽が「新鮮な歓びと、節度ある自由の絶えざる源泉」（III,1081）であり、「われわれの抵抗と希望」を鼓舞し続けるものだと述べる。音楽に言及することはまれだったカミュだが、モーツァルトだけは例外だった。そのモーツァルトに託して、彼は最後の希望を語ったのだ。

『転落』刊行

一九五二年のサルトルらとの論争の体験は、カミュに苦渋に満ちた傑作小説『転落』を書かせることになった。一九五四年十二月十四日、『手帖』にはこう記されている。「実存主義。彼らが自分を糾弾するとき、それはきまって他人を攻撃するためであるのは確かだ。審判を下す悔悛者たち」（IV, 1212）。審判を下す悔悛者とは、まず自分の罪を告白して悔悛し、次にそのことによって万人の罪を裁く審判者となる者たちだ。『転落』の主人公であるクラマンスもまたこの名を名乗るが、この能弁家は、サルトルらをはじめとするパリのブルジョワ知識人たちの肖像である。

同時に、このドン・ファンで芝居とサッカーを愛する男のなかに、カミュは自分自身の姿をも提示している。とはいえ彼は、これが自分の肖像であるのは、彼自身がクラマンスによって象徴的に描かれた一つの世代に属しているからだと、繰り返し語った。クラマンスの個人的告白は、物語の最後には万人の告白へと押し広げられるにいたる。そのとき、この語り手は現代人の肖像へと転化することになる。

『転落』は一九五五年に書かれ、五六年の初めに完成されたようだ。しかし『手帖』や書簡には執筆の時期や場所についての情報がなく、短期間のうちに仕上げられたことがうかがえる。一九五七年『追放と王国』が出版されたとき、そこに付された「作者のことば」は、『転落』がこの中編小説集に収載される予定だったことを明らかにしている。そしてカミュは少なくとも一九五五年の春には、他の六編の物語の初稿を仕上げており、その後クラマンスの告白に取り組んだことがわかる。

一九五六年五月、『転落』が刊行された。「もう書けないんだ」とカミュが繰り返し言うのを聞かされていた友人たちは、この新しい小説の出現に驚いた。売り上げでは『ペスト』に匹敵する成功を収めた。ジャン＝バチスト・クラマンスが仮想の対話者に語る独白という形式が高く評価されたが、カミュはむしろそれに驚いた。一九六〇年春・夏号の『ヴェンチャー』誌に発表されたインタビューのなかで、彼はこう答えた。「それはとても単純なことです。悲劇の俳優を描くために、私はそこで芝居の手法を用いたのです。つまり演劇の独白と暗黙の対話を。私はその形式を主題に適用しました。それだけなのです」(IV, 663)

クラマンスの告白は、その形式と口調により、ドストエフスキーの『地下生活者の手記』を連想させる。ここに見られる主題と人間観、すなわち人間の心の表裏、深い罪責感、他人を裁きたいという願望、悪における自由などによって、『転落』はカミュのなかでももっともドストエフスキー的な作品となった。

文体の変化も読者を驚かせた。それまでの作品に見られた簡潔で緊密な文体が、ここでは人工的な修辞に満ちた文体にとって代わられた。かつての澄明な光に内部から照らし出されていたテクストは混濁し、読み手を惑乱させる。だが、その晦渋な饒舌の底から聞こえてくるもの、それがまぎれなくカミュの声であることも確かなのだ。

告白の開始（第一日）

『転落』は、数字が明記されているわけではないが、六つの章からなっている。クラマンスの語りは五日間におよび、そのうち第四日だけが第四、第五の二つの章に分けて語られる。物語は単純な時間的展開をたどりつつ、隠された戦略を含んでいる。冒頭に謎が配置され、その解決がたえず先に延ばされて、最後に明らかにされる。

第一日、アムステルダムの「メキシコ・シティ」と呼ばれるバーのカウンターで、初対面の相客に向かって、クラマンスの語りが始まる。ここで彼は、第二日以降のはなしの伏線をいくつか引いて、相手の興味をかきたてることに専心する。まずバーの壁の「とりはずされた絵のあとを示す長方形の空白」(III, 698) への言及は、かつてそこにかかっていたがいまは彼が隠匿しているファン・アイクの絵画への暗示である。続いて語り手は自己紹介を行って、「ジャン=バチスト・クラマンス」(III, 699) であると名乗る。福音書では、「砂漠で叫ぶ（クラマンス）洗礼者ヨハネ（ジャン・バチスト）」の名であり、クラマンス自身が、のちにみずからを「砂漠で叫ぶ預言者」であると紹介している。さらに、彼は数年前までパリで弁護士をしていたが、いまでは「審判を下す悔悛者」であると言う。

この語り手には聞き手がいる。ただその声は語り手を通してのみ伝えられ、対話者の質問や、指摘や、応答はきわめて巧みにクラマンスの語りに取り込まれている。対話の外見を装っているが、これは一貫してクラマンスの独白なのだ。聞き手はパリからの旅行者である。クラマンスは、探偵をきどって、相手の素性について推理をはたらかせてこう言う。「あなたはほとんど私と同年輩で、ほとんど何ごとも心得た四〇代の情報通のまなざし、私たちの国の人たち同様のほとんどみごとな着こなし、手はすべすべしている。だからつまり、ブルジョワですよ。ほとんどね！」(III, 700)。ここですでに語り手と聞き手の相似が示されている。この二人はともにパリのブルジョワ知識人に属し、いわば同じ穴のむじなというわけだ。

クラマンスは、立ち去ろうとする聞き手にバーの勘定を自分に払わせてくれと言う。巧妙な申し出である。相手はその返礼として、翌日は自分がおごると約束することを余儀なくされ、こうして彼はたまたま出会ったこの聞き手をさらにもう一日、同じ場所で引き留める保証を得るのだ。彼は港まで聞き手の帰路を送っていこうと申し出て、歩きながらアムステルダムの運河が地獄の輪にそっくりだと指摘する。「もちろん、悪夢に満ちたブルジョワの地獄です。外部からきた人間が、この地獄の輪の中心に近づくにつれて、人生と、したがって人生の罪悪は、いっそう深く、暗くなります」(III, 702)。カミュは一九五四年十月三日から五日まで、ごく短い期間オランダに滞在した。このときのさえない印象が、むしろ『転落』の主題には合致した。パリに住んでいたカミュはたえず南の国の太陽を求めたが、クラマンスはそれとは反対に霧と寒さへと向かうことを選んだのだ。

運河の町アムステルダムには橋が多い。だがクラマンスは、とある橋のたもとで聞き手と別れるときに、「私は夜にはけっして橋を渡りません」(III, 703) と語る。「もしだれかが身を投げたとしたら」と続けるが、これはあとで述べられるセーヌ川のロワイヤル橋での事件の伏線となっている。

この第一日における支配的な動詞の時称は直説法現在形である。この現在形が指し示す時間を歴史的に位置づけることはむずかしいが、この小説が発表された一九五六年に近い時と考えられる。クラマンスの語りの対象となっている聞き手は、明らかにこの小説発表当時のパリのブルジョワだからである。時代性を消し去ろうとした『異邦人』、寓話のなかで時代性を越えようとした『ペスト』と異なって、『転落』は同時代を批判することを目的としている。

アール橋の笑い声（第二日）

第二日では、語りの場所は「メキシコ・シティ」内に固定される。初日の自己紹介が二日目以降も聞き手の関心を引き続けることは、冒頭のクラマンスのことばでわかる。「審判を下す悔悛者とはなんのことですって？　ああ、このはなしはあなたの好奇心をかきたててしまったようですね」(III, 703)。この謎めいた職業の秘密を次第に明らかにしていくことがクラマンスの語りの狙いであり、また聞き手がその間ずっと耳を傾け続けるのも、それに対する好奇心からである。

だが、クラマンスは、その前に述べておかねばならない事実があると言って、パリにおける弁護士時代の活動を語る。ここでは過去の継続・反復的行為のアスペクトを示す直説法半過去形が多用される。パリではクラマンスとは別の名で呼ばれていたと語って本名を隠し、続いて彼は当時「自分は正しい立場にいる」(III, 704) との確信をいだき、自分自身に満足して生きていたと言う。彼は、しばしば「善良な殺人者」の弁護の労を取った。それはあるときは妻殺しであり、またときには門番殺しだった。弁護士として高い名声を得て、自分自身が裁きの場に立たされることなく判事の裁きを逆転させ、自己の優越性に快楽を見いだしていた。彼は『異邦人』におけるムルソーの弁護士に比べると、はるかに有能であったように見える。裁判においては、「判事は罰を言い渡し、被告は罪を償う」(III, 708)。しかし、弁護士であるクラマンスには「なんの義務もなく、制裁も処罰も免れ、楽園の光を浴びながら、自由に君臨できた」。この楽園時代を語りながら、彼は、その飛翔は「例の夜」までしか続かなかったとほのめかし、聞き手の関心を誘導する。だが同時に、そのはなしを巧みに先へと引き延ばして、相手を焦らすことも忘れない。

いよいよ二日目の終わりで、クラマンスは「例の夜」について語る。いつものように満足した一日を過ごしたあと、彼は晴れ晴れした気持ちで、アール橋の上からセーヌ川を眺めていた。

私は身を起こし、煙草に、そうです、満ち足りた気分で煙草に火をつけようとしました。そのとき、背後で笑い声が炸裂した。不意をつかれて振り返ったが、だれもいない。手すりまで行っても、伝馬船も、小舟もいっさい見えません。シテ島の方を振り向いたとき、ふたたび背後に笑い声が聞こえ、少し遠くて、川を下っていくようでした。私は身じろぎもせず、立ちつくしていました。小さくはなったけれど、水のなかからでないとしたらどこから来るのかわからないその声は、背後にまだはっきりと聞こえていました。(III, 714)

結局その笑い声の正体はわからないままに、クラマンスは帰宅し、浴室へ行って水を飲もうとして鏡を見ると、そこに映った自分のほほ笑みが二重になっているように見えた。そこまで語ると、その続きを聞きたがる相手を制して、明日また会おうと約束し、彼ははなしと相手の好奇心を宙吊りにしたまま立ち去る。

ロワイヤル橋の投身者（第三日）

前日の別れ際に謎をかけておきながら、クラマンスはまた相手を焦らすことから始める。「ほんとうに、あなたの好奇心にはお礼を申し上げます。でも私のはなしには特別なものはなんにもありませんよ」(III, 715)。そう語りながらも、アール橋での笑い声を聞いてから心身の不調をきたし、「そのときからすべてが始まったと思うのです」とはなしをつないでいく。それまで卓越した忘却能力に恵まれて不都合な出来事をすべて忘れ、問題など何ひとつ抱えていなかったクラマンスだったが、このときから、抑圧されていた不愉快な記憶がよみがえってきたのだ。

語り始めてすぐにクラマンスは、「外へ出て、町を少し歩きませんか」(III, 715) と誘う。一日目の後半と同じく、二人は夜の運河沿いの道を歩く。「ところが少しずつですが記憶がよみがえってきました。むしろ私が記憶の方へ舞い戻ったんですね、するとそこで私を待ちかまえている思い出に出くわしたのです」(III, 719)。だが、ここでも「ある思い出」を語ることは先送りにされて、クラマンスは、そこにいたるまでに発見した二つの実例を語る。一つは、彼が群衆の目の前でオートバイの運転手に殴打された事件である。「この出来事を忘れるのには長い時間がかかりました。それが重要なのです」(III, 720)。彼はその後、相手に対する押さえがたい復讐心を抱き続けた。そこから、自己の内にあるのは寛大な心ではなく、他人を支配したいという欲望であることを知る。もう一つの事件は、それまで女性関係ではいつもやすやすと成功を収めていた彼が失敗を経験したことだ。そのことから、自分にあったのはただ支配欲だけだったことを確認する。「要するに、私が幸福に生きるためには、私が選んだ人びとが生きていてはならないのです」(III, 727)

いよいよ別れ際になって、クラマンスは迂回し先延ばしにしてきた「ある思い出」を語る。二日目の場合と同じく、もっとも重大な出来事を最後に語って、相手の好奇心をかきたてたまま立ち去るのだ。「背後に笑い声を聞いたと思った晩から二、三年前にさかのぼる、とある十一月の夜のこと」(III, 728)、彼はロワイヤル橋を渡るときに、若い娘の人影を認めた。そのまま橋を渡り切ったが、突然水に飛び込む音が聞こえ、叫び声が尾を引いて川を下っていった。「駆けつけようと思ったけれど、足が動かない。寒さと衝撃で震えていたんでしょう。急がなくてはと言い聞かせても、全身がどうすることもできない虚脱感にひたされているのを感じました」。こうしてクラマンスは、投身自殺者を見捨ててしまう。

このセーヌ川で溺れた女性には、カミュの妻フランシーヌの姿が投影されている。一九五三年の秋以来、彼女は重い鬱病にかかって、自殺未遂を起こし、カミュは適切に対処できなかったことで罪責感を抱いていた。同時に象徴的次元においては、この若い女性の叫び声は祖国アルジェリアからの呼びかけであるとも解釈できる。人はつねにどこかから救いを求める呼びかけを受けるが、それにうまく応答することは至難の業なのだ。

この自殺者を見捨ててしまった事件もまた、長いあいだクラマンスの忘却能力によって意識からは消え去っていた。しかし、アール橋で聴いた笑い声が、過去の記憶を少しずつよみがえらせて、この重大な出来事へとクラマンスを連れ戻したのだ。

裁きを回避すること（第四日前半）

第四日前半は、前日別れ際に二人が約束したように、マルケン島へと語りの場所は移動し、島の堤防にそって歩きつつクラマンスの語りが続けられる。

セーヌ川の投身者の記憶が戻ってきたときから、クラマンスに有罪性の意識が生まれた。「私にはもう友人などはいません。共犯者がいるだけです。その代わり人数は増えました、人類全体がそうなんですからね」（III, 730）。こうして、人類全体の罪をほのめかしておいてから、彼は過去の回想へとはなしをつないでゆく。この新たな状況において、クラマンスの関心は、失われた無垢を取り戻すことではない。彼が発見したのは、自分に罪があるということだけではなかった。だれもが彼の罪を宣告しようとしているのに、それに気づかなかったことなのだ。ここで罪とはもはや内面の良心の問題ではなく、万人がお互い相手に向かって宣告し合うものだ。だからこそ、何よりも他人による「裁きを免れること」（III, 731）が重要となる。この語はクラマンスの口から繰り返し発せられる。

クラマンスは自己の内にうごめいている不協和音や混乱ばかりが気になり出し、自分のまわりは敵ばかりだと気づく。

私は長いあいだみんなとうまく協調してやっていると信じて暮らしていました。ところが、実際にはそんな無頓着で笑顔を振りまいていた私に、いたるところから裁きや矢や嘲笑が襲いかかっていたのです。警告を受けたその日から、はっきりものが見えるようになって、同時にあらゆる傷を受けて、一挙に力を失ってしまった。すると全宇宙が私のまわりで笑い始めたんです。(III, 733)

ロワイヤル橋での出来事は、クラマンスの目を覚まさせ、彼はそれまでの力を失ってしまった。周囲の笑い声から逃れる方途を探しながら、彼は人間の根源的二重性を発見し、自己の内に巣食う嘘を意識するにいたる。

自分自身の罪を認めるクラマンスは、同時に万人の有罪を告発する。こうした罪が洗い清められるには、「最後の審判を待つだけの忍耐強さが必要」(III, 735) だろう。しかし、われわれにはそうした忍耐が不足している。そこで彼は先回りして、「余儀なく審判を下す悔悛者になってしまった」と、ここでも自分の特異な職業をほのめかすことを忘れない。だれもが罪人である世界において、どのような救済が可能なのか。いや、そのような世界において、せめて自分だけが救われるにはどうすればいいのか。クラマンスの関心はそこにこそある。

彼が信じていたエデンの園は幻であった。死の想念が侵入してきて、彼は死ぬまであと何年あるかと数えてみて、「自分の嘘を何もかも白状しないと死ぬこともできない、というこっけいな恐怖」(III, 737) にとらえられる。クラマンスの饒舌な語りは、この告白への欲求に突き動かされている。

逃亡の終焉（第四日後半）

第四日後半では、マルケン島からアムステルダムへ帰る船のデッキ上で、クラマンスの語りが続く。水上の深い霧を眺めながら、彼はギリシアの思い出を語る。その澄明な光の記憶は、失われた無垢な時代への郷愁である。「このときからギリシアそのものが私の心のどこかに漂流しているんです。記憶の縁に、倦むことなく……」(III, 741) と彼は言う。一九三九年九月、カミュはギリシアへ旅立とうとしていたが、折しも第二次大戦が勃発し、この計画は頓挫した。爾来、ギリシアへの憧憬はやみがたく、一九五五年にいたり、四月から五月にかけて、彼はようやくギリシア旅行を実行に移すことになる。アテネでは悲劇の未来について講演を行い、ギリシア各地を訪れたあと、彼は旅の終わりに『手帖』にこう書いた。「この二〇日間のギリシアをめぐる旅を、いまアテネを出発する前に振り返っている。それらはぼくにとって、これからの人生の核心において保ち続けることができる、唯一の長い期間にわたる光の源泉のように思われる」(IV, 1233)。この光の思い出は、『転落』においてもクラマンスの記憶の縁にただようことになるが、しかしそれは、対照的に罪に汚れたヨーロッパの姿をいっそう際立たせるだけである。

襲いかかる笑い声から逃れるために、クラマンスは放蕩に慰安を求めた。「放蕩には過去も未来もない」(III, 744) から、忌まわしい記憶からも、未来の恐怖からも自由になれる。こうして何か月かの乱痴気騒ぎのおかげで、彼の感覚は麻痺して、笑い声が次第に鈍くなっていった。ところがある日、大西洋航路の船から洋上に黒点を発見したクラマンスは、それがセーヌ川の投身自殺者であるに違いないと思いこむ。「数年前セーヌ川の上で、私の背中の方から響いてきたあの絶叫はセーヌからイギリス海峡に運ばれ、大洋の無限の広がりを通って世界を歩み続け、そして私に出会うその日まで、そこで待っていたんだ」(III, 746)。ついに彼は、どこへ行っても自分の罪から逃れることはできないのだと観念する。

こうしてクラマンスがたどりついた信念とは次のようなものである。

私たちは、だれの無罪をも請け合えないのに、万人が有罪であることは確実に断言できる。各人は自分以外のすべての者の罪を証言する、それこそ私の信念であり、希望なのです。(III, 747)

だが、この信念がどうして同時に希望となるのか。それを説明するために、彼はなおも語り続けるのだ。

万人の有罪性

セーヌ川に投身した娘を見捨てたときから、クラマンスの安寧は脅かされ、自分だけは無罪であると信じていた彼の確信が次第にゆらぎ始める。実際に若い娘を見殺しにしたのかどうかを知ることは問題ではないし、それはだれにもわからない。重要なのは、彼が他人と同様に有罪であると気づいたことである。現代において、われわれはペスト患者であることを免れないと言った『ペスト』のタルーのことばを思い起こそう。しかし、タルーの場合は、このことによって「心の平和」を失いながらも、今後は「ペスト患者にならないように」、またたとえあやまってペストの病菌を他人に感染させ、災禍に与することがあっても、少なくともそれには同意しないことによって、「罪なき殺人者」たらんと努めようとした。

だが、クラマンスは、罪なき殺人者などというものの存在が可能だとは考えない。彼は、しばしば聖書のいくつかの節を文字通りに引用し、また聖書にあらわれる挿話や寓話を引き合いに出すが、エジプトへの逃避についても独自の解釈を提示する。彼によれば、イエスでさえもが、ユダヤの幼児たちの虐殺に関して「自分にまったく罪がないわけではないと知っていた」(III, 748)。とすれば、万人が有罪であるこの状況から逃れる方法はまったくない。だが、クラマンスにとっては、問題は罪よりもむしろ裁きである。彼が繰り返し言うように、「他人による裁き」をいかに免れるのか、それが問題なのだ。弁護士であったはずのクラマンス、審判を超越した立場にいたはずのクラマンスは、自分自身もまた他人を裁く判事であると同時に、つねに他人によって裁かれる被告の立場に立たされていたことを理解する。こうしてだれもが有罪であり、互いに相手を裁き合う世界にあって、彼は自分だけは唯一の解決策を見いだしたと言う。それこそが「審判を下す悔悛者」という立場なのだ。「いいですとも、明日はこのすばらしい職業がどんなものかをお話しましょう」(III, 751)。クラマンスは、聞き手に向かって、翌日に自分の家に来るように誘う。

審判を下す悔悛者（第五日）

第五日の語りの場所は、クラマンスの家となる。彼の語りの特徴は、饒舌と巧妙なレトリックを駆使したそのあいまいさである。自分の告白の狙いに役立つなら、彼は嘘をつくことも辞さない。「嘘だって結局のところ、真実へと導くものではないでしょうか？　嘘であれほんとうであれ、私の話はすべて同じ目的に向かい、同じ方向を持っていないでしょうか？」(III, 752) とクラマンスは言う。嘘によって真実を語るというアイロニカルな手法は、カミュ本来のものではない。だが、あえてそうした主人公を生み出すことによって、彼は『反抗的人間』発表以後の危機を乗り越えようとしたのである。

『転落』は、クラマンスによる失われた時間発見の物語であるが、そこで見いだされた時間はおぞましいものである。パリで有能な弁護士としてならしていた頃、彼は現在だけが支配する「エデンの園」に生きていた。並はずれた忘却能力によって、過去は彼の意識から消し去られていた。ところが、アール橋での笑い声以後、次第に記憶がよみがえる。彼は、自分の記憶のなかを遡行し、一つ一つ過去の忌まわしい体験を思い出し、ついにはロワイヤル橋での投身自殺者にいたる。だが、記憶の底への降下はそれで終わったわけではなく、さらに罪深い経験が思い出される。クラマンスの語りのなかで、これだけが唯一年代を確定できる事件であり、連合軍が北アフリカに上陸した年であるから、一九四二年のことだとわかる。クラマンスは、トリポリで死に瀕していた仲間の水を飲み、その死を早めてしまった。「ええ、飲んでしまったんです、確かにそうなんですよ。どのみち死んでいくこの男よりも、私の方が他の連中に必要とされているんだからと、そう自分に言い聞かせながら」(III, 755)。しかし、このエピソードさえも、その信憑性は確実とは言えない。彼は、「それが実際の体験だったか、それとも夢だったかさえ、いまでははっきりしませんが」と付け加えることを忘れない。

続いて、クラマンスは自分が秘匿しているファン・アイクの「潔白な審判者」の絵を見せて、いよいよ話の核心である「審判を下す悔俊者」について語ることになる。彼の狙いは、何よりも他人の嘲笑の声を黙らせ、他人の裁きを回避することにある。われわれの罪は絶対的なものであり、いかなる弁解の余地もない。残された方策は、罪の重さをいくらかでも軽減することだろう。そこで彼は、罪を万人にまで押し広げ、それを薄めてしまう手段を見つけだした。彼はまず自分の罪を告白し、悔悛を示すことによって他人の裁きを回避し、次に他人の罪を裁く判事となるのだ。

他人を断罪してもその裁きがたちまち自分に戻ってくるのだから、他人を裁く権利を得るためには、まずわが身に非難を浴びせなくてはならない。どんな判事もいつかは悔悛者となるのだから、道を逆にたどって、判事になるためにはまず悔悛者の仕事から始めるべきだったのです。(III, 760)

自分ひとりだけが他人を支配する権利を手に入れるため、彼は悔悛者にして判事であるという実に巧妙な二重の役割を発明するのである。

巧妙な手法

クラマンスのやり口はこうだ。まず悔俊者として自分の恥と罪を洗いざらい語って、「私は人間のくずでした」(III, 761) と言う。次に、話の途中で、相手に気づかれないように「私」

から「私たち」に移っていき、最後に、「これが私たちの本来の姿なのです」(III, 762)と宣言する。こうして、彼が同時代人に差し出して見せる自分の肖像は鏡のようなものになる。彼は自分の恥と罪を語りながら、それが同時に聞き手の姿でもあることを示唆し、相手に自分自身を裁くようにそそのかすのだ。

もちろん私も彼らと同類です。同じ湯船に浸っているんですから。しかし私は、それを知っている点で優位に立つ。それで私には話す権利が与えられる。それが有利なことはむろんおわかりでしょう。自分を糾弾すればするほど、私があなたを裁く権利は増大する。そのうえ、あなたがあなた自身を裁くようにそそのかすことになる。それだけ私の気持ちも軽くなるというものだ。私たちは奇妙で哀れな生きものですよ。少しでも自分の人生を振り返ったら、われながら呆れ返って眉をひそめるようなことがいくらだって見つかる。試してごらんなさい。間違いなくあなた自身の告白を傾聴しますよ、心からの友愛とともにね。(III, 762)

ここで、聞き手がかつてのクラマンスの同業者、すなわち弁護士であることがわかる。弁護士とは、クラマンスのようにただしゃべり続ける現代人のシンボルであり、ブルジョワ知識人の代弁者だろう。「私たちが同じ種族だというのはちゃんと知っていました。私たちはみな似ているのじゃないですか?　だれにともなく、ひっきりなしに話し続け、前もって答えはわかっているのに、いつも同じ質問の前に立たされて」(III, 765)。クラマンスの慧眼は、この聞き手の意識の奥底にひそむ有罪性を見抜く。彼はことば巧みに、自分の体験を聞き手の上に重ねて、立場の転倒を図り、相手から告白を引き出そうとする。クラマンスによれば、現代では万人が有罪なのだから、だれもが告白すべき罪を抱えているはずなのだ。「さあさあ話しなさい、セーヌの川岸で、ある夕暮れ、あなたの身に何が降りかかったか、そしてどうやって、あなたの一生を危険にさらさずにすむようにやってのけたか」

聞き手もまた同様に罪責感を抱いている以上、自分の物語を語らずにはいられない。だが、単に告白するだけでは救われない。過去をあがなわなければならないのだ。そのための唯一の手段は、もう一度ロワイヤル橋の事件を再現し、今度こそは娘を救うことであるだろう。それこそが、クラマンスが過去を悔やみながら願い続けたことなのだ。「おお、娘よ、もう一度水に身を投げてくれ！　もう一度機会を与えてくれ、私たち二人が救われるために！」(III, 765)。だが、クラマンスは、それが不可能なことを知っている。たとえ娘がふたたび水に身を投げたところで、彼女を救う勇気などない。彼は揶揄混じりにこう続けて言う。

もう一度だって、ええっ、なんて軽はずみなんだ！　ね、先生、考えてもごらんなさいよ、これがことば通りに受け取られたら？　やらなくちゃならないでしょう、うわあー！　水はひどく冷たい！　でも心配無用！　いまじゃ手遅れだ、これから先だって、ずっと手遅れですよ。ありがたいことに！　(III, 765)

過去をあがなうことはできない。むしろ過去の悔恨こそがクラマンスには必要なのだ。その悔恨を利用して、彼は万人に審判を下し支配することができるのだから。そのあとに続く「ありがたいことに」という皮肉は、「もはや手遅れ」であるからこそ万人の有罪性を告発し、それによって他人を支配できると考えるクラマンスの立場をみごとに示している。彼の語りは、この「もはや手遅れ」という認識から出発しており、最後に聞き手に向かってこのことばを投げつけることを狙いとして五日間の語りが持続してきたと言えるだろう。

ムルソーとクラマンス

『転落』は『異邦人』と同じく、一人称による語りを採用している。だが、ムルソーの寡黙な語りと、クラマンスの饒舌で華麗な語りは対照的だ。ムルソーは語り手として故意に透明になろうとし、無人称性を装うのに対して、クラマンスは逆に、煩わしいまで語りに介入し、語り手の存在をつねに意識させようとする。彼は、自分の饒舌を、言説における自分の独占欲を、さらには自分の話の真偽のほどが疑わしいことまでまったく隠そうとはしない。

ムルソーの場合も、何を語り、何を語らずにおくかの選択がすべて語り手に委ねられているからには、クラマンスと同じく言説を独占していることに変わりはない。だが、ムルソーにおいて隠されていることを、クラマンスはことさらに露わにしようとする。彼は、語りというものが本来的にけっして無償のものではありえないことを、痛々しいくらいに強調して読者に示すのだ。

ムルソーが「いつ」「どこで」語っているのかはあいまいだ。他方で、クラマンスに関しては、語りの時間と場所がかなり明確に示されている。またムルソーが物語世界外の語り手である以上、彼は物語世界外の聞き手しか相手にしえないし、むしろだれにも話しかけていないふりをしていると言える。それに対して、物語世界内の語り手であるクラマンスには、物語世界内の聞き手が存在する。この聞き手は口数少なく、不思議なほど従順に語り手の話に耳を傾けているように見える。しかし彼の沈黙は、専横的にことばを独占するクラマンスによって強制されたものであるだろう。読者は、聞き手の反応のうち、語り手によって伝えられたものしか知らない。『転落』は対話を装った独白である。クラマンスの言説の餌食であるこの聞き手は、かなり明確に射程が定められている。聞き手に向かって投げかけられる彼のことばは、その背後にいる読者を対象としているからであり、この聞き手は、『転落』が発表された当時の読者層を代表する存在であるだろう。

ムルソーのアラブ人殺害は明白であるが、彼には罪の意識が希薄である。クラマンスの間接的な自殺幇助は事実があいまいなままだが、彼の罪責感は深い。無自覚的に無垢なムルソーと、意識過剰なまでに有罪性を背負うクラマンス。両者は対照的である。

ムルソーが最後に、アラブ人殺害とは別の理由によって、いわば生け贄の子羊のように処刑されるのに対して、クラマンスには自虐的な処刑願望が見られる。彼は長い独白の最後にこう語る。「たとえば、私は首を斬られるかもしれない［……］そのときは、集まった見物人の頭上に高々と、まだなまなましい私の首を掲げてくださいよ。彼らにもそれが自分たちの姿だとわかるように」(III, 764)。斬り落とされ、見物人の前に高々と掲げられたクラマンスの首、それは同時に見物人たちそれぞれの姿でもある。クラマンスの論理を突き詰めれば、だれもが有罪なのだからだれもがギロチンにかけられなければならない、という結論に行き着くだろう。カミュの若い頃からのギロチンへの関心は、クラマンスにいたってさらに新たな展開を見せるのだ。

タルーとクラマンス

ムルソーとクラマンスのあいだに、カミュはもう一人の語り手リユーによる物語『ペスト』を書いた。リユーは最後には自分が語り手であることを明らかにするが、それまでは三人称の「年代記」形式をとることによって、集団の物語を語るという立場を鮮明にした。彼はクラマンスのように語りを私物化せず、その公共性を強調し、すべての苦しんだ人びとのために語るという大義名分を高々と掲げている。

この集団を代弁するリユーの語りのなかに、タルーの個人的な告白がはさみこまれている。みずからの有罪性を意識しているタルーは、自分が抱えこんでいる物語をだれかに告白せずにはいられない。これは、ある点でカミュ自身の告白でもあるのだが、人は罪責感を抱いてしまったときから、告白すべき物語を自己の内部で反復することになると言える。そして、タルーの告白では十分ではなかったかのように、『転落』において、クラマンスがカミュの告白を仕上げることになる。

クラマンスの語りは、タルーの告白と同様に個人の物語の外観をとりながら、実は同時に集団の物語でもあるという巧妙な構造を持っている。彼によれば、現代ではだれもが多かれ少なかれ罪責感を抱き、みずからの物語を語りたいと欲し、告白を望んでいる。こうした現代人の深層に潜む欲望を利用して、彼は自分の物語を聞き手の物語、さらにはその聞き手の背後に想定されている読者の物語へと押し広げることに成功するのだ。

ムルソー、タルー、クラマンスは、それぞれ自分が関わった殺人について語る。このうち殺人の事実が明白なのはムルソーだけだ。タルーとクラマンスの殺人への関わり方は間接的なものであるか、またはあいまいなままである。しかし、タルーが言うように、現代ではだれもがペスト患者たりうることを免れないし、クラマンスがほのめかすように、だれもが投身自殺者を見殺しにしてしまったような罪深い記憶を抱えているだろう。そのとき、人はみずからの殺人について語ることを余儀なくされる。クラマンスがここで強調するのは、殺人を語る言説が万人に共有されるということだ。しかも、その語り方は、ムルソーのようにみずからのまったき無罪を信じて語るのではなく、またタルーのように「無罪の殺人者」たらんとする意志によって語るのでもない。それがもはや不可能であることを、クラマンスは知っている。残された唯一の可能な語り方は、クラマンスが用いた方法だけであり、これは彼の聞き手によって、さらにはすべての現代に生きる者たちによって引き継がれることができる。こうして、クラマンスは万人の言説をもみずからの支配下に治めようとするのである。

『転落』から『最初の人間』へ

『手帖』のなかで、カミュは何度か、みずからの作品を三つの系列に分けた。不条理、反抗、そして愛の系列である。一九五三年、「ティパサに帰る」を書き、『最初の人間』の執筆を始めた年、彼は第三の系列へと入っていった。しかし、一九五六年の『手帖』にはこう書いている。「第三ステージの前に。〈われわれの時代の英雄〉についての小説集。裁きと追放

（強調原文）についての主題」（IV, 1245）。本格的に愛の主題に取り組む前に、カミュは少し回り道をするのだ。執筆されたのは裁きと追放を主題とした物語であり、そこから『転落』が生まれ出た。あたかもカミュが、この辛辣で異色な作品によって自分自身の悪しき部分を摘出排除して、新たな領域へと進もうとしたかのようである。

『異邦人』や『ペスト』と異なり、『転落』は三つの系列からは外れている。また不条理および反抗の系列の作品は、小説（『異邦人』『ペスト』）、戯曲（『カリギュラ』『戒厳令』）エッセイ（『シーシュポスの神話』『反抗的人間』）の三部作で構成されていたが、『転落』には対応する戯曲もエッセイもない。しかしながら、この小説は、それ自身のなかに演劇的要素（一人芝居）と評論の性格（現代ブルジョワ批判）を有していると言える。

『転落』のタイトルは『創世記』第一巻第三章から着想され、それは神が「最初の人間」であるアダムを生む第二章のあとに続く章である。この順序とは逆に、『転落』のあと、カミュは本格的に愛を主題とした小説である『最初の人間』に取り組むことになる。過去のなかに発見した有罪性に捕えられたまま、大都会の片隅で孤独なおしゃべりを展開する男の物語のあとに、無垢な少年時代と苦難に満ちた先祖の歴史のなかに再生の可能性を探り求める叙事詩が続くのだ。

第十六章

『追放と王国』
――孤独か連帯か

『追放と王国』

一九五七年に刊行された『追放と王国』には、六編の短編が収められている。冒頭に置かれた「不貞の女」は、夫の商用旅行に同行して砂漠のオアシスの町にやってきたジャニーヌの物語である。結婚して二五年、青春の海がすでに過去のものとなったと感じている彼女は、夜ひとりでホテルを抜け出し、堡塁《ほうるい》に上り、満天の星を前にして、官能的な歓喜にとらえられる。

同時に、彼女には自分の根を取り戻したように思われて、もはや震えることのない身体のなかにふたたび精気が立ちのぼってきた。胸壁に自分の腹部全体を押しあてて、動き続ける空に向かって身体を緊張させ、彼女はただ、まだ動転している自分の心が次第に落ち着いて、自分の内部に静寂が戻ってくることだけを待っていた。星座を形づくる最後の星々が、その房をさらに低く砂漠の地平線の上に落として、動かなくなった。そのとき、耐えがたい甘美さで、夜の水がジャニーヌを満たし始め、寒さを沈めて、彼女の存在の暗い中心から少しずつ立ちのぼり、間断ない波となって、うめきに満ちた口にまであふれ出た。一瞬ののち、冷たい大地の上に倒れた彼女の上に、空全体が覆いかぶさった。(IV, 18)

『追放と王国』の刊行

『転落』刊行のあと、一九五六年夏、カミュがフォークナーの小説を翻案した『尼僧への鎮魂歌』の舞台稽古が始まった。九月にこけら落としとなり、カミュはシャールに宛てて

『鎮魂歌』は成功を収め、ぼくも役者たちもみんなが驚きました」(Char, 151) と書いた。

翌年、一九五七年三月には、短編小説集『追放と王国』が刊行される。そこには、『転落』と同様に、この時期のカミュの失意と迷い、逃避と反抗、再生への希求を読み取ることができる。これまで「不条理」「反抗」とそれぞれの主題のもとに、小説、エッセイ、戯曲の三部作を完成したカミュだが、それを書くことができない空白を埋めるために、今回は短編集を試みた。『追放と王国』は、『転落』とともに、カミュが次の上階へと登るための踊り場としての役割を担っている。この短編集はまた、リアリズムの手法や独白形式、諧謔を交えた語りや寓話的物語など、さまざまなスタイルの試みの場でもあった。

不慮の事故死によって、この作品はカミュが生前に発表した最後のものとなった。『追放と王国』という表題は処女作『裏と表』を想起させ、未完のままに残された『最初の人間』が刊行されるまでは、ここにカミュの作品群の円環が閉じられるという印象を与えた。短編集という形式も『裏と表』に通じるものだ。さらに、『追放と王国』の半数の短編には、初期作品において謳歌されたアルジェリアの自然への回帰が見られる。

「追放と王国」という語は、一九五六年ニューヨークで開催されたバルテュス展のためにカミュが書いた「序文」のなかにあらわれている。「最後に、その庭園のなかに、バルテュスは、終わりなき追放のただなかにようやく見いだされた故郷、少女たちと静寂に満たされた王国を築き上げたのである」(III, 995)。おそらく、バルテュスの例にならって、カミュはみずからもまた追放のただなかにあって、故郷を、静寂の王国を見いだそうとしたのだろう。『追放と王国』刊行時に付された「作者のことば」にはこう書かれている。

表題においてやはり問題となっている王国について言えば、それは最後に再生するために、私たちがふたたび見いださなければならない自由で赤裸なある生と合致する。追放もまた、その流儀で、私たちにそうした生への道を示しているが、それには私たちが隷属と所有とを同時に拒みうるということが唯一の条件となるのである。(IV, 123)

王国であれ追放であれ、カミュが希求しているものは再生のための自由で赤裸な生である。そして王国とはこの生との一致であり、追放もまた一つの条件の下でこの生への道となる。その条件とは隷属と所有の拒否であり、これは結局、自由と赤裸ということの言いかえにすぎない。それは文明の衣装を脱ぎ去って自然との一体化を図り、無一物状態に回帰しようとする願望なのだ。『追放と王国』には、さまざまな桎梏と拘束のなかで追放状態に苦しむ人びとの姿と、そこからの解放を求め自由の王国へ旅立とうとする人びとの夢が語られているが、それこそ当時のカミュの願いであっただろう。

「不貞の女」

短編集の冒頭に置かれ、「不貞の女」という福音書から取られた主題を持つこの物語は、一九五二年十二月、アルジェリア内陸部の町ラグア訪問の体験に基づいている。カミュにおいては、女性が主人公となる唯一の作品である。

ジャニーヌの一日の物語という形式をとり、早朝、鉄道の駅からバスに乗った彼女は、もの言わぬアラブ人たちと一緒に「もう数日来も旅をしているように」(IV, 4) 思う。けれども、実のところ、車は「二時間前から荒涼たる、石だらけの高原を進んでいるのだ」。物語の冒頭から、ジャニーヌは、砂漠の空虚のなかで通常の時間の感覚を失い始めている。みずからの肉体の衰えを意識する彼女は青春時代を懐旧する。二五年前、ひとりで老いることの恐怖から、彼女はマルセルを受け入れた。しかし結婚生活は、青春との断絶を意味するだけだった。「鎧戸をなかば閉じて、二人で薄明かりを保ったまま、数年が過ぎていた。夏も、海辺も、散歩も、空さえも、遠かった」(IV, 5)

そしていま、夫の商用旅行に付き従って砂漠にやってきたジャニーヌは、そこがいたるところ石ばかりの土地であることを発見する。バスがオアシスに到着し、殺風景なホテルの部屋にひとり残った彼女は、寒さに身を震わせながら、孤独におののく。「彼女は待っていた。しかしそれが何かはわからなかった」(IV, 8)。青春の海からもっとも離れた土地で彼女が見つけたもの、それは海の幻影だった。部屋の小さな窓から聞こえてくるシュロの茂みの音が、波のざわめきを連想させる。彼女にとって、すでに久しいあいだ夏の海は無縁のものだった。しかし、砂漠のなかで耳にした幻の波の音、シュロの海は、それが現実の海ではないからこそ、夢想のなかで、「少女時代の自分の姿」(IV, 9)をよみがえらせるのだ。

夕刻になって、夫と一緒に堡塁に登ったジャニーヌは、そこから眺めた荒漠たる「石の王国」(IV, 13)を前にして、もう眼を離すことができなくなる。南の方、空と大地が触れ合っている場所で、「今日まで自分の知らなかった、しかもいつも自分には欠けていた何か、その何ものかが自分を待っている」と彼女には思われた。昼間、ホテルの一室では、彼女は「何かを待っていた」が、ここではみずからの期待の感覚を転倒させて投影し、自分が待たれている存在だと思いこむ。同時に、彼女のなかで、「過ぎた幾年、習慣と倦怠がしっかりと結びつけた一つの絆が静かにほどけてきた」。他方で、はるかなる砂漠に彼女が見つけたのは、遊牧の民の野営だった。彼らは、古い昔からこの広大な地域をさまよう一掴みの民にすぎないが、何ものをも所有せず、何人にも仕えず、「この不思議な王国の貧しいが自由な君主たち」(IV, 14) である。この王国は、「このつかの間の時を逃せば、もう永遠に彼女のものとはならないだろう」。そのとき、空は不動のものとなり、静寂があたりを制する。

この世の流れがたったいま停止し、この瞬間からもうだれも老いず、だれも死なないように思われた。あらゆる場所で、このときから、生は停止していた、ただ彼女の心のなかを除いて。その心のなかでは、同じ瞬間に、だれかが苦痛と感嘆に泣いていたのだ。(IV, 14)

広大な空間の広がりを眼前にして、ジャニーヌの心のなかで時間が感動をともなって流れ始める一方で、彼女は自分が生死を超越した無時間のなかに投げ入れられたかのように感じる。この内的な若々しい生の情感に満ちた時間と、外的な永遠にも似た無時間はともに、またたく間に過ぎ去った二五年、すなわちそれまで彼女が生きてきた倦怠と慣習に凝固した時間と対立するものである。そして、彼女がその日の夜に実現するのは、この内的時間と外的時間の一致にほかならない。

夜の空との姦通

夜、ホテルでジャニーヌは、風の音に目を覚ます。「風は南から来た。そこでは、ふたたび動かなくなった空の下で、砂漠と夜とがいまでは一つに溶け合っていた。そこでは、生が停止し、もうだれも老いることもなく、死ぬこともなかった」(IV, 16)。それは、彼女が昼間に見たあの石の王国からの「一つの声なき呼びかけ」である。それに応えようとして、彼女はひとりでホテルを抜け出して堡塁に登り、眼前に広がる星空に魅せられる。「目の前では、星たちが一つ一つ落ちて、それから砂漠の石のあいだでその光を消した。そのたびごとに、ジャニーヌは、次第に夜に向かって自分を開いていった」(IV, 18)。みずからの夢想のなかで、ジャニーヌは星と一体となって砂漠の石のあいだに落ちて、昼間遠くに渇望した石の王国のなかへ入っていく。『異邦人』のムルソーは「世界の優しい無関心」に心を開いたが、その夜の空との交感は、ジャニーヌの場合には女性としての身体において受け入れられて、官能的な性格を帯びたものとなる。「そのとき、耐えがたい甘美さで、夜の水がジャニーヌを満たし始め、寒さを沈めて、彼女の存在の暗い中心から少しずつ立ちのぼり、間断ない波となって、うめきに満ちた口にまであふれ出た」

かつて『結婚』において、語り手はジェミラの廃墟で「石のなかの石」となり、人間の歴史から逃れ自然の悠久の時間に同意した。彼は、永遠の現在を謳歌するだけで満足することができた。そこには他者とともに生き続けねばならない日常的時間への視点は欠落していたし、それこそが青春の特権であるとも言える。他方で、ジャニーヌの場合は、砂漠の石との一体化を遂げたあと、夫のそばに戻らなければならない。自然との不貞を犯した彼女は、もはや人間の世界には適応しがたい存在となっている。ホテルの部屋に戻って寝床に横たわった彼女に、マルセルは「何か言ったが、彼女にはその意味がわからなかった」(IV, 18)。夫の方では「妻の方を見つめたが、わけがわからなかった」。こうして、マルセルが生き続けている日常的時間、すなわちジャニーヌにとっての他者の時間と、彼女がみずからの夢想を全的に解放し、全身で体験した砂漠の無時間とは、その接点を持ちえないままなのである。

石化の夢想

『結婚』や「ミノタウロス」、また『幸福な死』や『シーシュポスの神話』に見られたカミュの石化の夢想は、「不貞の女」にいたってまた新たな変奏を奏でることになる。カミュの作品にあらわれる石のイメージの多くは、石の抵抗と人間の労働の拮抗が生み出す力動的イメージではなくて、人間が石に同化する結晶的イメージであった。カミュ的人間にとっては石の抵抗など存在しないかのようであり、彼らは石に働きかける石工でもなければ彫刻家でもなく、つねに石の誘惑に同意し、石と同化してしまう。

ギリシア神話においては、石と化すことは多くの場合、神々によって課せられた懲罰の一形態だった。しかし、『結婚』では、石化は世界との幸福な一致の成就であり、『幸福な死』では不動の世界の真実への回帰としてあらわれた。そして「不貞の女」では、砂漠の石のあいだに身を埋めることが、人生の倦怠と死の恐怖から逃れて充足を見いだすこととなる。カミュ的人間にとって、石化とは、メドゥーサのまなざしの前で恐怖に身を凍らせることではなくて、至福のやすらぎのうちに自己の根源へと導かれて、母なる自然へと回帰することとなのだ。石というもっとも形而下的な存在にまで身を局限することによって、逆に、もっとも形而上的な体験が可能となる。

また、石は破壊されえない硬さを有し、持続の観念を象徴するがゆえに、つねに死によって脅かされている脆く壊れやすい時間的存在としての人間と対立している。死の現存であり、すでに死んだ物質である石は、人間にとって最大の問題である死を超越していると言えるだろう。それゆえ、石化という一種の仮死体験は、ジャニーヌの体験のように、時間的存在としての自己を脱却して永遠の相に触れる体験を意味することになる。

「背教者」

一九五〇年、カミュは『手帖』に「二〇世紀におけるもっとも激しい情熱。すなわち隷属」(IV, 1097) と書いた。第二編「背教者あるいは混乱した精神」では、この主題が過激な形で描かれている。最後の一行を除いて語り手の独白からなるこの物語は、夜明けに始まり夜明けに終わる二四時間の物語であり、そこにおいてたえず太陽の位置と一日の時刻が言及される。この間、語り手は岩陰で宣教師がやってくるのを待ちながら、断続的に彼の生涯を回想する。

ジャニーヌは、堡塁から眺めたはるかなる石の王国への憧憬を抱き、つかの間の官能的一体化のなかにその願望を実現させた。だが、布教の使命に燃える背教者は、不貞の女よりははるかに深く砂漠の奥へと入り込んでいく。それは、彼が生きてきたヨーロッパの気忙しい時間から離れて、未開の民の悠然と流れる時間のなかに身を浸すことでもある。すでに物語の冒頭から、彼は「この土地では気が変になる。もう数えることもできない幾年も前から……」(IV, 19) と語り、この土地に来てから過ぎ去った年月がもうわからなくなっている。実際、到着したとき彼を待っていた最初の試練は、時間の観念の喪失に耐えることだった。

残虐な未開人たちに捕らえられ、物神のまつられた家に幽閉された彼は、時を数えることができなくなる。「こうして日々は日々に続いて、私はそれらをほとんど区別できなかった。まるで酷熱と塩壁の陰険な反射とのなかで、日々は溶けて水となったかのようだった」(IV, 27)。牢獄のなかのムルソーもまた、外部から遮断された狭い空間のなかで、日々がその境界を越えて延びてゆき、「そのため日にちの名がなくなってしまう」(I, 187) のを実感した。これは、彼が生きていた現在時の継起から、彼を引き放す結果をもたらした。それに対して、背教者においては、この試練は、彼のものであったキリスト教ヨーロッパの時間を解体するように思われる。『反抗的人間』において、カミュは、終末を目指して突き進むキリスト教の直線的時間と、それを受け継いで神の代わりに永遠の進歩の観念を置いた近代ヨーロッパを批判した。「背教者」において未開人の物神が支配するのは「齢なき長い日」であり、それは進歩の観念とは無縁の、たゆたって流れることのない時間である。

物神への帰依

未開人たちによって拷問のような責め苦を受け、むりやり物神を崇拝するよう強要された背教者は、舌を切り取られた日、この神に帰依して自分の全生活を捧げるようになる。「私は人から教えられた長い歴史を否定した。人は私を欺いていた。ただ悪意の支配だけが完璧であった」(IV, 29)。善の支配は夢であり、不可能なのだと知った彼は、砂漠の奥地で改宗し、過激な反キリスト教者となり、反ヨーロッパ文明の主張者となる。「悪こそが存在するのだ。ヨーロッパを倒せ。理性と名誉と十字架を倒せ」。悪の支配する王国こそが「可能なただ一つの王国」(IV, 30) であると信じる背教者の夢想は、とどまるところを知らない。

おお、わが主人たちよ。彼らは次に兵士たちを打ち負かし、ことばと愛を打ち破るだろう。砂漠をさかのぼり、海を渡って、ヨーロッパの光をその黒いヴェールで覆うだろう。腹を殴れ、そうだ目をたたけ。彼らは大陸に自分たちの塩をまき散らすだろう。どんな植物も、どんな青春も死に絶えるだろう。そして、足かせをはめられた無言の群衆が、本物の信仰である残忍な太陽のもとで、世界に広がった砂漠のなかを私と並んで歩むことになるだろう。私はもうひとりきりではないのだ。(IV, 32)

時間は停止し、歴史の流れは逆方向に向うだろう。背教者の過激な夢想は、キリスト教ヨーロッパの直進的時間の観念を打破し、さらにはあらゆる進歩、成長の観念をも破砕して、世界を砂漠と化してしまう。ここでは、砂漠の想像力が、時間を否定する残酷な物神への崇拝と結びついて、世界制覇を夢見るのである。

しかし、背教者は物神にも見放されることになる。「おお、物神よ、どうして私をお見捨てになったのですか?」(IV, 32)。聖書のパロディであることは明らかだ。そして最後に「塩のひとつかみがおしゃべりな奴隷の口を満たす」(IV, 33) が、それはこの駄弁を黙らせることによって、次の短編「口をつぐむ人びと」へとつながっている。

「背教者」は、饒舌な語り手の独白形式や、ヨーロッパ文明への激しい呪詛など、『転落』と共通する要素を持っている。クラマンスの名前には「砂漠で叫ぶ者」の意味があったが、アフリカの砂漠の町で舌と名前を失った背教者は、審判を下す悔悛者の誇張された姿であると見ることができる。霧に包まれた北国で話すクラマンスに歴史の進歩の観念を揶揄させたカミュは、今度は、太陽のもとで語る背教者に反歴史主義の過激な夢を見させたのだ。ここでは太陽は、ムルソーを殺人へと導いた太陽よりも酷薄だ。背教者は、若い頃、故郷で司祭から「カトリック教は太陽だ」(IV, 20) と教え込まれ、それを信じて砂漠の奥の未開人たちを「力強い太陽のように」(IV, 21) 改宗させるべく伝道の旅に出た。だが、彼を迎えたのは「果てしなく照りつける太陽のような」(IV, 22) 非道の未開人だった。そして、いま「ハンマーのように石を打つ太陽」(IV, 24) のもとで、彼は宣教師が来るのを待っている。最後に彼が夢見るのは、「本物の信仰である残忍な太陽のもとで世界に広がった砂漠」(IV, 32) である。ここでは太陽は、カミュの作品のなかでもっとも過激な姿を見せることになる。

「口をつぐむ人びと」

カミュが用いるリアリズムは神話的・象徴的意味作用を担っていることが多いが、第三編「口をつぐむ人びと」では、リアリズムはそうした意味的負荷を持つことなく、樽職人の一日が淡々と描かれる。『追放と王国』のそれぞれの短編を異なった手法で書き分けたカミュは、貧しい労働者を描くにはもっとも素朴な手法が適していると考えたのだろう。彼は樽職人であった叔父エチエンヌを通して、工場の仕事になじんでいた。この叔父の姿は、自伝的小説『最初の人間』ではエルネストとして描かれる。

「不貞の女」において、オアシスへと向かうバスのなかでジャニーヌの回想が挿入されたように、ここでは、イヴァールが自転車で職場へと向かう途次に、過ぎ去った青春が懐旧される。四〇歳で、老齢の入り口に立ったことを感じ始める彼は、青春の海から遠ざかってしまった。二〇歳の頃、彼は海を眺めて倦むことなく、水泳を好み、強い太陽の下での肉体の喜びを享受していた。この国にはそれ以外の幸福はなかったからだ。しかし、「この幸福は青春とともに過ぎ去った」(IV, 35)。いまでは彼が海を眺めるのは、仕事を終えて、夕暮れに自宅のテラスでくつろぐときだけだ。そのとき「自分が幸福なのか、あるいは泣きたいのか」、彼にはわからなかった。ただ、「静かに、それが何かは知らないままに、ただ待つという以外には、なすべきことは何もなかった」。イヴァールもまた、ジャニーヌと同様に、何とも知れぬものを待っている。この待機の瞬間は僥倖の到来を約束はしないまでも、単調な日常的時間のなかにおける、わずかな弛緩とやすらぎの瞬間である。

今朝は、ストライキが失敗したあと、ふたたびイヴァールは職場へと自転車を走らせる。「太陽が輝いていても、海はもう何も約束してくれず」(IV, 37)、彼には「車輪がまわるたびごとに、その分だけさらに老いるように思われた」。樽工場で、自分の持ち場に就いても、重い沈黙がのしかかるだけだ。挫折感に打ちひしがれた工員たちは、押し黙って仕事に従事する。工場主がやってきて、友愛の声をかけようとしても、彼らはそれに応答することができない。この職場仲間には、サイードという名を持つアラブ人がいる。貧しい彼に、イヴァールは昼食を分けてやる。『異邦人』のアラブ人たちに名前がなかったように、「不貞の女」でジャニーヌが出会うもの言わぬアラブ人たちや、「客」に登場するアラブ人の囚人には名前がない。サイードは、カミュの作品において初めて名前を有するアラブ人として登場する。

午後になって、工場主の娘が病気に倒れ、救急車で運ばれる。『ペスト』ではオトン判事の息子の病気が人びとの連帯感をさらに強めたが、ここでは、子どもの病気は工員たちをとまどわせるだけだ。久しぶりに職場に復帰したイヴァールは、いつもよりも早く疲労困憊してしまう。「この身体の節々の痛みは同時に老いの衰えを彼に告げていた。筋肉がガタガタになってくると、仕事はついに呪わしいものとなる。それは死の前触れだ」(IV, 43)。このつらい労働のなかでも他者との連帯のひとときを共有できれば、それは慰撫となるだろう。しかし、ストライキの敗北感に打ちひしがれた工場の仲間たちは、彼らを孤立させ閉じ込めている重い沈黙の帳を打ち破ることができない。「彼はできれば話がしたかった。しかし言うべきことが何もなかった。他の連中も同じだった。黙り込んだ彼らの顔には、ただ悲しみと一種の片意地だけが読み取れた」(IV, 44)

一日の労働が終わって帰宅したイヴァールは、妻のフェルナンドとともに、テラスで夕暮れの優しい海を眺める。結婚の最初の日々のように、妻の手を取りながら、彼は一日の出来事すべてを彼女に語った。「彼は若ければいいのにと思った。フェルナンドも若ければいいのに。そうしたら、二人で出発しただろう、海の向こう側へ」(IV, 45)。だが、彼は海の向こう側にその希望を託すだけで、旅立つことができない。わずかに妻と眺める夕暮れの海を除いて、彼の王国はどこにもないのである。

「客」

第四編「客」はアルジェリア戦争が始まったばかりの時期に書かれ、戦争が激化したときに完成した。原題であるフランス語のHôteには「主人」と「客」の二つの意味があり、これは歓待がつくり出す相互依存の緊密なきずなを強調する語である。カミュに近い音を持つダリュという名の教師が主人公となり、物語はアルジェリアの高原の小学校を舞台に、午後の二時から翌日の午前までのあいだに展開される。

三日前から雪に閉ざされて、子どもたちが来なくなった教室の黒板にはフランスの地図と大河が描かれている。ダリュは、植民地の小学生たちにフランスの地理を教えていることが暗示されている。この貧しい土地に、前触れもなくいきなり大雪がやってきた。「このように、生きるには過酷な土地だった。人間さえもいなかったし、いたとしても何も手をつけられなかっただろう。しかし、ダリュはこの国で生まれたのだ。ほかの土地では、どこであれ、彼は追放感を味わった」(IV, 48)

そこへ憲兵によって連れて来られたアラブ人が、彼には重荷となる。このアラブ人はひとこともフランス語を話さないが、ダリュはアラブ語で話しかける。カミュは、多くのフランス人と同様に、アラブ語を学ばなかった。彼はいくつかの単語を知っていただけである。アラブ語はその方言も含めて、リセでは教えていなかった。ダリュがどのようにしてアラブ語を学んだかは明らかではないが、少なくとも彼はこのアラブ人の囚人と意志を通わせる程度に話すことができる。

憲兵が去ったあと、ダリュはこのやっかいな客と一晩を過ごすことになる。この客も彼と同様に、この石だけが支配する砂漠の住民なのだ。

こんなふうだった。小石だけでこの国の四分の三を覆っていた。街々はそこに生まれ、光り輝き、ついで消えていった。人間たちはそこを過ぎゆき、愛し合いあるいは喉に噛みつき合い、ついで死んでいった。この砂漠のなかでは、だれも、彼もまたこの客も何ものでもない。にもかかわらず、この砂漠の外では、どちらも真に生きることはできなかっただろう。ダリュはそれを知っていた。(IV, 52)

人間の営みはすべて、石のように落下する自然の力に耐えるすべもなく、ついには己をも歴史をも支えきれなくなってしまう。そこでは、町や人間など、結んでは消えるうたかたのようなものにすぎない。ダリュとその客もこの石の砂漠では何ものでもないが、しかし彼らの王国はここにしかないのだ。

このアラブ人の存在はダリュを困惑させる。彼は一種の「友情を押し付けてくるが、それは現在のような状況ではダリュが拒んでいるものであり、またよく知っているものでもあった」(IV, 55)。共通の王国である同じ土地に生きながら、ダリュは、このアラブ人とその仲間たちに敵対せざるを得ない状況に追い込まれる。アルジェリア問題に直面して、カミュが置かれることになる困難な状況が反映している。バルデッシが代表するフランス人社会と、アラブ人とのあいだで引き裂かれたダリュは、そのまま、当時次第に明らかになりつつあったカミュの姿でもあった。

自由か牢獄か

次の日、高原の高みで、ダリュはアラブ人に二つの方向を示す。一つは東の方向で、二時間歩けば、官憲がアラブ人を待っているタンギーの町に行き着く。もう一つは南方向だ。「ここから一日歩けば、おまえは草原地帯に着いて、最初の遊牧民に出会うだろう。彼らは、自分たちの掟に従って、おまえを歓待し、かくまってくれるだろう」(IV, 57) と、ダリュは言う。ジャニーヌは、昼間、堡塁から遊牧民を望見して、そこに王国の民がいると考えた。遊牧民は市民法や警察組織の外部にいて、歓待が彼らの文化の一部をなしている。彼らは、歴史状況のなかで敵対せざるを得ないダリュとアラブ人にとって、自由の象徴となる。こうして、みずからは決断できないダリュは、自由を選ぶか、牢獄への道を選ぶかの判断を相手に委ねる。しかし、最後にダリュが目にしたのは、「ゆっくりと牢獄への道をたどっていくアラブ人」(IV, 58) の姿だった。

結局は、アラブ人を官憲に引き渡すことになったダリュが小学校に戻ると、教室の黒板に殴り書きされたメッセージを見つける。「おまえはおれたちの兄弟を引き渡した。報復を受けるだろう」(IV, 58)。ダリュの心遣いにもかかわらず、フランス人とアラブ人の共存が不可能であることが示される。「ダリュは空を、高原を、さらにその彼方、海まで広がっている眼に見えぬ土地を眺めていた。これほど愛していたこの広い国で、彼はひとりぼっちだった」。旅人であるジャニーヌにとっては、砂漠はつかの間の恍惚を与えてくれる王国であったが、そこに住み、そこを愛しているダリュにとっては、追放の土地となってしまう。この砂漠は彼を板挟みの身動きできない状況へと追い込むことになる。しかも、他所では生きられないと感じている彼は、イヴァールと同様に、どこへも出発できないのである。

「ヨナ」

作家としての名声を得て以降、カミュの生活は困難を抱えるようになった。第五編「ヨナあるいは制作する画家」では、自分の時間を奪い取る雑事と他人に対するカミュのいらだちが記されている。彼は作家を画家に置き換えて、自分の家族生活の困難を、ユーモアを交えた筆致で描いた。

これまでの四編はいずれも二四時間以内に展開する物語だったが、「ヨナ」の語りは画家が成功し凋落するまでの比較的長い期間に及ぶ。好運な星のもとに生まれたと信じているヨナは、記憶をさかのぼっても好運がはたらいていることだけを見いだすのだった。両親の離婚、友人ラトーとの出会い、そしてルイズとの邂逅。妻のかいがいしい世話によって、ヨナの制作の時間が確保される。しかしそれもつかの間、以後、彼の時間は一方的に削り取られるばかりとなる。まず、結婚して子どもが生まれると、事態は一変する。「彼女はなお夫を助けようと試みたが、時間が足りない」(IV, 63)。だが、それだけではなく、狭いアパルトマンには場所の余裕もなくなっていく。「二人のまわりでは、時間と空間とが同じ速度で縮まっていった」

ヨナの成功のおかげで、新しい友人たちが次々と来訪するようになり、制作の邪魔をする。次第にヨナは時間に遅れ始める。「彼はいつでも遅刻しているように、いつでも自分を罪あるように感じた」(IV, 71)。名声があがるにつれて増大する雑務に追われ、ようやくヨナも、削り取られていくばかりの時間を前に焦慮し始める。彼は自分の仕事を、妻を、子どもたちを、友人を愛していた。しかし、「時間が足りなかった。すべてを受け入れることはできなかった」(IV, 72)。やがて、彼の制作力が減退し、絵の売れ行きが鈍り始める。彼は絵筆を握ることも放棄して、町をさすらって無駄な時を過ごすことが多くなる。

ある日、ヨナは、制作に必要な静寂を求め、廊下の端に天井部屋を作って、そこに閉じこもってしまう。こうして彼もまた、待つことになる。「疲れ果て、座り込み、両手を膝に置いて、彼は待っていた。もう二度と仕事はしないだろうと思った。幸せな気分だった」(IV, 82)。友人たちはもちろん、家族からも離れて、自分の時間を手に入れたヨナではあるが、仕事に取りかかることなく、ただ好運の星がふたたびあらわれるのを待ちながら、瞑想にふけるばかりだった。ヨナが倒れて医者が呼ばれるが、一週間もすれば恢復するだろうと言う。

別の部屋では、ラトーが真っ白なキャンバスを眺めていた。その中央には、ヨナがごく小さな文字で、ことばを一つだけ書き込んでいるのが見て取れた。しかし、それを孤独(solitaire)と読むのか、それとも連帯(solidaire)と読むべきなのかはわからなかった。(IV, 83)

旧約聖書のヨナが鯨の腹から帰還したように、画家ヨナも天井部屋から生還する。この天井部屋は、彼がキャンバスに残した文字が示すように、「連帯」と「孤独」の狭間に位置する。そこは、「なかば沈黙の場所」(IV, 80)であり、「砂漠」に例えられている。砂漠へ出発することのできないヨナが見いだした、いわば虚構の砂漠であると言えよう。そこでは、気忙しく刻み込まれる時間、たえず他者によって蚕食されていく時間の代わりに、無為の時間、果てしなく広がる時間が支配しているのだ。「連帯」と「孤独」のアポリアは解決されないままだが、ヨナはメッセージを残したあとも生き延びる。その点において、バルザックの『知られざる傑作』やゾラの『制作』のように、世間から理解されずに破滅する画家の物語とは異なった結末をカミュは用意したのである。

「生い出ずる石」

一九四九年、カミュは講演旅行のため南アメリカを訪問し、ブラジルに滞在した。短編集の最後に置かれた「生い出ずる石」は、この旅から素材を得た物語である。ここには二つの石が登場する。洞窟のなかで生長し、土着信仰の対象となっている石と、シーシュポスの後継者とも言えるダラストが担ぐ石である。

ヨーロッパの故国を去り、河川工事の技師としてブラジルの町イグアペにやって来たダラストは、洞窟のなかで待つ巡礼者たちの姿を見かける。そして、彼自身も「この国に到着して以来ひと月、待つことをやめなかった」(IV, 95)。それは、「あたかも、彼がここにやりに来た仕事は、単なる口実に過ぎず、彼の想像すらしなかった、しかし、世界の果てで辛抱づよく彼の来るのを待っていた一つの驚き、あるいは一つの出会いのための機会ででもあるかのようだった」。ブラジルへ来る少し前に、ダラストは、クラマンスのように人の死に関して責任を負うことになった。「私のせいで、あるひとが死にかけていた」(IV, 98)と、彼は言う。

クラマンスが他人の裁きを逃れる方法を求めて北の国に逃れたのとは対照的に、ダラストは贖罪と再生を願って南の新天地にやって来たと想像することはできる。

だが彼は、この土地全体に対して吐き気を感じるように思う。ここでは、すべてが融解していく。こまやかな雨が空気を重くし、輪郭をぼかし、川と森のざわめきを鈍くする。時間もまた例外ではない。「この大地はあまりにも大きい。血と季節はそこで混じり合い、時は溶けて水と化す。ここでの生活は大地とすれすれに営まれる」(IV, 104)。ヨーロッパの絶えず加速されて刻まれる計測的な時の代わりに、ここでは減速し拡散する時の流れがすべてを運んでいき、人びとの生活もまたこのリズムに合わせて営まれる。ダラストが感じた違和感は、何よりもここを支配する時の流れのなかに自分がうまく入り込めないことに由来する。

ダラストの石

祭りの日がやって来る。行列に参加したコックは、神との約束を果たすため石を運ぶが、その重さに抗しきれず倒れてしまう。このいわば挫折したシーシュポスを助けるために、もうひとりのシーシュポスであるダラストが石を担ぎあげ、それを教会ではなく、コックの仲間たちが集う小屋へと運ぶ。シーシュポスの重荷は、ついに小さな共同体の中央に置かれることになる。

ダラストは影のなかに立ったまま、何も見ることなく耳を澄ました。川の流れの音が、ざわめく幸福で彼を満した。目を閉じた彼は、歓びにひたって自分自身の力をたたえ、さらにもう一度、ふたたび始まる人生をたたえた。その瞬間、ごく近いと思われるところで号砲が鳴り響いた。コックの兄はコックから少し離れると、ダラストの方を半分だけ振り向いて、彼を見ることなく、空いた場所を指して言った。「われわれと一緒に腰をおろせ」(IV, 111)

この石は人間の連帯を強める試練の役割を果たし、コックにおける石の落下のイメージはすぐにダラストによって支えられ、彼の腕の筋肉がこれに打ち勝つのである。ダラストは、大地とすれすれに営まれる生活に、時間が溶けて水となる国に迎え入れられる。彼が見いだした連帯の相手が、自分を技師として招いてくれたイグアペの町の有力者たちではなく、下町の小屋に住み、素朴な共同体の姿を保持しているような原住民たちであることは示唆的だ。ジャニーヌが憧れた砂漠の民も、近代化に抗って、原始の生活習慣を保持し続ける人びとだった。近代の個人原理の上に確立する人間関係に疲れたダラストは、原始共同体的な人間集団のなかに慰撫を見いだすのだ。ペテロの石の上に教会が築かれた事例にならって言えば、真の聖性は貧者たちの小屋に置かれた石から生まれるとも言える。

ジャニーヌは遊牧民の生活に憧憬を抱くが、彼らのもとへ走る勇気はない。イヴァールやダリュも自分たちの生活の場を離れることができず、その場所で他者との連帯を求めようとするが挫折する。ヨナは、苦心の末、妥協策を講ずるが、はたして彼が自分の「星」をふたたび見いだしたかどうかは定かではない。ところが、彼らとは異なり、ダラストはすでに自分の持ち場を捨てた人間であり、その意味で始めから特権的な立場を獲得していたと言える。

あとは自分を迎え入れてくれる他者との出会いを待てばいいだけだ。だが、彼を受け入れたブラジルの原住民は、作者カミュにとってはフィクションにすぎない。もはや故国アルジェリアではなく、ブラジルの自然のなかでこそ、カミュは無傷のまま、みずからの無時間への渇望を解放することができたのである。

王国からの追放

六編の登場人物たちは、自分がかつて住民であった幸福な王国からの追放感を味わっている。彼らはそれぞれに王国の再来を希求するが、それはみずからの意志で現状を打破しようとするよりは、むしろ何かを期待し、待つという形であらわれる。ジャニーヌは砂漠の堡塁で、ヨナは天井部屋で、ダラストはブラジルで何かを待っている。他方で、背教者は悪の支配する日が来るのを、イヴァールは海の彼方へと出発する日を、それぞれ夢見る。ただ作者カミュに近い状況に置かれたダリュは、石の国こそが自分の居るべき場所であると確信しつつ、なおその場所で追放感を味わわざるを得ない。彼には、待つものも、夢想する場所もない。

六人のすべてが作者とほぼ同年齢であり、だれもが寒さに震えており、青春の夏の輝きはもう遠いものとなっている。ジャニーヌがオアシスの街に着くと、寒気は厳しく、「風が吹くと彼女は震えあがった」(IV, 8)。真冬の海辺の道を自転車で走りながら、四〇歳を過ぎたイヴァールの「筋肉はなかなか暖まってこない」(IV, 34)。広い樽工場での仕事は「冬場はつらかった」(IV, 39)。大雪に閉ざされた小学校の「がらんと凍てついた教室」(IV, 46) でダリュは待っている。名声が下り坂になったヨナには、「寒さが心臓までしのびこんできた」(IV, 77)。この寒さのなかで、彼らは人間的な暖かさを求める。ジャニーヌは、ホテルの寝床でまさしく夫の身体の温もりを求めるのだが、彼は呼びかけには応えてくれない。イヴァールは工場主とのあいだに友愛の関係を持ちたいと願いつつ、果たせないでいる。ダリュは、アラブ人に友情を示そうとするが、それが理解されない。ヨナは押しかけてくる来客を受け入れようとしながら、結局自分の時間を奪われて、仕事にも行き詰まってしまう。彼らの追放感は、他者とのあいだに親密な関係をうちたてることができないことに由来している。ただひとりダラストだけが原住民に受け入れられるが、それが作者カミュにとっては異郷の地であるブラジルである以上、この連帯は架空のものでしかないと言えよう。

他者との友愛と連帯を求めつつ苦慮する彼らは、同時に、文明の時間から逃れようと希求する。ジャニーヌは、悠久の時間を旅する遊牧民の王国の一員になりたいと夢想する。物神への信仰に帰依した背教者が空想するのは、ヨーロッパのキリスト教の歴史が打ち負かされることだった。ヨナは、自分の時間を確保するために、家のなかに砂漠にも似た空間をつくり出し、そこへ逃避する。ダラストは、ブラジルの水のように融解する時間のなかにみずからを適合させて、そうした時間を生きる住民たちの共同体のなかに迎え入れられる。これらには、ヨーロッパの歴史から逃れて、砂漠へ、砂漠の無時間へと逃れたいというカミュ自身の希求を読み取ることができるだろう。

第十七章

『最初の人間』
――起源への旅

『**最初の人間**』

一九六〇年、自動車事故で四六歳の生涯を終えたとき、カミュは自伝的小説『最初の人間』の未完成の草稿を抱えていた。主人公である四〇歳のジャックは、故郷アルジェリアに戻り、若くして戦死した父についての調査を開始する。第一部の末尾では、彼は自分が生まれた土地であるモンドヴィにおもむき、フランスからの入植者たちの墓地を訪れて、そこに父の姿を見いだすことになる。

この国に生まれた男たちはみなそうだった。彼らは、ひとりひとり、自分の根も信仰も持たずに生きることを学ぼうと試みたが、こんにちではだれもが最終的に無名となり、この土地を通過したという神聖な唯一の痕跡さえも失ってしまうおそれがあった。〔……〕彼は立ち去ってきたばかりのすり減って苔むした墓石のことを考えると、死が彼をほんとうの祖国へと連れ戻し、今度は広大な忘却によって凡庸で怪物のような男の思い出を覆ってしまうだろうということを承知して、奇妙な歓びにとらえられた。その男は、助けも救いも受けずに、貧困のなかで、幸せな海辺の国で、世界の最初の朝の光のもとで成長し学んだあと、今度はひとりで記憶も信仰も持たずに、人間たちの世界とその時代へと、その恐ろしくも熱狂させる歴史へと近づいていったのだ。(IV, 861)

「**ギロチンに関する考察**」

一九五七年六月、カミュはアンジェ演劇祭において、『カリギュラ』の最新版の上演に立ち会うとともに、みずからが翻案したロープ・デ・ヴェガ原作の『オルメドの騎士』を演出した。同じ時期、「ギロチンに関する考察」を執筆し、これはアーサー・ケストラーの「絞首刑に関する考察」およびジャン・ブロック＝ミシェルの「フランスにおける死刑制度」と併せて、同年カルマン＝レヴィ社から刊行された。

この死刑制度批判のテクストを、カミュは父の挿話によって始めている。「私が父について知っている数少ないことの一つは、彼が生涯においてはじめて死刑執行に立ち会いたいと望んだということだ」(IV, 127)。農場主の一家を三人の子どももろともに殺害した死刑囚に対して、父はひどく憤慨していた。しかし、顔色を変えて処刑場から帰ってくると、「しばらく寝床に身を横たえて、それから突然嘔吐を始めた」。彼は、「虐殺された子どもたちのことを考えるのではなく、首を斬るために台の上に投げ出された息もたえだえの身体のことしか、もう考えられなかった」。ここでは二つの殺人が問題となっているが、一家殺しと死刑執行が比較考量されて、死刑の残虐さが、父の体験から引き出されるようにして、一般論として結論づけられる。個人的で情動的な殺人よりも、政治的な制度としての殺人こそが断罪されるのだ。『異邦人』においてもムルソーが同様の父のエピソードを想起するが、それは死刑囚として処刑が差し迫っているからであり、視点は殺される側にある。他方で、「ギロチンに関する考察」においてカミュが父の体験を語るのは、殺す側の視点からである。

このあとカミュは、死刑の見せしめ効果に疑問を投げかけ、死刑囚の恐怖を語り、死刑は悔悛の機会を奪うものであると述べ、彼の死刑廃止論を長々と展開する。極刑を課すことができるのは、みずからに正義があると思っている者だけだ。しかし、だれも自分が正しいと主張することはできず、国家は潔白ではない以上、死刑を宣告することなどできないのだ。

カミュはかねてより死刑に強い関心を寄せていた。少年時代に聞いた父の挿話に始まり、ジャーナリストとして重罪裁判所で死刑判決に立ち会い、第二次大戦中には軍事裁判による処刑報道に接し、戦後は対独協力派の粛清に直面し、さまざまな国や地域における政治的な死刑判決、そしてとりわけアルジェリア戦争の時代における死刑判決に心を痛めていた。

カミュにとって死刑の問題は、はじめは処刑されることの恐怖だったが、次には処刑してしまうかもしれない恐れへと移行した。この転換点として重要なのは戦後の対独協力派粛清の問題である。一九四六年の「犠牲者も否、死刑執行人も否」は、死刑執行人の仲間に入ることを断固として拒否する決意の表明だった。「ギロチンに関する考察」においても、その末尾近くで、彼はドイツ軍により死刑に処せられたレジスタンスの闘志ペリとともに、対独協力者として処刑されたブラジヤックを想起して、こう書いている。

> 死刑がなかったならば、ガブリエル・ペリもブラジヤックも、おそらくいまでもわれわれとともにいることだろう。そうであれば、われわれは自分たちの意見に従って彼らを裁くことができるだろうし、現在では彼らの方がわれわれを裁き、こちらは口をつぐんでいるのだが、そんなことにはならず、誇りを持ってわれわれの判決を下すことができるだろう。(IV, 164)

死刑によってコミュニケーションが断絶され、死者は不動で絶対的な存在となり、生者はもはや死者に対して問いかけることも、答えさせることもできない。死者はこうして生者を支配する。生者が死者に対して抱かざるを得ない負債の感情、ここにカミュの死刑廃止論の核心の一つを見ることができるだろう。

ノーベル賞受賞

一九五七年十月十六日、カミュへのノーベル文学賞授与が発表された。前年に刊行された『転落』の高い評価が受賞を決定づけた。四四歳という歴代二番目に若い年齢での受賞だったが、相変わらず創作力の減退に苦しんでいた彼にとって、この報せは疑念と苦悩をいっそう深いものにした。翌日、彼は『手帖』に、「ノーベル賞。打ちひしがれ、憂鬱で奇妙な感情」(IV, 1266) と書いた。シャールをはじめとする友人たちの祝福とは別に、ジャーナリズムはこれでカミュの作家生命は終わったのだと書き立てた。

カミュは、妻フランシーヌをともなって、授賞式に出席するためにストックホルムにおもむき、十二月十日には、公式の受賞演説を行って、芸術に関する自分の考えを明らかにした。

個人的には私は自分の芸術なくして生きることはできません。しかし、この芸術がすべてに優ると考えたことは一度もありません。反対に、それが私にとって必要である理由は、芸術がだれからも切り離されることなく、すべての人びとと同じ立場で生きることを私に、ありのままの私に可能にしてくれるからです。芸術は、私の見るところでは、孤独な楽しみではありません。それは共通の苦悩と歓喜の特権的なイメージを提示することによって、

もっとも多くの人びとの心を動かす手段なのです。(IV, 239-40)

続いて十三日、ストックホルムの学生たちとの対話集会に出席した彼に、ひとりの若いアルジェリア人が激しい質問を投げかけた。それに対して、カミュはいらだちを示して、「私は正義を信じています。しかし正義よりも前に母を守るでしょう」(IV, 289) と答えた。このことばは翌日の『ル・モンド』紙に報じられて、世界中を駆け巡った。誤解を生みやすい表現であったために、さまざまに取りざたされた。実際このとき、カミュの母はアルジェの町角で起こるテロの巻き添えになる恐れがあった。しかし、より広い文脈で見るならば、カミュにとって、母か正義かどちらかを選ぶことは問題ではなかった。母という形象によって彼が表現しようと望んだのは、「歴史」を超越した価値であり、生そのものであり、母こそがその持続を保証するものだった。すでに、一九五〇年、彼は『手帖』に、「愛は不正である。しかし正義だけでは十分ではない」(IV, 1086) と書いていた。

十四日には、ウプサラ大学で、「芸術家とその時代」と題した講演を行い、受賞式の公式講演の内容をさらに展開させて、この時代における芸術家の役割についての考察を述べた。まずカミュは、今日では芸術家はみずからの意志によって「アンガジェ(社会参加)」しているのではなく、ガレー船に「アンバルケ(乗船)」させられているという現状認識から出発する。そして、『反抗的人間』で述べた現実と芸術との関わりの議論を敷衍させて、芸術のための芸術および社会主義リアリズムをともに拒否して、「芸術は現にあるものをすべて拒否することでも、またすべてに同意することでもない」(IV, 259) と述べた。

『**アクチュエルⅢ**』

カミュは一九四二年以降、アルジェリアに住むことはもはやなかったが、しかしアルジェリアの外ではつねに異郷にいると感じていた。彼の家族や多くの友人はアルジェリアに残っていたし、彼はたえず彼らに会うために祖国に戻った。

一九五八年六月、カミュは、これまでに書いたアルジェリアに関する文章をまとめて、『アクチュエルⅢ　アルジェリア時評（一九三九—一九五八）』として刊行する。収録されたのは、一九三九年『アルジェ・レピュブリカン』のルポルタージュ記事「カビリアの悲惨」、一九四五年『コンバ』に掲載された「アルジェリアの危機」、一九五五年の「アルジェリアの闘士への手紙」であり、さらに一九五五—五六年『レクスプレス』に発表された八本の記事が「引き裂かれたアルジェリア」の表題でまとめられた。以上の既発表の文章に、彼は、新たに「序文」と「一九五八年アルジェリア」と題した結論部分を付した。

植民地政策を支持する者たちは、一八三〇年の征服のあと、フランスはアルジェリアに経済と社会の発展、民主主義による自由をもたらしたと主張していた。だからこそ、散発的に起きる暴動を植民の企てを邪魔するものと見なし、同化政策を推し進めることによって、反乱を鎮静化できると考えた。他方で、アルジェリアのナショナリストたちは、フランスは正当な所有者である自分たちから土地を奪ったのだと考えていた。次第に形成されていった民族意識は第二次大戦後の一九四五年に激しく高まり、その後成熟の時期を経て、一九五四年の蜂起へといたった。

カミュの目には、冷戦時代の東西の闘争がアフリカやアジアの新しい国家の台頭を見えにくくしていた。彼は、アルジェリアの独立を求める者たちからも、フランス領のアルジェリアを叫ぶ者たちからも等しく離れて、双方の権利を保護し、さらには領土の分割を視野に入れた連邦制を訴えた。しかし、その態度は双方にとって受け入れられないものだった。『アクチュエルⅢ』の「序文」において、カミュは自分の立場をあらためて明確にして、こう結論づける。「連合した民族から構成され、フランスと結ばれたアルジェリアこそが私には好ましいと思える」(IV, 305)。そのようなアルジェリアを建設するためなら力を惜しまないと、カミュは言う。

著作のなかでは、カミュはアルジェリアを危機から救い出す解決策を検討している。だが、個人的には、彼は異なった見解を述べていた。一九五八年八月四日、ジャン・グルニエにはこう打ち明けている。「アルジェリアに関しては、あなたと同様に、私はもう手遅れだと思っています。[……]もう黙っているしかありません。私にはその心づもりができています」(Grenier, 222)。実際、このときから死まで、彼は政治的な解決方法を提案するようなものを何一つ発表しない。

パリでの生活を嫌ったカミュは、早くから南仏に家を持ちたいと願っていた。一九四七年には、シャールに宛てて、「フランスでぼくの好きな地方は、あなたの住んでいるところ、より正確には、リュベロン山麓、リュール山、ローリス、ルールマランのあたりです」(Char, 25)と書いた。一九五八年九月になってようやく、カミュは、シャールが住むリル=シュル=ラ=ソルグからほど近いルールマランに、念願の別荘を購入した。そこにおいて、一九五九年を通じて、彼は『最初の人間』の執筆を続ける。この作品はアルジェリアの危機を、『アクチュエルⅢ』とは別のやり方で扱うものとなった。

夢見る作品

「貧民街の母と息子」の物語の萌芽は、すでに『裏と表』の草稿である「ルイ・ランジャール」にあらわれ、その後『手帖』のなかで規則的に断章が記されて、次第に生長していった。これが『最初の人間』へと発展するが、その最初のプランは、一九五三年の『手帖』に見られる。そこでは六章が予定されていた。「一 父親の探求 二 少年時代 三 幸福な時代 四 戦争とレジスタンス 五 女たち 六 母親」(IV, 1176)。カミュはすぐ続いて同年十月、『アクチュエルⅡ』の出版後、「これからは創作活動だ」(IV, 1179)と書くが、政治的問題および家庭の問題が執筆を妨げた。

『最初の人間』は、「不条理」「反抗」に続く第三の系列を構成する三部作の一つと考えられていた。一九五六年の『手帖』には、「第三ステージ。それは愛だ。最初の人間。ドン・ファウスト。ネメシスの神話」(IV, 1245)と記され、カミュは小説として『最初の人間』、戯曲としてドン・ファンとファウストを総合した作品、評論としてネメシス神話を扱ったものを構想していた。しかし、一九六〇年の事故死前に、彼が実際に着手したのは小説だけだった。

一九五八年、カミュは長いあいだ拒んできた『裏と表』の再刊に同意し、この機会に「序文」を書いた。その末尾で、「何ものも私に夢見ることを妨げはしない」(I, 38)と二度にわたって語る。彼の夢とは、いつの日か「『裏と表』を書き直す」ことである。

いずれにせよ、私がそれに成功することを夢見たり、この作品の中心にまたしてもひとりの母親のすばらしい沈黙と、この沈黙に釣り合う愛や正義を取り戻すためのひとりの男の努力を置くことを想像したりすること、それを妨げるものは何もない。人生の夢のなかで、その男は自分の真実を見いだし、死の土地でそれを見失ったあと、戦争や叫喚、正義や愛への狂熱、最後に苦悩を経て、死さえもが幸せな沈黙であるような平穏な祖国へと帰っていくだろう。それにまた……。そうだ、少なくとも私は確実な知識によって知っているのだが、追放のときでさえも、人間の仕事とは、芸術という迂路を経て、はじめて心が開いた二、三の単純だが偉大なイメージを再発見するためのこの長い道行きにほかならないと夢想すること、それを妨げるものは何もないのだ。(I, 38)

自分の執筆予定の作品を、「夢想する」あるいは「想像する」という表現で語りつつ、カミュは『最初の人間』執筆の決意を固めるのである。

一九五九年一月、アントワーヌ劇場でみずからが翻案したドストエフスキーの『悪霊』を演出したあと、カミュはこの年の残りの時間をルールマランで『最初の人間』の執筆にあてた。三月、家族の過去について調査するためにアルジェリアに短い旅行を行い、彼は草稿の完成を急いだ。この作品は、アルジェリアが戦争によって死に瀕したあと次第に独立へと進む時代に執筆された。

一九五九―六〇年の年末年始をルールマランで過ごしたカミュは、一月三日、パリへ帰るための切符をすでに買っていたが、友人ミシェル・ガリマールに誘われて、彼ら一家の車に同乗した。一行はマコンの近くで宿泊したあと、翌日はサンスで昼食をとった。十三時五五分、サンスからパリへ向かって八〇キロのところで、ミシェルの運転する車は直線道路から飛び出して、道路脇のプラタナスに激突した。助手席のカミュは即死した。四六歳だった。ミシェルは重傷を負って、五日後に病院で亡くなった。

カミュがこのとき所持していた鞄からは『最初の人間』の草稿が発見された。一気に書かれたと思われる、推敲のあとをとどめていない一四五枚だった。遺族や友人たちは、未完成の遺作を公刊することに慎重だった。死後三四年を経て、ようやく機が熟したと見られる一九九四年、『最初の人間』が刊行され、成功をおさめた。『転落』の修辞に凝った文体から一転して、心情のほとばしりをそのまま書き連ねたような息の長い文章が続く。推敲を経ていないため最終的にこの文体が保持されたかどうかはわからないが、カミュははじめてみずからを直接的に語る作品を書くにあたって、さしあたってはこの文体を必要としたのだ。

「補遺」によると、カミュは三部構成を考えていたらしく、「第一部　ノマド　第二部　最初の人間　第三部　母」(IV, 937) となっている。父親を含むノマドたちの探求に始まり、主人公の少年時代からの生い立ちをたどり、最後は母親に回帰する物語を考えていた。しかし、カミュが実際に書き残したのは、第一部に含まれる九つの章および第二部の初めの二つの章の走り書きだけである。それに続く予定の第三部「母」はまったく書かれることがなかった。

ジャックの誕生 (第一部第一章)

カミュは自分の書物のいくつかに献辞を添えた。ジャン・グルニエに捧げられた『裏と表』に始まり、『シーシュポスの神話』はパスカル・ピアに、『反抗的人間』はルネ・シャールに献じられている。そして「ストックホルムでの講演」を恩師ルイ・ジェルマンに捧げて少年時代へのオマージュを表明したあと、彼は『最初の人間』の冒頭に母への献辞を置いた。「仲介人：カミュ未亡人　この本をけっして読むことができないであろう、あなたに」（IV, 741）。

これまでの献辞はすべて、父あるいは兄の代理としてカミュを支援してくれた人びとに向けられていた。ここではじめてカミュは母親に宛てて書かれた。ここではじめてカミュ未亡人の名が記されるが、彼女は読み書きができなかった。「補遺」には次の一文がある。「もしこの本が最初から終わりまで母親に宛てて書かれたとすれば、理想的だ――そして最後になってはじめて彼女は文字が読めないことがわかるだろう――そうだ、それこそ理想的なのだが」（IV, 929）。逆説的な表現で、カミュは自分の理想の書物のあり方を語っている。言語によって記された書物がそれを解読できないひとりの人物に捧げられる。そのとき書物は言語による構築物でありながら、それ以上の高みを目指すことになるだろう。

第一部「父の探索」の冒頭には、番号も表題も付されていない章が置かれている。ジャック誕生の場面を描くこの章は、雨のなかを走る一台の馬車の描写に始まる。一九一三年という年代が示され、アラブ人の御者とフランス人の男、そして身重のその妻が登場する。やがて妻の名前は「リュシ」、男の名は「アンリ・コルムリ」であることがわかる。馬車が村に着くと、男は寝室に妻を休ませたあと、介添人と医者を探しに行く。

この場面全体はキリスト降誕を思わせ、リュシは聖母のような優しさと崇高さをたたえて描かれる。まず馬車のなかで、彼女の「優しく整った顔立ち」や「無垢な人たちがつねにただよわせているようなぼんやりした穏やかな放心の様子」（IV, 742）が強調される。そして産婦としての彼女については、その「すばらしい微笑」（IV, 749）がやつれた美しい顔を輝かせるだけでなく、みすぼらしい部屋を美しく変容させて、この陋屋《ろうおく》は聖なる空間となるのだ。

室内ではヨーロッパ人の女性とアラブ人の女性が力を合わせて、フランス人夫婦から生まれる子どもの誕生に力をつくす。戸外では父となったフランス人であるアンリ・コルムリが、アラブ人の男と身を寄せ合って雨をしのぎ、相手から祝福を受ける。この誕生場面は、ヨーロッパ人とアラブ人の協力と友愛を描くことによって、カミュが希求した民族共存の夢を象徴的に示していると言える。

サン＝ブリユーの墓地（第一部第二章、第三章）

続く第二章に該当する章にも番号および題は付されていないが、編者によって「サン＝ブリユー」と記されている。『最初の人間』の第一部は、ジャック誕生の第一章を別にすれば、第二章のサン＝ブリユーに始まり第七章のモンドヴィに終わる、墓地から墓地へとたどる四〇歳のジャックの旅の物語である。旅の目的は、これまでカミュの作品においてつねに不在であった父の探索であった。

第二章では、第一章から二つの大戦をまたがって四〇年の空白の時間が流れて、父親の馬車によるソルフェリノへの旅が、今度は息子の列車によるサン＝ブリユーへの旅へと変わっている。墓地に入ったジャックは、墓守が台帳の記述を読み上げるのを聞く。「アンリ・コルムリ、マルヌの戦いで致命傷を負い、一九一四年十月十一日、サン=ブリユーにて死亡」(IV, 753)。この旅はもとはといえば、母の依頼によるものだ。彼女はずいぶん前から「自身が一度も見たことのない父の墓を見に行くこと」をジャックに頼んでいた。しかしながら彼は、自分にとっても母にとっても、「この探求がまったく無意味である」と思っていた。母は、「この故人について語ったことなど一度もなかった」のだ。

ジャックは、沈黙が支配する広大な墓地で父の墓標と対面し、そこに刻まれた生没年を見たとき、「とつぜんあることに気づいて、全身を震わせた」(IV, 754)。二九歳で死んだ父は、四〇歳の彼より若かったのだ。ここには息子が父より年上であるという「狂気と混沌」があり、この墓地は、そうした若い戦死者たちによって埋め尽くされていた。ここであらためて彼は、自分が父を知らないことを確認する。「母親以外のだれも父のことを知らなかったし、その母の方では父を忘れてしまっていた」(IV, 755)。こうした忘却の底から父の記憶と物語を救い出さなければならない。「この名前と年代が心から離れなかった。この平墓石の下には灰と塵があるだけだった。しかし彼にとって父親は再生し、奇妙で寡黙な生を生きていた」(IV, 756)。フランス共和国からの動員を受けた父はマルヌの戦いで戦死し、戦没者の墓地にごく簡単な記録を残すことになった。しかし父に関わるその他の記録は何もない。息子はいま再生したこの父親の「寡黙な生」にことばを与えなければならない。

続く第三章には、「サン=ブリユーとマラン」の章題が付されている。父の墓を詣でたあと、ジャックは、彼にとって父の代理人でもある旧師のヴィクトール・マランに会いに行く。ジャン・グルニエをモデルとしたマランは、リセや大学の教員ではなく、また著述を行っているようでもなく、単に税関職員であったとされている。ジャック自身については、カミュが残した草稿では、その職業は明示されない。こうして、マランがジャックに文学の手ほどきをするという物語は採用されることがなかった。『最初の人間』におけるジャックの少年時代は、かなり忠実に作者自身の姿を反映しているように思われる。しかし、書かれることがなかった青年期以降の物語においては、「補遺」の断章から推測すると、カミュは自分の体験から離れることを構想していたようであり、そこにはグルニエをモデルにしたリセ教師の姿は見当たらない。

「子どもの遊び」（第一部第四章）

第四章は「子どもの遊び」と題されている。フランスから船で地中海を渡って、ジャックはアルジェリアへと向かう。空間的に祖国へ戻る旅は、同時に、時間を遡及して子ども時代へ帰還する道行きでもある。昼寝の時刻が、祖母の「よくおやすみ」ということばを思い出させる。苦さをともなっているとはいえ、プルースト的な眠りを媒介とした少年時代の回想がここから始まるが、それは途中で分断される。失われた時を蘇生させるだけなら、『最初の人間』はこの第四章から過去の物語へと変貌を遂げてもいいはずだが、しかしそうではない。ジャックの目的は父親の探索なのであり、その努力の過程がなおも語られなくてはならない。

こうして以後は、四〇歳のジャックの物語の合間に少年時代の物語が断続的に挿入されるが、それは精彩を放ち、躍動的で、魅力に富んでいる。赤貧の生活は時として恥辱や苦痛に彩られるが、しかし、そこには生の確かな手触りが感じられる。貧民街の家族と遊び仲間の子どもたちをめぐる豊かな抒情に満ちあふれた物語を、カミュは四〇歳代になって書くことができた。彼自身が住んでいた、そして『異邦人』にも見られた「リヨン通り」の名前があらわれ、地区名である「ベルクール」の名も次章から登場する。

第四章の最初の回想場面において初めに想起されるのは、『裏と表』においても素描されていた、専制的に家族を支配する祖母の姿である。その祖母のあとに続いて、ひっそりと慎ましく母が登場する。しかし、この瞬間から、母が沈黙のうちに物語を支配することになるのだ。ジャックが友だちのピエールと海岸で遊んで、家へ帰ってきたときには、母の「きれいな優しいまなざし」(IV, 771) に出会う。厳しい祖母は服を汚した息子に体罰を与えるが、そのとき母は「彼があれほど愛していた顔」(IV, 772) をこちらに向けて、優しく彼に語りかける。こうして、回想の母は、まず慰め役を担って登場する。

「父。その死、戦争。テロ」(第一部第五章)

アルジェに戻ったジャックは、次々と母(第五、六章)、叔父エルネスト(第六章の次章)、かつての小学校教師ベルナール(第六章の2)らと会い、さらには彼の生誕地であるモンドヴィを訪れて(第七章)、父についての証言を集めようとする。しかし、この奔走は予想通りほとんど成果をあげることがない。

第五章は「父。その死、戦争。テロ」と題されているように、父をめぐる戦争の場面と、母の身に迫るテロが語られる。ジャックは父についての情報を母から得ようと努めるが、サン=ブリユーにおいて知ったはずの父の生年をあらためてたずねるなど、記述に乱れが見られる。さらに過去の反復・習慣を表す半過去形のあいまいな使用は、この章の記述が母との何回かの会話のやりとりを総合したものであることを示している。

母はすでに第一章でリュシと呼ばれていたが、その本名であるカトリーヌの名のもとで登場することも多く、一度だけカミュ未亡人の呼び名も記されている。四〇歳のジャックにとって、母の姿はかつてとほとんど変わらない。彼は三〇年の歳月を越えて、「奇蹟のように若い同じ顔に再会した」(IV, 774)。第一部において交互に語られる少年時代と四〇歳のジャックのそれぞれの物語において、母の姿はほとんど同一であり、彼女のまわりではまるで時間がとまったかのようだ。

ここでジャックが次々と繰り出す質問に対して、母は六回も「知らないよ」と答える。深い忘却の底に沈んだ父を、記憶と記録の世界へ引きずり上げようとする彼の試みに、母はほとんど関心を示さない。彼女はジャックに父の墓を見に行くように依頼した。しかし、それは父にまつわる物語を蘇生させることを望んだからではないだろう。父の死の事実が墓に刻まれていることだけを確認すれば、母にとっては十分なのだ。

ここでは母の無知が繰り返し強調される。彼女は地理をまったく知らなかったし、フランスは彼女にとって「ぼんやりした闇のなかに沈んだ茫漠とした場所」(IV, 780) であった。とりわけ、「彼女はフランスの歴史を知らなかったし、歴史が何かも知らなかった」(IV, 781)。「補遺」には次のような断章がある。「歴史と世界の発展のすべてに対して、対旋律としての母の無知」(IV, 936)。母親の無知が歴史の対立概念と見なされていることが明らかである。一方に母親の無知、忘却、沈黙があり、他方には人間たちのことばや記憶、それらによって作られる歴史があり、両者は相容れることがない。

戦争とテロ

ジャックの父は生前から寡黙だったし、彼はまたほとんど文書記録を残さなかった。公的な記録としては、結婚の際の「家族手帳」(IV, 777)、私的な書き物としては、ごく短くそっけない内容の「戦線から書かれた葉書」(IV, 778) と、負傷後に病院から送った書きなぐりの二通の葉書が残されているだけだ。

ジャックは父についての証言を集めようとするが、その証言者たちも多くを語らない。乏しい情報をかき集めて、わずかに彼の戦争体験だけが語られる。一九〇五年のモロッコ戦争の戦場において、むごたらしい殺戮場面を前にして、「人間ならこんなことはしないものだ」(IV, 779) と叫ぶ父の姿を、小学校長が伝える。あとで語られるギロチンの公開処刑の挿話と並んで、合法化された殺人に対する父の憤激が、こうして示される。

一九一四年、父は出征する。数週間を経て、母のもとに市長がやってきて、彼女の夫が名誉の戦死を遂げたと告げ、封書を渡して立ち去った。字の読めない彼女は、封筒を眺めたまま開封もしなかった。それから自分のベッドに横たわり、「そこで何時間も無言のまま、涙も流さずに、自分では読むことのできない封書をポケットのなかで握りしめたまま、理解できない不幸を暗闇のなかに凝視し続けていた」(IV, 783)。近親者の死亡通知に対しては、それぞれの応答の形がある。母の死亡通知を受け取ったムルソーはただちに通夜に参列するために自分の乗るべきバスのことを考えた。妻の死を告げる電報を見て、リユーは母に「つらいことだ」と言ったあと、次にはペストで倒れた市民や友人たちのことを考えた。そしてジャックの母は、何時間も無言のまま不幸を暗闇のなかに凝視し続ける。これこそが、彼女なりの悲しみに耐えるやり方であり、また喪の作業であったのだろう。やがて彼女は、この理解できない不幸のことを忘れてしまうだろう。

戦争が父の命を奪ったように、母もまた民族的対立による戦闘のなかで危険にさらされる。一九〇五年の戦争から始まったこの第五章は、一九五四年以降のアルジェリア戦争の時代におけるテロで終わっている。近所でテロによる「爆発音が鳴り響き」(IV, 784)、ジャックは母に、アルジェの町を去ってフランスへ行くことを勧める。しかし、彼女は断固として悲しげに頭を振って言うのだ。「ああ! だめだよ。あっちは寒いからね。もう私は年を取りすぎているしね。自分たちのところに残っていたいんだよ」(IV, 785)。ここで母はきっぱりとフランスを、地中海の北側を拒否するのである。『手帖』では、カミュはいくつかのプランを考えていた。一九五五年の断章では、母はアルジェリアを去って、南フランスのプロヴァンス地方で暮らしているが、「ここはいいよ。でもアラブ人たちがいないね」(IV, 1240) と故国を懐かしむ。また一九五六年の断章では、小説の最終場面で、「彼女は戦いの続くアルジェリアへと戻っていく(なぜなら彼女はそこでこそ死にたいと願っているからだ)」(IV, 1250) と書かれており、カミュは一九五五年のプランを修正して、母をアルジェリアへ戻すことを考えていた。そして一九六〇年の草稿では、母は自分の生まれ育った土地に残ることを選ぶのだ。

「補遺」にはテロの場面の異稿があり、そこでは母が転んで、怪我をする。彼女に向かって、アラブ人のサドックは言う。「この人は私の母だ。私の母は死んでしまった。私はこの人を自分の母のように愛し、尊敬している」(IV, 923)。カミュは母を、民族の対立抗争を超越した存在として描くことを考えていた。

「家族」(第一部第六章)

第六章は「家族」と題されている。ジャックは母に父のことをたずねようとするが、成果はあがらない。障害は二重であり、貧者に共通した問題と、母親に固有の問題がある。まず第一に、「貧者の記憶は裕福な者の記憶ほど豊かではない」(IV, 788) のであり、「失われた時が蘇るのは裕福な者たちにとってだけなのだ」。第二に、この半ば聾唖で無知な彼女は、過去も未来も思いわずらうことなく、過ぎゆく現在に身を寄せて生きていた。彼女はこうして無言の諦めを余儀なくされてきたが、それこそが「彼女が人生と向き合う唯一の方法」だった。

こうした沈黙を前にして、ジャック自身もことばを失ってしまう。「彼自身もまた、母を前にすると、彼なりに唖者になり、障害者のようになった。結局のところ、二人のあいだに何があったのかすら知りたいとは願わなかったし、彼女から何かを聞きだすことは諦めなければならなかった」(IV, 788)。母の沈黙の前では、ことばはその力を失ってしまう。母は、その無知と忘却と沈黙によって、過去を掘り返し歴史(物語)を蘇生させようとするジャックの努力を無効にしてしまうのだ。

母はほとんど過去を語ることはなく、父がギロチンを見に行ったという話も、幼いジャックは祖母から聞いたのだ。これは、すでに『異邦人』と「ギロチンに関する考察」に見られた挿話だが、ここではじめて、犯罪者や処刑場の固有名があらわれ、詳細が語られる。殺人者ピレットの酷い行為が細部にいたるまで具体的に描写され、そのあと父の挿話へと続く。「ジャックの父親は顔面蒼白で戻ってくると寝床に就き、それから起き出しては何度も嘔吐して、また横たわった。彼はもう自分が見たものについて話そうとはしなかった」(IV, 789)。「ギロチンに関する考察」で見られた死刑を宣告するかもしれない恐怖は影を潜めて、ギロチンにかけられる恐怖が大きく前景化することになる。夜になると、ジャックは、自分が聞いた話を想像でふくらませて、細部を反芻し、恐怖の吐き気を飲み下そうとした。

> 彼の生涯を通じて、こうしたイメージは夜の夢のなかにまで彼につきまとい、ときおりだが規則的に、特権的な悪夢があらわれた。その形はさまざまだったが、しかし主題はいつも同じだった。それはだれかがジャックを探しにやってきて、処刑しようとするものだった。(IV, 789)

このジャックの悪夢がフィクションとして構想されたものではなく、カミュ自身の体験であったのなら、彼が「ルイ・ランジャール」において、十七歳のときの結核体験をギロチンによって首を斬られる死刑囚のそれと重ね合わせたことも納得される。この死を宣告された男の主題は、初期作品のいたるところに見いだすことができる。そして、不条理を主題とした作品の完成として、カミュは、主人公を断頭台へと送り込むためにすべてが巧妙に仕組まれている『異邦人』を書き上げることになった。

ギロチンに対するジャックの恐怖は大人になるまで続いたが、そのあいだ、現実は死刑執行が常態化するように進んだ。「彼を取り巻く歴史状況は変化して、反対に、処刑が珍しくはない出来事と見なされるようになったのだ」(IV, 789)。息子が父から受け継いだ唯一の遺産としてのギロチンに対する恐怖は、二人だけの私的な共有物である状態から離れて、歴史的な一般状況へと広がる。ジャックが今後生きることになる現実は、作者カミュやタルーの場合がそうであったように、処刑が日常化するような時代状況のなかで展開されるだろう。そして、ジャックにしてみれば明らかに望ましくない贈り物であるとはいえ、「父を動転させたこの同じ不安こそ、彼が息子に残した唯一の明らかに確実な遺産」だったのであり、それは「彼をサン＝ブリユーの見知らぬ死者に結びつける神秘のきずな」だった。

聖体拝領

第六章の次には、数字のない「祖母」と題された章があり、彼女は一章をあてがわれるという母以上の特権を有している。貧しい一家を管理する彼女は、子どもたちに厳しい態度を取る。この祖母の章は、しかし最後には窓辺の母の姿で終わる。近所の映画館で祖母の相手をするのに閉口させられるジャックだが、他方で、映画も見ず、ラジオも聞かず、新聞も挿絵を見るだけの母は、「生涯の半分のあいだ、同じ窓辺から、同じ通りの様子を眺めた」(IV, 799)。母の姿は、子ども時代の思い出を通じて、各章に遍在している。

続いて、これも章番号のない、樽職人の叔父を語るかなり長い章「エチエンヌ」がある。カミュの叔父の名前を持つエチエンヌは、まれにエミールの名前を与えられるが、多くの場合はエルネストの名で呼ばれ、この小説では異なった三つの名前を持つただひとりの人物である。父を早くに失ったジャックにとって、叔父エルネストは父の代理人の役割を果たした。一日の狩猟から帰宅する二人のあいだには、沈黙の温かい交流が見られる。「子どもが小さな手を、たこができてごつごつした叔父の手のなかに滑り込ませると、彼はとても強く握りしめてくれた。二人はそうしたまま、黙って、家に帰った」(IV, 809)。叔父はまたジャックを職場にも招くが、この樽工場は『追放と王国』の「口をつぐむ人びと」の舞台でもあった。

第六章の2「学校」、それに続く数字のない「罰」と題された章は、小学校に通うようになったジャックの物語である。叔父エルネストと並んで、もうひとりの父の代理人である小学校教師ベルナールは、カミュ自身の恩師であったルイ・ジェルマンをモデルとしており、三回この本名で呼ばれる。ベルナール先生は、厳しい指導と愛情あふれる教育によってジャックに文学的感動を教え、さらには貧しい児童をリセに進学させるために骨身を惜しまない。

次の「アルジェリアでの死」と題された章では、宗教がいかなる地位も占めていないこの家族にあっては、母親だけが、「その優しさが信仰を思わせる唯一の人物であった」(IV, 842)と紹介される。ジャックは聖体拝領を受けるが、公教要理の授業において出会った神秘は、すでに彼が慣れ親しんでいた神秘の拡大にすぎなかった。

母の慎ましい微笑や沈黙が生み出す日々の神秘に出会うのは、夕方になって、彼が食堂に入るときであり、母がひとりで家に居て、灯油ランプを点さずに、夜が少しずつ部屋を満たすにまかせ、彼女自身がより暗く濃密な姿となって、物思いにふけりつつ、窓から、通りの活気のあるしかし彼女にとっては無音の動きを眺めているときであり、そのとき子どもはや戸口で立ち止まり、胸をつまらせて、日々の卑俗さや世俗とは無縁のあるいはもはや無縁の母のある部分に対する、また母自身に対する絶望的な愛に満たされるのだった。(IV, 845–6)

『裏と表』においても、同様の場面が語られたが、そこでは子どもは「この動物のような沈黙」(IV, 49) を前にして、恐怖をおぼえ憐憫を感じるのだった。カミュの文学的な出発点であった母の沈黙は、その後『異邦人』や『誤解』を経て、『ペスト』においてリユーの母の聖性を帯びた沈黙へと昇華された。さらに、『最初の人間』では、微笑をともなった母の沈黙にこそジャックは自分にとっての神秘を見いだすのだ。ジャックは聖体拝領を受けるが、それをすぐに忘れてしまう。むしろ、彼の記憶に深く刻まれたのは、母の沈黙であり、それこそが彼に聖なる神秘を教えるのである。

「モンドヴィ――植民と父」(第一部第七章)

第一部を締めくくる第七章は、「モンドヴィ――植民と父」と題されている。モンドヴィ(時としてソルフェリノの名が与えられる)の墓地でも、ジャックは父の沈黙を確認するだけだ。ソルフェリノは、「一八四八年の革命家たちによって建設された」(IV, 854) 植民地であり、彼らはパリから「約束された土地を夢見て」、期待と不安とともにやって来た。こうした入植者たちのなかにこそ、ジャックは父の姿を見いだすことになる。「一〇〇年前に、晩秋の運河の上を、引き綱で引かれてきた幾艘かの船の方が、[……]彼が会いに行った老人たちの脈絡のない思い出話よりも多くのことを、サン＝ブリユーの若い死者について教えてくれたのだ」(IV, 855)。この土地にやって来た父自身も、「自分たちの過去を嫌いあるいは否認する人びとと同様に」(IV, 858)、また「痕跡を何も残さずこの地に生きている人びと、あるいは生きた人びとと同様に」亡命者だった。ここでは「同様に」という語が多用されて、父は過去の入植者たちと重ね合わせられる。

父を探索する旅の果てに、ジャックは、過去一世紀のあいだ、いくつもの群れをなしてこの土地にやって来た入植者たちの歴史を発見するにいたった。しかしながら、彼らはすべて、過去の痕跡を残さず姿を消してしまったのであり、いまでは広大な忘却が彼らの上に広がっている。

そうだ、彼らの死はなんという死だったことか！　またこれからもなんという死を遂げることか！　彼らは沈黙し、すべてに背を向けて死んでいった、生まれ故郷から遠く離れて理解しがたい悲劇のなかで死んでいった彼の父と同様に。［……］いや、彼はけっして父を知ることはないだろう。父はかしこで、永久に灰のなかに顔を埋めて眠り続けるだろう。(IV, 859–860)

『最初の人間』の草稿は一気に書かれ推敲のあとをとどめていないが、他のどこにもまして、この章では、記述の繰り返しや同語反復が目立つ。「無名」「匿名」「忘却」「沈黙」といった語が何度も用いられる。また「過去もなく」「痕跡もなく」「名もなく」「信仰もなく」

「歴史もなく」と欠如を表す表現が頻出する。さらに「すり減って苔むした墓石」が、特権的なイメージとして三度にわたって言及され、そこでは墓石に刻まれた文字が解読不能であることが強調されている。

父の探索は失敗するが、その試みはジャックに彼自身の子ども時代の発見と、大いなる忘却のなかで眠る無名の入植者たちの発見をもたらした。しかし、この二つは無関係ではない。

彼自身はかつてこの名前のない国から、名前のない群衆や家族から逃げようと望んだが、彼の内部では、だれかが執拗に世に知られないまま無名であることを求めていたのであり、彼もまたこうした一族に属していた。[……]彼は、夜のなかを、何年ものあいだ、各人が最初の人間である忘却の土地を歩み続けてきたのだ。(IV, 860)

みずからの源泉へと帰還する旅において、ジャックは自分もまた無名の種族に属していることを発見する。草稿本文において「最初の人間」という語があらわれるのはこの場面だけだが、「補遺」ではこの語は五か所において見いだされる。一つは「ジャンは最初の人間である」(IV, 922)と人名の混乱を示しているが、もう一つは「最初の人間の価値」(IV, 941)とあり、あと二か所では「彼は自分が最初の人間であることを悟る」(IV, 917, 937)と記されている。そして五つ目の断章はこうだ。「世界でもっとも古い歴史のなかで、私たちは最初の人間である。新聞で叫ばれているように凋落の人間ではなく、困難で茫漠たる黎明の人間なのだ」(IV, 945)。父の物語を発見することができなかったジャックは、自分が最初の人間であることを悟る。しかし、彼のみならず、この忘却の土地ではだれもが最初の人間である。各世代は、それぞれが一からやり直さなければならない。ここには、記憶や、物語の継承はない。もちろんその結果としての歴史もない。しかし、その最初の人間はけっして凋落の人間ではなく、黎明の人間なのだ。

二つの墓地

モンドヴィからアルジェへ戻る飛行機のなかで、ジャックは二つの墓地を比べて考える。「地中海が、私のなかで、二つの世界を切り離していた。一方では、区画された空間に記憶と名前が保存されて、他方では、砂混じりの風が広大な空間の上に残された人間たちの痕跡を消していた」(IV, 861)。三人称「彼」から一人称「私」への筆のすべりが見られるこの部分で、二つの世界が対比される。一つは、サン＝ブリユーの墓地がある地中海の北であり、そこでは記憶と名前が保存されている。もう一つは、モンドヴィの墓が位置する地中海の南であり、そこは無名、貧困、広大な忘却が支配する「最初の人間」の土地である。

ジャックは、「当座の計画しか持たない無言で盲目的なこの忍耐の地平」(IV, 861) では生きることができず、そこから逃れようとした。「しかしながら、いまでは心の奥底で、サン＝ブリユーとそれが表すものが彼にとって何ものでもなかったということを知っていた」。サン＝ブリユーが表すものとは、フランス共和国の歴史のなかに刻み込まれた兵士たちの名前である。父は共和国のために戦って死んだ。しかし、父にとって、そして息子にとって、真の祖国は別のところに、すなわちモンドヴィの墓石が表す広大な忘却の土地にあった。彼は苔むした墓石のことを考えると、「死が彼をほんとうの祖国へと連れ戻し、今度は広大な忘却によって凡庸で怪物のような男の思い出を覆ってしまうだろうということを承知して」、奇妙な歓びにとらえられる。ジャックの怪物的性格についての記述は、本文ではここだけに見られるが、欄外注では二か所において、「補遺」でも二か所の言及がある。それらから判断すると、「怪物」とは、無名の人びとと祖国を裏切った男に向けられた呼称であるだろう。ジャックは「最初の人間」であると同時に「怪物」であるが、「最初の人間」が種族に与えられた呼称であるのに対して、「怪物」はジャック個人に付与されている。彼はモンドヴィが表す無名の世界を逃れ、地中海の北側へと渡り、サン＝ブリユーによって示される記憶と名前の世界へと入り込むことによって「怪物」となる。しかし、彼もまた、最後には各人が「最初の人間」である土地に帰還し、その思い出は忘却に覆われてしまうだろう。

サン＝ブリユーで見た父の墓標、そしてモンドヴィで目にした墓碑銘、それらからジャックが受け取ったものは、父やかつての植民者たちの死亡通知だったと言える。かつて読むことのできない死亡通知を受け取った母は、父の記憶を忘却の底に沈めて困難な生活を生き延びようとした。それが彼女なりの喪の作業だったのかもしれない。そして、母に代わって父の墓を見に行った息子は、別の死亡通知を受け取ることになる。ジャックを作者カミュと重ね合わせるならば、父の探索であるこの小説を書くことこそが、喪の作業であっただろう。しかし、それは単に死んだ父親に対してのみならず、過去一〇〇年間の植民者たちに対する哀悼なのだ。

「補遺」のプランでは、こう書かれている。「表題――ノマドたち。移住から始まって、アルジェリアの土地からの撤退で終わる」(IV, 924)。ノマドとは、この地に移住してきた人びとだけでなく、いまやそこからの撤退を余儀なくされる人びとをも指している。この小説は、緊迫した歴史的状況におけるこうしたノマドたちの物語、アルジェリアのフランス人たちの伝説を書きとどめようとする試みであった。『ペスト』の終りで、語り手は、この記録を残そうとした理由を次のように述べる。「押し黙る人びとの仲間に入らないために、これらペストに苦しんだ人びとに味方して証言するために」(II, 248)と。ジャックの物語もまた、沈黙する人びとの悲劇を忘れることなく、その記録を残すために語られようとしたのだ。

「リセ」(第二部第一章)

第二部は「息子あるいは最初の人間」と題されている。第一部におけるリセ入学以前は、現在と過去の往還があり、父の探索と少年時代の回想が密接に結び合っていた。ところが、第一部の終わりで、ジャックは自分の企ての挫折を確認した。少年時代の物語を蘇生させるために必要であった父の探索の物語は、もはやその役割を終えている。第二部は初めの二つの章しか残されていないが、そこでは四〇歳のジャックはもはや登場せず、子どもの物語は、今後はそれ自身の力で展開していくことになるだろう。

第一章「リセ」において、ジャックの生活は新たな方向へと進む。彼は母親をはじめとする貧民たちの世界から外へ出て、次第に異邦人となっていき、両者のあいだにはコミュニケーションが成り立たない。「ジャックがリセから持ち帰るものは理解できないものだった。そして家族と彼のあいだには沈黙が増大していった」(IV, 863)

ジャックはリセで、父親の転勤によってアルジェに移ってきた本国の若者たちと出会い、彼らを前にして、大きな困惑をおぼえる。そのひとりであるディディエは、「祖父母と曾祖父母、そしてトラファルガーの戦いで船乗りだった祖先の歴史を知っていた。そしてその長い歴史が、想像力のなかでは活き活きとよみがえり、彼に日々の行動のための規範と教訓を与えていた」(IV, 866)。ジャックが発見するのは、家族の長い歴史を持つ人びとの存在であり、こうした歴史と一体化したフランスの歴史である。「補遺」には次の断章がある。「ジャンは最初の人間である。ピエールを目印として使うこと。そして彼に一つの過去を、国を、家族を、モラルを与えること——ピエール——ディディエ?」(IV, 922)。ここでは人名がまだ不確定ではあるが、最初の人間である主人公と対比される人物には、過去、国、何世代も続く誇らしい家族が賦与される。

他方でジャックの家族は貧困であるがゆえに歴史を持たず、沈黙を余儀なくされている。「補遺」の断章では、こう書かれている。「痕跡を残さず歴史から消えていくのが貧しい人びとの運命だが、この貧しい家族をそうした運命から引き離すこと。押し黙った人びと」(IV, 930)。この沈黙する人びとにことばを与え、歴史のなかに彼らを定着させること、それがカミュの使命であった。彼は、祖国の建設に貢献した人びとを称揚しようとする。この祖国はやがて失われる運命にある。しかし、彼は一九五〇年『手帖』にこう書いていた。「そうだ、私には自分の祖国がある。それはフランス語だ」(IV, 1099)。この奪われることのない祖国によって、彼は物語を書き残そうとするのだ。

書物の世界へ

「リセ」の章の次に、数字は記されていないが、短い章「鶏舎と雌鳥の殺戮」が置かれ、少年期から青年期へと成長するジャックが出会った暴力と殺戮の体験が語られる。続く「木曜日とヴァカンス」と表題のある章では、ジャックは、図書館から借りてきた書物の世界に没頭する喜びを発見する。そんな息子の肩ごしに母は本をのぞき込むが、しかし、彼女にとって書物とは、活字の配列をただ幾何学模様として眺め、匂いを嗅ぎ、指で紙の触感を確かめるだけのものだった。

彼女は光の下の二重の長方形と文字の規則正しい配列を眺めていた。彼女はまた匂いを嗅ぎ、洗濯のためにかじかみ皺のよった指を、ときにはページの上にすべらせた。あたかも本とは何かをもっとよく知ろうとし、神秘的で自分にとっては理解できないそれらの記号に少しでも近づこうと努力するかのように。しかし、その書物のなかに、息子は頻繁にまた何時間にもわたって、母にとっては未知の生を見つけ、そこから戻ってくると、まるで見知らぬ女を見るように、母に視線を投げかけるのだった。(IV, 893)

ここでは、書物は母と息子を分断するものである。書物の世界に入り込んだ息子の目にとって、母は異邦人に見えてくる。「補遺」を見る限り、ジャックが成長して作家になるという筋立ては構想されていなかったようだ。彼は、母が読むことができないような書物を書くことはないだろう。とはいえ、彼は母に象徴される貧困と忘却の世界を去って、知識と記憶の世界へと入っていくのだ。「いずれにせよ、リセでは、彼は母や家族のことをだれにも話せなかった。家族のなかではだれにもリセのことを話せなかった」(IV, 894)。リセと書物こそは、サン=ブリユーの墓地によって表されるような名前と記憶の世界への入り口なのであり、そこを通ってジャックは成長していくだろう。この章の末尾では、ジャックのはじめての接吻が素描される。これは別の新たな愛へと通じるが、それは「補遺」のなかで、とりわけジェシカやベラの名で登場する女性の物語へと展開する。

草稿を終える短い章である第二章は、「自分自身にとってわからないこと」と編者によって表題が与えられている。切れ目のない長大な文章が続いて、ジャックの生活の物語が要約され、今後の展開を予想させるが、しかし草稿はそこで途切れている。

第二部は、初めの二章が書き残されただけである。息子は、さらにことばと歴史の世界へと入り込んでいくだろうが、その物語は書かれることがなかった。父の物語に代わって語り始められた息子の物語もまた、作者の不慮の事故死によって中断してしまうのである。

母の赦しと沈黙

書かれることのなかった第二部第三章以降および第三部「母」がどのように構想されていたかは、「補遺」によっていくぶんか推測することはできる。ジャックは、アルジェリアにおける政治活動やレジスタンスに関わり、さらには殺人に手を染めることも予想されている。「ジャックはそれまですべての犠牲者と連帯してきたと感じていたが、いまは死刑執行人とも連帯していることを認める。彼の悲しみ。定義」(IV, 938)。カミュは、成人となったジャックに、「人を死なせるおそれなしには、この世で身振り一つもなしえない」(II, 209) と語ったタルーの体験をなぞらせて、殺人の主題をふたたび新たな観点から照射しようと考えていた。

ジャックの物語をどう終わらせるかについても、カミュはさまざまな構想を練っていたようだ。「補遺」では、十以上の終結部の断章が書き留められている。それらの内容は実に多様だが、そのうちのいくつかは息子が母のもとに帰還して、赦しを請うというものだ。『最初の人間』は、いくつかの点で聖書の物語をなぞっている。冒頭の降誕を思わせる場面。アダムの物語である最初の人間の主題。同じ土地に住む民族の抗争は、モンドヴィのヴェイヤールが言ったように、カインによるアベルの殺害を想起させる。そして、母のもとへと帰ってきて赦しを請うジャックには、蕩児の帰宅の挿話が重ね合わせられる。カミュはアルジェリア時代に仲間座のためにジッドの『蕩児の帰宅』を翻案したことがあった。また戯曲『誤解』は二〇年を経て母のもとに帰ってくる息子の物語である。この主題はカミュにとって早くから親しいものだったが、『最初の人間』の終結部でふたたび取り上げることを彼は考えていた。母と息子の物語に関して、「補遺」には別の一つのプランが語られている。

私はここに、同一の血筋とあらゆる相違によって結びつけられた一組の男女の物語を書きたいと思う。女の方は大地がもたらす最良のものに似ており、男の方は平静な怪物のようだ。彼はわれわれの歴史のあらゆる狂気のなかに身を投じた。彼女も同じ歴史を生き抜いた、まるでそれがあらゆる時代の歴史であるかのように。彼女は多くの場合、沈黙を保っており、自分の考えを述べるのに使えることばは数語だけだった。彼は絶えずしゃべり続けるが、数千語を費やしても、彼女が沈黙の一つだけによって表現できることを見いだすことができないのだ……。母と息子。(IV, 938)

息子が怪物であるのは、彼が母親の沈黙の世界を離れて、ことばと書物の世界へと、歴史へと関わっていったからである。しかしながら、彼が学んだことばは、それをいくら多く費やしても母親の沈黙の高みにまで達することはない。母の沈黙は、生涯を通じてことばを探し続けたカミュにとって、けっして到達することのできない理想であり続けるのだ。

『最初の人間』は、沈黙する母親、墓の下で黙して語らぬ父、貧困のなかで押し黙った家族、過去の痕跡を残さず歴史から消え去った人びと、そしていままた歴史から抹殺されようとしている人びと、それらの人びとにことばを与え、彼らのために証言し、彼らの物語を残すために書かれた。だがすでに冒頭において、この書物は文字の読めない母に献じられていた。息子が入り込んだことばの世界と、母が守り続ける沈黙の世界、カミュはこの二つをともに尊重するのである。

最初の人間あるいは最後のカミュ

不条理、反抗に続く第三ステージは愛の主題となる予定だった。だが、残されたのは未完成の『最初の人間』だけである。ここでは、家族の愛、祖国への愛、民族共存を可能にする愛などが素描されているが、すべて断片にとどまっている。確かなのは、その中心には母の存在があるということだろう。ジャック誕生や聖体拝領の場面において暗示された母の聖性は、憎悪や対立を超越した彼女の位置を明らかにし、またアラブ人のサドックのことばは民族融和の象徴としての母を予測させるものだった。この母が生きているのは、歴史を越えた永続する時間である。いつも同じ窓辺にたたずむ彼女の周囲では時間は停止して、息子は奇跡的な母の若さを見いだすのだ。アルジェリアの歴史を描こうとした物語のなかに、カミュは永劫不変の象徴として、沈黙する母の姿を置いた。

この母の傍らに、『ペスト』がそうであったように、男たちの物語がある。『最初の人間』(Le Premier Homme) とは、最初の男 (Le Premier Homme) たちの物語でもある。『ペスト』の物語が終わるところで、疫病との闘いは繰り返されることが予測されていた。『最初の人間』における開拓者たちの活動も、あとに続く世代がそれぞれ最初の人間としてそれを繰り返す。その反復的営為はシーシュポスを想起させる。繰り返し岩を押し上げる英雄もまた、その仕事の再開始にあたって、その都度最初の人間となる。

『最初の人間』に見られるのは、母に象徴される永遠の無時間と、最初の人間たちが体現する反復的時間の二つである。ここでは歴史的時間は否定されており、カミュ的時間の特性が忠実に継承されている。カミュの哲学とモラルは、「いま」と「ここ」に執着し、あらゆる超越性を拒否するものだ。いまより他の時間、ここより他の場所は彼にはない。シーシュポスにとっては、神々の世界はもはや存在せず、彼にあるのは彼の仕事である岩だけである。リユーにとっても、目の前の治療すべき患者しか存在しない。そして彼らの「いま」の時間は反復する。『最初の人間』において、カミュはアルジェリアの歴史を扱おうと試みたが、この歴史は繰り返されるものとして提示される。最初の人間、それはカミュにおける「いま」と「ここ」の哲学を確認するための新たな人間の表象であった。

あとがき

大修館書店の小林奈苗さんの編集担当で『星の王子さま』に関する本を二冊作ったあと、あうんの呼吸と言うべきか、「三冊目はぜひカミュの本を」ということで合意したのは二〇一〇年の春だった。おりしもカミュ没後五〇年を記念して、フランスでは雑誌の特集記事、ラジオの特別番組、シンポジウムや講演会、行事が目白押しだったが、日本ではほとんど話題にならず、彼我の違いが歴然とした。

それから三年後の二〇一三年がカミュ生誕一〇〇年だった。その誕生日の十一月七日に合わせて、専門書のスタイルではなく、一般読者にカミュの作品世界を紹介するような本をぜひ出版したいという思いで、準備を開始した。執筆にあたってはカミュの著作や研究書を再読した他に、これまでに書いてきた三〇本近い論文も読み直した。それらは本書の誕生に貢献したとはいえ、今回徹底的に手を加えられて、もとの形はとどめていない。「初出一覧」を示すことは無意味なので省略した。

本書執筆期間の大半、二〇一三年三月末まで、私は文学部長の職にあった。もとより多忙な日々であったが、文学部長室にプレイヤッド版カミュ全集をもちこんで、職務の間を縫ってカミュのテクストに親しむ時間は私にとって貴重なよろこびのひとときとなった。カミュの美しいフランス語の文章に触れつつ、カミュとともに「生の意味」について考える時間は充実したものだった。公務と研究の両立が充分とは言えないまでもどうにか果たせたのは、文学部教員の暖かいご支援のおかげである。

この三年間、大学における教育と管理運営の仕事の時間以外はほとんどいつもカミュのことを考えていたと言ってもよい。このような濃密なカミュとのつきあいは、三〇歳代初め、博士論文を執筆していたとき以来のことである。その後の三〇年間は、日本カミュ研究会の運営を続けながらも、教科書や参考書などフランス語教育関連の本を作ったり、文学批評方法とりわけナラトロジーについて考究したり、フランス象徴主義以降の小説のあり方を考察したり、フランス人作家の見た日本について調査したり、種々の研究会に顔を出したり、さまざまな寄り道をしていたと言える。これらの活動がカミュを見る私の視野を拡大してくれたのなら無駄ではなかったということになるが、さてどうだろうか。ともあれ、私のカミュ研究は、国際カミュ学会および日本カミュ研究会の友人たちに支えられてきたものである。これら国内外の心優しきカミュ研究者、愛好者たちへの感謝はつきない。

また、本書の成立にあたっては、特に高塚浩由樹氏に最初の読者となっていただいて種々の助言を得た。草稿を読んでいただいた大修館書店の元編集者である清水章弘氏からも、貴重な励ましを得た。両氏にも厚くお礼申し上げたい。

＊　＊　＊

右の「あとがき」を書いて以降、諸般の事情が重なって図書製作が停滞し、カミュ生誕一〇〇年には遅れることになったが、ようやくここに出版を迎える運びとなった。人文書の出版が日増しに困難になってきているこの時期に刊行を引き受け、完成までお世話いただいた大修館書店および編集部に感謝の意を表したい。

二〇一六年　四月

三野博司

主要参考文献

・カミュの著作（vivページ凡例を参照）

・事典、伝記、回想録、写真集

Babey (Stéphane), *Camus. Une passion algérienne*, Koutoubia, 2010.

Camus (Catherine), *Albert Camus. Solitaire et Solidaire*, Michel Laron, 2009.

Cazenave (Elisabeth), *Albert Camus et le monde de l'Art*, Atelier Fol'Fer, 2009.

Daniel (Jean), *Avec Camus. Comment résister à l'air du temps*, Gallimard, 2006.

Grenier (Jean), *Albert Camus. Souvenirs*, Gallimard, 1968.（グルニエ『アルベール・カミュ回想』井上究一郎訳、竹内書店、一九七二）

Grenier (Roger), *Albert Camus, soleil et ombre. Une biographie intellectuelle* (1987), Gallimard, coll. « Folio », 1991.

Guérin (Jeanyves) éd., *Dictionnaire Albert Camus*, Robert Laffont, 2009.

Lenzini (José), *L'Algérie de Camus*, Édisud, 1987.

–, *Les Derniers Jours de la vie d'Albert Camus*, Actes Sud, 2009.

–, *Camus et L'Algérie*, Édisud, 2010.

Lottman (Herbert R.), *Albert Camus – a biography*, Doubleday & Company, Inc., 1979. (trad. par Marianne Véron, Le Seuil, 1978.)（ロットマン『伝記　アルベール・カミュ』大久保敏彦・石崎晴己訳、清水弘文堂、一九八二）

Roblès (Emmanuel), *Camus, frère de soleil*, Le Seuil, 1995.（ロブレス『カミュ　太陽の兄弟』大久保敏

彦・柳沢淑枝訳、国文社、一九九九）
Rondeau (Daniel), *Albert Camus ou Les Promesses de la vie*, Destins Mengès, 2010.
Tanase (Virgil), *Camus*, Gallimard, 2010.（タナズ『カミュ』神田順子・大西比佐代訳、祥伝社、二〇一〇）
Todd (Olivier), *Albert Camus. Une vie*, Gallimard, 1996 ; éd. revue et corrigée, coll. « Folio », 1999.（トッド『アルベール・カミュ』有田英也・稲田晴年訳、毎日新聞社、二〇〇一）
Vircondelet (Alain), *Albert Camus. Vérité et légendes*, Éditions du Chêne, 1998.
– , *Albert Camus. fils d'Alger*, Fayard, 2010.

・定期刊行物

Albert Camus, n^{os}1–22, Brian T. Fitch (n^{os}1–11), Raymond Gay-Crosier (n^{os}12–22) et Philippe Vanney (n° 22) éd., Collection « La Revue des lettres modernes », Minard, 1968–2009.
Cahiers Albert Camus, n^{os}1-8, Gallimard, 1971-2002.
Études camusiennes, n^{os}1–11, Hiroshi Mino et Philippe Vanney éd., Section japonaise de la Société des Études camusiennes, Seizansha, 1994–2013.（『カミュ研究』日本カミュ研究会、青山社）
Présence d'Albert Camus, n^{os}1–6, Guy Basset éd., Société des Études camusiennes, 2010–2014.

・シンポジウム記録

Camus 1970. Actes du Ier colloque international de l'université de Floride, Raymond Gay-Crosier éd., Sherbrooke, CELEF, 1970.
Albert Camus 1980. Second International Conference (1980), Raymond Gay-Crosier éd., Gainesville, University Presses of Florida, 1980.
Albert Camus : œuvre fermée, œuvre ouverte ? Actes du colloque de Cerisy (1982), *Cahiers Albert Camus 5,* Gallimard, 1985.

Albert Camus, une pensée, une œuvre. Actes du colloque de Lourmarin, Rencontres méditerranéennes de Lourmarin, 1985.

Camus et la politique. Actes du colloque de Paris X–Nanterre (1985), Jeanyves Guérin éd., L'Harmattan, 1986.

Camus et le premier « Combat » : 1944–1947. Actes du colloque de Paris X–Nanterre, Jeanyves Guérin éd., Nanterre, Éditions de l'Espace européen, 1990.

Camus et le théâtre. Actes du colloque d'Amiens (1988), Jacqueline Lévi-Valensi éd., IMEC, 1992.

Albert Camus, les extrêmes et l'équilibre. Actes du colloque de Keele (1993), David H. Walker éd., Rodopi, 1994.

Camus et le lyrisme. Actes du colloque de Beauvais (1996), Jacqueline Lévi-Valensi et Agnès Spiquel éd., SEDES, 1997.

Albert Camus : parcours méditerranéens. Actes du colloque de Jérusalem (1997), Fernande Bartfeld et David Ohana éd., Éditions Magnès-Université hébraïque de Jérusalem, 1998.

Albert Camus et les écritures du XXe siècle. Actes du colloque de l'université de Cergy-Pontoise, Sylvie Brodziar éd., Artois Presses Université, 2003.

Albert Camus et René Char : en commune présence, Rencontres méditerranéennes de Lourmarin (2000), Folle Avoine, 2003.

Albert Camus, Jean Grenier, Louis Guilloux : écriture autobiographique et carnets, Rencontres méditerranéennes de Lourmarin (2001), Folle Avoine, 2003.

Audisio, Camus, Roblès, frères de soleil, Rencontres méditerranéennes de Lourmarin (2002), Edisud, 2003.

Albert Camus et le mensonge. Actes du colloque organisé par la B.P.I (2002), Jacqueline Lévi-Valensi éd., Éditions du Centre Pompidou, 2004.

Albert Camus et les écritures algériennes : quelles traces ?, Rencontres méditerranéennes de Lourmarin (2003), Edisud, 2004.

Albert Camus et l'Espagne, Rencontres méditerranéennes de Lourmarin (2004), Edisud, 2005.

Albert Camus contemporain (2007), Dolorès Lyotard éd., Septentrion, 2007.

Albert Camus ; le sens du présent, XXIIe *Rencontre Internationale de Dokkyo* (2010), *Études camusiennes N° 10*, Philippe Vanney et Hiroshi Mino éd., Section japonaise de la Société des Études camusiennes, 2011.

Lire les Carnets d'Albert Camus (2010), Agnès Spiquel et Anne Prouteau éd., Presses Universitaires du Septentrion, 2012.

Camus la philosophie et le christianisme (2010), Hubert Haes et Guy Basset éd., Les Éditions du Cerf, 2012.

・雑誌のカミュ特集号

Équinoxe, n° 13 : *Camus*, hiver 1996.

Esprit créateur (*L'*), vol. XLIV, n° 4 : *Albert Camus and The Art of Brevity*, 2004.

Europe, vol. LXXVII, n° 846 : *Albert Camus*, octobre 1999.

Figaro (*Le*), hors-série, *Camus. L'écriture. La révolte, La nostalgie*, 2010.

Magazine littéraire (*Le*), n° 3 : *Albert Camus*, 1967 ; n°s 67–68 : *Albert Camus*, 1972 ; n° 276 : *Albert Camus*, 1990 ; n° 453 : *Albert Camus*, 2006 ; hors-série, *Albert Camus*, 2010.

Monde (*Le*), hors-série, *Albert Camus. La Révolte et la liberté*, 2010.

Nouvel Observateur (*Le*), n° 2350, *Spécial Camus*, 2009.

Philosophie Magazine, hors-série n° 17 : *Albert Camus*, 2013.

Sud, n° 44 : *Albert Camus*, 2009.

Télérama, hors-série, *Camus,* 2010.

・研究書、論文（カミュ全般を扱ったもの）

Abbou (André), *Albert Camus entre les lignes*, Séguier, 2009.
Amiot (Anne-Marie) et Mattéi (Jean-François) éd., *Albert Camus et la philosophie*, P.U.F., 1997.
Barilier (Étienne), *Albert Camus : philosophie et littérature*, L'Âge d'homme, 1977.
Bartfeld (Fernande) , *Camus et Hugo : essai de lecture comparée*, Lettres Modernes Minard, 1971.
–, *Albert Camus ou le Mythe et le Mime*, Lettres Modernes Minard, 1982.
–, *L'Effet tragique : essai sur le tragique dans l'œuvre de Camus*, Champion et Slatkine, 1988.
–, *Albert Camus, voyageur et conférencier. Le Voyage en Amérique du Sud*, Lettres Modernes, 1995.
Benhaïm (André) et Glacet (Aymeric) éd., *Albert Camus au Quotidien*, Septentrion, 2013.
Brée (Germaine), *Camus*, Rutgers University Press, 1959 ; 2e éd. 1972.
–, *Camus and Sartre. Crisis and Commitment*, Delta Books, 1972.（ブレ『カミュとサルトル』村松仙太郎訳、早川書房、一九七六）
Brisville (Jean-Claude), *Camus*, Gallimard, 1959.
Bronner (Stephen Eric), *Camus : Portrait of a Moralist*, Minnesota University Press, 1999.
Carroll (David), *Albert Camus, the Algerian : Colonialism, Terrorism, Justice*, Columbia University Press, 2007.
Castillo (Eduardo) éd., *Pourquoi Camus ?*, Philippe Rey, 2013.
Chabot (Jacques), *Albert Camus : « la pensée de midi »*, Edisud, 2002.
Chaulet-Achour (Christiane), *Camus et l'Algérie : fraternités et tensions*, Barzakh, 2004.
Chavanes (François), *Albert Camus, « Il faut vivre maintenant » : questions posées au christianisme par l'œuvre d'Albert Camus*, Cerf, 1990.

Cielens (Isabelle), *Trois fonctions de l'exil dans les œuvres de fiction d'Albert Camus : initiation, révolte, conflit d'identité*, Almqvist & Wiksell, 1985.

Clayton (Alan J.), *Étapes d'un itinéraire spirituel : Albert Camus de 1935 à 1944*, Lettres Modernes, 1971.

Cohn (Lionel), *La Nature et l'Homme dans l'œuvre d'Albert Camus et dans la pensée de Teilhard de Chardin*, L'Âge d'homme, 1975.

Comte-Sponville (André), Bove (Laurent), Patrick (Renou), *Albert Camus de l'absurde à l'amour*, La Renaissance du Livre, 2001.

Costes (Alain), *Camus ou la Parole manquante. Étude psychanalytique*, Payot, 1973.

Corbic (Arnaud), *Camus. L'absurde, la révolte, l'amour*, Éditions de l'Atelier, 2003.

Crochet (Monique), *Les Mythes dans l'œuvre de Camus*, Éditions universitaires, 1973.（クロッシェ『カミュと神話の哲学』大久保敏彦訳、清水弘文堂、一九七八）

Djema (Abdelkader), *Camus à Oran*, Michalon, 1995.

Dunwoodie (Peter), *Une histoire ambivalente : le dialogue Camus-Dostoïevski*, Nizet, 1996.

Favre (Frantz), *Montherlant et Camus. Une lignée nietzschéenne*, Lettres Modernes Minard, 2000.

Fitch (Brian T.), *The Narcissistic Text : A Reading of Camus' Fiction*, Toronto University Press, 1982.

Fortier (Paul A.), *Une lecture de Camus : la valeur des éléments descriptifs dans l'œuvre romanesque*, Klincksieck, 1977.

Foxlee (Neil), *Albert Camus's 'The New Mediterranean Culture'*, Peter Lang, 2010.

Gadourek-Backer (Johanna C. A. Christina), *Les Innocents et les Coupables. Essai d'exégèse de l'œuvre d'Albert Camus*, Mouton, 1963.

Gassin (Jean), *L'Univers symbolique d'Albert Camus : essai d'interprétation psychanalytique*, Lettres Modernes Minard, 1981.

Gay-Crosier (Raymond), *Albert Camus, paradigmes de l'ironie : révolte et affirmation négative*, Paratexte, 2000.

Gay-Crosier (Raymond), Spiquel (Agnès) éd., *Camus.* L'Herne, 2013.

Gonzales (Jean-Jacques), *Albert Camus. L'Exil absolu*, Manucius, 2007.

Guérin (Jeanyves), *Albert Camus : portrait de l'artiste en citoyen*, François Bourin, 1993.

–, *Albert Camus. Littérature et politique*, Champion, 2013.

Haouet (Mohamed Kamel Eddine), *Camus et l'hospitalité*, L'Harmattan, 2003.

Hermet (Joseph), *À la rencontre d'Albert Camus : le dur chemin de la liberté*, Beauchesne, 1990.

Hughes (Edward J.) éd., *Camus*, Cambridge University Press, 2007.

Jarrety (Michel), *La Morale dans l'écriture : Camus, Char, Cioran*, P.U.F., 1999.

Judt (Tony), *The Burden of Responsability. Blum, Camus, Aron*, The University of Chicago Press, 1992. (ジャット『知識人の責任』上倉、長谷川、渡辺、神垣訳、晃洋書房、二〇〇九)

Lasere (Donald), *The Unique Creation of Albert Camus*, Yale University Press, 1973.

Lévi-Valensi (Jacqueline), *Les Critiques de notre temps et Camus*, Garnier, 1970.

Longstaffe (Moya), *The Fiction of Albert Camus. A Complex Simplicity*, Peter Lang, 2007.

Mailhot (Laurent), *Albert Camus ou l'Imagination du désert*, Presses universitaires de Montréal, 1973.

Margerrison (Christine), *« Ces forces obscures de l'âme » : Women, Race and Origins in the Writings of Albert Camus*, Rodopi, 2008.

Margerrison (Christine), Orme (Mark), Lincoln (Lissa) éd., *Albert Camus in the 21st Century. A Reassessment of His Thinking at the Dawn of the New Millenium*, Rodopi, 2008.

Mattéi (Jean-François) éd., *Albert Camus. Du refus au consentement*, PUF, 2011.

–, *Citations de Camus expliquées*, Eyolles, 2013.

Mauviel (Maurice), *Montherlant et Camus, Anticolonialistes*, L'Harmattan, 2012.
McCarthy (Patrick), *Camus : A Critical Study of His Life and Work*, Hamilton, 1982.
Mino (Hiroshi), *Le Silence dans l'œuvre d'Albert Camus,* José Corti, 1987. (三野博司『カミュ、沈黙の誘惑』彩流社、二〇〇三)
Modler (Karl W.), *Soleil et mesure dans l'œuvre d'Albert Camus*, L'Harmattan, 2000.
Montgomery (Geraldine F.), *Noces pour femme seule : le féminin et le sacré dans l'œuvre d'Albert Camus*, Rodopi, 2004.
Moreau (Jean-Luc), *Camus l'intouchable. Polémiques et complicités*, Écriture, 2010.
Musso (Frédéric), *Albert Camus ou la fatalité des natures*, Gallimard, 2006.
Nguyen (Pierre Van-Huy), *La Métaphysique du bonheur chez Albert Camus,* La Baconnière, 1962 ; 2e éd. 1968.
Nicolas (André), *Une philosophie de l'existence : Albert Camus*, P.U.F., 1964. (ニコラス『カミュ』高畠正明訳、新潮社、一九七〇)
O'brien (Conor Cruise), *Albert Camus of Europe and Africa*, Viking Press, 1970. (オブライエン『カミュ』富士川義之訳、新潮社、一九七一)
Onimus (Jean), *Camus,* Desclée de Brouwer, 1965. (オニミュス『カミュ』鈴木悌男・浜崎史朗訳、ヨルダン社、一九七三)
Pratt (Bruce), *L'Évangile selon Albert Camus*, José Corti, 1980.
Prioult (Christiane), *William Faulkner et Albert Camus : une rencontre, une communauté spirituelle*, L'Harmattan, 2006.
Quilliot (Roger), *La Mer et les Prisons. Essai sur Albert Camus*, Gallimard, 1956 ; 2e éd. 1970. (キーヨ『アルベール・カミュ――海と牢獄』室淳介訳、白水社、一九五七)

Reichelberg (Ruth), *Albert Camus : une approche du sacré*, Nizet, 1983.

Rey (Pierre-Louis), *Camus : une morale de la beauté*, SEDES, 2000.

–, *Camus : l'homme révolté*, Gallimard, 2006.

Rondeau (Daniel), *Camus ou les Promesses de la vie*, Mengès, 2005.

Salas (Denis), *Albert Camus, la juste révolte*, Michalon, 2002.

Sarocchi (Jean), *Camus*, P.U.F., 1968.

–, *Variations Camus*, Séguier et Atlantica, 2005.

–, *Camus Le Juste ?*, Séguier, 2009.

Schaffner (Alain) et Spiquel (Agnès) éd., *Albert Camus, l'exigence morale. Hommage à Jacqueline Lévi-Valensi*, Éditions Le Manuscrit, 2006.

Simon (Pierre-Henri), *Présence de Camus*, Nizet, 1962.

Sjursen (Nina), *La Pensée solaire : une étude de la mesure dans l'œuvre d'Albert Camus,* Universitetet i Oslo, 1984.

Smets (Paul-F.), *Albert Camus, dans le premier silence et au-delà,* suivi de *Albert Camus chroniqueur à « Alger républicain » en 1939*, Goemaere, 1985.

–, *Le Pari européen dans les essais d'Albert Camus*, Bruylant, 1991.

–, *Albert Camus : ses engagements pour la justice et la justesse*, Bruylant, 1997.

–, *Albert Camus critique littéraire et préfacier*, Classe des Lettres, 2004.

Tarrow (Susan), *Exile from the Kingdom : A Political Rereading of Albert Camus*, University of Alabama Press, 1985.

Thody (Philip M. W.), *Albert Camus. A Study of His Work*, Hamish Hamilton, 1957 ; Grove Press, 1959.

Toura (Hiroki), *La Quête et les Expressions du bonheur dans l'œuvre d'Albert Camus*, Eurédit, 2004.

Trabelsi (Mustapha) éd., *Albert Camus. L'écriture des limites et des frontières*, Sud Éditions, 2009.
Treil (Claude), *L'Indifférence dans l'œuvre d'Albert Camus*, Cosmos, 1971.
Weyembergh (Maurice), *Albert Camus ou la Mémoire des origines*, De Boeck Université, 1998.
Yédes (Ail), *Camus l'Algérien*, L'Harmattan, 2003.
Zima (Pierre V.), *L'Indifférence romanesque. Sartre, Moravia, Camus*, L'Harmattan, 2005.
千々岩靖子『カミュ　歴史の裁きに抗して』名古屋大学出版会、二〇一四．
白井浩司『アルベール・カミュ　その光と影』講談社、一九七七．
西永良成『評伝アルベール・カミュ』白水社、一九七六．

・研究書、論文（個別作品を扱ったもの）

［初期作品］

Lévi-Valensi (Jacqueline), *Albert Camus ou la Naissance d'un romancier*, Gallimard, 2006.
Viallaneix (Paul), « Le Premier Camus », in *Cahiers Albert Camus 2*, Gallimard, 1973.（カミュ『直観』所収、高畠正明訳、新潮社、一九七四）

［演劇作品］

Bastien (Sophie), *Caligula et Camus. Interférences transhistoriques*, Rodopi, 2006.
Bastien (Sophie), Montgomery (Geraldine F.) et Orme (Mark) éd., *La Passion du théâtre. Camus à la scène*, Rodopi, 2011.
Coombs (Ilona), *Camus, homme de théâtre*, Nizet, 1968.
Gay-Crosier (Raymond), *Les Envers d'un échec. Étude sur le théâtre d'Albert Camus,* Lettres Modernes Minard, 1967.
Sarrasin (Nicolas), *Albert Camus. Un Apostolat sanglant*, Humanitas, 2002.

[評論作品]
Analyses & réflexions sur Noces d'Albert Camus, Ouvrage collectif, Ellipses, 1998.
Bataille (Georges), « Le Temps de la révolte », « L'Affaire de L'Homme révolté », *Œuvres complètes*, vol. XII, Gallimard, 1988.
Blanchot (Maurice), « Le Mythe de Sisyphe », *Faux pas*, Gallimard, 1943.
Brown (James W.), *'Sensing', 'Seeing', 'Saying' in Camus' Noces : A Meditative Essay*, Rodopi, 2004.
Gay-Crosier (Raymond) éd., *« L'Homme révolté » : cinquante ans après*, *Albert Camus 19*, Minard, 2001.
Weis (Marcia), *The lyrical essays of Albert Camus*, Sherbrooke, 1976.
竹内修一『死刑囚たちの「歴史」―アルベール・カミュ『反抗的人間』をめぐって』風間書房、二〇一一.
[異邦人]
Ansel (Isabelle), *L'Étranger d'Albert Camus*, Éditions Pédagogie moderne, 1981.
Bagot (Françoise), *Albert Camus : « L'Étranger »*, P.U.F., 1993.
Barrier (Maurice-Georges), *L'Art du récit dans « L'Étranger » d'Albert Camus*, Nizet, 1962.
Barthes (Roland), *Le Degré zéro de l'écriture*, *Œuvres Complètes tome I*, Seuil, 1993.
Blanchot (Maurice), « Le Roman de l'Étranger », *Faux Pas*, Gallimard, 1943.
Castex (Pierre-Georges), *Albert Camus et « L'Étranger »*, José Corti, 1965.
Champigny (Robert), *Sur un héros païen*, Gallimard, 1959. (シャンピニイ『カミュ「異邦人」のムルソー』平田重和訳、関西大学出版部、一九九七)
Chaulet-Achour (Christiane), *Albert Camus, Alger : « L'Étranger » et autres récits*, Atlantica, 1998. (ショーレ＝アシュール『アルベール・カミュ、アルジェ』大久保敏彦・松本陽正訳、国文社、二〇〇七)

Eisenzweig (Uri), *Les Jeux de l'écriture dans L'Étranger d'Albert Camus*, Lettres Modernes, 1983.
Fitch (Brian T.), *Narrateur et narration dans L'Étranger d'Albert Camus*, Lettres Modernes, 1968.
–, *« L'Étranger » d'Albert Camus. Un texte, ses lecteurs, ses lectures. Étude méthodologique*, Larousse, 1972.
– éd., *Autour de « L'Étranger », Albert Camus 1*, Minard, 1968.
Gay-Crosier (Raymond) éd., *« L'Étranger » cinquante ans après, Albert Camus 16*, Minard, 1995.
–, *Toujours autour de « L'Étranger », Albert Camus 17*, Minard, 1996.
Girard (René), « Pour un nouveau procès de *L'Étranger* », *Albert Camus 1*, Minard, 1968.（ジラール「『異邦人』のもう一つの罪」織田年和訳、『地下室の批評家』所収、白水社、一九八四）
King (Adèle) éd., *Camus's « L'Étranger » : Fifty Years On*, St. Martin's Press, 1992.
McCarthy (Patrick), *Albert Camus : « The Stranger »*, Cambridge University Press, 1988.
Pichon-Rivière (Arminda A.) et Baranger (Willy), « Répression du deuil et intensification des mécanismes et des angoisses schizo-paranoïdes (Note sur *L'Étranger* de Camus) », in *Revue Française de Psychanalyse*, mai–juin 1959.
Pingaud (Bernard), *« L'Étranger » d'Albert Camus*, Gallimard, 1992.
Rabaté (Dominique), « L'Économie de la mort dans *L'Étranger* », *Albert Camus 16*, Lettres modernes, 1995.
Rey (Pierre-Louis), *L'Étranger de Camus*, Hatier, 1970.
Sartre (Jean-Paul), « Explication de *L'Étranger* », *Cahiers du Sud*, février 1943 ; repris dans *Situations I*, Gallimard, 1947.（サルトル「『異邦人』解説」窪田啓作訳、『サルトル全集一一　シチュアシオンI』人文書院、一九六五）
Showalter (English), *The Stranger : Humanity and the Absurd*, Twayne, 1989.
鈴木忠士『カミュ「異邦人」の世界』法律文化社、一九八六.

鈴木忠士『憂いと昂揚　カミュ「異邦人」の世界』雁思社、一九九一.
東浦弘樹『晴れた日には「異邦人」を読もう』世界思想社、二〇一〇.
野崎歓『カミュ「よそもの」きみの友だち』みすず書房、二〇〇六.
三野博司『カミュ「異邦人」を読む』彩流社、二〇〇二、増補改訂版二〇一一.
三野博司「カミュ『幸福な死』から『異邦人』へ」『文学作品が生まれるとき』所収、京都大学出版会、二〇一〇.
［ペスト］
Bataille (Georges), « La Morale du malheur : *La Peste* », *Critique*, juin–juillet 1947.
Barthes (Roland), « *La Peste*. Annales d'une épidémie ou roman de la solitude ? », *Œuvres Complètes,* Tome I, Seuil, 1993.
Dana (Catherine), *Fictions pour mémoire. Camus, Perec et l'écriture de la shoah*, L'Harmattan, 1998.
Felman (Shoshana), « Camus' *The Plague,* or A Monument to Witnessing », *Testimony*, Routledge, 1992.
Fitch (Brian T.) éd., *Camus romancier : «La Peste », Albert Camus 8*, Minard, 1977.
Lévi-Valensi (Jacqueline) éd. , *« La Peste » d'Albert Camus*, *Roman 20–50*, N° 2,1986.
Lévi-Valensi (Jacqueline), *« La Peste » d'Albert Camus*, Gallimard, 1991.
Mino (Hiroshi), « Fukushima et *La Peste* de Camus », *hors-série Albert Camus*, *Philosophie Magazine*, Paris, mars 2013.
［転落］
Fitch (Brian T.) éd., *Sur « La Chute »*, *Albert Camus 3*, Minard, 1970.
Lévi-Valensi (Jacqueline), *« La Chute » d'Albert Camus*, Gallimard, 1996.
Maillard (Claudine et Michel), *Le Langage en procès. Structures et symboles dans « La Chute » d'Albert Camus,* Presses universitaires de Grenoble, 1977.

Ngoc-Mai (Phan Thi), Nguyen Van-Huy (Pierre), Peltier (Jean-René), *« La Chute » de Camus. Le Dernier Testament*, La Baconnière, 1974.

Reuter (Yves), *Texte / Idéologie dans « La Chute » de Camus.* Lettres Modernes Minard, 1980.

Smets (Paul-F.), *Albert Camus, « La Chute » : un testament ambigu. Pièces pour un dossier inachevé*, Paul-F. Smets éditeur, 1988.

Sturm (Ernest), *Conscience et impuissance chez Dostoïevski et Camus. Parallèle entre « Le Sous-sol » et « La Chute »*, Nizet, 1967.

[追放と王国]

Cryle (Peter M.), *Bilan critique : « L'Exil et le Royaume » d'Albert Camus : essai d'analyse*, Lettres Modernes Minard, 1973.

Dunwoodie (Peter), *« L'Envers et l'Endroit» and « L'Exil et le Royaume »*, Grant & Cutler, 1985.

Fitch (Brian T.) et Gay-Crosier (Raymond) éd., *Camus nouvelliste : « L'Exil et le Royaume », Albert Camus 6*, Minard, 1973.

Rizzuto (Anthony) éd., *Albert Camus' «L'Exil et le Royaume» : The Third Decade*, Paratexte, 1988.

Showalter (English), *Exiles and Strangers : A Reading of Camus's « Exile and the Kingdom »*, Ohio State University Press, 1984.

[最初の人間]

Gay-Crosier (Raymond) éd., *« Le Premier Homme » en perspective*, *Albert Camus 20*, Minard, 2004.

Morzewski (Christian) éd., *« Le Premier Homme » d'Albert Camus*, *Roman 20–50*, N° 27, 1999.

Rey (Pierre-Louis), *« Le Premier Homme » d'Albert Camus*, Gallimard , 2008.

Sarocchi (Jean), *Le Dernier Camus ou « Le Premier Homme »*, Nizet, 1995.

松本陽正『アルベール・カミュの遺稿　*Le Premier Homme* 研究』駿河台出版社、一九九九.

【書名・題名索引】

あ

か

マ

ヤ

ラ

索引

【地名索引】

【人名索引】

[著者紹介]

三野博司（みの　ひろし）
1949年京都生まれ。放送大学特任教授・奈良学習センター所長。奈良女子大学名誉教授。京都大学卒業。クレルモン＝フェラン大学文学博士。国際カミュ学会副会長。日本カミュ研究会会長。
著書　《Le Silence dans l'œuvre d'Albert Camus》(Paris, Corti),『カミュ「異邦人」を読む』『カミュ 沈黙の誘惑』（以上，彩流社),『「星の王子さま」の謎』（論創社),『「星の王子さま」で学ぶフランス語文法』『「星の王子さま」事典』（以上，大修館書店）
共著　『フランス名句辞典』（大修館書店),『新リュミエール』（駿河台出版社),『文芸批評を学ぶ人のために』『小説のナラトロジー』（以上，世界思想社),『大学の現場で震災を考える』（かもがわ出版),《Albert Camus, Cahier de l'Herne》他。
訳書　ファーユ『みどりの国　滞在日記』（水声社）他。

カミュを読《よ》む――評《ひょう》伝《でん》と全《ぜん》作《さく》品《ひん》

NDC 950/x, 420p/19cm

初版第1刷――2016年6月20日

著者――――三野博司《みのひろし》
発行者――――鈴木一行
発行所――――株式会社　大修館書店
〒113-8541　東京都文京区湯島2-1-1
電話03-3868-2651（販売部）
03-3868-2293（編集部）
振替00190-7-40504
[出版情報]http://www.taishukan.co.jp

装丁者――――パワーハウス（熊澤正人・末元朝子）
印刷所――――広研印刷
製本所――――牧製本

ISBN 978-4-469-25085-5　Printed in Japan